ALLEY CIZ

SUR LA TOUCHE

DU MÊME AUTEUR

<u>#UofJ Series</u>

Droit au but (Kay and Mason)

Nouvelle Donne (Kay and Mason)

Jouer Pour Gagner (Kay and Mason)

Sur La Touche (Quinn and CK)

<u>The Royalty Crew</u>

Reine & Indomptable (Savvy & Jasper) *Preorder Mai 7, 2024*

RÉSUMÉ

@UofJ411 : Qu'est-ce qui se passe ici ? #LesOpposesSAttirent #OuSontLesPost-its
Sur une échelle de 1 à 10, Quinn Thompson est au moins à 15.
Magnifique. Fougueuse. Cheerleader. Je suis si peu à la hauteur de cette fille que je suis même gêné d'oser fantasmer sur elle.
Il faut que je parvienne à faire sortir de ma tête toutes ces pensées classées X qu'elle m'inspire. Avant qu'il ne soit trop tard.
Sauf que c'est plus facile à dire qu'à faire quand la tentation vit dans le même appartement que toi.

Pour quelqu'un d'aussi intelligent, c'est fou comme CK peut être naïf.
Doux. Timide. La star de tous mes fantasmes mettant en scène un intello sexy, mais incapable de voir tous les appels du pied que je lui fais.
Quand il m'a demandé de jouer les coachs en relation amoureuses pour lui, j'ai dit oui. Cela peut sembler extrême, mais je suis si désespérée que je suis prête à tout pour qu'il comprenne enfin, pour ne plus être sur la touche.
Dommage que mon cœur soit autrement plus en sécurité sur le terrain de l'amitié que sur celui de l'amour.

NOTE DE L'AUTEUR

Chère lectrice,

SUR LA TOUCHE est le tome 4 de la série #UofJ. Il est néamoins possible de le lire sans avoir lu les trois premiers tomes, dans lesquels CK et Quinn sont des personnages secondaires.

XOXO

Alley

<u>**#UofJ Series:**</u>

1. Droit au but (Kay and Mason)
2. Nouvelle Donne (Kay and Mason)
3. Jouer Pour Gagner (Kay and Mason)
4. Sur La Touche (Quinn and CK)

<u>BTU Alumni Cameos</u>

BTU1- Power Play (Jake and Jordan) *U of J Jordan Cameo Mention*

BTU1.5- Musical Mayhem (Sammy and Jamie) *U of J Cameo Mention of Jamie's band Birds of Prey*

BTU2- Tap Out (Gage and Rocky) *U of J Cameo Appearance of Rocky's mom*

BTU3- Sweet Victory (Vince and Holly) *U of J Vince Cameo Mention*

BTU4- Puck Performance (Jase and Melody) *U of J Jase Cameo Mention*

PSEUDOS INSTAGRAM

CasaNova87: Mason 'Casanova' Nova (TE)
QB1McQueen7: Travis McQueen (QB)
CantCatchAnderson22: Alex Anderson (RB)
SackMasterSanders91: Kevin Sanders (DE)
LacesOutMitchell5: Noah Mitchell (K)
CheerGodJT: JT (James) Taylor
TheGreatestGrayson37: G (Grant) Grayson
ThirdBaseAdam16: Adam
CheerNinja: Rei
TheBarracksAtNJA: The Barracks
NJA_Admirals: The Admirals

SURNOMS

Mason Nova : Casanova/Mase
Kayla Dennings : Kay/PF/Skittles/Miniature/P'tit Bout
Eric Dennings : E
Christopher Kent : CK
Emma Logan : Em
Quinn Thompson : Q
James Taylor : JT
Tessa Taylor : T
James Taylor, Père : Pops/Pops Taylor
Grant Grayson : G
Dante Grayson : D
Mrs Grayson : Mama G
Mr Grayson : Papa G
Ben Turner : B

PLAYLIST

- "This Is How We Do It"- Montell Jordan
- "Ooh La La"- Goldfrapp
- "Woman"- Kesha
- "The Trouble With Love Is"- Kelly Clarkson
- "Plastic Hearts"- Miley Cyrus
- "CAN'T DANCE"- Meghan Trainor
- "Here Comes The Hotstepper"- Ini Kamoze
- "El Chico Del Apartamento 512"- Selena
- "Amor Prohibido"- Selena
- "One Margarita"- Luke Bryan
- "Good Times"- Cassadee Pope
- "Visiting Hours"- Ed Sheeran
- "Tequila Makes Her Clothes Fall Off"- Joe Nichols
- "Shivers"- Ed Sheeran
- "Word Up!"- Little Mix
- "Classic"- MKTO
- "Mean"- Taylor Swift
- "Jaws Theme"- Jaws
- "Move"- Little Mix
- "Fly"- Maddie & Tae
- "Tattoo"- Hunter Hayes
- "Happier Than Ever"- Billie Eilish
- "Hoedown Throwdown"- Miley Cyrus
- "Sit Still, Look Pretty"- Days
- "Crazy Girl"- Eli Young Band

- "Ironic"- Alanis Morissette
- "Fuck Up The Friendship"- Leah Kate
- "Love Lockdown"- Kanye West
- "Jesus, Take The Wheel"- Carrie Underwood

FIND PLAYLIST on Spotify.

CHAPITRE 1

QUINN

Il doit être pervers au lit, non ?

Je pointe l'homme en question de la main qui tient le gobelet, et le liquide contenu dedans déborde sur mes doigts.

Oups.

Je passe ma langue sur le dos de ma main pour en ôter les traces de margarita sucrées tandis que mes deux meilleures amies me regardent comme si j'avais perdu la tête.

À ma décharge, je suis près de craquer.

Mais ce n'est pas ma faute.

Huit mois.

Huit *foutus* mois.

On aurait pu croire qu'au bout d'un temps *presque* assez long pour fabriquer et mettre au monde un être humain, l'homme sur lequel je craque aurait fini par capter les signaux que je lui envoyais, pas vrai ?

Eh bien…

Non, en fait.

J'imagine que vous vous dites : « mais Quinn, pourquoi tu n'es pas passée à autre chose, s'il n'est pas intéressé ? »

Dieu sait combien ma mère aimerait que je l'aie fait.

Ay dios mío.

Je n'ose même pas ne serait-ce qu'*imaginer* ce qu'elle me dirait si elle savait que je suis assise là, à me languir d'un adorable intello et à me morfondre à cause de sentiments non réciproques.

Ouille, voilà qui passerait *vraiment* mal.

Pinche mierda.

Elle pense déjà que j'ai gâché mes deux premières années d'université en ne parvenant pas à séduire l'un des nombreux athlètes présents sur le campus de l'Université de Jersey, UofJ pour les intimes. Leurs programmes sportifs produisent des athlètes professionnels comme une boulangerie produit des petits pains.

Et, attendez, je ne vous ai pas encore dit ce qu'elle pense de ma volonté d'obtenir ma licence. Pour faire simple, je vous dirai simplement qu'elle considère cela comme *une perte de temps.*

En première année, elle m'a demandé : « Quinny, *linda*, tu es sûre de ne pas vouloir entrer dans une sororité ? Tu sais que c'est comme ça que j'ai rencontré ton père. »

Si encore, c'était simplement qu'elle pensait, comme beaucoup de gens, qu'avoir un diplôme universitaire n'est pas utile pour trouver du travail, je pourrais comprendre ses positions. Mais ce n'est pas le cas. Et vous savez le pire ? C'est qu'elle ne comprend pas que, ce diplôme, c'est bien plus qu'un morceau de papier à mes yeux, c'est un point de départ, un tremplin vers une carrière qui ne sera qu'à moi.

L'année dernière, j'ai eu droit à : « Comment les garçons de ton université vont-ils remarquer ton joli visage si tu le gardes enfoui dans un livre, *linda* ? »

Elle se moque totalement de mes notes. Pour elle, la seule chose sur laquelle je devrais me concentrer, c'est de son point de vue l'objectif ultime de toute fille qui s'inscrit à l'université : trouver un mari. De préférence l'un des athlètes dont j'ai parlé plus haut.

J'aime mes parents. Il est évident qu'ils s'adorent. Mais je refuse de n'être qu'un joli minois. À l'origine, *Mamá* voulait que je sois pom-pom girl pour le statut social, parce que cela rendait populaire. Mais j'ai continué parce que j'ai vite compris que ce serait le meilleur moyen d'obtenir une bourse pour une super université.

Ouf. Sujet bien trop plombé pour l'instant.

La tequila va arranger ça.

C'est parti pour Margaritaville !

Mamá passerait toutes ses journées à prier *la Virgen María* si elle savait que, contrairement à ma première année pendant laquelle je n'avais pensé qu'à mes études, en deuxième année… ce qui m'a empêchée de m'intéresser à l'un de ces fameux athlètes, c'est plutôt l'adorable garçon aux yeux bleus, avec ses lunettes à la Clark Kent. Huit. *Putain*. De. Mois !

— De qui parle-t-on ?

Emma se penche en avant et appuie son avant-bras sur le coussin de sa chaise longue afin de mieux voir le troupeau de bêtes sexy qui se trouvent de l'autre côté de la terrasse ; ce qui me tire de mes réflexions concernant des choses dont il vaudrait mieux ne pas parler.

— Il va me falloir une autre margarita si vous voulez que je vous donne des détails sur Mase, marmonne Kay, son gobelet serré dans ses mains et les yeux fixés sur le fond.

Emma et moi reniflons bruyamment, et nous nous regardons, incrédules : *elle est vraiment sérieuse ?*

— Hum… souffle Emma en s'appuyant de tout son poids sur moi pour mieux regarder notre amie. Je sais que la suite principale est séparée du reste de l'appartement, Kay, mais elle n'est pas *totalement insonorisée.*

— Et tu n'es pas non plus particulièrement discrète, ma jolie, ajouté-je.

Tu t'es trouvé une bonne queue, ma poule, pensé-je, et je m'efforce de cacher mon sourire moqueur derrière mon gobelet.

Le joli visage de Kay vire au cramoisi.

— Vous êtes vraiment des salopes, grommelle-t-elle avant d'avaler une longue gorgée de sa margarita.

— Bien sûr que non, rétorqué-je en m'appuyant sur Emma, laquelle pose son menton sur mon épaule dans une parfaite imitation du perroquet du pirate. Et si je dois en croire ce que j'ai entendu ce matin, la salope n'est pas celle que l'on croit, hein.

Je fais aller et venir ma langue dans ma joue, plusieurs fois, pour imiter une fellation musclée.

— Oh, Seigneur ! lâche Kay en se laissant tomber en avant, ses longues mèches bouclées masquant ses joues brûlantes, lesquelles ont viré à la même couleur que les racines colorées à la base de son crâne.

— Tu es trop mignonne à jouer les gênées, mais crois-moi, c'est inutile, dis-je en tapotant le dos de Kay. Si j'étais toi, je me pavanerais dans cet endroit comme un putain de paon.

Je marque une pause et fais semblant de réfléchir en plissant des yeux, avant de continuer :

— Mais je suppose qu'il est difficile de se pavaner quand on n'arrive plus à marcher normalement.

Emma renifle à nouveau pour cacher son hilarité, et je dois serrer les lèvres pour retenir un rire. Sachant qu'elle est fille de sénateur, c'est un sacré miracle que sa capacité à émettre un son aussi peu glamour n'ait pas été étouffée dans l'œuf depuis longtemps.

— Ne plus arriver à marcher normalement n'est pas toujours indu*bit*ablement lié à une bonne nuit de sexe.

La façon dont Emma accentue le « bit » fait se redresser Kay, et elle trinque avec moi et Emma aux bons jeux de mots.

Cela dit, c'est tout à fait vrai : je suis peut-être en plein désert affectif et sexuel depuis aussi longtemps que dure une gestation humaine, mais cela n'empêche pas qu'il m'est déjà arrivé d'avoir du mal à m'endormir à cause d'irritations dues à une séance de pilonnage intime un peu trop intense.

— Mais vu la façon dont il est parvenu à te faire chanter l'opéra, rien qu'avec son prénom, lancé-je ; je pense qu'on peut dire que Mason apprécie fortement ton *arc-en-ciel*, chérie !

— Jeu de mots sur *Skittles* ! crie Emma en jetant un poing victorieux dans les airs.

Le surnom choisi par Mason pour Kay est une source inépuisable de plaisanteries et de jeux de mots.

— Je vous déteste, grogne Kay.

Elle a beau être habituée à ces taquineries constantes, elle enfouit quand même son visage dans ses mains pour se cacher.

— Mais non, tu ne nous détestes pas, rétorqué-je, en chœur parfait avec Emma, pile au moment où une ombre vient planer au-dessus de notre trio.

— *Skittles* ?

Le ton de Mason est à la fois inquiet et amusé, et l'un de ses sourcils foncés touche le bord de sa casquette, rivée à l'envers sur son crâne, quand je laisse un échapper un *quand on parle du loup*. Kay me lance un coup de coude dans les côtes, et cette fois, c'est un gémissement de douleur qui m'échappe.

Peu importe : le jeu en valait la chandelle.

Objectivement, Mason Nova est vraiment une belle pièce de viande sexy. Ce dieu du football de près de deux mètres pourrait pratiquement faire jouir ma meilleure amie rien qu'en la regardant avec ses yeux vert mousse et en faisant apparaître ses fossettes. Mais… ce n'est pas pour cela que toutes mes parties féminines soupirent rêveusement tandis qu'il continue à nous fixer.

Non.

Ce n'est pas à cause de cette façon qu'il a de la regarder que mes doigts se resserrent autour du plastique de mon gobelet jusqu'à le broyer.

Non, non, non.

Ce qui me captive, moi, et aussi, au grand dam de mes amis ; UofJ411, le compte Instagram qui se fait l'écho de tous les potins du campus, c'est cette façon qu'a Mason Nova de savoir d'instinct tout ce qui concerne Kayla Dennings et d'apparaître comme par magie dès qu'il lui arrive quelque chose.

Comme en ce moment.

Mason est là, debout de l'autre côté de l'immense terrasse de quatre-vingt-dix mètres carrés, en pleine conversation avec nos cinq autres colocataires – oui, vous avez bien entendu : nous sommes neuf à vivre ici, dans notre propre remake de *The Real World*, version université de Jerssey – mais cela ne l'a pas empêché de se rendre compte que sa petite amie est gênée, et de venir voir ce qui se tramait.

— Néandertal, marmonne Kay dans ses mains, tout en cachant son visage.

Les coins des lèvres de Mason frémissent quand Emma et moi laissons échapper un soupir énamouré : nous trouvons leurs petits surnoms toujours aussi mignons. Et c'est aussi la raison pour laquelle je comprends tout à fait l'obsession de UofJ411 pour mes amis, parce qu'en voyant le couple #Kaysonova en action au quotidien, on ne peut pas nier qu'ils incarnent tout ce qui définit un #CoupleIdeal.

D'ailleurs...

Je sors mon téléphone de sous ma cuisse et je prends rapidement une photo de Mason avec cette expression d'adoration qu'il arbore dès qu'il regarde Kay. Une fois que Kay sera sortie de son embarras, je pourrai peut-être arriver à la convaincre que c'est une image qu'elle peut le laisser poster sur son propre compte Instagram. Même si elle méprise profondément tout ce qui touche de près ou de loin aux réseaux sociaux, laisser le monde voir combien il l'adore peut être un outil particulièrement puissant.

Il est peut-être amusé, mais cela n'enlève rien au fait que monsieur l'alpha n'a manifestement aucune intention de s'éloigner maintenant qu'il est là. Mason soulève Kay de sa chaise longue, prend sa place et s'installe avec elle sur ses genoux.

Emma reprend sa place de perroquet sur mon épaule et, sans la moindre honte, nous regardons Mason glisser un doigt sous le menton de Kay avant de passer son pouce sur la courbe de sa joue.

— Je dois bien avouer que je me demande de quoi vous parliez, mesdemoiselles, pour que tu rougisses comme ça, Skit.

— Est-ce qu'il est trop tard pour changer d'amis ? demande Kay.

Un court instant, Mason pose ses yeux sur nous, puis les reporte presque immédiatement sur les mains de Kay. Il en soulève une, puis dépose une série de baisers sur ses doigts ornés de toute une série de bagues. Des bagues portant des pierres diverses, toutes symbolisant les personnes qui comptent le plus dans sa vie.

— Oui, bébé, je pense qu'on peut raisonnablement dire qu'il est trop tard.

Kay grogne, et Mason embrasse le bout de son nez, amusé par ses réactions qu'il trouve adorables. Et il est difficile de lui en vouloir, quand il manifeste clairement le fait qu'il ne trouve pas Kay très impressionnante : du haut de son petit mètre cinquante, Kay ressemble plus à un chiot en colère qu'à autre chose.

Comme aimanté, mon regard revient sur la personne qui a provoqué toute cette agitation.

Merde !

Je devrais peut-être commencer à prier l'Enfant Jésus comme *Mamá*, parce que, si cet homme ne commence pas à me considérer comme autre chose que Quinn, son amie, *me voy a volver loca.*

— Ah ah !

Les yeux gris de Kay brillent de malice lorsqu'elle sort de sa bulle d'amour avec Mason.

— C'étaient donc des nuances de perversité de cet homme-là que tu parlais.

— Tu devrais tenir ta langue parfois, plaisanté-je, juste histoire de la faire taire.

— Et *voilà* ! On en revient encore au sexe oral, lance Emma en levant un poing en l'air pour saluer la plaisanterie.

— Bien joué.

Mason se redresse, manifestement intéressé, et les muscles de son torse se dessinent sous son t-shirt de l'équipe de football de l'université, alors qu'il se décale pour nous voir toutes les trois en même temps.

— Sexe oral ? lâche Mason en haussant un sourcil, la curiosité suintant manifestement de son ton. Skit, tu leur as parlé de ce truc que j'ai fait avec ma langue ce…

Kay interrompt Mason et l'empêche de terminer sa phrase en plaquant sa main sur la bouche.

— Il n'y a que *toi*, rétorque Kay en levant les yeux au ciel ; qui veux savoir si je me suis vantée de tes talents au lit, alors que nous devrions nous concentrer sur le fait que notre chère Q se demande si notre gentil CK est un genre de dominant qui s'ignore.

— Tu sais ce que ça me fait quand tu lèves les yeux au ciel, bébé, commente Mason.

Ce qui incite Kay à lever à nouveau les yeux au ciel, avant qu'ils ne se concentrent tous les deux sur moi, à mon plus grand déplaisir. Mason me regarde, toujours amusé, avant de lâcher :

— Eh bien, voilà qui va devenir intéressant.

Espèce de connard.

J'avale le reste de ma margarita d'un trait, et une douleur fulgurante me traverse le crâne. Je frappe mon front du poing pour la faire disparaître. Je suppose que c'est le prix à payer quand on cherche à noyer ses problèmes dans l'alcool glacé.

Et le pire dans tout ça ? C'est que ça ne marche pas.

Pas du tout.

J'ai toujours trois paires d'yeux braquées sur moi, un peu comme si leurs propriétaires s'attendaient à ce que je leur présente la toute nouvelle chorégraphie des pom-pom girls de la Red Squad de l'UofJ.

— Étant le seul ici à ne pas posséder un vagin…

— Un fait pour lequel Kay est *très certainement* reconnaissante , l'interrompt Emma.

— … Je vais avoir besoin de quelques explications, poursuit Mason, comme s'il n'avait pas été interrompu.

— À propos de ? demandé-je, non pas pour jouer les ingénues, mais parce que je veux être sûre de ce dont nous parlons.

— Pourquoi une fille se demande-t-elle soudainement si un mec cache des fouets et des chaînes dans son placard ? précise Mason.

Cette fois, c'est moi qui vire au cramoisi, et je maudis intérieurement les profondeurs de mon gobelet vide de ne pas se remplir comme par magie d'un liquide salvateur.

Je ferme les yeux, avant d'en rouvrir un pour jeter un nouveau d'œil à mon verre.

Toujours vide.

Merde.

Et vous savez quoi, en plus ?

Ces six globes oculaires qui m'observaient l'instant d'avant sont toujours tournés dans ma direction, alors que leurs propriétaires me fixent en attendant ma réponse.

Merde, et merde.

Vous savez quoi, encore ?

Oh, et puis, on s'en fout.

Je suis une grande fille. Si je peux supporter les allusions osées sur la vie sexuelle de mes amis, je dois aussi pouvoir supporter ça quand ça se retourne contre moi.

Mais d'abord…

Je m'empare du gobelet de margarita d'Emma.

Notant le sourcil parfaitement sculpté qui s'arque lorsque je le lui rends vide, je m'éclaircis la gorge et lâche :

— Ce ne sont pas tant des fouets et des chaînes que j'imagine, plutôt une collection de règles et de cravates.

Mason roule de la main, comme pour dire *continue*, et Kay

cache son gobelet derrière le grand corps de son petit ami pour m'empêcher de m'en emparer quand je commence à lorgner dessus.

Salope.

Je lève mes deux mains et les passe dans mes cheveux, le temps de trouver comment formuler ma pensée.

— Juste… eh bien… enfin… Regardez-le !

Je me rends compte que j'ai crié quand tout le monde, et je dis bien *tout le monde*, s'interrompt pour me regarder. Je me recroqueville dans ma chaise longue.

Fa-*foutrement*-buleux.

Oh, mon cher petit Jésus aux joues potelées, merci d'avoir fait en sorte que les étudiants soient faciles à distraire : le temps que je me redresse et que j'écarte mes cheveux rouges de mon visage, il n'y a plus que les trois corniauds qui sont encore à me regarder avec incrédulité.

— Tu peux *essayer* d'être plus claire ? demande Emma.

— Et peut-être aussi *essayer* de ne pas agir comme si tu étais au bord du terrain pendant un match des Hawks ? ajoute Kay d'un ton sarcastique.

Bon sang, ces salopes ont de la chance d'être mes sœurs de cœur, sinon je les détesterais.

Je me racle la gorge et je recommence.

— Regardez-le.

Je pointe CK du menton, mais mes amis continuent à me fixer, alors je fais un mouvement d'yeux ostensible pour ponctuer mon propos.

— Il a cette attitude calme et réservée, et ces lunettes délicieusement sexy.

— Lunettes ?

— Délicieusement ?

— Sexy ?

Em, Kay et Mason reprennent mes mots, chacun leur tour, et je hoche la tête.

— Eh bien, oui… pourquoi les mecs seraient-ils les seuls à avoir des fantasmes sur les lunettes ?

— Est-ce qu'on parle de lunettes, genre la secrétaire dévergondée ou la bibliothécaire coquine ? me lance Mason, tout en faisant un clin d'œil à Kay.

Ouille. Je me serais bien passée de connaître leurs préférences en matière de jeux de rôle érotique.

— Plus ou moins, mais dans mon cas, c'est plutôt moi qui serais la vilaine écolière et CK, le professeur dominateur prêt à s'occuper personnellement de ma retenue.

Qui a dit « trop d'informations » ?

Mon *abuelita* en perdrait la voix à réciter des *Ave Marías* si elle savait le nombre de fois que j'ai imaginé le scintillement des yeux bleus de CK derrière les verres de ses lunettes, alors qu'il me demandait de me pencher sur un bureau pour me *donner une leçon*.

Oh, bon sang, même comme ça, penser à mon fantasme favori suffit à me faire me tortiller sur mon siège.

Une pensée brutale me saute au visage, et je me redresse, provoquant le même vertige que si mes bases m'avaient lâchée alors que j'étais au sommet d'une pyramide humaine.

Oh, merde !

Si nous, nous pouvons entendre Mason et Kay faire *golo-golo dans la case*, cela veut dire que tout le monde, et surtout CK, peut entendre le bourdonnement de mon vibromasseur quand je me fais plaisir tout en pensant à lui ?

Oh…

Attendez…

Vous n'aviez peut-être pas compris ça.

Je crois que j'ai *oublié* de vous le dire.

Laissez-moi revenir un instant en arrière.

Vous vous souvenez de ces huit mois dont je vous ai parlé, un peu plus tôt ?

Oui ?

Eh bien…

Ces huit mois-là n'étaient probablement rien en comparaison avec ce que va être ma vie dans les mois à venir si cet homme ne se décide pas à essayer de comprendre ce qui se passe autour de lui, comme lorsque les concurrents de *Question pour un Champion* essaient de trouver un mot avec une définition. J'ai besoin qu'il réalise que… Je. Le. Veux.

Pourquoi ?

Parce que, non seulement l'homme en question essaie constamment de m'éviter, alors qu'il n'a plus d'échappatoire maintenant ; mais aussi parce qu'il est le seul à générer une intense frustration sexuelle qui irradie dans tout mon corps.

Vous ne comprenez toujours pas où est le problème ?

Eh bien, non seulement je suis folle amoureuse de Christopher Kent, alias CK.

Mais en plus… il est désormais mon colocataire.

CHAPITRE 2

CK

Pour la millième fois environ ce soir, je laisse mon esprit s'égarer.

Je peux être entouré de plusieurs personnes ou me trouver en plein milieu d'une conversation, une pensée récurrente revient toujours m'obnubiler : comment cette vie peut-elle être la mienne ? Quoi que je fasse, elle revient toujours danser dans mon esprit.

Et cette question existentielle est revenue me hanter si souvent au cours de ces deux dernières années passées à l'UofJ que j'ai cessé de compter le nombre de fois où elle apparaît depuis bien longtemps.

Mais…

Je crois que le changement le plus improbable de tous s'est produit quelques mois plus tard, lorsque Kay Dennings m'a littéralement imposé son amitié.

Et non, je n'exagère pas. Honnêtement, je ne vois pas

comment je pourrais mieux définir la façon dont Kay est entrée dans ma vie. Elle est peut-être minuscule, mais ce qu'elle n'a pas en taille, elle le compense par ce que mon grand-père qualifie de *détermination*.

Cela dit, je ne sais pas comment j'aurais survécu jusque-là sans elle ou toutes les autres personnes qui font partie de ma vie aujourd'hui.

— CK... mon frère. Reviens parmi nous, c'est ton tour.

Ce ne sont pas les doigts qui claquent à quelques centimètres de mon visage qui me ramènent au présent et m'incitent à reporter mon attention sur l'imposante silhouette de la deuxième personne qui est entrée dans ma vie par la force des choses.

Non.

Ce sont ces deux lettres, le *C* et le *K*. Deux petites lettres inoffensives, dont il semble difficile d'imaginer qu'elles puissent jouer un rôle particulièrement important dans une vie.

Et pourtant...

Ces deux petites lettres sont fondamentalement le catalyseur de...

Tout cela.

Franchement, je ne vois pas comment il est seulement *possible* que *tout cela* soit ma vie. Une partie de moi s'attend à ce que, d'un moment à l'autre, quelqu'un se mette à rire et révèle qu'il s'agit d'une grosse blague, d'une farce montée pour s'amuser au détriment du geek intello.

Mais...

Deux ans ?

Voilà qui représente une longue période, même pour les plus grands sociopathes.

Je m'ébroue mentalement pour écarter ces pensées, et me concentre plutôt sur la tour de blocs d'un mètre de haut posée au centre de notre cercle. Nous en sommes à notre quatrième partie de *Drunk Jenga*, ce qui rend la disposition des blocs plus précaire et mes capacités à retirer un bloc de la tour sans la faire tomber plus aléatoires.

La langue pincée entre les dents, je choisis l'une des pièces latérales et la libère avec précaution.

— Un coup pour tout le monde, énoncé-je.

Comme le veut la règle, tout le monde lève son verre ou sa

bouteille comme pour trinquer avant d'avaler une gorgée d'alcool.

— C'était encore à *ça* que tu pensais, hein ? me lance Grant.

Je pose le bloc avec délicatesse sur la tour qui oscille légèrement avant de laisser mes épaules s'affaisser. Est-ce que le fait que je déteste que Grant me connaisse assez bien pour savoir à quoi j'ai pensé fait de moi un connard ? Est-ce que j'avais tort d'espérer qu'il ait oublié ?

Un rire léger et complice me parvient aux oreilles, et quand je me retourne vers lui, deux yeux sombres à l'éclat amusé me toisent de haut. Et avant que vous ne vous offusquiez en mon nom – je vous remercie pour l'intention – je parle au sens littéral du terme. Du haut de ses presque deux mètres dix, Grant Grayson, alias G au sein de notre famille de cœur ; ne peut que regarder de haut l'immense majorité de ses contemporains.

— Je ne vois pas de quoi tu parles.

Je feins l'ignorance, histoire de ne pas rajouter au poids de mes insécurités.

Pas ici.

Pas maintenant.

Pas avec quelqu'un qui fait partie intégrante de ma vie.

— C'est trop mignon quand les plus intelligents essaient de jouer les crétins, commente JT.

JT Taylor, alias les deux premières lettres de la *soupe de lettres* qui compose la famille de cœur de Kay ; me pousse de la hanche pour jouer à son tour.

— Ouais, et pourtant, Dieu sait qu'ils ne sont pas doués pour ça, renchérit Grant avec un regard éloquent, genre *Arrête d'essayer de faire comme si je ne te connaissais pas.*

Je lève ma bière vers lui en guise de réponse et reporte mon attention sur le bloc de *Jenga* que JT a dégagé. Je me concentre sur l'esprit, disons… créatif, de la règle dessinée dessus, présentée sous la forme d'un visage souriant, d'un pubis poilu et de sperme jaillissant d'un pénis en pleine érection ; tout en espérant que Grant laisse tomber.

Cela fonctionne, et tous ceux d'entre nous qui possèdent une version, espérons-le, moins colorée du membre dessiné sur le bloc, lèvent leur verre et avalent une gorgée d'alcool comme le veut le jeu.

Dieu merci.

J'ai déjà dû promettre à mes amis d'essayer de moins me cacher. Je n'ai pas besoin d'entendre un autre de ces sermons dont ils ont le secret, et que je pourrais probablement réciter par cœur à ce stade, tant je les ai souvent entendus ; sur le fait qu'il est temps que je me rende *enfin* compte que je suis quelqu'un de génial, et que je l'accepte.

Parce que, franchement, c'est plus facile à dire qu'à faire.

Le jeu se poursuit, chacun tirant son bloc avant de le reposer, sauf qu'il s'agit d'un *Drunk Jenga*. Pour chaque pièce déplacée, le volume d'alcool consommé augmente, et avec lui le volume de nos voix. Nos mouvements deviennent de plus en plus incontrôlés, et un bras finit par balayer la tour qui s'écroule sur le sol dans un concert de *Oooh !* et de rires étouffés.

Cela ne me fait ni chaud ni froid : je me suis étonnamment habitué au chaos. D'autant plus que cela me permet de mieux me fondre dans l'ombre du décor, là où je me sens plus à l'aise.

Une fois de plus, je me demande comment j'en suis arrivé là, et par *là*, je l'entends aussi bien physiquement que métaphoriquement. Mais cette pensée est rapidement suivie d'une autre, beaucoup plus ancienne et encore plus familière : *Tu n'es pas à ta place ici.*

Malheureusement, malgré tous les efforts de mes amis, je ne parviens pas à m'en défaire.

Je regarde autour de moi : il est évident qu'il y a un intrus dans le décor. Qui donc, me direz-vous ? Ce n'est pas Kevin qui s'incline de manière cérémonieuse devant un autre de nos amis, ni Alex qui lui conseille de garder ses effets de style pour le terrain de football. Non, cet intrus, c'est… moi. Je suis l'intrus, dans tous les sens du terme.

Est-ce que je suis un athlète ? Non.

Est-ce que je suis populaire ? Seulement dans la catégorie de ceux à qui l'on s'intéresse pour les harceler.

Pour faire court, les athlètes trop sûrs d'eux, les cheerleaders et moi… Nous ne sommes pas réellement compatibles.

Et pourtant…

Je vis désormais en colocation avec des athlètes *et* des cheerleaders.

Vous comprenez pourquoi je me demande constamment comment j'ai pu en arriver là ?

Un souffle d'air me heurte le visage quand Grant frappe dans ses mains de la taille d'une assiette, juste devant moi.

— Oh non, non, non, mec, poursuit-il alors que j'écarte une mèche de cheveux de mes yeux en lui lançant un regard noir. Tu recommences, et il faut que tu arrêtes avec ces conneries.

— Il fait quoi ?

Une autre tête blonde, dont nous avons l'habitude qu'elle s'immisce tout le temps dans nos affaires ; vient s'incruster dans notre conversation. Le sourire malicieux de Travis, le quarterback vedette de l'équipe de football de l'UofJ, entre dans mon champ de vision. Ai-je précisé que cet athlète-là est aussi l'un de mes colocataires ?

— Oh, est-ce qu'il commence à faire des cachotteries avec son mystérieux jeu vidéo à toi aussi ? demande Travis.

— Il n'y a rien de mystérieux là-dedans, grommelé-je.

— *Mmmh.*

Trav passe un bras autour de mes épaules, mais ce n'est pas pour me bloquer la tête comme le faisaient les joueurs de football de mon passé. Non, son geste est plein d'une camaraderie toute fraternelle à laquelle j'ai vaillamment essayé de m'habituer.

— Alors, dis-moi, reprend-il, c'est un jeu de stratégie en temps réel, un jeu de tir en vue FPS, un jeu de rôle… ? demande-t-il tout en ponctuant ses mots d'un mouvement de roulis avec sa main libre, comme pour m'encourager à parler. Tu m'arrêtes quand j'ai bon, hein.

Il n'y est pas du tout. Le jeu que j'ai passé les dernières années de ma vie à coder et à développer n'entre dans aucune de ces catégories. Mais… même s'il avait deviné correctement, je ne le lui aurais pas dit.

Je ne veux pas en parler.

C'est beaucoup trop *personnel*.

— Allez, CK, gémit Trav.

Un long frisson me court dans le dos. Bien sûr, il n'est pas l'un de ces sportifs qui m'ont pourri la vie quand j'étais adolescent, mais avoir quelque chose qu'il veut, sentir que je suis en quelque sorte en position de force ici… C'est enivrant.

— Laisse mon CK tranquille, QB1, lance Kay depuis l'autre côté de la terrasse.

Je parviens pas à m'empêcher de sourire devant la facilité avec laquelle elle manifeste son instinct de propriété envers moi. Ce n'est pas au sens romantique du terme : cette place-là a été réclamée sans ambiguïté aucune par le mastodonte de joueur de football sur les genoux duquel elle est actuellement assise. Mais cela n'enlève rien à la force de sa déclaration.

Je ne parviens pas non plus à résister à la tentation d'embêter un peu Travis en lui disant que Kay m'aime plus que lui.

— Foutaises ! s'écrit-il avec une grimace en se tournant vers Kay. Miniature, dis-lui que ce n'est pas vrai.

Kay se contente de lever les yeux au ciel parce que c'est son truc, ce qui fait rire Mason et le reste de nos amis, lesquels n'hésitent à se moquer de Trav et de son attitude de bébé pleurnichard.

JT saute sur le dos de Trav et lui tape sur les fesses comme s'il fouettait un cheval. Alex et Kevin s'effondrent de rire l'un contre l'autre, et Grant est tellement hilare qu'il en a les larmes aux yeux.

JT toujours sur son dos, Trav s'agenouille devant Kay, les mains jointes devant lui, et la supplie de faire de lui son premier choix de « frère » en lui promettant un amour éternel et de faire sa lessive lui-même.

— Pas question que tu approches tes mains de mes sous-vêtements, QB1.

Kay pose ses doigts au milieu du front de Trav et appuie dessus pour le repousser. Trav tombe en arrière et s'étale par terre en aplatissant JT comme une crêpe au passage.

— Ça, c'est clair, grogne Mason en jetant un regard assassin à son meilleur ami.

— On devrait peut-être ouvrir les paris quant au temps qu'il faudra à Mase avant de finir par tuer Trav ? demande Noah.

Il a beau être le seul membre de notre groupe qui ne vivra pas avec nous, il sort tout de même son téléphone pour commencer à prendre les paris.

— Mais enfin, mec, tu ne seras même pas là, s'esclaffe Alex en secouant la tête.

Noah mime le geste de recevoir un coup de couteau en plein cœur.

— Mince. C'est comme ça que ça va se passer ? Loin des yeux, loin du cœur ? Dur.

Il secoue sa main devant sa poitrine d'un air dramatique.

— Tu agis comme si Washington était à l'autre bout du monde, rétorque Kevin sèchement.

— Ouais, mon frère, tu sais très bien qu'on viendra, ne serait-ce que pour voir ce qu'on y trouve à manger, ajoute Grant en se tapotant le ventre.

Ce mec est un véritable estomac ambulant.

— Content de voir que c'est ton estomac qui t'amènera dans la capitale de notre nation, et non pas l'opportunité de me voir jouer, grogne Noah. Il n'y a pas à dire, je me sens *vraiment* estimé à ma juste valeur.

Tu parles. Comme si l'un de nous allait lui permettre de faire ses débuts en tant que joueur professionnel sans que nous soyons tous là pour l'encourager. Même moi, qui suis le plus réticent à faire partie intégrante de cette *famille*, je sais que ce n'est pas comme ça que cela fonctionne.

— Tu veux une déclaration d'amour, No ? lance une voix féminine depuis l'autre bout de la terrasse.

Manifestement, les filles écoutaient notre conversation, mais cela ne devrait pas me surprendre, *aucun* d'entre nous ne semble être capable de s'occuper exclusivement de ses propres affaires.

Emma Logan – alias Em parce que c'est sous ce diminutif que je l'ai toujours connue – complète le trio d'amitiés inattendues qui ont changé ma vie d'une façon que je n'aurais jamais cru possible à l'époque où je me faisais éclater la tête dans les casiers de mon lycée.

Elle lève son gobelet rouge en l'air et commence à chanter le refrain de *One Margarita*, la chanson de Luke Bryan. Kay se joint à elle, mais aucune des deux ne retient mon attention pour autant.

Non, à mon grand désarroi, mon regard se porte sur la fille aux cheveux rouge flamboyant assise entre elles et qui complète leur trio de chanteuses de karaoké.

Quinn Thompson.

Fougueuse.

Pétillante.

Cheerleader.

Tellement *foutrement* belle que la regarder me fait mal. Sauf que ne pas la regarder me fait *encore* plus mal.

Le problème, c'est que…

Je peux travailler sur moi-même autant que je veux, nous sommes tellement à des années-lumière l'un de l'autre que ne serait-ce que fantasmer sur elle est embarrassant.

Noah se dirige vers le bar intégré dans un coin du balcon et sort du mini-frigo le pichet de margarita préparé plus tôt. Puis, il se met à chanter avec ces dames tout en remplissant leurs gobelets, et se met à osciller des hanches en rythme, à leur plus grand amusement.

N'étant pas du genre à abandonner, Trav fait une nouvelle tentative auprès de Kay afin qu'elle lui confirme qu'il est son « frère » préféré, et la tire par les mains pour l'attirer dans un pas de danse.

Mason grogne, passe un bras autour des hanches de Kay et la ramène sur ses genoux.

— Combien de fois vais-je devoir te dire d'arrêter de jouer les jolis cœurs avec ma copine ?

La remarque déclenche une nouvelle salve de gloussements de la part des filles, et un nouveau mouvement d'yeux vers le ciel de la part de Kay.

— Tu devrais demander à CK de t'inscrire sur l'application de rencontres qu'il développe dans le cadre de son cours d'été, lance Em à Trav.

— Ouais, peut-être que si tu as une petite amie à toi, tu laisseras la mienne tranquille, grommelle Mason.

— Ah, ah, ah. Trop drôle, glousse Trav en se tenant le ventre, dans une attitude exagérément moqueuse avant de faire un geste vers Mason, et de tourner sur lui-même pour nous prendre à témoin. Regardez un peu notre Casanova jouer les parangon de vertu maintenant qu'il s'est casé !

Mason lui fait un doigt d'honneur, puis me jette un regard plein d'espoir, tout en joignant ses mains comme pour faire une prière.

— CK, aide un frère. Inscris ce *loser* sur l'application avec toi.

Il pointe du pouce vers Trav.

Je sens le rouge me monter aux joues. C'est déjà assez difficile d'avoir laissé Emma me convaincre de m'inscrire moi-même sur l'application que mon cours d'ingénierie informatique est en train de tester et de déboguer, mais maintenant tout le monde le sait. *Merci, Em.* Je me frotte la nuque des doigts. Comme si je ne me sentais pas déjà assez nul comme ça.

— Hum… Je doute assez que tu veuilles faire ça. L'algorithme n'est pas du tout au point.

Enfin, je l'espère, au fond.

— Pourquoi est-ce que tu dis ça ? demande Em en penchant la tête et en fronçant les sourcils. Tu n'obtiens des concordances qu'avec des dingues ?

Je me concentre sur le contenu de mon gobelet et regarde les dernières bulles de mousse éclater. Je voudrais être... n'importe où, tant que c'est ailleurs qu'ici.

Parce que... *ça craint.*

Et devoir l'admettre prouve à quel point je ne suis pas comme eux.

Je soupire et remonte mes lunettes sur mon nez avant d'avouer la vérité.

— Je n'ai eu *aucune* concordance.

Mes joues me brûlent encore davantage, et autour de moi, tout le monde me regarde avec incrédulité. *Là, vous voyez ? Votre CK est un* loser *de première.*

— Impossible, lance Quinn tout en tendant la main et en remuant les doigts. Donne-moi ton téléphone.

Elle a perdu la tête ou bien... ? Je sais bien que j'ai déjà dit qu'elle était trop bien pour moi, mais je n'ai pas pour autant l'intention de lui apporter la preuve de cet état de fait sur un plateau. Même pas en rêve.

— CK, réclame-t-elle en agitant à nouveau son doigt vers mon téléphone.

Je ne bouge pas d'un centimètre. Pas question.

Elle souffle avant de se lever maladroitement. Elle peine à marcher droit, mais cela n'enlève rien au balancement particulièrement séduisant de ses hanches.

Un doux parfum de noix de coco emplit mes poumons une seconde avant que la pointe de ses sandales ne vienne buter contre mes orteils logés dans mes Vans, alors qu'elle envahit mon espace personnel sans aucune honte.

C'est du pur Quinn : sa confiance en elle irradie littéralement de chacun de ses pores.

Un ongle manucuré tapote ma poitrine jusqu'à ce que je relève le menton pour croiser son regard noir. Sa proximité provoque de petits frissons sous ma peau, et j'ai juste envie de la frotter tant cela me démange.

— Il faut que j'aille chercher ton téléphone moi-même ?

Elle laisse échapper un hoquet, et cela fait sérieusement chuter le facteur intimidation avec lequel elle essaie de jouer.

L'idée qu'elle puisse aller mettre sa main dans la poche de mon short me fait bondir sur mes pieds. Compte tenu de la quantité de bière que j'ai ingurgitée en jouant au *Jenga*, je risquerais de faire quelque chose de très *embarrassant*, comme, par exemple, de me mettre à gémir ; si cela devait arriver.

C'est la seule raison qui me vient à l'esprit pour expliquer pourquoi je finis par céder et lui donner ce qu'elle me demande.

Quinn me met son gobelet dans la main, et je l'ai tout juste attrapé qu'elle brandit mon téléphone devant mon visage, manquant me frapper au passage, pour le déverrouiller avec Face ID.

Elle fredonne en naviguant dans les applications jusqu'à ce qu'elle trouve l'application de rencontre que nous développons : *Rencontres Geeks.*

— *Rencontres Geeks* ? dit-elle avant de marquer un temps de pause, le pouce au-dessus de l'écran, et en me détaillant des pieds à la tête de ses yeux sombres. C'est sûr que tu as tout à fait le style geek chic.

Elle n'est pas la première à me qualifier ainsi, et c'est l'une des raisons pour lesquelles j'ai accepté d'essayer moi-même l'application. Après tout, elle est destinée à me faire rencontrer des personnes qui se considèrent, comme moi, comme geek.

— Bon sang, Superman, me lance Quinn avec un revers de la main dans la poitrine, et j'essaie de ne pas rougir au surnom qu'elle m'a attribué il y a des mois. Tu n'as même pas inscrit tes *principales* qualités.

Je lève les yeux au ciel, et oui, Kay a déteint sur moi. Quinn a beau être sérieusement ivre, la façon dont elle tourne son commentaire est un tantinet exagérée malgré tout.

Mon profil mentionne mes principaux succès académiques, le diplôme que je vise et le fait que j'aime concevoir des jeux vidéo pendant mon temps libre. Qu'est-ce que je pourrais bien dire d'autre ?

— Il *faut* que nous arrangions ça, ajoute-t-elle en faisant claquer sa langue et en secouant la tête. Laisse-moi une minute.

Grant renifle bruyamment à côté de moi, et pose son coude sur mon épaule tandis que Quinn s'éloigne pour s'installer avec Kay et Em sur leur chaise longue d'origine.

Franchement, je ne suis pas sûr d'avoir tout compris à ce qui vient de se passer.

CHAPITRE 3

QUINN

L'intégralité de la fanfare de l'université semble avoir décidé de répéter à l'intérieur de mon crâne, et je me retourne avec un gémissement pour enfouir mon visage dans mon oreiller.

Au moment où je retrouve enfin le bonheur dans le confort du duvet d'oie, j'entends les gonds de la porte de ma chambre grincer, et quarante kilos de muscles canins atterrissent sur mon lit.

En général, j'adore la façon dont Herkie, le labrador jaune de Kay, vient me chercher le matin. Dieu sait que sa maman humaine est du genre à être en coma léthargique lorsque le soleil se lève.

Mais aujourd'hui… je ne suis pas particulièrement d'humeur.

Herkie, quant à lui, se fiche éperdument de la sévère gueule de bois dont je suis victime. Il a besoin de faire pipi, et il a besoin de faire pipi *maintenant*.

Mais je ne suis manifestement pas assez vive ce matin pour le chien, et il enfonce littéralement sa langue dans mon conduit auditif dans un effort manifeste de me faire réagir. Je me force à sortir ma tête de mon oreiller, et jette un regard peu amène à mon mal-élevé de réveille-matin.

Il se déplace sur mon lit avec un grognement enthousiaste, et me met un grand coup de langue en plein sur le nez. Toute ma contrariété disparaît lorsque je plonge dans les beaux yeux bruns de Herkie : j'adore comme ils sont expressifs. Avec une série de grognements et de jurons en espagnol, bien évidemment tous émis par moi-même ; je m'efforce de m'extraire de l'enchevêtrement de couvertures dans lequel je suis emmêlée.

Je dois bien admettre que la tentation de me laisser piéger par ma couette est réelle néanmoins.

Mais… Je serais une bien piètre tante honoraire pour un chien si je n'allais pas lui ouvrir afin qu'il puisse aller faire ses besoins dehors.

Le bourdonnement de mon téléphone me fait fouiller dans mes oreillers à sa recherche, mais lorsque je le trouve enfin, je n'ai pas de notifications. Et… d'où vient ce bourdonnement ?

Cela doit être un nouveau symptôme de la gueule de bois, je ne vois pas d'autre explication.

Je cherche à nouveau, parce que j'imagine qu'Emma ou Kay a dû laisser son téléphone ici la nuit dernière. Je secoue ma literie comme si je cherchais le trésor laissé sous l'oreiller par la petite souris, et me fige quand j'obtiens la réponse à la question précédemment énoncée.

Hum.

Qu'est-ce que c'est que *ça* ?

Pourquoi le téléphone posé sur mon lit n'a-t-il pas une coque avec des Skittles dessus, ou une image représentant un gobelet de café en mode cartoon ? Pourquoi ai-je sous les yeux une coque version Game Boy vintage ?

Il n'y a qu'une seule personne dans cet appartement qui a une coque de téléphone de ce genre. La question est… pourquoi ce téléphone est-il dans mon lit ?

Hum.

Quelqu'un pourrait-il m'éclairer de ses lumières ?

Serait-il possible d'acheter un indice ou même de passer un coup de fil à un ami ?

Un nez mouillé s'écrase contre l'arrière de mon genou, et mon cerveau embrumé se souvient que nous avons des choses plus importantes à gérer pour l'instant : le pipi du chien.

Évidemment, aucun de mes autres colocataires n'est réveillé. Rien ne bouge dans l'appartement alors que je suis Herkie comme une limace transgénique jusqu'aux portes menant au balcon. Mason a eu une idée de génie le jour où il a aménagé un « espace toilettes » fait de gazon synthétique dans un coin de la terrasse pour que Herkie puisse sortir sans que nous ayons à descendre jusque dans la rue. Aujourd'hui, au moins, cela me laisse tout le temps de creuser dans mon cerveau pour essayer de reconstituer le cours de la série de mauvaises décisions que j'ai dû prendre pour me retrouver avec le téléphone de l'homme pour qui j'ai le béguin dans mon lit.

Comment est-ce que je sais qu'il s'agissait forcément de mauvaises décisions ? Oh, rien de plus simple : j'ai bu *beaucoup* de tequila hier soir.

Donc…

Croyez-moi plutôt sur parole.

Debout devant la porte de la chambre d'Emma, je fais le signe de la croix et prie le Saint Patron préféré de mon *Abuelita*, celui à qui elle s'adresse quand elle s'inquiète de savoir si je suis en sécurité ou non, qui qu'il soit. Je vais avoir besoin de toute la protection possible si je veux survivre à ce que je m'apprête à faire et qui représente un danger mortel : réveiller une personne qui n'est pas du matin.

Non seulement la petite lampe qui projette des étoiles au plafond est toujours allumée sur sa table de nuit, mais en plus, un rayon de soleil illumine mon amie endormie d'un halo doré : elle fait très princesse Disney.

Naturellement, dans un cas comme celui-ci, je fais ce que ferait n'importe quelle meilleure amie.

Je ferme mes poings, prends appui sur mes doigts et me penche en avant pour déposer un bruyant baiser mouillé sur le front d'Emma. Je plonge juste à temps pour éviter le bras qu'elle lance dans ma direction.

— J'espère pour toi que l'appart est en feu et que tu ne me réveilles pas pour rien, Q, marmonne Emma dans son oreiller avant de l'attraper à deux mains et de le poser violemment sur sa tête.

Mon cœur se met à faire des bonds, comme à chaque fois

qu'on m'appelle « Q ». Ce n'est peut-être qu'un surnom tout simple, mais je sais ce que cela signifie, de se voir surnommé par une lettre quand on est un proche de Kay. Bon sang… Même moi, je n'appelle même plus Emma *Emma*. Elle est devenue « Em » pour moi aussi, et maintenant, c'est irrémédiable.

— Écoute-moi bien, *espèce de salope*, lâché-je en grimpant sur son matelas avant de m'écrouler à côté d'elle dans un grand mouvement théâtral. Nous avons des choses *beaucoup plus importantes* à discuter que l'heure à laquelle je t'ai réveillée.

Je n'attends pas la réponse d'Emma, ni même qu'elle daigne sortir la tête de sous son oreiller, pour mettre ma main sous son nez, le téléphone de CK toujours serré à l'envers entre mes doigts.

Des ongles parfaitement manucurés s'accrochent à mon poignet, et elle abaisse mon bras de façon à parvenir à voir ce que je brandis devant elle.

Il lui faut quatre clignements de paupières et un impressionnant mouvement du cou avant qu'elle ne reprenne la parole.

— Pourquoi est-ce que tu as encore le téléphone de CK ?

— *Encore* ?

Emma acquiesce de la tête, et je suis encore plus perdue que lorsque j'ai découvert ce compagnon de lit inattendu.

— La question serait plutôt de savoir *pourquoi* j'ai ce téléphone, en premier lieu, non ? demandé-je, un soupçon de panique se glissant dans la question.

Rien de tout cela n'a de sens.

Emma bâille bruyamment, et je suis à deux doigts de la secouer avec impatience.

— Tu ne l'as pas cru quand il a dit qu'il n'avait obtenu aucune concordance sur cette application de rencontres.

Les résidus d'alcool qui se promènent encore quelque part dans mes veines se mettent à faire des figures acrobatiques quand Emma évoque l'idée que CK puisse sortir avec une fille. Quand va-t-il prendre *mes* sentiments au sérieux ? Je vous jure que j'en suis presque à me faire un bikini avec de la chantilly et à me pavaner devant lui comme ça pour lui faire comprendre qu'il me plaît.

— D'accord, dis-je en me mordant la lèvre tout en cherchant à comprendre pourquoi j'ai ensuite gardé son téléphone. Et ensuite ? Je l'ai gardé pour... ? Effacer toutes les concordances existantes après lui avoir prouvé qu'il avait tort ?

C'est une super idée, en fait. Je suis déjà en train de me féliciter mentalement quand Emma me renverse métaphoriquement un plein d'eau glacée sur la tête.

— Tes tendances à voir le potentiel marketing de chaque situation ont pris le dessus, et tu nous l'as faite : *Oh, bon sang, Superman, tu ne leur as pas dit tout ce qui fait de toi cet homme-idéal-super-sexy-de-la-mort-qui-tue*, explique Emma d'une voix de fausset doublée d'un accent texan traînant très affecté, juste pour se moquer de moi.

J'admets volontiers que j'ai effectivement déjà utilisé ce genre de description, à haute voix, pour parler d'un certain Christopher Kent, mais...

— D'abord, dis-je en pressant le bout du nez d'Emma, effet sonore à l'appui ; je n'ai pas du tout cette voix-là.

Oui, je sais très bien que je suis texane, et que ça s'entend, mais mon accent reste léger.

— Et après... Non, non. Je n'ai *pas* dit ça. Je suis *sûre* que je n'ai pas dit ça.

Je marque une pause, lève les yeux et cille. À force de fouiller dans mes souvenirs, je commence à avoir un doute.

—Dis-moi, je n'ai pas dit *ça*, hein ?

Une ébauche de sourire fait frémir les coins de la bouche de mademoiselle Gronchon.

Il y en a au moins une de nous deux que cela amuse.

— Pas dans ces termes exacts, non, rétorque-t-elle en secouant la tête pour appuyer son propos. Mais tu as bel et bien modifié le profil de notre *Sire Timide*.

Mierda.

Putain de tequila.

— Qu'est-ce que j'ai mis ? demandé-je, je cœur au bord des lèvres.

Si José Cuervo est impliqué, je suis susceptible d'avoir mis tout et n'importe quoi. C'est un sacré miracle que ce soit le téléphone de CK qui ait fini dans mon lit, et pas ma personne dans le sien.

Oh, ça, c'est une stratégie que je n'ai pas encore essayée...

—Je ne sais pas.

Emma se redresse, à contrecœur, et ses couvertures s'amon

cellent autour de sa taille. Elle hausse les épaules, frotte ses yeux avec ses paumes et grommelle quelque chose à propos de son besoin de caféine.

Bien sûr. Du *café*, c'est bien le plus important, là, tout de suite. Ce n'est pas comme si j'étais en panique totale à l'idée d'avoir éventuellement fait quelque chose susceptible de faire exploser en vol ma potentielle future vie amoureuse.

— *Emma*, gémis-je.

Que j'utilise son prénom entier lui fait arquer l'un de ses sourcils parfaitement sculptés. Sérieusement, leur perfection pourrait faire pleurer jusqu'à Ellen Pompeo.

— *¿Qué pasa, chica?*

Je me mords l'intérieur de la joue pour m'empêcher de rire. Il n'y a *rien* de drôle là-dedans, mais Emma Logan qui me parle en espagnol ? C'est comme si mon *Abuelita* était ici avec moi, prête à disserter avec moi sur les potins du jour.

— J'ai *besoin* de savoir ce que j'ai écrit.

Mon ongle tapote agressivement l'écran, et il s'allume en affichant les notifications de *Rencontres Geek*. Leur simple existence me rend dingue : cela me rappelle de manière visible que je ne suis pas le genre de fille que CK recherche.

Et tout cela m'ennuie d'autant plus que je ne peux même pas les ouvrir pour voir ce que ça dit. *Putain de mot de passe.*

Hum.

Est-ce que ça serait vraiment bizarre si j'allais jusque dans la chambre de CK et que j'essayais de faire un FaceID sans le réveiller ?

— Tu as peur de lui avoir avoué un amour éternel par écrit ? demande Emma.

Je plisse les yeux et pince les lèvres.

— Tu *essaies* de me faire cacher tout le café de cet appartement ? menacé-je en arquant un sourcil. Parce que je te jure que j'en suis capable.

Elle tape du poing contre sa poitrine et s'effondre sur le matelas, comme pour rejouer la mort de Juliette telle qu'elle l'avait jouée dans la pièce de Shakespeare au cours d'une représentation de théâtre au lycée.

— Tu es un *monstre*, Q, siffle-t-elle entre ses dents.

— Et *toi*, tu es. Une. Mauvaise. Amie.

Je ponctue chaque mot d'un coup de poing dans son ventre, et agite à nouveau le téléphone sous son nez.

— Aide. Moi.

Emma me prend le téléphone des mains, tapote l'écran et fait glisser ses doigts dessus, pour finir par grogner et le jeter quand elle se rend compte de ce que je savais déjà : il est verrouillé.

Mes espoirs s'effondrent, et j'ai l'impression qu'on m'a enfoncé un de mes pom-poms dans la gorge.

Qu'est-ce que j'ai fait ?

Qu'est-ce que j'ai fait, *putain* ?

Je suppose que huit mois sont donc ma limite officielle. Une margarita de trop et une application de rencontres, c'était tout ce qu'il fallait pour que la cheerleader en moi finisse par faire le faux pas de trop.

Sauf que…

Maintenant, en plus de devoir composer avec un garçon mignon qui ne comprend rien, je dois aussi composer avec ma propre stupidité.

— Peut-être que… commence Emma avant de s'interrompre, et ses cheveux volent autour de son visage lorsqu'elle secoue la tête à sa propre idée. Non, c'est une mauvaise idée. Même moi, j'en suis consciente.

— Quoi ? crié-je en m'agrippant à son avant-bras comme si elle était ma bouée de sauvetage dans le tsunami que j'ai moi-même provoqué.

Fini la tequila. Plus jamais je ne touche à ce liquide du diable.

— Du calme, ma poule, rétorque Emma en retournant son bras pour inverser nos prises jusqu'à ce soit elle qui s'accroche à moi. J'allais juste dire que Kay connaissait peut-être, et je dis bien *peut-être* ; le code de CK. Mais…

Elle s'interrompt, mais je n'ai pas besoin qu'elle finisse sa phrase pour savoir ce qu'elle veut dire.

C'est une chose pour moi de débarquer ici et de la réveiller, *elle*. Faire la même chose avec Kay ? Voilà qui relève d'un tout autre niveau de dinguerie.

Sans compter qu'en plus, elle est avec son propre spécimen d'alpha-homme-des-cavernes.

Suis-je vraiment assez folle pour faire ça ?

Peut-être vaudrait-il mieux que je ne le fasse pas.

Oh, et puis merde.

Estoy loca.

Tant pis.

Je vais le faire.

Rectification.

Nous allons le faire.

Ouais, j'avoue, je joue la carte de l'amitié sacrée et je vais obliger Em à assurer mes arrières.

En espérant que Kay et Mason ne dorment pas à poil.

CHAPITRE 4

CK

Un nez froid touche ma joue, et je sors des limbes du sommeil tout en tendant aveuglément la main vers la tête poilue que je sais être là.

— Salut, mon pote.

Je grattouille Herkie entre les oreilles et reçois en échange un grand coup de langue bien baveux en plein visage.

Mon compagnon canin m'abandonne dès que je suis réveillé, me laissant me préparer seul pendant qu'il part à la recherche de sa prochaine victime : le chien a pris l'habitude de réveiller tous ceux qu'il peut atteindre le matin. Une attitude probablement dictée par le côté peu matinal de sa maîtresse, Kay, qui évite autant qu'il est humainement possible de se lever tôt.

Je tâtonne du bout des doigts sur ma table de nuit pour trouver mes lunettes et les pose sur mon nez. Puis, je cille lorsque je constate que l'espace où devrait se trouver mon téléphone est vide.

Bon sang ! C'est toujours Quinn qui l'a.

Qu'est-ce qui s'est passé hier soir ?

Qu'est-ce que j'ai bu ?

Je ne me souviens plus, mais une chose est sûre : j'ai *trop* bu.

Beaucoup trop bu.

J'ai besoin d'un café.

Je n'arrive pas à croire que je l'ai laissée prendre mon téléphone hier soir.

Non, attendez, oubliez ça.

Évidemment, que je l'ai laissée avoir mon téléphone.

Concrètement, il n'y a pas grand-chose que je serais capable de refuser à Quinn. C'est l'une des nombreuses raisons pour lesquelles j'essaie de garder mes distances avec elle.

Et pourtant, je vis désormais dans le même appartement qu'elle. Je fixe le mur de ma chambre comme si j'étais doté de la vision à rayons X du super-héro dont elle m'a affublé du surnom, et que je pouvais la voir à travers les murs.

Je reporte mon regard vers la gauche, sur mon ordinateur portable, et la tête me tourne. Je suis tenté d'aller consulter mon profil sur le site de *Rencontres Geek,* mais je n'ose pas.

Qu'est-ce que Quinn a changé dans mon profil ?

Qu'est-ce qu'elle a dit sur moi ?

Je…

Je ne veux pas regarder.

Bordel !

Il faut que je sorte d'ici.

Tout de suite !

Rester ici ne fera que me faire cogiter davantage sur les tenants et les aboutissants des événements de la nuit dernière.

J'enfile à la hâte un t-shirt froissé et un pantalon de survêtement, avant de me diriger à grands pas vers ma salle de bains. Dans la précipitation, je n'ai pas mis de chaussettes, et je le regrette instantanément quand le froid du carrelage mord la peau de la plante de mes pieds, alors que je me tiens debout devant le lavabo, la bosse à dents dans la bouche.

Je ne parviens pas à m'empêcher de repenser au déroulement des événements de la nuit passée, et je manque de m'étouffer avec mon dentifrice. Mon cerveau tourne en rond comme une roulette russe, et j'en suis encore à me demander si ma mort va provenir de mon MacBook qui me nargue ou d'un coup que je ne vais pas voir venir.

Satanée Kay. Tout ça, c'est *entièrement* sa faute. Bien sûr, c'est Emma qui m'a suggéré d'accepter d'être l'un des utilisateurs bêta pour l'application *Rencontres Geek* ; mais c'est Kay qui m'a poussé à franchir le pas.

Pourquoi a-t-il *fallu* qu'elle tombe amoureuse de Mason ?

Voilà, en fait, c'est plutôt à Mason que je devrais m'en prendre. Kay était loin d'être aussi pénible avant qu'il ne s'immisce dans nos vies. C'est à cause de lui que Kay manie désormais ces nouvelles phrases prononcées avec douceur pour faire tomber encore plus mes murs.

« *Tu* sais *que je* sais *à quel point c'est effrayant de sortir de sa coquille.* »

Généralement, cette phrase est accompagnée d'une pression légère de sa main sur mon avant-bras.

« *Tu te souviens à quel point tu t'es battu pour faire partie de mes amis à part entière ?* »

Cette phrase-là, quant à elle, s'accompagne généralement d'un mouvement de ses doigts devant mon visage, afin de faire scintiller la bague ornée d'une émeraude qu'elle porte pour symboliser mon mois de naissance et l'importance que j'ai dans sa vie. Je déteste quand elle fait ça : cela me touche tout autant que cela me met mal à l'aise.

« *Parfois, sortir de sa zone de confort permet de se voir récompenser de manière particulièrement inattendue.* »

À ce moment-là, elle adresse toujours un regard énamouré à Mason, alias le genre de type qu'elle disait ne pas vouloir dans sa vie ; et c'est tellement sucré que n'importe qui pourrait en faire un coma hyperglycémique. Fort heureusement pour moi, le sous-entendu contenu dans cette déclaration tendrait généralement à me faire m'étouffer, et m'empêche d'atteindre le stade de la nausée.

La façon dont Kay me pousse ne me donne qu'une envie : céder. Mais plutôt mourir que de l'admettre.

C'est trop risqué.

Bien sûr, Kay a mis son anonymat en danger en choisissant de sortir avec Mason.

Mais…

Faire quelque chose d'aussi dingue que d'admettre mes sentiments pour Quinn…

C'est prendre le risque de voir tout mon univers exploser. Je suis absolument incapable de prendre ce risque, parce que cela signifie mettre nos amis communs dans une situation dans laquelle ils pourraient être amenés à choisir entre nous. Et encore davantage en sachant que j'ai toutes les chances de sortir perdant de ce scénario.

Une bonne odeur de café s'infiltre sous la porte de la salle de bains et vient chatouiller mes narines, ce qui m'arrache à ces pensées qui me hantent comme les fantômes d'un jeu de Pac-Man.

Argh !

Je sors de la salle de bains et me dirige vers le petit couloir, avant de m'immobiliser brutalement lorsque je découvre tous mes colocataires éparpillés dans notre salon.

Je me frotte les paupières puis cligne des yeux devant la scène qui s'offre à moi. Est-ce que je me suis rendormi ? Ou alors, j'ai des hallucinations à cause de ma gueule de bois.

Qu'est-ce que… ?

Trav virevolte d'un côté à l'autre du salon, les bords d'une chemise hawaïenne imprimée de fleurs d'hibiscus vert néon et rose vif serrés dans ses mains.

— Je sais que j'ai l'air super-cool dans cette tenue, lance-t-il d'un air bravache.

Mason gémit et lui lance un coussin à la tête.

— Nous n'aurions jamais dû accepter que tu viennes avec nous, murmure-t-il tout en déplaçant Kay sur ses genoux et en buvant une gorgée de son café.

Kay est *déjà* réveillée ? J'ai dormi jusqu'à quelle heure ?

Trav esquive le coussin que lui a lancé Mason et lui souffle un baiser.

— Tu es juste jaloux parce que ça me va mieux qu'à toi.

— On va dire ça, répond sèchement Mason.

Cela ne fait que quelques semaines que nous avons emménagé tous les neuf dans l'appartement que Mason a acheté près du campus, mais des scènes comme celle-là sont déjà devenues une partie intégrante de notre quotidien.

— CK ! s'écrie Trav, manifestement content de me voir.

Herkie est peut-être le labrador jaune de la maison, mais

Travis McQueen a l'énergie débordante du golden retriever en pleine force de l'âge.

Bon sang…

Je me masse la tempe du bout des doigts : il va absolument me falloir ce café si je veux tenir le coup.

— CK, gémit à nouveau Trav, et quelqu'un, à priori, Alex ; grommelle quelque chose à propos de Trav, qui se comporte comme un gamin capricieux.

— Qu'est-ce qu'il y a, Trav ?

J'enlève ma main de ma tête et je m'oblige à reporter mon attention sur lui.

— Dis à *tes* amis d'arrêter d'être méchants avec moi.

— *Mes* amis ?

J'arque un sourcil, lequel me donne l'impression de battre au même rythme que mon cœur.

Trav croise les bras sur sa poitrine, un air déterminé sur le visage.

— Je refuse de revendiquer la propriété de Mase quand il se comporte comme un crétin.

— Et en quoi aujourd'hui est-il différent des autres jours ? demandé-je, et ma question déclenche toute une série de *Oh !* et de *Cassé !*

— Le manque de respect absolu que l'on me manifeste dans cette maison est surréaliste, se plaint Mason, même si je sais qu'il ne prend pas ombrage de la taquinerie, compte tenu du sourire qui frémit aux coins de sa bouche.

— Tu vas survivre, rigole Kay en lui tapotant la joue, avant de laisser échapper un cri perçant quand Mason s'empare de sa bouche.

Un gémissement collectif résonne dans la pièce, et plusieurs d'entre nous font semblant d'avoir des haut-le-cœurs en les regardant faire.

— *Pouah !*

Une mèche de cheveux rouges fouette l'air, et je reporte mes yeux sur Quinn, laquelle est assise les jambes croisées sur le sol et la poitrine posée sur ses jambes pliées : elle s'est littéralement laissé tomber en avant dans un grand geste théâtral. Pourquoi *théâtral* me demanderez-vous ? Eh bien… elle a basculé sur le côté et appuyé le dos de sa main contre son front avec un grand soupir.

— *Dios mío*. Il y a des lieux plus appropriés pour ça.

— Ce n'est pas comme s'ils avaient une chambre à l'étage, grommelle Kevin à mi-voix avec l'air de ne pas y toucher.

Je prête à peine attention à lui, totalement hypnotisé par le genou de Quinn qui s'agite dans les airs, sa jambe toujours pliée. C'est comme s'il criait : *Regarde-moi ! Regarde-moi !*

Bordel de merde !

Pour regarder, je regarde. Et regarde *encore* cette longue jambe bronzée avec sa jolie cuisse musclée et le mollet tonique qui la constitue.

Je m'efforce de libérer ma gorge de la boule de désir qui s'y est logée, et fait un crochet du pouce vers nos *Kaysonova* – le petit surnom donné au couple de Kay et Mason, si vous vous posiez la question – et je croasse :

— Ces deux-là ne décollent donc jamais leurs visages l'un de l'autre ?

Ma question est accueillie par une salve de pistodoigts dirigés vers moi, parce que j'ai raison : les démonstrations d'affection entre nous sont fréquentes et je ne peux qu'imaginer que c'est loin d'être partout comme ça.

— Vous rigolez, mais *la seule raison* pour laquelle Kay et moi sommes ici, et pas là-haut, lâche Mason tout en arquant un sourcil et en montrant la porte ouverte de la suite principale que l'on peut apercevoir de là où nous sommes ; c'est parce que notre lit a été un tout petit peu pris d'assaut ce matin.

Mason illustre son propos en agitant un doigt accusateur vers Quinn.

— Oh, la vache ! crie Trav, tout en se précipitant vers la paroi de verre qui constitue le mur extérieur de l'appartement et en jetant un regard vers le ciel tout en se protégeant les yeux d'une main. Je crois que je viens de voir passer un cochon volant.

Il se retourne vers nous, la bouche ouverte et les yeux écarquillés dans une expression comique.

— Qu'est-ce que tu racontes, encore ? demande Mason, manifestement réticent à poser la question.

Trav hausse une épaule et revient vers nous d'un pas traînant.

— Je dis juste que j'aurais cru plus probable de voir des cochons voler que d'entendre le grand Casanova se plaindre d'avoir plusieurs femmes dans son lit, lâche-t-il en faisant un clin d'œil à Mason.

Lequel lui répond par un doigt d'honneur, tandis que Kay lève les yeux au ciel.

J'ai dû rater quelque chose.

Je fais le tour de la pièce du regard pour essayer de donner un sens à cette histoire, mais je suis distrait par le rouge qui est monté aux joues de Quinn.

Emma renifle bruyamment et tente de couvrir ce son digne d'un *cochon volant* en enfouissant son visage dans un coussin avant de se redresser. Les coins de sa bouche frémissent de rire et un sourire danse sur ses lèvres, juste au-dessus du bord du coussin qu'elle a à peine abaissé, lorsqu'elle prononce le surnom dont Kay a affublé Mason

— Je pense que nous serons tous d'accord pour dire que Mase est bien trop *Néandertal* pour partager Kay avec qui que ce soit, dit-elle en posant son coussin sur ses genoux pour se mettre face à Quinn. Même avec notre *mamacita* super-sexy.

Quinn croise ses mains sur son cœur et fait remonter ses épaules dans un grand geste énamouré.

— Moi aussi, je t'aime, mon chou, répond-elle en se levant d'un bond pour aller déposer un baiser sur les lèvres d'Emma.

— Et le mien, de baiser, il est où ? lance Trav en faisant voler les pans ouverts de sa chemise.

Il gonfle ses muscles de manière exagérée, ce qui fait faire rire Em, laquelle se met elle aussi à participer à un nouveau jeu manifestement intitulé *lancer des coussins à la tête du quarterback dès qu'il ouvre la bouche.*

Quinn se jette sur Trav, qui l'accueille les bras grands ouverts, et la serre contre lui alors qu'elle se dresse sur la pointe de ses orteils nus. Ses orteils, dont je me souviens parfaitement qu'ils étaient vernis d'un turquoise éclatant. Elle dépose un baiser bruyant sur sa joue.

Sa façon de manifester ouvertement son affection fait partie de son charme, et les moments où cette affection est dirigée vers moi sont devenus mon plaisir coupable. Je les collectionne et les mets au chaud dans ma mémoire, parce que je sais que je n'aurais jamais rien de plus.

— Dites donc, vous êtes dans une forme rare ce matin, dis-je.

Je reprends mon cheminement vers la cuisine afin d'en terminer avec ma mission café, et me mets à la recherche de ma tasse préférée. Une bouffée d'un parfum de noix de coco me parvient, et mon sang s'accélère dans mes veines.

— Ils ont été comme ça toute la matinée, explique Quinn, tout en se penchant vers moi et en appuyant la douce courbe de sa poitrine contre mon flanc.

— Kay et Mase ? demandé-je tout en me décalant d'un pas sur le côté, hors de portée.

Enfin, plus ou moins hors de portée.

Un frisson chargé d'électricité parcourt ma colonne vertébrale quand Quinn me heurte l'épaule, par jeu, de la sienne.

— Pfff, souffle Quinn en m'adressant un beau sourire complice. Tu l'as dit toi-même… à quel moment ces deux-là ne sont pas soudés l'un à l'autre par les lèvres ?

Son sourire disparaît aussi vite qu'il était apparu, et pour la première fois depuis que nous nous connaissons, Quinn semble… nerveuse en ma présence. Elle rentre son menton dans sa poitrine et commence à tripoter les objets posés sur le plan de travail.

Avant que je ne parvienne à intellectualiser ce qui pourrait la rendre aussi nerveuse, son sourire revient et elle se tourne vers moi en battant des cils, une tasse, *ma* tasse, à la main.

Est-ce qu'elle a quelque chose dans l'œil, pour battre des paupières comme ça ?

— Café, Superman ? demande-t-elle en me tendant le mug de café bien chaud.

Je m'oblige à me concentrer sur l'image de la Game Boy dessinée sur le côté de la tasse, et non sur la femme qui la tient entre ses mains, alors qu'elle se rapproche de moi et que son doux parfum de coco remplit mes poumons. Je peux aussi sentir la chaleur qui se dégage de sa peau et…

Bon sang ! Je n'y arrive pas.

Elle est *foutrement* jolie.

Sans maquillage, la peau de son visage toute propre.

Ses cheveux encore en bataille après sa nuit de sommeil.

Un t-shirt trop grand qui pend le long d'un bras et expose la ligne gracieuse d'une épaule bronzée.

Un minuscule short de nuit qui met en valeur ses jambes musclées encore mieux que sa jupette de pom-pom girl.

C'est une véritable torture.

C'est comme si l'univers se servait d'elle pour me contrôler, comme s'il trouvait que je commençais à un peu trop à prendre mes aises dans ma nouvelle vie.

Pourquoi ? Parce qu'à chaque jour qui passe, je suis confronté au même spectacle.

Quinn.

Ici.

Chez moi.

Dans mon appartement.

Là où je vis.

Avec elle.

Avec elle, assez proche pour que je puisse la toucher, alors même qu'elle reste hors d'atteinte.

Je ne veux pas dire hors d'atteinte *physiquement*. Il me suffirait de lever le bras, rien qu'un peu, pour poser une main sur sa hanche. Mes doigts se glisseraient sous l'ourlet de son t-shirt, et entreraient en contact avec une peau que je sais être toute douce et chaude, parce que j'ai l'habitude de sa proximité.

Sauf que… je ne peux pas.

Cela ne pourrait pas être sérieux.

Je suis peut-être CK pour mes amis ici, mais je serai toujours Christopher Kent au fond de moi.

— *Oh, mais regardez qui est là. La petite Chrissy Kent, la mascotte des intellos.*

— *Je ne savais pas que l'université de Jersey avait un programme* Adoptez un Intello.

— *Tu fais du troc de soutien scolaire contre des baisers de pitié ? On sait tous que c'est la seule façon que tu as d'obtenir quelque chose d'une pom-pom girl.*

Je ferme les yeux, le souvenir de ces remarques assassines que j'ai pris en pleine tête lors de mon retour chez moi à Noël est encore trop vif dans mon esprit. Et Quinn Thompson ? Elle appartient fermement à la partie CK de ma vie ; autrement dit : le fantasme, pas la réalité.

Je le sais.

Elle le sait.

Enfin, bien sûr, elle flirte avec moi.

Mais… elle flirte avec tout le monde. Elle est comme ça. Vous vous souvenez de ce que je vous ai dit sur sa façon d'agir avec Emma et Trav, il y a quelques instants ?

Merde.

L'image de la Game Boy commence à se brouiller devant moi, et c'est à ce moment-là que je me souviens.

Bordel de merde. Comment ai-je encore pu oublier ?

Quinn a toujours mon téléphone.

Et…

Bon sang, *voilà* pourquoi elle était nerveuse !

Je parie que les modifications qu'elle a apportées n'ont rien changé. Je parie que je n'ai toujours pas de correspondance pour mon profil et qu'elle ne sait pas comment m'annoncer la nouvelle.

Je le savais.

Et puis, au fond, je m'en fiche. Quinn peut bien garder mon téléphone, pour ce que j'en ai à faire !

Et en plus, ça prouve bien qu'elle ne s'intéresse pas à moi *de cette façon.* Si elle voulait vraiment sortir avec moi, elle n'aurait pas proposé de m'aider à rendre plus attractif mon profil sur une appli de rencontres, pas vrai ?

Vas-tu prendre ce café et arrêter de la regarder comme un débile ? me souffle une voix quelque part à l'intérieur de mon cerveau.

Quinn écarquille ses yeux sombres et aspire une grande bouffée d'air quand je prends enfin ma tasse d'entre ses doigts tout en marmonnant un remerciement. Je ne sais pas si c'est parce que mes doigts frôlent les siens ou si c'est parce qu'elle remarque enfin que ses tétons pointés effleurent mon torse. Peut-être qu'*elle*, elle ne s'en est pas rendu compte, mais moi… j'en suis *foutrement* conscient.

Je sais que, pour elle, c'est normal d'être très proche des gens, de les toucher avec désinvolture, mais cela ne sera jamais normal pour moi. Le pire, c'est qu'elle ne semble absolument pas se rendre compte à quel point sa proximité m'affecte.

— Mais je parlais surtout de Trav, explique Quinn en pointant du doigt le quarterback qui s'amuse à agiter les pans de sa chemise : ouverte, fermée, ouverte. Il a passé les dix dernières minutes à nous faire subir son défilé de mode personnel.

— Et à chaque nouvelle tenue qu'il arbore, cela devient plus ridicule, ajoute Emma en bâillant alors qu'elle s'approche, les mains tendues, pour obtenir son propre café.

Elle pose sa tête sur l'îlot et ferme les yeux, le temps que Quinn lui verse le café brûlant dans sa tasse, ce qui ne prend pas plus de trente secondes.

— Vous n'êtes que des nazes, râle Trav avant d'interpeller JT, qui sort d'un pas lourd de la chambre d'amis prévue pour loger ceux de notre groupe qui ne vivent pas avec nous.

— Tu as plutôt intérêt à mettre au placard tes méthodes de réveil avant Hawaï, lâche JT avant de s'interrompre pour bâiller tout en se grattant le ventre. Sinon, je vais demander qu'on me donne une chambre à l'opposé du quartier des quarterbacks.

— Quartebacks, avec un « s » comme dans *quarterbacks* au pluriel ? demande Kay alors que JT se laisse tomber à côté d'elle et de Mason.

JT lui jette un regard torve.

— N'essaie pas de me faire croire que B n'est pas capable d'être aussi pénible que lui, rétorque-t-il en pointant Trav du doigt tout en évoquant Ben Turner, le quarterback des Crabs de Baltimore.

— Tu marques un point, concède Kay.

Elle connaît Ben mieux que nous tous, puisqu'il est à la fois le coéquipier et le meilleur ami de son frère aîné, Eric.

Je recommence à me masser les tempes, priant pour que l'Advil que j'ai pris agisse enfin. Je vais avoir besoin de toutes mes facultés mentales pour faire face à la façon qu'ils ont tous les quatre d'essayer de parler plus fort les uns que les autres.

— Vous allez tellement vous ennuyer sans nous tous ici, lâche Emma d'une voix songeuse, tout en appuyant son menton sur son poing fermé.

Je me fige alors que je réalise soudain.

Em a des obligations familiales à remplir cet été.

Kay, Mason et Trav partent en vacances avec la famille de Kay, JT inclus.

Grant prend un train pour le Bronx demain, sa maman étant très impatiente d'accueillir ses deux grands garçons pour les gâter.

Quant à Kevin et Alex, ils se rendent à Washington pour aider Noah à s'installer avant qu'il ne rejoigne le camp d'entraînement de sa toute nouvelle équipe de football américain professionnelle.

Bien sûr, nous allons nous voir de temps à autre, mais...

Pour la majorité de l'été...

Personne ne sera à l'appartement.

Personne, *sauf* Quinn et moi.

— Oh, je ne sais pas... dit Quinn tout en s'insinuant à

nouveau dans mon espace personnel, cette fois pour écarter mes cheveux de mon visage. Je pense que nous devrions trouver à nous occuper.

Pourquoi est-ce qu'elle me touche tout le temps comme ça ?

Pourquoi est-ce j'aime autant ça ?

Et plus important encore, pourquoi ai-je envie de lui demander de ne *surtout pas* arrêter ?

C'est stupide. Je suis vraiment un crétin fini. Même si mon quotient intellectuel et mes notes démontrent que je suis supposé être plus intelligent que ça.

Ce qui ne change rien au fait que j'en meurs d'envie.

Et puis, subitement, je me rappelle que, même pour des gens censés me ressembler, je ne suis pas assez bien. Si je me fais rejeter même par des gens qui sont comme moi, comment pourrais-je seulement envisager de sortir avec quelqu'un comme Quinn ?

Se faire rejeter par des inconnues, même si elles sont nombreuses, c'est une chose. C'en est une autre de se faire rejeter par Quinn. Je n'y survivrai pas.

Donc…

Non.

Non, je vais être raisonnable et garder mes sentiments pour moi. *Désolé, Kay.* Je sais que tu as trouvé ton bonheur et que tu veux la même chose pour moi, mais certains risques n'en valent pas la chandelle.

#Chapitre 5

UofJ411 : reposté – CasaNova87 : Vous pouvez vous moquer tant que vous voulez en disant que je me suis casé, mais comment ne pas tout aimer de cette fille ? #TouteÀMoi #MoiVeinard – *photo de Mason qui regarde amoureusement Kay*

Gnu ! La façon dont @CasaNova87 la regarde dit tout. *émoji yeux en cœur* #Kaysonova #CasanovaWatch #CoupleParfait

@therandybookworm : Ce mec devient vraiment de plus en plus sexy. #CasanovaWatch

@the_librariansdaughter : *émoji feu* *émoji qui bave*

@Maggs328 : Je crois bien qu'il est fichu #MarcheNuptiale

UofJ411 : reposté – TheBarracksAtNJA : Quand une légende comme @CheerGodJT débarque avec ses amis, les choses deviennent vite intéressantes – *réel de Kay, Em et Quinn qui travaillent ensemble aux Barracks*

Quelqu'un d'autre que moi espère que ces deux-là vont parvenir à convaincre la reine de @CasaNova87 de rejoindre la Red Squad ? #CasanovaWatch #Kaysonova #OnVeutCeTitreDeChampion

@mimi_reads : Est-ce qu'elle va sortir de sa retraite ?
#JeDemandePourUneAmie
@ramblings_of_a_bookbrat : Ouf, c'est impressionnant.
#RegardezMoiCesFigures
@katslovesbooks : Sérieux, tu ne veux pas encourager ton
homme ? #Footballeur&Cheerleader #Kaysonova

UofJ411 : *photo du groupe assis à une table chez Jonas*
Si l'on doit en croire la rumeur, c'est le dernier repas qu'ils partagent
avant de se séparer pour les vacances. #QuelEstLePlan
#RevenezNousVite
@the_romance_reader_gal : Aaaah, regardez comme
@CasaNova87 et sa petite amie sont trop mignons ensemble.
#CoupleParfait #Kaysonova #CasanovaWatch
@amandashaner17 : J'ai entendu dire que @QB1McQueen7 avait
les larmes aux yeux quand il a prononcé un discours d'adieu pour
@LacesOutMitchell5 #TuVasNousManquer #CoequipiersPour-
Toujours

**UofJ411 : reposté – CasaNova87 : Aloha vacances !
#Amis&Famille #FolieHawaienne #FabriquerDesSouvenirs –
*boomerang du groupe qui porte un toast***
C'est peut-être l'été, mais nous avons quand même des nouvelles
de nos chouchous du campus. #PasDeReposPourLesBraves
#OnVousVoit #CasanovaWatch

**UofJ411 : reposté – LacesOutMitchell : Petit détour pour
déjeuner avec mes meilleurs potes sur la route de Washington
#AuPaysDeLAmitié #BienvenueÀPhilly #LaFraternite-
NeMeurtJamais – *photo de Noah, Alex et Kevin en train de
dévorer des burgers***
Quelqu'un d'autre est tenté par un bon morceau de viande ?
#miammiam

@mamakate1873 : Qui est partant pour un road-trip ?
#TrouvezVotreFootballeur
@simplygraceplanning : Je m'occupe de la musique. #RadioDJ
@prykegirl119 : Et moi, je m'occupe des en-cas.
#PleinDeBonnesChoses

CHAPITRE 6

QUINN

—¡M*ija!*

Les lèvres de mon *abuelita*, peintes d'un fuchsia caractéristique, se transforment en un sourire de cent mille mégawatts à la seconde où mon visage apparaît sur l'écran. J'adore que le fait de devoir recourir à la technologie pour que nous puissions nous voir ne change rien au bonheur manifeste qu'elle éprouve à me voir.

— *¿Como estás?*

La voix rauque et musicale particulièrement familière d'*abuela* Lupe glisse sur moi et chasse le stress qui m'avait envahi depuis quelques jours.

C'est exactement ce dont j'avais besoin.

Pendant près d'une semaine, je suis restée sur le qui-vive, attendant de voir ce qui résulterait de mon ingérence alcoolisée. Bien sûr, ne pas savoir en quoi consiste l'ingérence en question ne me facilite pas la vie.

Foutu univers. Est-ce que je ne pourrais pas avoir un indice ? Franchement, Jésus, je croyais qu'on était bons amis.

Sérieux, Kay, pourquoi est-ce que tu n'as pas su utiliser les super-pouvoirs qui te permettent de toujours trouver le t-shirt humoristique qui va parfaitement à chacun, et deviner le mot de passe de CK ? À quoi ça sert d'avoir un t-shirt qui proclame être la meilleure amie du fils, quand cela ne donne pas un avantage quand on en a besoin ?

En général, je ne suis pas du genre à me plaindre quand on m'offre des fringues, mais dans l'immédiat, ce n'est pas le contenu de mon armoire qui m'intéresse. Non, là, tout de suite, c'est le contenu du téléphone de CK. Et pour ça, il me *faut* son mot de passe !

Merde. Peut-être aurions-nous dû nous plonger dans *Star Wars* lors de nos dernières soirées cinéma, comme ça, Kay aurait pu trouver des idées auprès de Luke Skywalker et m'aider quand j'ai eu besoin d'elle. Après tout, elle était mon seul espoir. Et vous savez quoi ? La *chica* s'est plantée.

Je n'ai aucun regret d'avoir réveillé Kay pour lui demander de l'aide. Je ne vois pas pourquoi je devrais souffrir toute seule, en fait. C'est comme ça, non, entre copines ? Quand une souffre, les autres doivent souffrir avec elle.

Sauf que…

Maintenant, je suis toute seule, mes amis se sont dispersés aux quatre coins du pays, et je ne sais toujours pas si Emma avait raison ou non. Ai-je ou non déclaré un amour éternel à CK sur une application de rencontres ?

Je doute assez qu'annoncer que tu en pinces sérieusement pour lui sur une application sociale soit ce que Kay voulait dire quand elle a dit qu'il faudrait que ce soit moi qui fasse le premier pas si tu voulais CK.

Argh ! Voilà une pensée inutile, voire franchement importune.

Quoi qu'il en soit, ce qui est fait est fait. Papa dit tout le temps : « quand on couche avec des chiens, on ramasse des puces » ; et dans mon cas, ce serait plutôt : « si je bois de la tequila, je dois assumer les conséquences des actes que je commets sous son influence ». Comme de faire face à la concurrence que je me suis créée par inadvertance.

J'échange avec mon *abuelita* à grand renfort de longues tirades en espagnol, et nous nous mettons au courant des événements qui sont survenus dans nos vies à l'une et l'autre depuis que nous nous sommes parlé la dernière fois.

Contrairement à ce qui se passe quand je discute avec ma mère, je n'ai pas droit aux remarques et aux questions visant à savoir si je profite de toutes mes opportunités de côtoyer les sportifs de l'université. C'est d'ailleurs à cause de ce genre de questions que je préfère ne pas utiliser le système de chat vidéo installé sur le grand écran plat du salon, et que j'utilise plutôt mon iPad et mes AirPods. Je n'ai aucune envie de me retrouver à la rue parce que Mason et Kay pensent que je les utilise pour faire de l'escalade sociale.

Lorsque Mason a émis pour la première fois l'idée que nous pourrions vivre tous ensemble, je n'ai pas hésité une seule seconde. Avoir notre propre logement en dehors du campus me permet de rester à Jersey pendant l'été, et d'éviter un certain nombre de ces conversations que ma mère aime m'imposer et que j'apprécie fort peu.

Abuelita commence à prendre de l'âge. Je ne veux pas qu'une dispute à mon propos avec sa fille la stresse inutilement ou ne fasse monter sa tension artérielle.

Ay. J'entends encore les échos de leur dernière dispute.

— *Quinn es mi nieta,* a crié *abuela* Lupe en tendant le bras dans ma direction.

— *Sí, Mamá, y ella es mi hija,* a rétorqué ma mère, en s'opposant à la sienne.

Je suis restée scotchée sur place, mon regard allant de l'une à l'autre alors qu'elles se disputaient.

Abuelita entre et sort du champ de la vidéo alors qu'elle se déplace dans la cuisine de la maison dans laquelle j'ai grandi. Je déteste que cet endroit, lequel est associé à certains de mes meilleurs souvenirs d'enfance, soit maintenant souillé, taché par la dureté de sa répartie de ce jour-là.

— *Sí, y pensé que te crié mejor que eso.*

Encore aujourd'hui, cette scène me fait mal au cœur et je la regrette profondément.

Je secoue la tête pour me débarrasser de ma mélancolie avant qu'elle ne m'envahisse pour de bon.

Nous ne sommes peut-être pas ensemble, à cuisiner côte à côte comme l'été dernier, mais le bruit familier du claquement des couteaux sur les planches à découper et le grésillement de l'huile qui chauffe dans une poêle parviennent malgré tout à chasser mon vague à l'âme.

Ce n'est pas le moment de penser à ce que j'ai ressenti en voyant les deux femmes les plus importantes de ma vie se disputer *à cause de moi*. À moins que je ne veuille écouter un autre sermon d'*abuelita* sur l'importance de vivre ma vie pour moi et pour personne d'autre.

— Putain de merde !

Une ombre entre brutalement dans mon champ de vision, je sursaute, et la sauce salsa que je suis en train de préparer s'éjecte littéralement du bol dans un arc de cercle parfait.

Sans aucune considération pour le bol désormais vide que je tiens à la main, je porte ma main à ma poitrine, et je grogne sous le choc quand le verre entre en contact avec mes côtes.

Bordel !

Mon cœur bat à tout rompre, et j'arrache l'un de mes AirPods d'une de mes oreilles, furieuse de m'être laissée surprendre.

— Désolé, s'excuse immédiatement CK.

Des excuses bien inutiles : ce n'est pas sa faute. Je lève les yeux pour le lui dire, mais les mots meurent sur ma langue et ma bouche devient toute sèche devant le spectacle qui s'offre à moi.

Ay dios mío.

Il n'a pas ses lunettes, et rien ne bloque plus ses iris bleu azur alors qu'il me regarde avec intensité.

De la transpiration perle encore à la racine de ses cheveux et quelques gouttes ornent même ses mèches désordonnées. Je suppose donc qu'il revient de la salle de sport de notre immeuble.

Une ride se dessine entre les sourcils sombres de CK tandis que je le fixe comme une idiote ivre de désir.

Pour être honnête, c'est précisément ce que je suis. C'est comme si je n'étais plus qu'un puits d'hormones. Plus je reste là, à le fixer, plus j'ai envie de me précipiter dans ma chambre et d'attraper mes pom-poms pour les secouer, dans l'espoir que, si je les secoue assez fort, il entendra enfin le *Oh mon dieu, vas-tu bientôt m'embrasser ?* que mon corps semble scander malgré moi chaque fois qu'il se retrouve suffisamment près de moi.

Les veines de ses bras saillent de manière saisissante, et semblent comme s'enrouler autour de ses muscles encore gonflés par sa séance d'entraînement. Je n'ai qu'une envie, y porter mes doigts pour les dessiner comme si j'étais une aveugle à qui on vient d'offrir son premier livre en braille.

Le silence s'installe entre nous tandis que je continue à le détailler et que je laisse errer mon regard sur son torse et son t-shirt trempé de transpiration qui colle à ses muscles. Son t-shirt est orné d'un carré gris foncé sur le devant, et aussi, vous l'aurez certainement deviné, d'un long trait de sauce salsa rouge.

— Oh, merde !

J'ignore les reproches que me valent mes jurons et que je perçois vaguement à travers l'unique AirPod que j'ai encore dans une oreille, et je contourne l'îlot de cuisine, un torchon à la main.

Le trait de salsa orne le torse de CK d'une longue diagonale, laquelle part de son aisselle et descend jusque sur son estomac.

À la seconde où mon torchon entre en contact avec son corps, je comprends que j'aurais mieux fait de rester de mon côté du comptoir : mon cerveau cesse de fonctionner et je ne suis plus guidée que par mes hormones. Lesquelles font leur meilleure imitation de Carrie Underwood et laissent Jésus prendre le volant.

Malgré moi, je pose ma main bien à plat sur la poitrine dure, cherchant à en toucher le plus possible à la fois, et allant même jusqu'à légèrement recroqueviller mes doigts pour appuyer plus fort lorsque CK prend une profonde inspiration, les narines frémissantes.

Quelque part dans les profondeurs de mon cerveau, un reste de lucidité m'enjoint de ne pas lâcher le torchon. Un torchon que j'utilise maintenant pour peloter CK d'une manière qu'il n'aurait jamais permise en temps normal.

Son t-shirt est l'un de ces maillots largement découpés au niveau des bras, ce qui permet à mes doigts d'entrer directement en contact avec sa peau. Une peau chaude et lisse que j'ai subitement envie de lécher jusqu'à plus soif.

Qu'est-ce que ça dit de moi, ça ?

Je passe mon pouce sur les bosses de ses côtes avant de faire glisser la serviette le long de la tache brun-rouge, frottant le coton sur lequel s'accrochent encore des morceaux de tomate et d'oignon.

Il n'est peut-être pas aussi massif que les autres hommes qui vivent avec nous, mais je suis tout de même capable de dessiner les contours de…

Deux…

Quatre…

Six !

Bon sang, est-ce qu'il cache réellement une tablette de chocolat à six carrés sous ses vêtements ?

Quelque chose frôle mon pied nu et je sursaute, avant de réaliser que c'est mon torchon qui vient de tomber.

À quel moment ai-je laissé *ça* tomber ?

Oh, merde !

Probablement au moment même où j'ai ramené ma deuxième main sur son corps pour compter ses muscles du bout des doigts.

J'inspire profondément pour tenter de maîtriser ma personne trop tactile et en manque de sexe, mais cela se retourne contre moi de façon spectaculaire.

Pourquoi ?

Parce qu'au lieu d'inspirer de l'air saturé d'odeurs corporelles désagréables, j'inspire un air chargé de son parfum musqué. Évidemment, CK ne *pouvait* pas dégager cette odeur de transpiration écœurante, non. Non, ce serait trop facile. Et puis, ce n'est pas comme si j'étais déjà irrésistiblement attirée par lui.

Oh.

Attendez.

Bien sûr que je suis irrésistiblement attirée.

— Tu as envie de me goûter ?

Les yeux de CK s'écarquillent et ses joues rosissent. Pourquoi a-t-il l'air aussi gêné soudainement ?

¡Dios santo!

Dites-moi que je ne lui ai pas demandé s'il voulait me goûter, par pitié.

— Je veux dire, lâché-je à toute vitesse, d'une voix dont la sonorité confine à l'hystérie ; est-ce que tu veux goûter les *chilaquiles* que je viens de faire ?

Au loin, je perçois le rire rauque d'*abuelita*, mais il est noyé par le bruit des battements de mon cœur.

¡Madre mía!

Dès que cet homme est impliqué, il n'y a rien à faire, je fais des lapsus à répétition. Cela fait moins de vingt-quatre heures que le dernier de nos colocataires est parti, et je suis déjà en train de me griller.

Et le fait est que… Est-ce que j'ai réellement envie qu'il me *goûte* ? Évidemment ! Si je pensais que cela pouvait mettre fin à cette tension entre nous, assez épaisse pour être tartinée sur mes tortillas maison, je me déshabillerais et m'étalerais sur ce comptoir, ici et maintenant.

Comment diable suis-je censée survivre à tout un été sans nos amis pour faire tampon ?

CK

J'aimerais pouvoir dire que la salive qui remplit ma bouche provient du riche arôme d'épices et de viande savoureuse qui flotte dans l'air, mais cela ne serait pas totalement vrai.

Parce qu'il y a autre chose dans l'équation : la femme qui se tient actuellement devant moi, et dont les mains descendent le long de mon corps comme si elle étudiait la topographie de mon torse.

Bordel de merde.

Dès que Quinn me touche, je finis toujours par me retrouver avec toutes sortes de problèmes en dessous de la ceinture. Je suis un homme, j'ai vingt ans et je me retrouve régulièrement à demander à l'univers de me rendre impuissant pour ne pas me retrouver dans une situation embarrassante malgré moi.

Qu'est-ce qui ne va pas chez moi ?

— Tu as envie de me goûter ?

Pardon ?! Qu'est-ce qu'elle vient de me demander ?

— *¡Dios santo!* murmure-t-elle, et mes problèmes péniens ne font que prendre en force.

Putain ! J'adore quand elle laisse échapper des trucs en espagnol, je trouve ça *foutrement* sexy. Il y a quelque chose de terriblement sensuel dans la façon dont les mots roulent sur sa langue.

Quinn bondit littéralement et se détourne pour jeter le bol qui contenait la sauce salsa désormais étalée sur mon t-shirt sur le comptoir, avant de s'emparer d'un plat de service blanc.

— Je veux dire, est-ce que tu veux goûter les *chilaquiles* que je viens de faire ?

La façon dont elle me crie pratiquement la question fait frémir un sourire dans les coins de ma bouche.

Mon sexe s'agite dans mon survêtement comme s'il cherchait un buzzer pour répondre. S'il ne tenait qu'à lui, il répondrait : *Je choisis la réponse une pour un million, Philippe.* Je crois que j'ai trop regardé *Jeopardy!* avec mon grand-père quand j'étais enfant.

Heureusement, mon estomac est plus rapide à répondre qu'une autre partie de mon anatomie : il gronde assez fort pour qu'on l'entende dans toute la pièce.

Et je suis bien content qu'il ait répondu pour moi, parce que je ne suis pas sûr de vouloir savoir ce qui serait sorti de ma bouche si j'avais essayé de répondre avec des mots. C'est un problème auquel je devrais m'être habitué, mais pourtant, chaque jour qui passe me fait me demander si mes hormones ne vont pas finir par prendre le pouvoir et provoquer la défaillance de mon filtre cerveau-bouche.

Et là, tout de suite ? Je suis à un cheveu de craquer. Parce que…

Non.

Enfin… si.

Bordel. Évidemment que, *oui, je veux goûter Quinn.*

J'ai perdu le compte du nombre de fois où j'ai fantasmé faire *ça.* Passer ma langue sur ses lèvres pulpeuses pour découvrir quel goût avait son gloss. Suçoter ses tétons que j'imagine me narguer en permanence. Lécher les profondeurs de son intimité, jusqu'à ce qu'elle se torde de plaisir contre ma langue tout en assouvissant mon propre besoin d'elle.

— CK ? demande Quinn, et une petite ride apparaît entre ses sourcils.

J'agrippe ma nuque et ma main glisse avec la transpiration qui la recouvre.

— Hum, oui… bien sûr… je veux bien.

Bon sang. Mes joues me brûlent, et je prie pour qu'elle pense que le rouge qui me monte au visage est dû à ma séance d'entraînement, et pas au stress que je ressens à l'idée qu'elle puisse me voir comme un genre de pervers qui aime mater les filles.

Un sourire radieux illumine le visage de Quinn et elle pousse un cri en bondissant sur ses pieds. Le plat heurte mon ventre tant elle est excitée.

— Mince, désolé, dis-je en me balançant sur mes talons parce que, bien sûr, je n'ai pas bougé.

Pourquoi suis-je aussi gauche avec elle ?

Quinn s'esclaffe, et comme toujours, elle irradie de joie de vivre.

— Je devrais probablement poser ça avant que tu ne finisses par avoir l'intégralité du plat sur tes vêtements.

Elle pose le plat et fait le tour du comptoir. Elle s'appuie sur ses coudes et lance un regard pénétrant à son iPad posé sur le comptoir.

— Je ne veux rien entendre. Personne ne t'a rien demandé, ajoute-t-elle.

Enfin, il me semble que c'est ce qu'elle a dit : mon espagnol n'est pas aussi bon que celui d'Em.

Quinn tourne ses yeux sombres vers moi, avant de revenir à son iPad.

— Ouais, ouais, ouais, *te amo*, fait-elle, avant de marquer un temps de pause. *Adios.*

J'ai de nouveau envie de sourire devant sa façon de gonfler ses joues comme un poisson, et je tends la main pour intercepter l'AirPod qu'elle fait tomber sur le granit du plan de travail avant qu'il ne rebondisse et tombe au sol.

— *Abuelita* ?

Je pointe l'iPad du menton pour appuyer mon propos : ma façon de prononcer l'espagnol est autrement moins belle que le débit hypnotique de Quinn.

— Cette vieille chouette peut être une vraie casse-pieds, dit-elle en laissant un sourire se dessiner sur ses lèvres, ce qui ôte toute méchanceté à son propos.

— Tu dis ça comme si tu n'étais pas habituée à vivre dans un repaire infesté du même genre d'oiseaux, commenté-je avant de prendre une grande inspiration au-dessus de l'assiette qu'elle pose devant moi et qui sent divinement bon.

Bien sûr, je peux admettre qu'il y a beaucoup, beaucoup de choses qui font qu'il est difficile pour moi de vivre avec Quinn, mais sa propension à prendre le contrôle de la cuisine et à préparer toutes sortes de délicieux festins n'en fait pas partie.

— Oh mon dieu, Q, gémis-je alors qu'un véritable festival de saveurs explose sur ma langue lorsque que je mords dans la tortilla.

— Tu aimes ?

La façon dont ses sourcils remontent sur son front pourrait presque arriver à me faire croire que Quinn s'inquiète de me voir aimer le plat, mais la façon dont elle redresse ses épaules est pleine de confiance en elle.

Cette fille sait cuisiner, et elle le sait parfaitement. Cela ne m'empêche pas de me couvrir la bouche d'une main et de marmonner *Super bon !* alors que je profite de la saveur épicée des jalapeños coupés en dés et de la fraîcheur apaisante de la crème aigre.

Quinn commence à ranger et à nettoyer, avant de reprendre le fil de la conversation.

— Eh oui, il est vrai que nous vivons avec plus d'une demi-douzaine de personnes qui pourraient toutes être considérées comme des spécialistes du sarcasme, dit-elle avant de se pencher en avant, les yeux pétillant d'humour, assez près pour que la chaleur de son souffle atteigne ma joue ; mais *abuela* Lupe manie le sarcasme *en deux langues.*

Elle agite deux doigts devant mon visage, et ses phalanges effleurent mon menton. Mon sang se met à bouillonner, et ce n'est pas à cause des piments contenus dans le plat avec lequel je suis en train de me régaler.

— Em parle trois langues, fais-je remarquer après avoir avalé une autre bouchée de *chilaquiles* et ravalé le désir que j'ai d'elle avec.

— En fait, c'est quatre, si l'on tient compte du fait qu'elle sait aussi signer.

— Notre amie est pleine de talents cachés, acquiescé-je.

— Bénie soit-elle, quelle surdouée.

Quinn adopte un accent traînant marqué, version Texas

profond, ce qui me fait renifler brutalement. Un petit morceau de piment me remonte dans le nez, mes sinus me brûlent et des larmes me montent aux yeux.

— Merci, dis-je tout en acceptant la serviette qu'elle me tend. Alors… commencé-je, avant de m'interrompre pour tousser et me débarrasser des derniers morceaux encore coincés dans ma gorge. Pourquoi n'as-tu pas utilisé *ça* pour ton appel ?

Je fais un geste vers la télévision accrochée dans le salon derrière moi. Si elle l'avait fait, elle n'aurait pas été aussi surprise par mon arrivée.

J'ai l'impression que son visage se crispe, mais c'est si rapide que je n'en jurerais pas : c'est probablement un effet d'optique dû à la lumière.

Elle fait un mouvement avec ses mains pour désigner l'îlot de cuisine.

— C'est plus facile de parler avec *abuelita* pendant que je cuisine si je l'ai ici. Ça me permet aussi de faire comme si elle était à côté de moi, comme si j'étais à la maison.

— Tu regrettes de ne pas être rentrée chez toi pour les vacances ?

Personne n'a été plus choqué que moi quand Quinn a annoncé qu'elle resterait aussi à Jersey pour l'été. Si moi, je ne suis pas rentré chez moi, cela n'a rien à voir avec ma famille ; mais Quinn, elle, est hyper proche de la sienne. Elle parle à son *abuelita* presque tous les jours.

Elle hausse les épaules.

— Pas vraiment, répond-elle. Suivre des cours d'été va me permettre d'alléger ma charge de travail lorsque les compétitions reprendront.

Elle ouvre la bouche comme pour continuer, mais la referme brutalement sans rien ajouter.

C'est bizarre. Quinn est toujours si ouverte. Cette impression que j'ai qu'elle ne me dit pas tout est… étrange. Et qu'elle change de sujet quand elle se décide finalement à rouvrir la bouche l'est encore plus.

Son regard erre sur mon t-shirt trempé de transpiration.

— À part la gym, qu'est-ce que tu as prévu de faire aujourd'hui ?

— Pas grand-chose, dis-je en haussant les épaules, juste au

moment où mon téléphone vibre sur le comptoir et attire notre attention.

Le joli sourire que Quinn affichait s'efface lorsqu'elle aperçoit la notification bleu vif qui s'affiche sur l'écran : *Rencontres Geek*.

Tous mes muscles se contractent, et j'ai la sensation qu'un grand poids me tombe sur les épaules. Nous n'avons jamais reparlé de la façon dont elle a remanié le profil que j'ai été contraint de créer sur l'application, ni du fait que je reçois désormais des réponses que je n'aurais jamais reçues avant.

Sauf que…

Aucune de ces interactions n'a apporté plus qu'un échange d'une poignée de textos avant de s'arrêter inévitablement. Réhabiliter un profil à l'écran est une chose. Être à la hauteur de ce qui a été annoncé en est une autre.

Un lourd silence s'installe dans la pièce, de plus en plus épais, et seul le couinement occasionnel du jouet qu'Herkie s'efforce de massacrer vient le rompre de temps à autre. C'est un genre d'affrontement à trois avec mon téléphone portable, comme si Quinn et moi avions été transportés dans l'un de ces vieux films de John Wayne dont Gramps, mon grand-père, est un grand fan.

— Je l'impression que quoi que j'aie fait, ça a fonctionné ?

Quinn se tord les doigts et tire dessus jusqu'à ce que ses jointures craquent.

J'imagine que trouver du réconfort dans son malaise fait de moi un genre d'abruti, mais je ne peux pas m'en empêcher. Elle est généralement très sûre d'elle dans tout ce qu'elle fait. Qu'elle montre des petits instants d'incertitude, comme là, ou comme quand elle a bafouillé juste avant, prouve qu'elle pourrait malgré tout être humaine sous sa queue de cheval haute et son nœud surdimensionné.

— En quelque sorte, dis-je laconiquement.

J'expire, passe une main dans mes cheveux et agrippe mes mèches humides.

— Ça, c'est de la réponse, Superman, réplique Quinn avec un clin d'œil.

Elle a retrouvé son caractère enjoué, mais cela n'aide en rien à apaiser la frustration qui couve dans mes veines.

— Je ne comprends pas.

— Qu'est-ce que tu ne comprends pas ? demande-t-elle, et

cela devrait être un crime d'avoir l'air aussi calme alors que, moi, je suis de plus en plus nerveux.

J'agite la main vers mon téléphone.

— Tu as utilisé les possibilités de rédaction de l'application afin de pousser les gens à m'envoyer des messages…

Je crois qu'elle marmonne un *Super*, mais je n'en suis pas certain. Cela pourrait tout aussi bien être une hallucination auditive, et comme je ne rebondis pas dessus, j'ignore si c'est moi ou si elle l'a vraiment dit.

— … mais ces conversations ne vont jamais au-delà de quelques échanges de textos avant de s'essouffler.

J'entends un couinement aigu, et je suis presque sûr qu'il provenait de Quinn, et pas du jouet de Herkie. Il va vraiment falloir que je fasse contrôler mon audition si je continue à avoir des hallucinations auditives comme celles-là.

— Hum…

Une fois de plus, Quinn regarde autour d'elle comme si elle cherchait à éviter tout contact visuel, et la décoration de la cuisine semble brutalement la fasciner.

J'ouvre la bouche pour lui demander ce qu'elle allait dire, mais je suis incapable de prononcer le moindre mot. Quinn a recommencé à s'agiter pour faire le ménage, virevoltant dans la pièce.

Bordel. Achevez-moi, *maintenant*.

Bien sûr, j'ai l'habitude de voir Quinn cuisiner avec son tablier qui dit *J'aime cuisiner avec du vin… parfois je m'en sers même dans mes plats* que Kay lui a offert à Noël dernier.

Mais…

Pour l'instant, je l'ai surtout vue dans ce tablier cet hiver et au printemps.

Et aujourd'hui, nous sommes d'ores et déjà en plein cœur de l'été.

Quelqu'un peut-il m'expliquer pourquoi les vêtements des femmes semblent rétrécir avec les températures qui augmentent ? Pourquoi lutter contre la chaleur et l'humidité, pour la mode féminine, semble consister à réduire la surface de tissu ? Comment suis-je censé survivre au fait de vivre avec Quinn alors que sa garde-robe d'été donne parfois l'impression qu'elle est nue sous son tablier ?

Bon sang de bonsoir.

Je n'ai aucun besoin de ce genre de choses pour penser à Quinn *nue*. Mon imagination y parvient déjà très bien sans ça, et c'était déjà assez, merci bien.

Rien qu'hier soir, j'ai dû me branler sous la douche, *deux fois* ; juste pour pouvoir m'allonger dans mon lit. C'était soit ça, soit creuser un trou dans mon matelas pour que ma trique puisse s'y loger, tant elle refusait de céder.

Mais je me passerais volontiers de la culpabilité que je ressens maintenant. Après tout, en quoi est-ce différent de se branler en pensant à sa colocataire qu'en regardant un porno ?

Tu vas devoir trouver un moyen de te débarrasser de cette culpabilité, sinon tu vas te retrouver avec un ulcère d'ici à la fin de l'été.

Impossible d'objecter aux reproches de ma conscience. Hier soir, elle portait l'un de ces t-shirts soyeux à bretelle, comme en portent toutes les filles, vert vif, et sa tenue m'a déjà fait un effet phénoménal, avec ses fines bretelles qui épousaient ses épaules bronzées. Mais aujourd'hui, la robe d'été jaune soleil, sans bretelles, qui moule toutes les courbes de son corps ?

Je l'ai déjà dit, mais… Bon sang de bonsoir.

Hier soir, au moins, je pouvais regarder ses épaules pour me sortir des rêveries obscènes que mon esprit concoctait en la regardant évoluer avec grâce dans la cuisine tandis qu'elle préparait des *enchiladas* ; même si ce n'était pas très efficace. Ma main a passé plus de temps à ajuster mon pantalon pour cacher ma trique qu'à porter ma fourchette à ma bouche pour manger ce plat que Grant avait demandé pour sa dernière nuit ici avant de rentrer chez lui.

Vous parlez d'une situation gênante.

Aujourd'hui ? C'est sans espoir. À chaque fois que Quinn se tourne vers moi, mon esprit oublie automatiquement qu'il y a des vêtements sous le tablier bien usé et légèrement taché d'avoir été autant utilisé.

Le raclement d'une chaise sur le carrelage me fait lever les yeux pour voir Quinn s'installer sur l'un des tabourets de bar à côté de moi. La cuisine est maintenant irréprochable, et j'en viens à prier que ce soit parce que Quinn est d'une efficacité redoutable, et pas parce que cela fait une demi-éternité que je suis perdu dans mes réflexions lubriques.

Oh, super. Elle a enlevé le tablier.

Parce que, juste cette robe, c'est mieux ? demande ma queue en redressant la tête.

Salope.

— Tu avais commencé à dire quelque chose tout à l'heure, dis-je, ignorant de fait l'appendice qui, parfois, me fait me demander s'il ne serait pas plus facile d'être un eunuque, alors qu'il essaie d'étirer les limites de mon short de sport extensible.

Une fois de plus, le regard de Quinn n'est pas posé sur moi, mais sur ses doigts qui tambourinent de manière régulière sur le plan de travail.

— C'est vrai, mais avant que je ne te dise ce que c'était, tu dois me promettre de ne pas me juger. Si tu dois juger quelqu'un, c'est Em, parce que c'est la faute de cette satanée salope si on boit autant de tequila dans cette famille.

Ah, oui, la *famille*.

Tu entends ça, espèce d'enculée excitée ? demandé-je mentalement à ma trique. *Nous avons une famille ici, une famille que nous ne pouvons pas risquer parce que tu veux savoir comment c'est d'être à l'intérieur de Quinn.*

— Voilà qui peut être sujet à controverse, lâché-je.

Quinn pose ses yeux sombres sur moi, et elle ouvre la bouche sous le choc.

— Oh mon Dieu, Superman, dit-elle en me mettant un coup d'épaule, et ma peau se recouvre de chair de poule à son contact. Est-ce que tu viens de me vanner ?

Mes joues se mettent à me brûler, et je suis sûr qu'elle pourrait les utiliser pour faire frire des œufs.

— Ce sont des blagues que l'on fait tous les jours, dis-je en haussant les épaules.

À la façon dont Quinn serre ses lèvres en une fine ligne, je sais qu'elle ne se laisse pas abuser par ma répartie, lancée d'un ton maussade. Elle croise ses bras sur sa poitrine.

— Tu ne fais certainement pas avec moi comme avec Em et Kay : la plupart du temps, j'ai l'impression d'avoir une maladie contagieuse. Pourtant, continue-t-elle tout en me défiant du regard et en décroisant ses bras pour dessiner des cercles et des points sur ses bras ; je te jure que j'ai eu tous mes rappels de vaccins.

J'ouvre la bouche pour parler, mais elle lève les mains pour m'en empêcher. Elle dessine une autre série de cercles et de points sur sa peau avant de tendre les bras sur le côté.

— Voilà, maintenant, tu sais que j'ai tout eu.

J'ai envie de lui dire qu'elle en a oublié compte tenu du nombre de dessins qu'elle a faits, mais je m'abstiens. Elle a beau protester énergiquement contre le fait que je ne la traite pas comme nos autres amis, je ne peux rien y faire. Je ne peux tout simplement pas. Permettre à une amitié étroite de se développer avec Quinn n'est qu'une pente particulièrement glissante vers un rejet et, de fait, vers un cœur brisé. Le mien, en l'occurence.

Elle pose une main sur mon avant-bras, comme pour voir si j'accepte son contact maintenant qu'elle m'a confirmé ne pas souffrir de maladies transmissibles. Et je ne bouge pas, parce que manifestement… On dirait que j'aime me punir.

— Cela dit… Je ne me souviens pas de ce que j'ai écrit dans ton profil, lâche-t-elle en se mordillant le bout de l'ongle de son pouce.

— Tu es en train de me dire que je viens de gâcher l'occasion que tu avais d'oublier cette idée selon laquelle il faudrait que je sorte de l'ombre en abordant moi-même le sujet ?

Quinn se fige, et un long silence résonne entre nous avant qu'elle ne s'écroule de rire sur le comptoir, ses longs cheveux rouges me fouettant au passage. Lorsqu'elle se redresse, il y a des larmes de rire dans ses yeux, et elle passe un doigt sous l'un de ses yeux.

— Sérieusement ? Genre, parce que tu crois qu'il n'y a pas au moins dix personnes ici qui vont poser des questions ? demande-t-elle tout en agitant ses doigts sous mon nez, pour étayer son propos.

Elle a raison, et je lui concède cette objection d'un signe de tête. Voilà ce qui se passe lorsqu'on laisse quelqu'un comme Kay vous imposer son amitié. Aucun de mes colocataires ne sait où se trouvent les limites à ne pas dépasser.

Sans crier gare, Quinn attrape mon téléphone sur le comptoir.

— Pas besoin de mot de passe, les pétasses, chantonne-t-elle tout en brandissant mon téléphone devant mon visage pour le déverrouiller, comme elle l'a fait le soir où elle s'est auto-proclamée spécialiste en relations amoureuses.

Je me frotte le nez et plisse les yeux quand elle lève les bras en signe de victoire.

Assise sur son tabouret, Quinn fredonne et se tortille tandis que ses doigts font défiler l'écran de mon téléphone, sans se soucier de savoir si elle s'immisce dans ma vie privée. Vous voyez ce que je veux dire à propos de ces fameuses limites ?

Quinn pince les lèvres et fait jouer sa mâchoire de droite à gauche, mais après deux bonnes minutes passées à consulter mon téléphone, sa poitrine se gonfle avec une profonde inspiration et ses épaules se relâchent. Pour un peu, j'en arriverais presque à croire qu'elle s'inquiétait de ce qu'elle avait pu écrire, mais du trio d'infernales qui vit ici, elle est probablement celle qui se moque le plus de ce qu'on peut penser d'elle. Je doute donc fortement qu'elle ait pu se préoccuper de ça.

Elle se retourne tout en se contorsionnant pour pouvoir regarder vers la salle à manger derrière elle, et lance :

— OK, José, tu peux rester. Il semblerait que me détendre avec toi me rend plutôt maligne, si je puis dire.

Elle va même jusqu'à porter un toast à la marque de tequila avec un verre imaginaire, le poing vide en l'air.

Vous voyez ? Elle peut faire des trucs idiots et n'en éprouver aucune gêne. Elle sait qui elle est et vit pleinement sa vie.

Contrairement à moi.

Son pouce recommence à faire défiler mon écran, s'arrêtant de temps en temps, puis tapotant ici et là.

Qu'est-ce qu'elle fait ?

S'il vous plaît, mon dieu, ne la laissez pas lire mes messages. Il est inutile qu'elle voie à quel point je peux être maladroit dans mes textos.

Je tends la main pour essayer de récupérer mon téléphone, mais elle le met hors de ma portée.

— Arrête ça, gronde-t-elle. Je suis occupée à me prélasser dans ma génialité.

— Super, maintenant, tu parles comme Trav.

— *Mierda*, ne me parle pas de cet appât à requin maintenant.

Elle fait une croix avec ses doigts en sifflant, comme si j'étais Dracula et qu'il fallait me tenir à distance.

— Cet *appât à requins* ? demandé-je en m'efforçant de me déplacer subtilement sur mon siège afin d'éviter qu'elle ne remarque la façon dont mon corps réagit quand elle jure en espagnol.

— Ne me lance pas là-dessus, crache-t-elle tout en faisant

claquer sa langue en même temps qu'elle parle. Mais soyons clairs, si môssieur Quarterback ruine mes chances de faire du stunt avec *le* JT Taylor quand ils reviendront tous de leur petite escapade version *Bonjour les Vacances*, je vais prendre exemple sur Kay et je vais le tondre jusqu'à ce qu'il ne lui reste plus *un seul poil* sur le caillou.

La menace me fait frotter inconsciemment l'un de mes sourcils, au souvenir de l'histoire de Kay et de Tessa Taylor qui ont rasé ceux de leurs frères, Eric et JT, en représailles d'une blague.

— Il est trop tôt pour boire, alors doucement sur le *fangirling*, plaisanté-je, en faisant référence au jeu à boire que Kay a inventé à cause du béguin exagéré de Quinn pour son ancien partenaire de stunt.

C'est soit ça, soit se concentrer sur la jalousie particulièrement déplacée que j'éprouve à l'égard d'un ami, lequel n'a absolument rien demandé.

JT serait mieux que toi pour elle, de toute façon.

Je sais. Même moi, je ne peux pas me contredire sur ce point.

— Ne me tentez pas avec un bon moment, messire, lâche Quinn en agitant un doigt devant mon visage. Il est presque l'heure que j'aille aux Barracks.

L'air renfrogné qu'elle tente d'afficher disparaît au bout de deux secondes, elle inspire à fond et commence à essayer de rapprocher son tabouret du mien sans en descendre, et ses seins se mettent à osciller au rythme de ses mouvements.

Arrête de mater sa poitrine. Ta mère t'a mieux élevé que ça.

Je fais glisser mes yeux de sa poitrine rebondissante à ses genoux nus qui glissent autour des miens, mais cela ne change rien. Cela ne change rien, parce qu'au fur et à mesure qu'elle les écarte suffisamment pour que ma jambe s'insère dans le *V* entre les siennes, l'ourlet de sa jupe remonte de plus en plus haut.

Elle fait claquer sa main sur ma cuisse, et le muscle tressaute à son contact.

— Maintenant, arrête d'essayer de me distraire. La façon dont les choses sont tournées, dit-elle en agitant le téléphone qu'elle tient toujours dans sa main ; est censée permettre de briser la glace, de donner l'opportunité à quelqu'un que tu ne connais pas encore d'apprendre quelque chose sur toi sans donner l'impression qu'il faut t'arracher les informations comme si on t'arrachait une dent.

Le *comme c'est le cas avec toi* est implicite, et elle l'ajoute explicitement néanmoins en arquant un de ses sourcils, à défaut de le dire à haute voix.

— Je comprends, dis-je.

Elle cligne des yeux lentement, comme pour dire *Vraiment ?*

— Si, je t'assure, ajouté-je.

Elle tord ses lèvres sur un côté, l'air totalement dubitatif. Bon. Autant aller droit au but. Plus vite je le ferai, plus vite je pourrai m'enfuir dans ma chambre, mettre fin à cette inquisition inconfortable et prendre un peu de distance par rapport à la tentation qu'elle représente.

— Je peux te poser une question ? demande Quinn.

— J'adore que tu me demandes la permission, comme si j'avais réellement le choix, rétorqué-je d'un ton pince-sans-rire.

Je suis plus qu'habitué que mes amis, et mes amies en particulier, puissent foncer tête baissée sans se préoccuper des convenances dès qu'ils sont curieux de quelque chose.

— Oh là, du calme, mon cœur.

Elle me jette un regard éloquent, du genre *Espèce de grand imbécile, va !* avant de reprendre la parole en exagérant la sonorité traînante de sa voix.

— Je ne sais pas combien de temps je pourrai encore supporter ton nouveau côté moqueur avant d'exploser comme une *piñata* remplie de paillettes.

Je me lève, mais elle s'accroche à mon bras comme une sorte de bernard-l'hermite pétillant.

— Allons, ne te sauve pas.

La supplication qui nage dans ses yeux sombres est exactement ce qui me fait agir comme j'agis avec elle. Simplement parce que cela lui donne un incroyable pouvoir sur moi.

— Je croyais que tu avais dit que tu devais aller travailler, dis-je.

Oui, travailler. Aux Barracks, avec les cheerleaders, parce qu'elle *est* aussi une cheerleader.

— Je sais ce que tu es en train de faire, réplique-t-elle.

Elle plisse les yeux, jette un coup d'œil à l'horloge de la cuisinière et jure doucement.

La douce liberté est en vue. Elle est si proche que je peux presque goûter l'eau fraîche qui coule de la pomme de douche, ma salle de bains étant mon sanctuaire.

— Eh bien, *môssieur* le petit malin, il semblerait que vous ayez raison une fois de plus, et que vous ayez réussi à éviter que nous explorions la question plus avant.

Son expression change, son front se plisse et ses narines se dilatent comme si elle avait senti quelque chose d'immonde.

Mes prières ont été exaucées.

— Mais…

La pause qu'elle marque alors qu'elle commence à s'éloigner me met sur mes gardes. Je fais un effort surhumain pour ne pas mettre ma main en protection de mes parties intimes, comme si elle était sur le point d'y mettre un coup de poing malgré la distance qui se creuse entre nous.

— J'ai bien l'intention de faire ce qu'il faut pour améliorer tes compétences en matière de conversation.

Elle ponctue son propos d'un marmonnement inintelligible en espagnol, et elle est trop loin pour que je puisse distinguer autre chose que le roulement lyrique des *R*. Pourtant… Une drôle de prémonition me donne la chair de poule.

Je me dirige vers Herkie, qui est toujours en train de ronger son jouet sur le canapé. Il se redresse et penche sa tête poilue sur le côté quand je m'adresse à lui.

— Je sais que tu ne t'appelles pas Toto, mon pote, mais peut-être que j'aurais été plus en sécurité au Kansas, non ?

La dizaine de brutes de mon enfance semble soudain bien inoffensive comparée à une certaine cheerleader pleine de fougue.

QUINN

Il fait à peine jour, mais je suis à bout de patience. Bien sûr, ce que je m'apprête à faire risque de se retourner contre moi, et de pousser mes amies à chercher le moyen le plus rapide de revenir ici pour m'assassiner dans mon sommeil, mais c'est un risque que je vais devoir prendre pour préserver ma santé mentale.

De toute façon, elles seront forcées de me pardonner si elles veulent que nous continuions à vivre ensemble. Parce que, si j'essaie de résister à leur envoyer un texto, ne serait-ce que quelques minutes de plus, je vais être obligée de quitter cet appartement pour aller m'enfermer dans une chambre capitonnée quelque part.

Je jure devant Dieu que les papillons logés dans mon estomac ont attiré le café qui circulait dans mon sang comme Blanche-Neige chante pour les créatures des bois. Mais au lieu de ramener des petites créatures pour faire le ménage, ils sont plutôt allés chercher toutes les molécules de caféine qui restaient dans mes cellules, et s'en sont servis pour alimenter leurs petites ailes. Sérieusement, ces enquiquineurs n'ont pas cessé de battre des ailes depuis que j'ai quitté la cuisine *hier*.

— Tu n'en as pas encore assez ?

Je lève la main que j'avais posée sur mon ventre, ignorant délibérément la façon dont Herkie incline sa tête tout en fronçant les sourcils. Et avant que vous ne posiez la question, oui, *bien sûr* que les chiens peuvent froncer les sourcils.

Mon compagnon canin s'écroule contre moi, plus que satisfait de profiter des grattouilles que je lui prodigue dans le bas de son dos avec mon autre main.

Si seulement mes papillons pouvaient arrêter de s'agiter, cela me faciliterait la vie. Surtout en ce moment, alors qu'ils sont occupés à faire la fête dans mon ventre.

— Je suis complètement fichue, Herk, dis-je sans tenir compte du fait que je m'adresse à un chien.

Le bon côté des choses, c'est que lui, au moins, ne me contredit jamais. Au contraire même, il enfonce sa truffe dans mon aisselle alors qu'il se déplace pour plonger ses yeux sombres dans les miens. Cela va me manquer, de ne plus l'avoir constamment avec moi, quand Kay sera revenue de vacances.

Hier, miracle des miracles, CK a plaisanté avec moi. Rien qu'avec moi, pour la première fois, sans prendre la fuite. Mais *bon sang*, si cela doit me faire *ça*... je vais tourner cinglée avant la fin de la semaine.

Bon. C'est parti. Je risque ma vie et même mon intégrité physique en faisant ça, mais pas question de renoncer. J'envoie un texto à Em et Kay.

> Moi : Les filles, j'ai besoin de vous !

> Moi : Croa, Croa, les pétasses !

J'attends exactement huit dixièmes de seconde avant de renvoyer un troisième message à la suite, composé du corbeau qui croasse sous forme de GIF animé. Je fais un rapide calcul mental, et je me dis qu'avec un peu de chance Kay ne va pas me sonner les cloches, compte tenu du fait qu'il n'est que minuit au milieu de l'océan Pacifique.

Sinon, j'aurais tout aussi bien pu lui tendre le stylo pour signer mon arrêt de mort.

> Kay : OMG, est-ce que tu tiens réellement à mourir ? Dis à abuela Lupe que si je n'étais pas encore debout à cause du lū'au de ce soir, elle serait déjà en train d'organiser ton enterrement.

Bon sang, j'adore cette fille. Je sais que je l'ai déjà dit, mais je vais le répéter : je n'aurais pas pu trouver mieux comme colocataire !

> Em : Est-ce que je vais me faire tomber dessus si je dis que je trouve ça désopilant ?

> Kay : Sérieux ? Je sais que je ne dormais pas, mais tu es censée être de mon côté ! Les matins sont faits pour les œuvres du diable !

Je rigole toute seule alors qu'Emma fait les frais de la colère de Kay tout en regardant danser ces trois petits points sur mon écran.

> Em : Arrête de crier avec tes majuscules, femme ! *GIF « Woooosaaahhh » tiré de Bad Boys* Je n'ai jamais dit que je n'étais pas disposée à t'aider à cacher son corps, si tu veux la trucider, compte tenu de l'heure indécente à laquelle elle nous a écrit un message. (Si tu lis ceci, Matthew, merci pour le café ce matin, et tu peux faire comme si tu n'avais rien vu des menaces de meurtre. Papa n'a pas besoin de savoir, OK ?)

Indécente ? Sérieusement ? Il est six heures du matin passées. C'est risible d'être aussi peu matinale ! Je glousse devant mon téléphone.

Kay : Est-ce que tu es en train de te payer ma tête ? Je suis sûre de t'avoir entendue rire. Et si c'est le cas, j'espère que tu t'es étouffée et que ton latte au beurre de noix de pécan t'est remonté dans le nez. Et, oui, j'assume totalement ce que je viens de dire.

Moi : Qui diable est Matthew ? Attends, comment ça se fait que tu sois déjà debout, Em ? *GIF « Oh, merde ! »*

Il n'est probablement pas très avisé de se moquer d'une alliée inattendue, mais si on ne peut pas s'amuser aux dépens de ses amies, quel genre d'amies sont-elles ?

Kay : Matthew est le garde du corps qui a été affecté à Em pour les voyages de campagne de son père. Elle est absolument convaincue qu'il espionne ses conversations.

Em : Oui, parce que c'est réellement le cas.

Kay : Qu'il soit apparu une fois à un bal de Sa Majesté ne signifie pas qu'il lit tes messages.

J'ai beau être consciente du fait que, à l'origine, je leur ai envoyé un message pour parler de moi, cependant, entendre subitement parler de ces soirées organisées par Carter King m'incite à relever le nez comme un limier qui aurait flairé une bonne odeur : Carter est un ami de Kay, de là où elle a grandi, et accessoirement l'homme pour lequel Emma a un béguin qu'elle refuse absolument de reconnaître.

Malheureusement, ou heureusement, selon la façon dont on envisage la question ; Em répond avant que j'aie le temps de rédiger mon propre message.

Em : Je refuse de parler de Carter King de si bon matin. Je refuse d'en parler tout court.

Kay : Eh eh eh. Si tu le dis, bébé. Je me demande si King dit la même chose de toi. Attends, je vais demander à JT.

Em : Kayla Michelle Dennings, n'y pense même pas !

Moi : Ai-je dit récemment que vous me manquiez, les pétasses ?

Kay : Oui. Mais la prochaine fois, essaie de ne pas le faire au milieu de la nuit.

Moi : Au milieu de la nuit ? Il est minuit. On est à peine le matin.

Em : Tu n'as pas eu ton infusion de vitamines D, aujourd'hui ? *émoji aubergine*

Moi : Oh, tu pourrais bien avoir raison, Em, bébé. Elle est toujours grincheuse quand elle n'a pas eu l'occasion de s'envoyer en l'air.

Kay : *GIF « Grrr »* Je vous déteste.

Moi : Non, sûrement pas.

Em : *GIF « voilà pour les faits »* Jette un petit coup d'œil à tes doigts, s'il te faut un rappel.

Kay : Vous avez de la chance, espèces de salopes, de partager votre mois d'anniversaire avec d'autres personnes que j'aime, sinon, j'aurais probablement fini par perdre les bagues qui vous représentent dans la mer.

Moi : Du calme, mami. Nous voulons juste nous assurer que tu exploites bien toutes les capacités athlétiques de ton Néandertal. *GIF d'Ace Ventura qui oscille du bassin*

Em : *GIF animé « lâche-toi, ma fille »*

Moi : *GIF de Rob Schneider scandant « Tu peux le faire » dans Waterboy*

Em : *GIF de Brad Pitt qui danse*

> Kay : Les filles, ici Mason. Est-ce que vous pourriez arrêter d'ajouter de l'huile sur le feu ? Skit est à deux doigts de jeter sa tête par terre pour voir si elle tourne sur place comme dans cette scène de L'exorciste.

> Moi : Salut, Néandertal. *GIF « Salut, toi ! »* Tu devrais remonter un peu le fil de messages. Et puis, ensuite, tu nous diras si tu veux qu'on la laisse tranquille. *émoji clin d'œil*

> Kay : Je savais qu'il y avait une bonne raison pour que je vous invite à venir vivre avec nous. OK… Amusez-vous bien.

Si, quand il a commencé à s'intéresser à elle, Kay n'avait pas envie de sortir avec Mason, cela ne change rien au fait que c'est quelqu'un de bien à mes yeux.

Je profite de la pause dans la conversation apportée par nos digressions, et j'en profite pour laisser mes doigts voler sur l'écran de mon téléphone. Il n'y a rien d'élégant, de prolifique ou même de grammaticalement correct dans la façon dont je leur raconte tout ce qui s'est passé avec CK hier. La longue phrase interminable que je viens de vomir littéralement d'un trait sur mon téléphone est digne, en longueur, d'un *putain* de mémoire de fin d'études.

Mon cœur bondit dans ma gorge comme s'il s'entraînait à faire des cascades avec la Red Squad alors que j'attends de voir ce que mes amies vont trouver à répondre à ça.

Et leurs textos ne mettent pas longtemps à arriver, inondant littéralement mon téléphone, tant elles sont pressées de me répondre. Mon pouce a du mal à défiler assez vite pour suivre le flot de messages qui alimentent le fil de discussion.

En voici quelques extraits :

> Em : Au moins, contrairement à ce que tu craignais, tu ne lui as pas avoué ton amour inconditionnel.

> Kay : Oh, je t'en prie, j'adore CK, mais ce garçon est définitivement incapable de voir sa valeur, et même si elle lui sautait à la figure, il ne la croirait pas.

> Em : Est-ce que c'est mal de vouloir qu'elle s'inscrive sur l'application, qu'elle utilise pour l'appâter et qu'il tombe amoureux d'elle ?

> Kay : On s'en fout que ça soit mal. *émoji qui pleure de rire*

Je ne sais pas pourquoi j'ai attendu pour demander de l'aide, pourquoi je ne leur ai pas envoyé un message tout de suite. Dieu sait que cela m'aurait évité pas mal d'aigreurs d'estomac si je l'avais fait.

À chaque fois que j'ai été vraiment déprimée et que j'ai fini par laisser sortir tout ce que j'avais sur le cœur, le plus souvent à l'occasion d'une cuite, *jamais* elles n'ont fait ou dit quoi que ce soit qui me donne l'impression d'être folle. Au contraire, elles pensent toujours à me rappeler que chacun de nous a dû imposer son amitié à CK avant qu'il ne l'accepte.

Et je peux comprendre ses réticences, compte tenu de son histoire. Toute son histoire l'a conditionné à se méfier des sportifs, voire à les détester.

C'est tout de même assez ironique : l'une des raisons pour lesquelles ma mère m'a inscrite à l'école de cheerleading, c'était pour me rendre, à terme, plus désirable pour les garçons. Or, le garçon que je cherche à intéresser voit plutôt ça comme quelque chose de rédhibitoire.

Mais si deux des trois personnes parmi les plus proches de CK pensent que je devrais m'accrocher, qui suis-je pour abandonner ?

> Moi : Je n'ai pas l'intention d'aller l'appâter.

> Em : *GIF « bouuuh, salope » tiré de Lolita Malgré Moi*

Je ne sais pas ce qui serait le pire : que CK tombe amoureux de moi parce qu'il croit que je suis quelqu'un que je ne suis pas, ou le perdre à cause de ce que je suis réellement.

> Em : Bon sang, maintenant, je me sens super coupable.

> Moi : Quoi ? Pourquoi ? J'adore ce film.

Lolita Malgré Moi est un incontournable de nos soirées entre filles.

> Em : Parce que c'est moi qui lui ai suggéré de s'inscrire en tant qu'utilisateur bêta de cette application, pour l'aider à prendre confiance en lui. Je me suis dit que s'il le faisait, cela lui ouvrirait les yeux sur ce qu'il a sous le nez. Tu sais, toi, Q.

Sa petite tirade fait chaud à mon petit cœur.

> Moi : Vous n'avez aucune raison de culpabiliser, les filles. Auriez-vous oublié que c'est moi qui ai modifié son profil ? Tu as peut-être ouvert le baril de poudre, mais c'est moi qui ai jeté l'allumette.

Oh, mon Dieu ! Voilà la solution.

Je me redresse d'un bond dans le lit, et Herkie laisse échapper un grognement de mécontentement quand les couvertures retombent autour de ma taille.

> Moi : Bon sang ! Em, tu es un génie. J'ai envie de t'embrasser !

Peut-être qu'elle culpabilise, mais elle a tort : son plan a fonctionné. Pour la première fois en huit mois, CK et moi avons eu une interaction seul à seule sans qu'il s'enfuie ou ne se ferme. Je sais bien que la raison pour laquelle nous avons discuté était parce qu'il ne parvenait pas à retenir une *autre* femme dans une conversation, mais…

Et si je reprends ces mêmes questions écrites dont il se plaint qu'elles ne lui apportent rien, et que je les utilise pour que nous apprenions à mieux nous connaître ? Est-ce que si je fais ça sous couvert de l'aider avec son application, cela pourrait permettre d'en arriver là où Em voulait en venir ?

Je pourrais probablement battre un record, avec la vitesse à laquelle je tape pour expliquer mon plan aux filles.

Et maintenant…

Où sont passés mes post-its ?

#Chapitre 8

UofJ411 : reposté – NJA_Admirals : Nos champions en devenir qui apprennent des meilleurs. –*réel de Kay et JT en train d'entraîner Olly et Livi aux Barracks*

Soupir Est-ce que tes frères et sœurs pourront faire partie de nos équipes si ta petite amie ne veut pas @CasaNova87 ? #LesMeilleur-sCheerleaders #EspritDEquipe #CasanovaWatch

@caligirlheartsbooks : Ah, regardez qui est revenu de vacances ! #VousNousAvezManqué #Kaysonova

@emilybunnyauthor : Au moins, ça reste dans la famille. #CasanovaWatch #Kaysonova #LaFamilleCEstImportant

CHAPITRE 10

QUINN

Je fais partie de ces gens qui sont du matin depuis qu'ils sont nés, du moins, selon *abuela* Lupe. J'ai beau râler après elle et la traiter régulièrement de vieille chouette, c'est par pure affection ; et je ne peux pas la contredire quand elle dit que je suis venue au monde de bon matin, déjà gesticulante et hurlante : je suis née à 5 h 43 très exactement.

Voilà ce qui me définit parfaitement : j'adore le matin.

En quoi est-ce important, me direz-vous ? Eh bien, outre le fait qu'être matinale m'a valu plus d'émojis de couteau que je ne peux en compter de la part de Kay et d'Emma au cours de la dernière année universitaire, mon goût des heures à un seul chiffre n'a fait que croître.

Oui, vous avez bien entendu.

Moi, Quinn Thompson, j'aime *encore plus* les matins qu'avant !

En avant, lève-tôt ! Je me redresse d'un bond comme si j'étais le papa dans le vieux jeu de société *Don't Wake Daddy* : pas question de laisser ce joli fessier s'encroûter.

Je me suis éjectée de ma couette et mes pieds sont déjà au sol, que le diable lui-même n'a pas eu le temps de marmonner *Oh, merde, elle est debout.*

Je suis sûre que vous vous demandez pourquoi, soudain, j'ai encore plus d'énergie qu'avant le matin ? Qu'est-ce qui a changé ?

Eh bien… c'est simple… c'est grâce à CK.

Ouais, ouais, ouais, je sais que ce n'est pas d'aujourd'hui que j'ai le béguin pour lui, mais…

Maintenant…

Oh. Mon. Dieu.

C'est comme si tous ces mois pendant lesquels j'ai angoissé à cause de cet amour à sens unique n'avaient jamais existé. Depuis deux semaines, il n'y a plus d'angoisse, non. Uniquement une incroyable excitation totalement étourdissante. Il paraît que ça fait ça, de recevoir des petits mots d'amour d'une personne pour qui on a le béguin.

OK, j'exagère *peut-être* juste un *tout petit peu*. Techniquement, ce ne sont pas réellement des mots d'amour. Il s'agit plutôt d'un échange de post-its dont la finalité est d'apprendre *à mieux nous connaître*, des phrases griffonnées, spécialement choisies et rédigées pour me permettre de me faufiler à travers les défenses d'un homme trop prudent.

Et…

Si vous voulez vraiment *toute* la vérité, je me laisserai aller à admettre que l'exaltation que m'a procurée le fait que CK se soit ouvert à moi m'a *peut-être* fait légèrement délirer.

Peu importe.

Délirant ou pas, mon plan fonctionne. Et avant même que vous ne commenciez à dire que c'est diabolique, non, c'est faux. Je ne suis pas ce méchant qui fait lentement tourner sa chaise en caressant méthodiquement son chat tout en fomentant un plan pour dominer le monde.

D'abord parce qu'en termes de domination, cela ne m'intéresse que pour voir si mes soupçons sur les préférences sexuelles de CK sont fondés. D'autre part, mon acolyte pendant la première semaine de l'opération *Correspondance Amoureuse Masquée*, était de l'espèce *canis lupus* et pas *felis catus*, et il était occupé à mâchonner méthodiquement son taco en peluche alors que je réfléchissais à la meilleure question à poser en guise d'ouverture.

À quel moment un plan composé d'un acolyte canin, d'une bande sonore faite de couinement de jouets et d'un arsenal de stylos à paillettes et de post-its aux couleurs de l'arc-en-ciel peut-il être diabolique ? Laissez-moi répondre à ça : jamais.

Je suis joyeuse et sociable, pas diabolique.

Comme les quatorze matins précédents, je m'éjecte donc de mon lit comme un diable de sa boîte. Avant de me figer brutalement quand je pose le pied sur l'une des boules de papier violet qui jonchent le sol.

En équilibre sur une jambe, je plie mon genou et décolle le post-it chiffonné de la plante de mon pied. L'existence même de ce papier est comme une authentique épine plantée dans ma peau : c'est l'un des vestiges de mes indécisions.

Les trois verres de tequila que j'ai avalés hier soir en guise de courage liquide tourbillonnent dans mes tripes, et un frisson d'inquiétude me parcourt l'échine.

Ay dios mío.

Qu'est-ce que j'ai *encore* fait ?

Je déplie le papier pour en lisser les plis, et fixe d'un œil peu amène les gribouillis devenus illisibles tant je les ai raturés. Si je dois en croire le petit trou qui ponctue l'une des lignes, j'ai été relativement agressive dans mes hésitations.

Sept boules de papier similaires sont éparpillées sur le parquet, et j'ai soudain l'impression d'avoir un champ de mines entre mon lit et la porte.

Peut-être que… je ne devrais pas quitter ma chambre aujourd'-hui. Qui sait ce qui m'attend à l'extérieur ?

Arrête de te comporter comme une poule mouillée, Quinn.

Je redresse mes épaules, je m'ébroue pour chasser les dernières réminiscences de sommeil de mon visage, et je me dirige vers la porte d'un pas décidé.

Sauf que… ma main plane au-dessus de la poignée de la porte comme si c'était un serpent à sonnette prêt à frapper. Je fixe le rayon de soleil qui se reflète dans le chrome de la poignée en plissant les yeux, la gorge serrée par l'indécision.

Cela fait quatre-vingt-quatre ans.

D'accord, ça fait deux minutes et demie, en vrai, mais bravo à mon subconscient pour avoir reproduit à merveille la voix de la vieille dame de *Titanic*.

Ce qui ne change rien au fait que je suis comme incapable de bouger. J'ai du mal à trouver mon souffle, et je m'efforce de respirer par la bouche à grand renfort d'inspirations qui gonflent mes joues et d'expirations qui font vibrer mes lèvres.

J'ai l'impression de me préparer à passer un entretien d'embauche pour le job de mes rêves, pas juste d'essayer de trouver le courage d'aller voir ce que CK a répondu.

Cot, cot, cot !

Les post-its éparpillés sur le sol derrière moi se sont transformés en poulets et se sont mis à battre des ailes pour se moquer de moi. Si, si, je vous jure que c'est vrai.

Mais qu'est-ce qui te fait si peur ?

Oh… je ne sais pas… peut-être le fait que, parmi la douzaine d'idées de questions que j'ai envisagées hier soir, celle que j'ai choisie est probablement la plus culottée que j'aurais pu oser ?

Cette fois, ce n'était pas une question du genre *Comment survis-tu face à une apocalypse zombie ?* ni une autre de ces questions relationnelles intéressées comme *Si tu veux mieux me connaître, tu dois…*

Non, cette fois, j'ai littéralement chamboulé toutes les règles du jeu.

Cette fois, je n'ai pas demandé à CK de me parler de lui, mais de… penser à moi.

J'aimerais pouvoir dire que je suis sortie de ma chambre avec détermination, toute prête à chercher la note de CK tel le guépard traquant la gazelle.

Sauf que…

Ce serait mentir.

Parce qu'en fait, j'ai repoussé l'inévitable aussi longtemps que possible : j'ai pris une douche et je me suis préparée pour ma journée jusque dans les moindres détails avant de me diriger vers la cuisine.

Et voilà, il est là.

Posé en plein centre du comptoir, le seul post-it violet qui a échappé au massacre hier soir.

Je me traîne d'un pas lourd jusqu'à l'îlot, avant de fermer les yeux en serrant les paupières jusqu'à voir des étoiles. Puis, j'inspire profondément et je les ouvre lentement.

Je regarde fixement les mots écrits en haut du papier à l'encre argentée scintillante : *Je tomberais amoureux de toi si…*

Je distingue tout juste les mots écrits par CK de sa patte soignée et étonnamment masculine, l'encre noire se détachant nettement de l'encre fantaisie dont je raffole.

Découvrir sa réponse griffonnée au bas du post-it a soulagé la tension qui s'était installée entre mes omoplates. Je ne sais pas ce qui aurait été pire : qu'il m'ignore complètement, ou que sa réponse confirme ce que je commence à craindre d'être la véritable cause de son hésitation face à mes avances ; à savoir, que *je* ne suis pas assez bien pour lui ?

Bon sang. Si *abuelita* était là, elle me collerait un coup de sa *chancla* pour avoir osé penser ça de moi. Je m'efforce de me rappeler qu'elle est ma plus grande fan, et ce fait chevillé au corps, je m'oblige à faire appel à toute la confiance que j'ai en moi pour enfin regarder.

Tu me poussais.

Hein ? Qu'est-ce que ça veut dire, ça ?

Mon regard remonte jusqu'en haut du post-it.

J'ai demandé : *Je tomberais amoureux de toi si…*

Et CK a répondu par : *Tu me poussais.*

Qu'est-ce que c'est que ces bêtises ?

Oh, non, non, non.

Voilà qui ne va pas être possible.

J'arrache la note du comptoir avec tellement de force que le papier se déchire.

J'ai failli me retrouver avec des cheveux blancs à force de flipper sur ce qu'il avait pu écrire, et tout ce qu'il a trouvé, c'est ce genre de bêtises ? J'espère qu'Emma ne plaisantait pas lorsqu'elle s'est déclarée prête à enterrer un corps, parce que je suis sur le point d'assassiner un adorable intello.

Je serre le papier dans ma main avec une force qui serait plus justement employée pour garder prise sur ma santé mentale, et me dirige à grands pas vers la chambre de CK, accompagnée du *slap slap slap* sonore de mes claquettes.

Réveillé en sursaut par le bruit de la porte qui heurte le mur lorsque j'entre dans sa chambre en fanfare, CK se redresse d'un bond dans son lit en étouffant un juron.

Plus tard, quand je ne serai plus aussi en colère, je pourrai m'attarder mentalement sur l'adorable expression de CK, quand il plisse les yeux pour essayer d'y voir correctement sans ses lunettes. Mais pas maintenant, parce que, *maintenant*, je suis en mode *Quinn-la-furie*, et je me jette d'un bond au milieu de son lit.

— Qu'est-ce que c'est que ces *foutues* conneries, Christopher ?

Mes phalanges frôlent le bout de son nez tandis que je lui jette le papier légèrement déchiré à la figure.

Il hausse ses sourcils sombres, haut sur son front, et ses yeux limpides rencontrent les miens dans toute leur splendeur azuréenne.

— Je vous ai suffisamment côtoyées, mesdemoiselles, pour savoir qu'il ne faut pas vous dire de vous calmer, lâche-t-il en se penchant en arrière et en levant lentement les bras en signe de reddition. Mais puis-je savoir pourquoi d'un seul coup tu me donnes du *Christopher* ?

— N'essayez pas de vous en sortir en jouant les mignons, môssieur, dis-je en agitant un doigt menaçant devant son visage.

Oui, vous avez bien lu : j'ai *pointé* mon foutu index devant lui et je l'ai *agité. Ay dios mío.*

Il cligne lentement des yeux. Même l'épaisse frange de ses cils sombres semble me narguer, parce que, même avec deux couches de mascara, mes cils sont moins beaux que les siens. Voilà encore un élément à charge !

Je respire presque avec difficulté alors que nous nous fixons l'un l'autre. Je suis toujours aussi en colère, et je refuse de laisser ma colère céder.

Avec lenteur et prudence, CK tend un bras vers sa table de nuit. Il ne me quitte pas totalement des yeux, comme si j'étais un ragondin enragé prêt à attaquer quiconque passerait à proximité. Honnêtement, je suis tellement surchauffée que j'en suis encore à me demander comment la violence excessive de ma réaction n'a pas fait fondre mon maquillage.

Il reste silencieux tandis qu'il fait glisser ses lunettes à monture noire sur l'arrête de son nez, dans un geste atrocement sexy.

Oui, professeur, j'ai été une très, très *vilaine fille.*

Bon. On dirait que *Quinn-l'excitée* pousse *Quinn-la-furie* de côté pour prendre sa place. Avantage non négligeable à cet état de fait, ma colère perd en force. Considérons cela comme une victoire.

Maintenant que ma frustration a cédé du terrain, je vois de nouveau à peu près net. Je peux donc apprécier le spectacle d'un CK pas encore tout à fait sorti des limbes du sommeil. Ses cheveux noirs aux reflets bleus sont en bataille d'un côté et tout aplatis de l'autre, et mes doigts me démangent d'aller ébouriffer sa tignasse.

Et vous savez quoi ? Ce n'est même pas le meilleur.

Non, le meilleur dans tout ça, c'est qu'il est torse nu. Il n'y a donc rien qui empêche mes yeux de se régaler du délice que représente le corps dénudé de Christopher Kent.

Je peux même voir les tablettes de chocolat que j'ai dessinées des doigts l'autre jour. Pourquoi n'ai-je pas soulevé son t-shirt, étalé de la sauce salsa sur son ventre et léché le tout ? Mince, vous parlez d'une occasion manquée !

Je sursaute quand des doigts puissants s'enroulent autour de mon poignet : j'avais oublié que j'avais toujours le bras en l'air, trop occupée à l'admirer. CK m'oblige à baisser lentement mon bras pour le poser avec douceur sur la couette toute douce qui recouvre ses genoux. Vous savez, la même couette que celle qui est repliée autour de sa taille nue. Celle qu'il suffirait que je déplace de quelques centimètres pour savoir si mon béguin est le genre d'homme qui dort à poil.

Évidemment, je connais suffisamment CK pour savoir que c'est hautement improbable, mais il est toujours permis de rêver, pas vrai ?

Il n'a toujours pas relâché mon poignet, ce qui est probablement une bonne chose, étant donné ma proximité avec son entrejambe. *Quinn-l'excitée* serait capable de se jeter tête la première dans le vide et d'aller caresser son membre des doigts si elle n'était pas contrainte de garder ses mains à distance.

Une fois de plus, totalement inconscient de la direction prise par mes pensées, CK s'efforce de libérer de mes griffes le morceau de papier qui me fait avoir des tendances assassines, puis il fronce les sourcils lorsqu'il lit le papier.

— Hum… Je ne suis pas sûr de comprendre où est le problème.

L'incertitude qui danse dans ses yeux lorsqu'il les relève vers moi me donne envie de le rassurer et de le protéger. Ce qui n'empêche pas que la *chica* a besoin de réponses, et j'oblige l'instinct qui me pousse à prendre ses sentiments en compte à reculer.

— *Si tu me poussais* ? Quel genre de réponse est-ce que c'est que ça ?

— Une réponse littérale, dit-il en bâillant alors qu'un sourire mutin frémit dans les coins de sa bouche.

Du calme, mon cœur. Depuis le temps que je le côtoie, on aurait pu imaginer que je serais habituée à cette facette de la personnalité de CK, mais ce n'est pas le cas. C'est d'ailleurs aussi pour ça que sa réponse me plaît malgré tout, alors même que je m'efforce d'être en colère contre lui.

Je plisse les yeux et lui arrache le post-it des mains pour le froisser en boule et le jeter par-dessus mon épaule, comme je l'ai fait avec tous ses petits camarades dans ma chambre.

— Tu n'es pas censé utiliser de réponses littérales, grogné-je.

Et là, rien ne passe comme je m'y attendais.

— Tu te comportes pratiquement comme une fan inconditionnelle à un concert de Shawn Mendes chaque fois que je joue du sarcasme avec toi. Et maintenant, tu me dis que ça te pose un problème ?

— Oh, mais c'est qu'on a de l'humour, ce matin ! répliqué-je.

Je lui mets un petit coup dans l'épaule de la main pour ponctuer mon propos, et bien sûr, j'en profite un tout petit peu pour tâter ses muscles. Je suis en manque d'amour, voyez-vous ? J'ai bien le droit de le tripoter une fois de temps en temps, l'air de rien, non ? Ça ne fait pas de mal.

— Tu n'es pas censé faire de réponses sarcastiques sur ces post-its, Superman. Tu as dit que tu voulais t'entraîner à faire évoluer les messages vers une véritable conversation. Les sarcasmes, dans ce genre de contexte, ça ne fonctionne pas très bien, ajouté-je, même si cette phrase me reste en travers de la gorge et que je suis obligée de déglutir deux fois avant de réussir à la sortir.

¿Has perdido la maldita cabeza?

La question de savoir si j'ai perdu la tête ou non varie d'un jour à l'autre. Pour être honnête, entre la frustration sexuelle qui ne cesse de prendre en force et la culpabilité qui accompagne cette foutue idée de jouer les coaches en relations amoureuses, je crois que cela relève bien davantage de la fatalité que de la possibilité. *Je suis vraiment une crétine finie d'avoir eu cette idée, non ?*

— Hum, et donc... hésite CK tout en se frottant la bouche de la main.

Je suis obligée de me faire violence pour ne pas laisser échapper un soupir énamouré devant ce geste qu'il fait en toute innocence.

— Si quelqu'un répond aussi de manière sarcastique, est-ce que tu considères que c'est plutôt bon ou... mauvais signe pour un futur rendez-vous ? continue-t-il.

Si le rendez-vous est avec moi, c'est une super bonne *chose.*

Calme-toi, Quinn, sinon tu vas le faire fuir.

Je m'oblige à me détendre et calmer mon excitation latente, et je prends le temps de mesurer ma réponse.

— Avoir des choses en commun est presque toujours bon signe.

Je serre les dents pour retenir l'excitation qui menace toujours de déborder et pour retenir le *Et nous deux, nous avons* tellement *de choses en commun* que j'ai très envie d'ajouter à la fin de ma phrase.

Il expire et s'affaisse contre la tête de lit. Lui ne m'a peut-être pas reluquée tout à l'heure, quand ma poitrine montait et descendait au rythme de ma respiration, mais moi, je ne me prive pas de le reluquer, lui.

CK n'est pas comme les autres hommes qui vivent avec nous dans cette colocation, lesquels adorent se balader les muscles à l'air dans tout l'appartement. Parfois, on a l'impression que leurs corps crient littéralement *Regarde-moi ! Regarde-moi !* Ne vous méprenez pas, je ne me plains pas. J'adore ces expositions de viande virile, mais CK n'y participe *jamais*. Et c'est vraiment dommage, étant donné ce qu'il cache sous ses fringues.

Mami va donc profiter pleinement du fait qu'il soit étendu devant moi, presque nu.

— Bon. D'accord, dit-il en jetant un coup d'œil furtif vers sa table de nuit. J'ai un peu moins envie de vomir à l'idée de ce rendez-vous, du coup.

Hum.

Attendez, une seconde.

Je me frotte l'oreille, sûre d'avoir mal entendu.

Il a un rendez-vous ?

Bon. Dieu. *Quoi ?*

J'ai imaginé un nombre improbable de scénarios catastrophes, mais ça… je n'aurais jamais cru que cela pouvait arriver.

Et pourtant…

J'aurais dû savoir que cela *allait* arriver. Un homme comme CK, intelligent, brillant, plein d'idées et qui va aller loin, ce genre d'homme ne se contentera jamais d'une fille qui ne sait rien faire d'autre qu'être jolie.

CHAPITRE 11

QUINN

Il a un rendez-vous.

Ce *fichu* CK…

Ce *satané* Christopher Kent va à un *putain* de rendez-vous.

Et…

Non seulement ce n'est pas avec moi, mais en plus, c'est moi qui ai involontairement provoqué ça.

Comment cela a-t-il pu se produire ? Comment mon *génialissime* plan pour apprendre à mieux le connaître, pour que nous nous rapprochions sans qu'il ne s'en rende compte et qu'il ne prenne inévitablement peur, a-t-il pu se retourner contre moi de manière aussi spectaculaire ?

Je vais mourir seule.

Ay dios mío.

C'est dramatique, même pour moi.

Je resserre ma queue de cheval au point de m'en faire mal au cuir chevelu, et je m'élance sur le tapis pour réaliser une série de figures alimentée par la frustration.

Pour ne pas me retrouver assise dans le noir comme un genre de prédateur qui guette sa proie, à attendre que CK rentre de son *rendez-vous*, j'ai fui l'appartement pour me mettre à l'abri du danger que je représente pour moi-même.

Je sais que je sonne comme un disque rayé, mais je ne pourrais jamais assez remercier Kay et Em. Je ne savais pas que des amies comme elles pouvaient exister dans ce monde jusqu'à ce que nous trois, et notre quatrième colocataire, Bailey – pas de questions, merci – emménagions ensemble au début de l'année dernière.

Et maintenant ? Ces filles sont devenues comme ma famille. Si l'une de nous saute, les autres sauteront aussi, et ce n'est pas une figure de style, pas plus que cela ne fait référence à la hauteur que nous prenons quand nous nous faisons *littéralement* jeter dans les airs.

Jamais l'une ou l'autre de ces deux filles ne m'a jugée pour mes bizarreries, ou ne m'a mise dans le même panier que d'autres quand cela aurait été si facile.

Emma n'a pas non plus bloqué mon numéro alors qu'elle aurait probablement dû le faire. Au lieu de cela, elle a envoyé des textos à ma petite personne névrosée jusqu'à ce que notre communication soit interrompue par l'*empêcheur-de-tourner-en-rond* numéro un, alias Matthew, lequel s'est emparé de son téléphone. Notre fil de textos de groupe avec Kay s'est ensuite trouvé rempli de mémos vocaux et de jurons, mais c'était probablement une bonne chose qu'il lui ait pris son téléphone. Je vais déjà devoir passer quelques heures de plus à étudier pour compenser le fait que je n'ai pas été très attentive en cours, trop occupée à envoyer mes messages.

Et puis il y a Kay, grâce à qui je dispose d'un lieu où m'échapper. Les Barracks ne sont pas le gymnase de mes jeunes années, mais on n'a pas encore trouvé mieux pour chasser la déprime que de rebondir sur un tapis amorti entouré de plein de filles coiffées avec des queues de cheval hautes et de gros nœuds. Idéal pour permettre à une fille de retrouver sa sérénité quand l'homme sur qui elle craque sort avec *une autre femme*.

Je termine ma série de figures en rebondissant souplement au bout du tapis, et ma queue de cheval me fouette le dos tandis que je me redresse tout en ramenant mes bras sur mes côtés dans un grand mouvement circulaire. Je claque des mains sur mes cuisses, et le bruit retentit dans tout le gymnase.

Je repousse la mèche de cheveux prise dans mes cils avant de regarder vers le bord du tapis, et me retrouve face à huit paires d'yeux qui me fixent avec incrédulité.

Kay est la première à ramasser ce qui lui sert de mâchoire et qui était tombée au sol.

— Hum… Excuse-moi, mais c'était quoi, *ça* ? demande-t-elle.

— Et tu te dis notre coach, PF ? lance Tessa Taylor, alias la petite sœur biologique de JT, et celle de Kay dans tous les autres sens du terme, en faisant claquer sa langue.

— Oh, PF, renchérit JT en faisant traîner le *f* du surnom de Kay dans un long *Pfff* au lieu d'utiliser les lettres séparément comme tout le monde. Coach Kris pourrait bien te mettre à la porte si tu continues comme ça.

Kay nous gratifie de cette mimique qui lui est propre et lève les yeux au ciel.

— Vous êtes aussi nuls l'un que l'autre, commente-t-elle. Vous savez parfaitement que je ne lui demandais pas de me donner le nom de ces figures.

Je traverse le tapis à ressorts en faisant des bonds, sous le regard intrigué de Kay, pour aller rejoindre leur petit groupe

— Mais oui, c'est ça, lance JT, et Mason le bouscule juste assez fort pour qu'il tombe à la renverse et se retrouve les jambes croisées, coincé comme une tortue retournée sur le dos.

— Tu es le meilleur petit ami du monde, susurre Kay tout en se tortillant sur les genoux de Mason pour passer ses bras autour de son cou et déposer un baiser sur ses lèvres en guise de remerciement.

Tessa met ses mains sur son cœur et se laisse tomber dans les bras de sa meilleure amie, Savvy King, laquelle lui ébouriffe les cheveux d'un air indulgent. Tessa émet un gémissement énamouré digne d'une série télé romantique, repris en chœur par Livi, la jeune sœur de Mason, laquelle est assise de l'autre côté d'elle.

Je vous laisse deviner qui sont les deux incorrigibles romantiques du groupe. Petit indice, elles sont encore au lycée, et je suis gentille, vous avez droit à trois essais.

— Ton petit ami gâche tout mon plaisir, PF, grogne JT en croisant les bras sur sa poitrine. Comment un garçon est-il censé faire tourner sa sœur en bourrique quand elle sort avec un *Néandertal* et qu'il la protège de tout ?

— Oh, je t'en prie ! rétorque Kay en faisant un geste dédaigneux de la main. Je n'ai *jamais* eu besoin que E me protège du monde extérieur, et je n'ai pas davantage besoin que Mase le fasse.

Elle ponctue son propos de guillemets virtuels exagérés autour du *jamais*.

Mason grogne, et Kay dépose un baiser sur sa mâchoire.

Je replie mes jambes sous moi tout en laissant tomber par terre à côté de mes amis. Puis, je jette un regard en coin à JT tout en inclinant la tête sur mon épaule, l'air innocent.

— Tu as réussi à débarrasser tes fringues des paillettes en les lavant ?

Il recule précipitamment en sifflant entre ses dents.

— Femmes diaboliques.

Il en effet *possible* que Tessa, Savvy et moi ayons contribué à ce que Kay piège les bagages de JT et ceux de Trav avec des paillettes avant qu'ils ne quittent Hawaï.

— Je préfère de loin l'époque où tu comparais mon meilleur ami à de l'herpès à maintenant, où c'est moi qui dois subir l'herpès du monde du DIY, P'tit bout, répond Trav avec une moue tout en s'étirant, la tête inclinée en direction de Kay.

Mason hausse les épaules, d'un air de dire qu'il s'en fiche.

— N'essaie pas de me faire culpabiliser parce que tu as reçu la punition que tu méritais *amplement*, dit Kay en haussant un sourcil. Tu sais *très bien* ce que tu as fait, QB1.

La façon dont Kay réprimande Trav, sur un ton très moralisateur et d'un air très pince-sans-rire, fait s'effondrer tout le monde de rire ; et Tessa, ainsi que Livi et Olly, les frères et sœurs de Mason, protestent en arguant qu'il est injuste qu'eux n'aient pas pu partir en vacances aussi. Finalement, après que Kay a suggéré qu'ils prennent exemple sur Savvy et se calment, elle reporte son attention sur moi.

OK, moment hors sujet terminé.

J'imagine qu'elle n'a pas oublié sa question initiale.

— Alors… tu veux me dire ce qui fait que tu te mets à envoyer des sauts carpés tendus et des Arabian ? demande-t-elle, les sourcils froncés. Cela ne fait pas partie de ton répertoire habituel.

Lorsque j'ai découvert *qui* était Kay, j'ai eu du mal à comprendre pourquoi la flyer de l'un des meilleurs couples de stunt, dont le partenaire n'était autre que JT ; ne faisait pas partie d'une équipe universitaire. Je sais bien que le cheerleading de type All Star est un monde à part entière, mais le duo JT Taylor et PF Dennings a été le plus célèbre du circuit, fut un temps. Je me souviens encore de leurs premières apparitions, et ils étaient au lycée. Les figures qu'ils tentaient étaient parmi les plus difficiles et les plus originales jamais vues en compétition.

Cela dit, maintenant que je la connais mieux, je comprends pourquoi elle a choisi de renoncer à la compétition au profit du coaching.

Elle a cet instinct qui lui permet de déceler les forces et les faiblesses de ses athlètes en les observant. C'est pourquoi elle sait, sans l'ombre d'un doute, que ce n'était pas une passe de tumbling standard pour moi.

Je hausse les épaules et secoue mes mains avant d'étirer mes bras au-dessus de ma tête.

— J'avais besoin d'évacuer des trucs. C'est assez étonnant de voir à quel point il est facile d'augmenter le niveau de difficulté de son travail lorsqu'on se bagarre avec des problèmes personnels.

— Est-ce que ce sont des trucs qui ont un rapport avec ton fameux colocataire timide ? chantonne Tessa, en toute connaissance de cause.

Parce que…

Bien sûr qu'elle le sait.

Tout le monde le sait.

Tout le monde *sauf* CK.

Je souffle et me laisse tomber en arrière sur le tapis, et je mets à fixer les centaines de banderoles commémoratives des succès de la NJA, accrochées au plafond.

Regardez un peu tous ces titres nationaux et mondiaux qu'ils ont gagnés.

— Si tu crois que ne pas répondre lui fera oublier la question, tu es à côté de la plaque, lâche une Savvy manifestement totalement blasée par les étranges façons d'agir de Tessa. Tess est comme un putain de chien avec un os quand elle sent une histoire d'amour approcher.

Je m'étouffe avec ma salive alors que l'espoir alimenté par mon côté optimiste revient irradier dans mes veines.

— Une histoire d'amour ? croassé-je.

— Oh, que oui !

Tessa s'éjecte dans une roulade avant de se relever d'un bond et de prendre son pied dans sa main, jambe parfaitement tendue. Elle pousse même le vice à accompagner la figure d'un mouvement gracieux de la main à la fin.

— Tu sais bien que la thématique *colocataires et proximité forcée* est l'une de mes préférées dans les romans.

— Attention, Tess, prévient JT avec un sourire en coin. Tu es en train de t'emballer.

— À quand remonte la dernière fois que ce n'est pas arrivé ? demande Savvy sur le même ton blasé que l'instant d'avant.

— Ne me reproche pas mon goût pour les romans d'amour, Jimmy, rétorque Tessa en posant ses mains sur ses hanches. Je suis une *putain* d'expertise inexploitée.

— Mais bien sûr, marmonne JT, pas assez bas cependant pour ne pas être entendu, si l'on doit en croire le grognement agacé qu'émet Tessa.

Ils continuent à se chamailler avec enthousiasme, mais le son de leurs voix se transforme en bruit blanc alors que, dans ma tête, je continue à retourner les mêmes pensées que celles qui m'ont torturée toute la journée.

Que faut-il que je fasse pour que CK me remarque ?

Je flirte avec lui *tout le temps*.

Je lui souris.

Je joue avec mes cheveux.

Je le touche dès que j'en ai l'occasion : son avant-bras, ses cheveux. Je m'assieds aussi près de lui que possible, pour que nos corps se frôlent.

Et pourtant…

Rien.

Cet homme n'agit pas différemment avec moi qu'avec Kay et Em.

Non…

Attendez…

Oubliez ça. À la réflexion, bien sûr qu'il agit différemment avec moi.

Il y a toujours des moments où il semble se mettre en retrait avec nos amis. Mais avec moi, c'est comme s'il se retenait… encore plus.

Ce n'est que lorsque tous les autres sont partis et que j'ai sorti mon arsenal de post-its que les choses ont commencé à changer.

Parce qu'elles ont changé, n'est-ce pas ?

Je me couvre le visage de mes mains et laisse échapper un cri de désespoir. Malheureusement, cela s'entend davantage que je ne l'aurais pensé.

Je me redresse sur mes coudes pour me retrouver face à des yeux écarquillés et des sourcils levés.

— Ne me jugez pas, s'il vous plaît.

— Nous n'oserions pas, s'empresse de dire Kay, sans la moindre trace de sarcasme.

Elle fait ensuite une grimace qui me met en alerte avant de poser les yeux sur Tessa, laquelle se fend d'un sourire radieux, et la curiosité fait pulser l'adrénaline dans mes veines. Je me redresse avec empressement.

— Peut-être que T pourrait te donner quelques conseils utiles, reprend Kay.

— Oh mon dieu, et comment ! crie Tessa tout en se mettant à remuer des hanches de manière exagérée et en tapant dans ses mains.

Ses yeux sont tellement brillants qu'elle pourrait sûrement éclairer toute la salle pendant une nuit sans lune.

— Maintenant que tu as *provoqué la bête*, murmure JT, elle dort chez toi ce soir, PF.

Tessa prouve une fois de plus qu'elle pourrait être la *vraie* sœur de Kay en levant les yeux au ciel.

— Bon sang, je vous rappelle qu'on est vendredi, lâche-t-elle avec un mouvement de main dédaigneux. Je dors chez ma salope.

Savvy confirme d'un signe de tête.

— Super, maintenant, je vais devoir une caisse de bière à King, grogne JT.

Savvy acquiesce à nouveau, cette fois avec un rictus narquois dans le coin de ses lèvres.

— Si c'est comme ça que tu rembourses mon frère pour tout

ce qu'on lui fait subir, tu ferais mieux d'investir dans une brasserie. Mais ne t'inquiète pas, ajoute-t-elle en tapotant le genou plié de JT ; ce n'est pas Carter que nous avons prévu de torturer ce soir.

Mon regard croise celui de Kay, et cette étrange électricité qui semble crépiter quand deux personnes qui se connaissent bien communiquent comme par télépathie vibre entre nous.

Elle hoche la tête en signe d'assentiment.

— Eh bien, si tu changes d'avis, tu pourras toujours lui raconter comment j'ai perdu mon autre *conciliatrice de crise* parce qu'elle a été réduite au silence par son *garde du corps*, suggéré-je, en agitant mes sourcils d'un air suggestif.

Tessa part directement dans un monologue expliquant combien elle adore les histoires dans lesquelles les héros sont ennemis avant de tomber amoureux, ce qui permet à ceux qui ne le savaient pas encore de comprendre qu'il se passe *quelque chose* entre Em et Carter, si l'on peut qualifier ainsi cette étrange tension qui crépite dès qu'ils sont à proximité l'un de l'autre.

Puis, elle rebondit sur le fait qu'elle avait su dès le départ qu'il se passait *quelque chose* entre Kay et Mason, avant de se laisser tomber à côté de moi avec suffisamment de force pour faire vibrer les ressorts du tapis.

— Maintenant, en ce qui te concerne…

Je jette un nouveau coup d'œil à Kay, qui se contente de me regarder d'un air de dire *Désolée, même moi, je ne peux pas l'arrêter*, avant d'incliner son menton en silence pour m'inciter à écouter ce que Tessa a à dire.

Je fais un mouvement de la main pour l'inviter à continuer, et Tessa serre ses mains l'une contre l'autre pour faire craquer ses jointures. Si nous pouvions mettre en bouteille ne serait-ce qu'une infime partie de son assurance, nous serions milliardaires.

— Je ne dis pas que je n'aime pas les petits mots d'amour déguisés que tu lui as adressés, mais…

Je pose une main devant ma bouche pour masquer mon sourire. Je n'avais encore jamais décrit mes post-its de cette manière.

— Mais, reprend-elle, tu as négligé l'outil le plus puissant à ta disposition.

Les poils de mes bras se hérissent.

— Pourquoi ai-je peur de te demander ce à quoi tu penses ?

— Parce que tu la connais bien.

Tout le monde tourne les yeux vers celui qui a prononcé cette phrase, pas à cause du commentaire qui ne fait qu'énoncer une vérité, mais parce que c'est Olly qui a parlé. Il cille, surpris de se retrouver avec huit paires d'yeux braqués sur lui.

Oui, je sais ce que ça fait, mon pote.

— Je me fiche de savoir si, un jour, tu seras un genre de beau-frère pour moi, lâche Tessa en agitant un doigt agressif vers lui. On n'a pas besoin de ce genre de commentaires, OK ?

Kay enfouit son visage dans l'épaule de Mason.

— Seigneur, T, ça ne fait même pas un an qu'on sort ensemble. Ne nous emportons pas, d'accord ?

— Ouais, et en plus, ils ont rompu une fois, déjà, donc... ajoute Trav en haussant les épaules, comme pour mettre Mason au défi de le contredire.

— Trouduc, lâche Mason en lui adressant un doigt d'honneur.

— La ferme, le quarterback, rétorque Tessa d'un ton féroce, avant de se retourner vers Kay en faisant un V avec ses doigts, pour pointer Mason et elle en même temps tout en continuant : et si vous deux n'êtes pas mariés avant que je ne sorte de l'université avec mon diplôme, je veux bien manger mon nœud.

— Pourquoi ai-je toujours l'impression que nous parlons de cinq choses différentes en même temps à chaque fois que nous sommes ensemble ? demandé-je.

J'ai beau poser la question d'un air désabusé, j'adore la sensation que ce genre de moments me procure, cette impression d'être à ma place avec les bonnes personnes. Et puis, c'est exactement ce dont j'avais besoin aujourd'hui. J'ai besoin de l'un de ces moments qui confinent au ridicule pour me débarrasser de ma mélancolie.

— Parce qu'en général, c'est le cas, confirme Livi tout en esquivant la tentative de Trav de l'attirer sous son bras pour lui ébouriffer les cheveux.

Tessa lui adresse un double pistodoigt, avant de reporter son attention sur moi.

— Revenons à nos moutons. Tu dois utiliser votre nouvelle proximité forcée à ton avantage. Tes petites notes sont un bon moyen de construire cette base amicale que CK a toujours rechigné à créer avec toi, mais... maintenant, tu dois lui rappeler que tu es une femme.

— Je suis presque sûre que CK sait *très bien* que je suis une femme.

J'attrape mes seins, lesquels sont plus que généreux grâce aux gènes Bautista que j'ai hérités de *Mamá,* et je les secoue.

— Le problème, c'est qu'il ne veut pas de...

Je m'interromps et complète mon propos en faisant un geste de la main pour désigner mon corps.

Mes insécurités, profondément enracinées, font se serrer ma gorge sous l'émotion, et je déglutis avec peine. Il ne s'agit pas de mon apparence. *Mamá* m'a parlé de mon apparence pendant des années, et cela m'a permis de construire un rapport sain avec mon corps. Par contre, cette façon qu'elle a eu de *tout* ramener à mon apparence a considérablement endommagé mon estime de moi-même sur tout le reste, parce que j'ai toujours eu l'impression qu'en dehors de mon apparence, je ne valais rien.

Peut-être, qui sait, que si j'étais plus qu'une jolie pom-pom girl, CK sortirait avec moi ce soir plutôt qu'avec une mystérieuse inconnue.

Affalée contre la paroi de l'ascenseur, je regarde le cadran numérique compter les étages jusqu'à notre penthouse. Mon corps est épuisé, mais mon cœur palpite de joie, comme toujours quand je rentre des Barracks.

Une sensation due en partie au fait que j'ai passé un bon moment à faire du stunt avec mes amis, mais aussi et surtout due au fait que j'ai passé plusieurs heures à aider les athlètes de la NJA à s'entraîner. Bien sûr, il s'agit toujours de cheerleading, mais il n'y a rien de mieux pour se sentir valorisé que d'être recherché pour son expertise.

Un signal sonore m'annonce que j'ai atteint le bon étage, et je sens une légère appréhension se diffuser sous ma peau. Quelque part, au fond de moi, je me dis que j'aurais mieux fait d'accepter l'offre de Kay et de passer la nuit chez elle, mais j'écarte cette pensée avant qu'elle n'ait le temps de s'enraciner.

Je redresse mes épaules endolories, et je sors de l'ascenseur avec une confiance que je ne ressens pas vraiment. Mais je crois aux attitudes mentales positives : l'approche *Fais comme si, jusqu'à ce que ce soit devenu une réalité* m'a rendu bien des services pendant près de vingt et un ans ; autant continuer.

Désireuse de me débarrasser de la transpiration séchée qui recouvre ma peau, je me dirige vers ma salle de bains.

Toute idée d'une douche plus chaude qu'un jour de canicule disparaît à l'instant précis où j'aperçois la lumière qui filtre sous la porte de la chambre de CK.

Qu'est-ce qu'il fait là ?

Je change de direction, et je m'immobilise qu'une fois que le bout des claquettes que j'ai enfilées après avoir enlevé mes chaussures de cheerleading bute contre le bois de la porte.

Je lève une main pour frapper, avant d'hésiter, mon bras restant en l'air suffisamment longtemps pour sentir la tension dans mes muscles déjà fatigués.

Hazlo, Quinn.

Toc-toc.

J'attends…

Et j'attends encore.

Est-ce qu'il n'a rien entendu ? Peut-être a-t-il son casque sur le crâne ?

Je colle mon oreille contre la porte, et j'entends le doux ronronnement de sa télévision.

D'accord… il n'a donc probablement pas son casque.

La porte s'ouvre inopinément, et comme je me suis pressée contre comme une étoile de mer sur une vitre d'aquarium, je bascule en avant et m'effondre au sol avec un grognement.

Mes joues se mettent à me brûler alors que je m'agite pour me redresser.

— Quinn ? demande CK, comme s'il n'était pas sûr de ce qu'il voyait.

Impossible de lui en vouloir : je suis passée de l'étoile de mer à la tortue coincée sur le dos.

Formidable.

Il remonte ses lunettes sur son nez et…

Oh, mon Dieu ! Est-ce que je viens de pousser un soupir énamouré ? Bordel !

Zut, qu'y puis-je si cela me fait un tel effet ? C'est un geste totalement anodin, qu'il doit faire un nombre incalculable de fois au cours d'une journée, mais à chaque fois, ça me rend toute chose.

J'allonge mes jambes pour les croiser aux chevilles, et je me redresse en m'appuyant sur mes coudes.

Oh, super. Maintenant, j'ai l'air d'être installée pour bronzer. Ce qui n'est pas du tout bizarre vu qu'il fait nuit et que nous sommes à l'intérieur.

— Mais qu'est-ce que tu fais là ? me demande-t-il en émettant un son totalement incongru.

Est-ce que c'était… ?

Est-ce qu'il… ?

Oh mon dieu ! Ce drôle de grondement que je viens d'entendre, c'est CK qui rigole de moi.

Et si j'avais eu la moindre velléité de penser que ce n'était qu'une illusion auditive, le scintillement de ses yeux bleus aurait confirmé mes soupçons. J'imagine que c'est le prix à payer pour qu'il se sente de plus en plus à l'aise avec moi.

— Qu'est-ce que *je* fais là ? Et *toi*, alors ?

Je craque, ce qui me fait prendre un ton accusateur. Cette journée n'en finit pas de jouer les montagnes russes, et je commence à accuser le coup. Il ne manquait plus que je doive me taper la honte à m'effondrer sur le sol de sa chambre.

— Je croyais que tu avais un *rendez-vous* ? persiflé-je.

Je me fais l'impression d'être un foutu chat de gouttière, à cracher face à l'ennemi.

Toute espièglerie disparaît du visage de CK, ses yeux s'assombrissent, sa bouche se plisse. Une ride se dessine entre ses yeux alors qu'il les baisse, et tout son corps semble se recroqueviller sur lui-même.

Son attitude me broie le cœur instantanément. Pourquoi doit-il avoir l'air d'un chiot à qui l'on a donné un coup de pied ?

— Elle s'est enfuie.

Il va pour mettre ses mains dans ses poches, avant de se rendre compte que le short en maille qu'il porte n'en possède pas. Il se contente finalement de croiser les bras sur sa poitrine et hausse les épaules comme pour dire que ce n'est pas grave. Mais je le connais assez maintenant pour savoir lire son attitude, et je sais qu'au contraire c'est important pour lui.

— Qu'est-ce que tu veux dire par là ?

Je n'étais peut-être pas ravie de ses projets pour la soirée, mais je n'ai jamais voulu que son rendez-vous se passe mal au point que cela le rend malade.

— Eh bien... dit-il, avant de hausser à nouveau les épaules, puis de relever le menton pour regarder au loin ; notre serveuse venait d'apporter nos boissons quand elle a reçu un appel de sa colocataire à propos d'un tuyau qui fuyait dans leur appartement et elle a dû partir.

— Elle s'est fait appeler par sa *foutue* colocataire pour avoir une excuse pour te plaquer ? crié-je, incrédule.

CK grimace, mais je n'y prête pas réellement attention. Je me mets à maudire cette salope sans visage pour avoir fait une telle vacherie à un type aussi génial que CK.

Je trébuche sur mes mots alors que je n'en suis qu'à la moitié de ma diatribe enflammée lorsque je vois une ébauche de sourire se dessiner sur les lèvres de CK. Il est microscopique, mais il est là. Ah ! J'ai réussi à le faire sourire ! *Oui !*

— Quoi ? lâché-je, haletante, la voix rauque.

J'ai l'impression d'être une version *latina* de Marilyn Monroe.

Même si, en toute honnêteté, je ne lui ressemble pas franchement. Seigneur, voilà que je rougis de nouveau ! Voilà qui ne me manquait pas.

CK baisse les yeux pour admirer le sol, même si je ne vois pas très bien ce qu'il peut avoir de si fascinant maintenant que je n'y suis plus étalée.

— Hum... commence-t-il, avant de se racler la gorge. J'adore quand tu...

Sa peau devient cramoisie sous la monture de ses lunettes alors qu'il rougit lui aussi.

Il s'éclaircit la gorge une deuxième fois et, si je dois en croire la façon dont mes tétons se sont tendus dans mon soutien-gorge de sport, j'aime quand sa voix se fait râpeuse.

— J'adore quand tu te mets à parler en espagnol, quand tu t'enflammes pour quelque chose, termine-t-il.

Et voilà, mesdames et messieurs, comment cet homme arrive à me faire fondre avec une seule phrase.

— Tu aimes la façon dont je roule mes *r*, Superman ? chantonné-je, moqueuse.

Mais je reprends mon sérieux lorsqu'il acquiesce : je suis bien consciente qu'avouer ce genre de chose n'est pas facile pour lui. Je prononce encore une phrase en espagnol.

— Tout ce que j'ai compris, c'est qu'il y avait une salope quelque part, dit-il.

Je secoue la tête d'un air désabusé, mais je souris tout de même. Pourquoi est-ce que ce sont toujours les jurons que l'on apprend en premier dans une langue étrangère ?

— La traduction n'est pas parfaite, mais j'ai dit, grosso modo, que cette salope ne méritait pas de sortir avec toi si elle n'était pas disposée à prendre le temps d'apprendre à te connaître.

Je veux dire… bien sûr, il est peut-être trop bien pour moi, mais se faire appeler par une copine pour se sortir d'un rendez-vous ? Voilà qui n'est pas très élégant.

— Peut-être qu'elle n'a pas aimé ce qu'elle a vu.

La petite fissure dans mon cœur s'agrandit, et je suis obligée de serrer des poings quand il se désigne lui-même de la main. Il vaudrait mieux que les connards qui ont peuplé son enfance prient pour ne jamais me croiser. La couleur rouge de mes cheveux n'est peut-être pas naturelle, mais je n'aurais aucun scrupule à démontrer que les stéréotypes rattachés à cette couleur ne sont *pas*, justement, des stéréotypes. Je serre les lèvres.

— Ne sois pas bête. Tu sais aussi bien que n'importe qui que les premiers rendez-vous sont gênants. C'est comme une règle générale qui nécessite qu'il faille d'abord traverser toute la merde du début pour espérer atteindre le potentiel de la fin.

Il fait une grimace, mais je ne parviens pas à la lire.

— Peut-être… hésite-t-il, avant de s'interrompre, puis de continuer : peut-être que j'ai besoin de pratiquer davantage.

— C'est le but même des sorties à deux.

Oh mon dieu, Quinn, tais-toi !

— Hum… souffle-t-il, tout en recommençant à astiquer le sol du bout de sa chaussette.

— Quoi ? demandé-je en poussant doucement son pied du mien.

Est-ce qu'il…

Est-ce qu'il va me demander de sortir avec lui ?

— Est-ce que tu accepterais de… m'apprendre ?

Oh. Purée.

Il.

Vient.

De.

Me.

Demander.

De.

Sortir.

Avec *lui*.

Exaltée est un adjectif trop faible pour décrire comme je me sens. Je suis à deux doigts de me mettre à faire des figures comme Tessa tout à l'heure, quand mes fantasmes peuplés des sous-vêtements que je pourrai porter le jour où CK m'invitera à sortir menacent de prendre vie.

— Tu accepterais d'être ma… coach en relations amoureuses ?

— *Coach en relations amoureuses* ? demandé-je d'une voix aiguë.

— Eh bien… oui… tu sais…

¡Dios mío! Il faut vraiment qu'il arrête de remonter ses lunettes sur son nez parce que mon cerveau tourne déjà comme une toupie, je n'ai pas besoin de ça en plus.

— C'est plus ou moins déjà ce que tu as fait, mais j'ai pensé qu'on pourrait peut-être intégrer une approche plus pratique… faire quelques simulations de rendez-vous, entre autres.

Tous mes instincts me *hurlent* de dire « non », de *hurler* « NON » !

Mais une petite voix qui ressemble étrangement à celle de Tessa me souffle qu'il s'agit d'une occasion en or. C'est peut-être l'occasion de montrer à CK ce que c'est que de sortir avec *moi* sans la pression qu'impliquerait un vrai rendez-vous formel.

L'idée a du mérite.

Quel mal pourrait-il y avoir à cela ?

—**C**hristopher Kent, tu as un sacré culot, tu sais ça ?

Quinn entre en trombe dans l'appartement, le poing serré autour d'un post-it orange qu'elle agite dans ma direction.

Ah, ah… j'aurais pu prévoir qu'elle allait réagir comme ça, une fois qu'elle aurait trouvé mon petit mot dans son livre de philosophie.

— J'ai du culot ?

Je ferme le couvercle de mon ordinateur portable pour cacher les modifications que je suis en train d'apporter à mon jeu vidéo, et je pivote sur mon siège pour lui faire face.

— Oh, non, non, non. Range-moi ce sourire.

Elle avance à grands pas rageurs, et ses sandales claquent sur le sol dans un bruit très déterminé. Je devrais sans doute tenir compte de l'avertissement, mais mon regard se pose sur le morceau de peau bronzée qui apparaît au-dessus de la ceinture de son short, et je reste hypnotisé par le balancement tentateur de ses hanches.

Quinn me saisit le menton et enfonce ses doigts dans mes joues jusqu'à ce que je ressemble à un poisson qui manquerait d'air.

Mes lunettes glissent sur mon nez, mais elle me met une tape sur la main avant que je puisse les remettre en place.

— Pas question que tu me charmes avec ton côté intello adorable maintenant.

Je ne comprends rien à ce qu'elle dit, et je suis trop distrait par *elle* pour seulement essayer d'analyser son propos. Son doux parfum envahit mes poumons à chaque inspiration. Je suis bien conscient, voire même, *douloureusement*, à certains endroits ; de tous les points où son corps entre en contact avec le mien.

Je cligne des yeux, et elle baisse le regard pour m'observer. Je maudis le fait que nous soyons assez proches pour partager le même oxygène. Si elle était moins près de moi, en dehors de la zone dans laquelle je n'ai pas besoin de lunettes pour voir net, sa cuisse ne serait pas à un cheveu d'effleurer mon entrejambe, et les flaques sombres de ses yeux flamboyants seraient floues.

— Tu sais... commencé-je en levant prudemment ma main pour attraper son poignet et effleurer sa paume de mon pouce jusqu'à ce qu'elle relâche son emprise sur moi ; je n'avais jamais remarqué que tu cachais un tempérament aussi fougueux sous ta queue de cheval.

Quinn cligne des yeux, et elle plante ses dents dans sa lèvre inférieure. Elle se rapproche encore de moi, et pose son bras sur la courbe de mon épaule jusqu'à aligner son avant-bras avec ma nuque.

Je suis à deux doigts de ronronner quand elle commence à jouer avec les cheveux à la base de mon crâne.

À quoi est-ce qu'elle joue ?

— C'est ce qui arrive quand on garde les gens à distance.

Je baisse le menton face à l'attaque directe. Je l'ai fait par pur instinct de conservation. Je n'ai jamais compris pourquoi les autres voulaient être mes amis, mais maintenant que j'ai accepté leur amitié, je ne supporterais pas de les perdre.

Quinn ? Elle est de loin la plus sociable d'entre nous. Elle pourrait se lier d'amitié avec un sac en papier si quelqu'un le transformait en marionnette. Être ami avec quelqu'un comme moi est aussi facile pour quelqu'un comme elle que de se brosser les dents. Je n'arrête pas de me dire qu'il faut que je me souvienne de ce fait. Sauf que… plus je passe de temps avec elle, plus cela devient difficile.

— Et qu'as-tu fait quand j'ai arrêté ? lancé-je.

Elle cille quand je remonte mes lunettes sur mon nez.

Est-ce qu'elle vient de laisser échapper un gémissement ?

Bon sang, je suis en train de devenir dingue.

Je me racle la gorge.

— Tu as déjà oublié comment tu as fait irruption dans ma chambre ce week-end, le sifflet coincé entre les dents, à brailler pour que je sorte mes fesses de mon lit et que je vienne m'*exercer* ?

Quinn hausse les épaules, absolument pas gênée par sa façon de réveiller les gens.

— C'est toi qui m'as demandé d'être ton coach en relations amoureuses.

J'aboie un rire. Qu'est-ce qui m'a pris ? Toute cette histoire de sorties et de rendez-vous était déjà absurde au départ. Impliquer directement Quinn ? Faire étalage d'une telle bêtise devrait me valoir la révocation de ma bourse universitaire.

— Je ne voulais pas dire ça au sens littéral du terme, dis-je. J'ai besoin d'aide pour ne pas effrayer les femmes, pas pour devenir un champion toutes catégories confondues.

— Tu te poses là pour gâcher mon plaisir, CK.

Elle fait la moue, et le pli au coin de sa bouche me donne envie de plaquer mes lèvres sur les siennes.

Je me demande comment elle réagirait si je l'embrassais, ici et maintenant.

Sauf que c'est de la folie.

La personnalité exubérante de Quinn l'a peut-être amenée à jouer les sergents instructeurs l'autre matin, mais blague à part, je sais qu'elle ne m'aide que par amitié. Elle me rirait probablement au nez si j'essayais de l'embrasser.

— Le fait est, qu'il y a beaucoup, beaucoup de choses que vous faites *mieux* que moi, môssieur, commence-t-elle, et je frémis, parce qu'à mon sens, voilà qui est sujet à caution ; mais vous m'avez jeté un sacré gant avec cette note.

Après avoir chassé son personnage de coach de ma chambre avec un double jet d'oreillers et m'être enroulé dans les couvertures comme un burrito, nous nous sommes retrouvés à une heure plus raisonnable pour discuter d'un plan qui ne soit pas insensé.

Une fois de plus, elle a essayé de me rassurer en me disant que les premiers rendez-vous sont stressants pour tout le monde. Elle a ajouté que, parfois, il est plus facile d'aller faire une activité pour laquelle on est doué au lieu d'aller dîner : cela peut permettre de limiter le facteur nervosité.

Lorsque je lui ai demandé un exemple, elle a dit que j'étais bon au billard. Elle a donc suggéré qu'il serait sûrement plus facile pour moi d'inviter une fille dans un lieu comme une salle de billard plutôt qu'au restaurant.

Je suis parfaitement conscient que tout le monde, Quinn incluse, a pu remarquer combien mon attitude avec elle est différente de celle que j'ai avec les autres. Bien sûr, je pourrais prétendre que c'est parce que nos autres colocataires sont partis, faisant de Quinn ma seule compagnie à l'appartement, mais ce serait un mensonge. Kay et les autres ne logent peut-être pas à l'appartement en ce moment, mais Quinn et moi voyons la plupart d'entre eux plusieurs fois par semaine.

Le soir de mon rendez-vous raté, elle était avec plusieurs d'entre eux aux Barracks.

Donc, non, ce n'est pas ça.

Je sais que la façon dont j'ai été intégré dans notre groupe est devenue un sujet de plaisanterie récurrent entre nous, mais… au final, avec Quinn, c'est comme avec Kay. Kay m'a imposé son amitié lors de notre cours commun, et avec Quinn, c'est le fait de vivre sous le même toit qui a généré une situation à laquelle je ne pouvais pas échapper. Et cela lui a permis, comme à Kay avant elle, de m'imposer son amitié. *Voilà* ce qui a changé.

Malheureusement, contrairement à Kay, Em ou G, je suis énormément attiré par Quinn. Et apprendre à la connaître ? *Merde !* Cela rend cette attirance d'autant plus douloureuse. Je ne m'attendais pas à avoir autant en commun avec une fille comme elle. La pente est savonneuse. *Très* savonneuse.

Dans les quelques post-its qu'elle a laissés au hasard dans l'appartement, j'aurais pu saisir l'occasion de faire allusion à mes sentiments envers elle, mais je me suis dégonflé à chaque fois.

Je préfère souffrir parce que je me meurs d'amour pour elle, que de prendre le risque qu'elle me rejette.

— Oh, mon Dieu, souffle Quinn en me mettant un coup dans la poitrine, avant d'attraper le devant de mon t-shirt entre ses doigts et de l'étirer pour mieux voir le dessin imprimé dessus. Tu as vraiment une grande bouche.

Son regard va de mon visage à mon t-shirt, et s'attarde sur l'image de la console Nintendo vintage avec les mots *Formation Classique* écrits autour.

— Oublie le gant. *Ça*, c'est une déclaration de guerre.

— Si tu ne supportes pas la chaleur, reste en dehors de la cuisine, *Red*, lâché-je en me polissant les ongles avec ostentation à cette *déclaration*.

Nous prenons tous les deux une brutale inspiration à ce surnom que je viens de laisser échapper.

Eh bien… voilà qui est nouveau.

Quinn est la première à se ressaisir, elle tire la langue et la passe sur ses dents, tout en reportant ses yeux sur la cuisine à côté de nous.

— Si tu veux citer des présidents pour me faire réagir, choisis-en un parmi les quarante-cinq autres qui n'a pas utilisé mon domaine de prédilection dans l'une de ses phrases célèbres.

— Tu sais que cette phrase a été prononcée par un président ?

Elle se fige devant ma question, mais je ne sais pas pourquoi. Personnellement, je trouve ça *foutrement* impressionnant !

— Oui, le président Truman, dit-elle d'un ton coupant. C'est lui aussi qui a popularisé l'expression « C'est à moi qu'il appartient de décider. »

Je hoche la tête, et range l'information dans un coin de ma tête : voilà qui peut toujours servir.

— Je ne le savais pas, dis-je.

Encore une fois, Quinn semble… presque glaciale tout d'un coup. Il se passe quelques secondes gênantes avant qu'elle ne retrouve son humeur enjouée.

— Je devrais arrêter de partager ce que je cuisine avec toi.

— Non ! crié-je en bondissant de mon siège et en m'accrochant à son bras avant d'aller jusqu'à m'agenouiller devant elle pour donner du poids à ma supplication. S'il te plaît, ne fais pas ça. Je vais *mourir* de faim.

D'accord, j'exagère. Je ne mourrais pas de faim. Je sais encore me préparer un bol de céréales, et ce n'est que récemment que Quinn a eu le temps de se mettre à cuisiner, mais sa cuisine, c'est de la bombe. Je ne suis peut-être pas aussi enthousiaste que Grant, mais je n'y renoncerai pas volontiers, si je peux éviter d'avoir à le faire.

Une petite fossette se dessine dans la joue de Quinn, comme si elle se retenait de rire. J'ai tellement envie qu'elle revienne sur sa menace que je ne me soucie même pas de savoir si c'est à mes dépens.

Mon gars, si ça, ce n'est pas une preuve du pouvoir qu'elle a sur toi, je ne sais pas ce que c'est.

Elle se tapote le menton, et les coins de sa bouche se relèvent enfin.

— Attention, Superman, tu viens de me faire cadeau de ta kryptonite.

Voilà qui devrait sûrement me faire peur, pourtant, ce n'est rien en comparaison avec sa menace précédente.

— Allez, conclue-t-elle en faisant un geste du menton en direction du salon et de la télévision ; maintenant, allons découvrir qui de nous deux a la meilleure *formation classique.*

— Youhou ! crie Quinn en lâchant la manette de la Nintendo. Et ça, mesdames et messieurs, c'est ce qu'on appelle une victoire incontestée.

Elle joue des hanches et me fait un clin d'œil.

Je savais que perdre cette partie de Dr Mario ne serait pas le plus douloureux. Et que cela ne serait pas non plus les empreintes permanentes de rectangles et de cercles que portent mes pouces. Non, cet honneur revient au fait que ma défaite signifie que je dois maintenant répondre à deux questions de Quinn. Elle croit la jouer fine à poser en douce des questions pour apprendre des trucs sur moi, mais je vois clair dans son jeu.

Pourtant, tu réponds quand même.

C'est vrai. Je réponds.

Quinn se frotte les mains, et se déplace sur le canapé jusqu'à se retrouver face à moi. L'un de ses genoux heurte ma cuisse lorsqu'elle replie ses jambes sous elle.

Elle s'installe confortablement avant de poser ses questions, cette fois ? Formidable.

Elle a les joues rouges, une trace de mascara sous l'œil gauche et les cheveux ramassés à la diable sur le dessus de son crâne dans une espèce de chignon lâche qui pendouille. Cela fait des heures que nous jouons à Dr Mario, et elle est complètement échevelée, mais elle ne semble pas s'en soucier le moins du monde. Non, c'est de la joie pure qui irradie d'elle maintenant qu'elle a *encore* gagné.

Pourquoi doit-elle être aussi belle ? Sur une échelle de un à dix, Quinn est à quinze. Et si ce n'est pas parce qu'elle est superbe qu'elle est trop bien pour moi, c'est ce qui m'oblige à tirer sur mon short de manière répétée pour donner de l'espace à une érection qui refuse de céder.

— Si tu pouvais te débarrasser d'un objet inanimé, *n'importe lequel*, qu'est-ce que ce serait ?

Et… voilà comment elle parvient à me faire répondre à ses questions. Pendant les deux heures durant lesquelles nous nous sommes affrontés dans la partie de Dr Mario la plus intense à laquelle j'ai *jamais* participé, elle m'a posé des questions plus saugrenues les unes que les autres.

Qui a un objet inanimé qu'il déteste au point de vouloir le faire disparaître ?

Cela dit, elle vient de m'offrir la parfaite opportunité de la taquiner.

— Oh, ça, c'est facile, dis-je en me déplaçant pour me mettre dans la même position qu'elle, une vague sensation de culpabilité irradiant dans mon ventre quand elle se redresse avec enthousiasme. Les post-its.

Elle sursaute, sa mâchoire se décroche et ses yeux s'écarquillent.

— Tu es un *monstre*, murmure-t-elle d'un ton choqué.

La taquiner m'amuse énormément : ses réactions spontanées sont adorables.

— Tu sais quoi ? ajoute-t-elle dans un souffle, les narines frémissantes, tout en croisant ses bras sur sa poitrine.

Malheureusement pour moi, cela ne fait que souligner le renflement de son décolleté, la dentelle festonnée de son soutien-gorge dépassant de la large encolure de son débardeur.

Pourquoi faut-il que ce soit de la dentelle ?

Est-ce qu'elle a le bas assorti ?

Est-ce que je devrais lui demander la prochaine fois que je gagnerai et que j'aurai le droit de poser les questions ?

Mieux encore, répondrait-elle ?

— … à cause de ça.

Totalement hypnotisé par l'image de Quinn en sous-vêtements – je parie qu'elle est sacrément sexy toute couverte de dentelle –, je n'ai rien entendu de ce qu'elle a dit.

— Quoi ?

— Sérieux… en tant que *coach*, dit-elle en prononçant ce *titre* avec emphase ; il est de mon devoir de te dire que ne pas prêter attention à ce que dit ton rencard n'est pas du tout approprié.

— Bien, je suppose donc que c'est une bonne chose que tout ceci ne soit pas un rencard alors, plaisanté-je.

— CK ! crie Quinn, trois octaves au-dessus de son timbre habituel.

Je glousse, incapable de me retenir. Bon sang ! Je suis vraiment passé à côté de quelque chose ces derniers mois. Tout ce temps perdu à l'éviter alors qu'on aurait pu s'amuser comme ça !

Elle se laisse tomber en avant et enfouit son visage dans le petit losange créé par nos jambes croisées en secouant la tête. Sa voix est étouffée, mais je parviens tout de même à comprendre ce qu'elle dit.

— D'abord, tu t'en prends à mes précieux post-its, lâche-t-elle en relevant la tête d'un mouvement vif et en posant son menton sur mon mollet ; et ensuite, tu insultes la génialité de cet après-midi ?

Je place un doigt sous son menton et j'appuie jusqu'à ce qu'elle se redresse, mais je n'enlève pas mes doigts pour autant, parce que… eh bien… parce qu'elle ne m'a pas demandé de les enlever.

— Loin de moi l'idée de critiquer cette journée.

Parce que je me sens soudain plein de hardiesse, je passe mon pouce le long de sa mâchoire.

C'est moi, ou bien elle a mis plus de temps que les autres fois à rouvrir les yeux après les avoir fermés ?

— Pardonne-moi, Red.

Elle pince ses lèvres pour retenir le sourire qui frémit, mais il apparaît tout de même.

— Continue à m'appeler Red, et j'y réfléchirai.

Parce que je ne veux pas tenter davantage le diable, je retire ma main et reprends ma manette pour commencer une nouvelle partie.

— D'accord, dis-je enfin. Et si tu me disais comment ça se fait que tu es si douée à Dr Mario ?

— Non, non, lâche-t-elle en faisant claquer sa langue. J'ai droit à une autre question.

Je me mords la lèvre. Bien sûr que Quinn n'a pas oublié. Elle est comme un putain de chien avec un os, sauf qu'au lieu d'exhumer des restes de squelette du sol, elle exhume des aspects de ma personnalité. Et moi qui croyais qu'elle allait se lasser !

Je fais un geste de la main pour l'inciter à poser sa question.

— Quel personnage, de livre, de télé ou de film te faisait inexplicablement peur quand tu étais gamin ?

Je m'immobilise, le pouce au-dessus du bouton de la manette qui permet de lancer la partie, puis je me penche pour regarder par-dessus son épaule.

— Qu'est-ce que tu fais ? demande Quinn tout en riant et en me mettant un coup de l'épaule par-dessus laquelle j'essayais de regarder.

— Je cherche ton téléphone, dis-je en fouillant le canapé du regard. Tu as forcément une liste ou quelque chose sur toi, parce que je ne vois pas sinon comment tu pourrais inventer ce genre de trucs au fur et à mesure.

— Tout est là, mon grand.

Elle se tapote la tempe de la même manière que le gars dans le GIF que j'ai découvert être l'un de ses préférés, parce qu'elle l'utilise chaque fois qu'elle essaie de me convaincre qu'elle a eu une bonne idée.

— Maintenant, arrête d'essayer de gagner du temps et crache le morceau.

— Ce n'est pas vraiment –

— *Christopher*, m'interrompt-elle avec un regard d'avertissement.

Voilà qui devient embarrassant.

— Tu vas te moquer de moi, dis-je encore pour gagner du temps.

— Je n'oserai pas, ajoute-t-elle en posant une main sur son cœur. Même alors que tu as attaqué mes chers post-its.

Bon sang ! Cette femme est infernale.

— Bon, d'accord. Tu es prête ?

Elle acquiesce de la tête.

— E.T.

Sa bouche s'ouvre en un grand *O* parfait.

Elle fait un cercle avec un doigt en l'air et demande :

— Comment est-ce qu'un petit extraterrestre qui raffolait de bonbons au beurre de cacahuète pouvait te faire peur ?

Au moins, elle n'a pas ri.

J'avale la boule qui me noue la gorge. Si je n'arrive pas à dormir cette nuit à cause de ça, elle ne dormira pas non plus parce que je me chargerai de la réveiller. Je frissonne alors que l'image qui me terrifiait, enfant, revient s'imprimer dans ma tête.

— Tu sais, quand il tombe malade et qu'il devient tout blanc et tout maigre ? Ça me fait flipper.

Cette fois, elle rit.

— C'est ton tour de répondre maintenant, dis-je, et comme elle continue à rire, je lui mets un coup d'épaule à mon tour. Tu as échappé à la question concernant l'objet inanimé. Tu ne vas pas t'en sortir deux fois de suite aussi facilement.

— Vous êtes le seul responsable de cette situation, môssieur.

Elle agite un doigt dans ma direction, et l'envie de lui mordre le bout du doigt me démange.

Mais bien sûr, je m'abstiens : c'est un niveau de taquinerie qui est à un seuil d'intimité bien trop élevé pour deux personnes qui ne sont *que* des amis. Peu importe à quel point j'aimerais que la situation soit toute autre.

— D'accord, d'accord, dis-je en levant les mains en signe de reddition. J'ai insulté les post-its. Je m'excuse auprès de toi et de tout le personnel de 3M.

Je m'incline cérémonieusement pour ponctuer mon propos, une nouvelle vague de rires s'empare de Quinn et elle s'effondre contre les coussins du canapé.

Elle s'essuie les yeux dans lesquels perlent des larmes de joie, puis elle se redresse, tend la main et tape sur une de mes épaules, puis sur l'autre, comme si elle voulait m'adouber.

— Tu es pardonné, rit-elle.

J'ai beau agiter la tête d'un air navré devant ses singeries, je ne parviens pas à m'empêcher de sourire, tellement largement que j'en ai mal dans les joues.

— Je vais faire honneur à ta contrition en répondant aux deux questions, ajoute-t-elle en se raclant la gorge, puis en levant un doigt. L'objet inanimé dont je me débarrasserais est le coin de mon lit. Cette saloperie essaie toujours de me casser l'orteil quand je me lève pour faire pipi au milieu de la nuit.

Je frotte mon petit orteil comme si je pouvais encore ressentir la douleur de la dernière fois que cela m'est arrivé aussi.

— Et le personnage est le requin des *Dents de la mer*. Enfin, ajoute-t-elle en haussant les épaules, je suis terrifiée par les requins en général, mais cela vient de ce film-là, à l'origine. Elle me foutait la trouille.

— *Elle* ? rebondis-je en arquant un sourcil.

— Oui, *elle*, répond-elle en agitant vigoureusement la tête, et ses longues mèches rouges tombent sur ses épaules. Dans le troisième film, c'est la maman requin qui cherche à se venger parce que les gens de SeaWorld ont laissé mourir son bébé qui s'était faufilé dans le parc.

J'ai beau trouver super-sexy la façon dont ses cheveux sont retombés sur ses épaules, je ne parviens pas à retenir un sourire et je plaque ma main sur la bouche pour le cacher. À la façon dont Quinn plisse les yeux, néanmoins, je sais qu'elle n'est pas dupe.

— Désolé. Je suis juste surpris qu'avec tous les films existants mettant en scène des requins, ce soit à cause des *Dents de la mer* que tu sois maintenant terrifiée par les requins. Sans vouloir offenser Spielberg, le requin de ce film n'aurait même pas été convaincant en simple poisson.

— *Oh*, parce que son *extraterrestre* était tellement plus convaincant ?

— Touché.

Je passe un bras autour de ses épaules lorsqu'elle s'effondre de tout son long contre mon flanc, et je la serre contre moi alors que nous rions à gorge déployée. Quelle importance si je sature mes sens de l'odeur de ses cheveux ?

— Tu n'as pas tort, cela dit, dit-elle une fois que nous avons repris notre souffle. Aujourd'hui encore, je ne peux pas regarder un film avec un requin ou une créature aquatique sans lever les pieds du sol.

— Moi non plus, si cela peut te rassurer, et mon aveu me vaut un pincement de mon flanc.

— Mais je pense que cette peur irrationnelle vient davantage du fait que j'ai regardé tous les films avec mes cousins sur le matelas à eau de ma *tia*, que des films eux-mêmes.

— Oh, non ! lâché-je en secouant la tête. Erreur tactique, Red.

— Je sais.

Nous restons ainsi, elle blottie contre moi, aucun de nous deux n'ayant l'envie manifeste de bouger ou de commencer une autre partie. Ce genre de câlin occasionnel est quelque chose que j'ai déjà fait avec Kay ou Emma, mais avec Quinn, c'est différent. Malgré moi, j'en viens à me demander si je n'ai pas commis une erreur tactique, moi aussi.

CHAPITRE 13

QUINN

Le bruit de l'eau qui coule m'appelle vers la porte fermée de la salle de bains comme des marins sont attirés par le chant des sirènes. Une fois de plus, je me retrouve malgré moi la joue appuyée contre le bois.

Mierda.

Il faut que ces conneries cessent. La folie ne me sied pas au teint.

Mais c'est plus fort que moi. L'eau qui se coupe à intervalles réguliers fait naître toutes sortes d'images classées X dans mon cerveau, et je me demande si c'est ce qu'a ressenti Harry Potter lorsque Rogue a utilisé le *legilimens* sur lui.

Éloigne-toi de cette porte, Quinn.

Je ferme mes poings et appuie des articulations contre le bois pour m'obliger à m'éloigner avant de faire irruption dans la salle de bains. J'imagine parfaitement ce à quoi ressemble CK sous la douche : ses cheveux noirs plaqués en arrière sur sa tête, l'eau ruisselant sur son corps, la mousse du savon dansant sur ses muscles parfaitement dessinés ; et c'est déjà assez pénible comme ça pour que je sache que je ne survivrais si je devais voir ça en vrai.

Sans compter qu'entrer sans frapper ferait de toi un genre de perverse voyeuse, et ce n'est rien de le dire. Il y a un truc qu'on appelle le consentement, tu vois, et c'est assez important.

Distraction. J'ai *besoin* d'une distraction.

Je m'oblige à m'éloigner de la tentation, et je me précipite dans le salon pour plonger sur le canapé en roulant sur les coussins comme si j'étais une figurante dans un film d'action, et pas seulement une cheerleader particulièrement sur les nerfs.

Télécommande universelle en main, j'enfonce mon pouce sur le bouton du volume jusqu'à ce que les rythmes endiablés et sexy de *Shivers* d'Ed Sheeran étouffent tous les bruits en provenance de la douche de CK.

Je me mets à agiter les bras avant de commencer à osciller des hanches alors que je m'habitue au rythme et que je bouge plus librement. Danser sur de la musique entraînante a toujours constitué un moment de bonheur et de détente pour moi, et il me faut bien ça si je veux éviter de me jeter sur CK comme une femelle en chaleur d'ici à la fin de la journée.

Si la semaine passée, je me suis sentie particulièrement mal le jour où CK est sorti avec une femme, c'est moins vrai cette fois. Je ne sais pas si c'est parce que je savais que ça allait arriver et que je ne suis pas prise au dépourvu, ou si c'est parce que j'ai contribué à ce que ça se réalise, mais dans les deux cas, je ne vais pas me plaindre.

Même les *Je te l'avais bien dit* que Tessa a chantonnés pendant tout l'entraînement des Marshals cet après-midi ne m'ont pas perturbée. Les conseils de la gamine étaient tout à fait pertinents. Je vais peut-être devoir lui emprunter quelques-uns de ses romans d'amour pour mes recherches.

Que dirait CK s'il savait que son coach en relations amoureuses en a un, elle aussi ?

Oh, et puis, peu importe.

CK et moi avons tissé des liens, et je considère cela comme une victoire.

Mais…

Est-ce que c'est mal que j'espère que le rendez-vous de ce soir illustre à quel point c'est vrai pour CK aussi ? Je demande pour une amie.

Enfin, l'amie, c'est moi, hein.

Et si c'est mal, alors faisons comme si cela ne l'était pas. Au moins pour le bien de mon équilibre karmique. Je sais combien le karma aime vous renvoyer des trucs dans la figure, et franchement, je n'ai pas besoin de ça.

— C'est quand même mieux de tomber sur *ça* que sur Noah, enfoncé jusqu'aux couilles dans une nana lambda.

La voix grave de Kev me fait sursauter, je cesse de danser et me retourne : deux de nos colocataires sont revenus sans prévenir.

— Bien dit, mon frère, rétorque Alex en lui mettant une grande claque dans le dos, une grimace sur le visage. Je crois que l'image de son cul pâle de petit blanc en train de forniquer comme un chihuahua trop pressé restera à jamais gravée dans mon cerveau.

Il enfonce ses doigts dans ses tempes, et le sac en papier qu'il tient dans sa main rebondit sur son avant-bras tandis qu'il ferme les yeux.

— Je serai sur mon lit de mort, sénile et incapable de me souvenir de mon propre nom, mais cette image continuera à tourner en boucle.

— Qu'est-ce que vous faites là ? demandé-je en me précipitant vers eux.

D'un bond, je saute dans les bras de Kev au moment même où la porte de la salle de bains s'ouvre.

Avec moi toujours accrochée dans ses bras musclés de joueur de football américain, Kev traverse l'appartement jusqu'à rejoindre CK, lequel est debout, comme gêné, dans l'embrasure de la porte. Habillé et prêt pour son… *rendez-vous*.

— CK, mon pote.

Alex tend la main qui ne tient pas le sac taché de graisse, et ils échangent un salut viril, bizarre et compliqué. Alex recule, la tête inclinée sur le côté alors qu'il étudie le visage de CK.

— Je ne m'habituerai jamais à te voir sans tes lunettes, mon frère.

Je mets une petite tape à Kev pour qu'il me lâche, et je détache mes jambes de sa taille avant de contourner la carcasse moins grande, mais presque aussi imposante d'Alex ; jusqu'à me retrouver nez à nez avec CK.

Un parfum léger très forestier vient me chatouiller les narines, et je me retiens de me pencher pour le sentir de plus près. Il sent aussi bon qu'il est beau.

Sauf que…

Où sont ses lunettes ?

— Pourquoi ne portes-tu pas tes lunettes ? demandé-je après avoir balayé son corps de la tête aux pieds une seconde fois.

CK détourne le regard : il refuse de croiser le mien, comme chaque fois qu'il est mal à l'aise. J'attends avec impatience le jour où il se sentira suffisamment sûr de lui pour ne pas se préoccuper de ce que je pense.

Sans me soucier des autres, j'attrape le menton de CK entre mes doigts et ramène son regard sur moi.

— Superman.

Je hausse un sourcil dans une parfaite imitation de l'attitude que ma mère adopte quand elle attend des réponses à ses questions.

Et ça fonctionne.

— J'ai pensé que ça m'aiderait à avoir un peu moins l'air d'un geek si je ne les portais pas, dit-il en soupirant.

Je fronce les sourcils. À quel moment cela fait-il sens quand on va à un rendez-vous avec une personne rencontrée sur une application qui s'appelle *Rencontres Geek* ?

Attendez… oubliez ça. À quel moment cela fait-il sens, tout simplement ?

Je lève les yeux au ciel devant l'absurdité de la situation. Je le lâche et passe devant lui pour aller chercher son étui à lunettes. Il est juste là, sur sa commode. Je l'ouvre et en extraie sa paire de lunettes à monture noire.

Lorsque je ressors de la chambre, Alex et Kev sont postés de part et d'autre de l'arcade menant à l'espace de vie ouvert, adossés au mur et installés comme s'ils s'apprêtaient à regarder une émission de télé-réalité. Une fois de plus, je les ignore.

Je déplie soigneusement les fines branches en plastique, puis je retourne les lunettes pour les placer devant le visage de CK et je glisse un pied entre les siens.

Il inspire un grand coup, sa poitrine frôle la mienne alors que je me rapproche encore un peu plus. Peu importe qu'il me laisse envahir son espace personnel tous les jours ; toutes mes parties féminines agitent leurs pom-poms dès que je me rapproche de lui.

Le bout de mes doigts effleure les cheveux coupés courts de ses favoris avant de frôler la courbure du haut de ses oreilles, tandis que je place soigneusement ses lunettes, bien droites, sur son nez.

Il garde ses yeux fixés sur moi pendant tout ce temps, et son regard est si intense que j'ai la sensation que ma peau me brûle. Je peine même à déglutir lorsque je frôle le bout de son nez et que je glisse les lunettes à leur place.

Aucun de nous deux ne bouge. Je passe mes mains derrière sa tête et fais glisser juste le bout de mes doigts dans les mèches douces de ses cheveux ; parce que j'ai envie de le toucher, mais je ne veux pas défaire sa coiffure.

Quelque chose, je ne sais pas quoi, mais… *quelque chose* de différent vibre entre nous.

Mon regard tombe sur sa bouche et ses narines frémissent.

Argh !

J'ai envie d'attraper son visage à deux mains et de l'embrasser.

Évidemment, je m'abstiens. Mais je pose tout de même mes mains à plat sur son visage avec douceur, juste pour qu'il m'accorde toute son attention. Ce que j'ai à dire est important. Je ne veux pas qu'il en manque un mot.

— Ton *côté geek*, craché-je, furieuse qu'il considère que ce mot est insulte, tout en me mettant sur la pointe des pieds pour essayer de me rapprocher de lui, autant que notre différence de taille le permet ; fait partie des aspects parmi les plus cool de ta personnalité. Quand on dit à quelqu'un qu'il est *geek chic*, c'est un compliment, pas une insulte. Et si une nana ne peut pas *apprécier* ça chez toi, c'est qu'elle n'est pas intéressante.

Une fois de plus, ses yeux dérivent vers la gauche, mais il les ramène sur moi quand je serre plus fort.

— Si tu le dis, murmure-t-il.

Je repose mes talons sur le sol.

— Exactement, c'est ce que je dis. Et lequel de nous deux est le coach en relations amoureuses de l'autre dans cette relation ?

Oups. Est-ce que je viens d'insinuer que nous avons une *relation* ? Vous parlez d'un lapsus révélateur !

— Coach en relations amoureuses ? Raconte, demande Alex avant de s'approcher et de poser son visage sur mon épaule : j'ai *vraiment* dû être un pirate dans une vie antérieure tant les gens prennent cette position de perroquet avec moi tout le temps.

J'effleure le visage d'Alex pour l'éloigner de moi.

— Tu es trop curieux, dis-je d'un ton moqueur.

— Et si je t'offre un pot-de-vin ? demande-t-il en soulevant le sachet et en le montrant du doigt.

Je commence à avancer dans le couloir et me retourne pour marcher à reculons quand les hommes me suivent.

— Faut voir. Il y a quoi dans ce sachet ?

— Des sandwiches steak-fromage, affirme-t-il fièrement, et mon estomac n'est pas le seul à gargouiller.

— Nous sommes passés dans la famille d'Alex en revenant de chez Noah, et nous savons qu'il ne faut pas revenir de Philadelphie sans, ajoute Kev en posant le sac sur l'îlot de la cuisine avec un bruit sourd.

Je regarde fixement le sachet, lequel semble davantage contenir une boule de bowling que des bons sandwiches bien gras.

— Hum. Je sais que vous avez l'habitude de voir large quand on parle de nourriture, mais on dirait que vous avez acheté de quoi nourrir une armée.

Alex commence à sortir les sandwiches du sachet, et cela confirme mes soupçons : j'arrête de compter à peu près au moment où il sort le douzième petit paquet emballé dans du papier d'aluminium.

— Qui diable comptez-vous nourrir avec tout ça ? demandé-je en faisant un signe de la main vers le festin empilé en une large pyramide.

— Tu es mignonne, tu as vraiment cru qu'on allait passer sans rien dire aux autres ?

Alex me tapote le bout du nez, puis s'empare du tabouret de bar situé à ma droite tandis que Kev prend celui de gauche.

— Je suppose que, par *les autres*, tu veux dire Kay et Mase ?

J'entends la voix de CK, mais il me faut un instant pour voir où il se trouve : il est adossé à l'extrémité du comptoir. Il a mis autant de distance que possible entre lui et nous, et nous regarde interagir de loin. Je ne l'avais plus vu faire ça depuis des semaines.

— Et Trav… et JT… et je suis sûr que Tessa et Savvy seront là aussi, ajoute Kev.

J'accepte le sandwich qu'il me tend tout en le remerciant d'un signe de tête. Le doux parfum des oignons et des poivrons grillés me met l'eau à la bouche tandis que j'ôte le papier d'aluminium. Une fois le sandwich dans mes mains, il ne faut que quelques secondes pour que mes doigts soient recouverts de gras.

Je suis à quelques dixièmes de secondes d'entrer dans le paradis du steak et de la sauce au fromage fondu, la pâte molle du pain touche quasiment mes lèvres, quand je prends conscience d'un détail.

— Attends… vous leur avez dit que vous rentriez, mais pas à nous ? demandé-je en faisant rebondir un doigt entre CK et moi.

— On savait qu'on vous trouverait là, marmonne Kev autour de ce que je suis sûre être la moitié du sandwich qu'il vient de mettre dans sa bouche.

— Ouais, ces espèces de nazes vivent une vie de nomade cet été, il fallait bien qu'on les prévienne, ajoute Alex.

— « Nomade » ne me paraît pas le terme le plus approprié, répond CK. Au moins jusqu'à ce que les entraînements d'E reprennent dans quelques semaines.

E, alias Eric, le frère aîné de Kay, qui joue au football américain en professionnel pour les Crabs de Baltimore.

— En parlant d'entraînement et de coach, lance Kev à CK tout en plaçant le bras qui ne tient pas son sandwich autour de mes épaules. Tu as mis un costume ? Rencard sexy ?

Un homme construit comme un véritable mur de briques, capable d'arrêter quiconque ose essayer d'atteindre Trav sur le terrain, ne devrait pas utiliser les mots *rencard sexy*. Il ne devrait pas non plus agiter ses sourcils avec un enthousiasme tel qu'ils semblent pouvoir se détacher de son visage.

— Oh, si c'est le cas, je peux m'inscrire dans ton équipe ? demande Alex en levant le bras et en agitant la main comme pour dire *choisis-moi, choisis-moi !* C'est un genre de *amis et plus si affinités*, mais en version colocataires, c'est ça, hein ?

Il mime un baiser avec ses lèvres, et je lève les yeux au ciel, plus qu'habituée à son côté dragueur.

— Je me suis retrouvée au lit avec CK le premier jour où j'ai accepté de faire ça, ajouté-je avec un clin d'œil à CK, lequel rougit violemment.

Kev et Alex se tournent vers lui, littéralement suspendus à ses lèvres, pressés de voir s'il va confirmer.

Mais CK se contente de reporter son regard sur moi.

— Il me semblait que tu avais dit que les réponses littérales étaient inappropriées, dit-il d'un ton taquin.

Évidemment, il en a encore après ma réaction excessive du jour où j'ai découvert sa réponse sur mon post-it, la réponse à la fameuse question *Je tomberais amoureux de toi si…*

— Cela concerne les questions d'écriture. Et ce n'est pas un mensonge.

J'essaie d'être sérieuse, mais même moi, je peux entendre le sourire dans ma voix.

— Peut-être, mais tu fais passer ça pour ce que ce n'était pas, Red.

— *Red* ? demande Kev.

— Qu'est-il arrivé à « Q » ? ajoute Alex.

J'ignore les commentaires des deux comiques, trop occupée à agiter mes pom-poms virtuels alors que CK m'appelle Red devant les autres pour la première fois.

Je soupire avec théâtralité, comme s'il me gâtait tout mon plaisir alors qu'en réalité je m'amuse comme une petite folle.

— D'accord. Tu veux leur parler de mes talents avec un *sifflet* ? ajouté-je avec un ronronnement sexy, juste pour faire sonner ma phrase salace.

Alex s'étrangle et recrache ce qu'il avait dans la bouche : les oignons, les poivrons et le steak volent dans toutes les directions, tandis que Kev finit par s'étouffer avec son sandwich.

CK ayant eu affaire à moi, seul à seule, depuis plusieurs semaines, il s'est habitué à mes taquineries, et son regard ne flanche pas.

— C'est pour ça que j'ai pris ce foutu sifflet et que je l'ai jeté du balcon.

Exact. C'est bel et bien ce qu'il a fait. Cet abruti a de la chance que l'objet n'ait pas atterri sur la tête de quelqu'un.

— Attendez… est-ce qu'on parle d'un sifflet *au sens propre*, l'objet, quoi ? demande Kev tout en mimant l'acte de porter un sifflet à ses lèvres. Comme celui que Coach Knight utilise pour nous fusiller les tympans lorsqu'il annonce une nouvelle série de sprints ?

— Oui, dis-je lentement.

— Merde, lâche Alex tout en frappant de la main sur le comptoir, et le claquement de sa paume résonne presque aussi fort que le bruit strident de mon sifflet ce matin-là. On est en train de rater les meilleurs moments.

CHAPITRE 14

CK

Grondement des boules de bowling qui roulent sur les pistes en bois, fracas des quilles qui volent en tous sens : cette soirée a une bande-son toute particulière. Malheureusement, le bruit assourdissant qui résonne à l'intérieur de la salle de bowling ne parvient pas à surpasser le chaos qui règne dans ma tête.

Cela ne se passe pas du tout comme je l'aurais cru, et j'ai pourtant imaginé d'innombrables scénarios, du plus banal au plus mortifiant ; concernant la manière dont ce rendez-vous avec Julia, ce soir, pourrait se dérouler.

Sur l'échelle de ce que je connais en termes de rendez-vous, celui-ci n'est pas catastrophique. Mais je plaçais la barre assez bas, puisque mon dernier rendez-vous en date s'était terminé sur une fausse excuse.

Je me déplace sur le siège en plastique dur dans l'espoir de me mettre à l'aise alors que Julia s'avance pour jouer à son tour.

Et c'est Julia, pas Jules ou autre surnom infâme, et c'est elle qui l'a dit, pas moi.

La robe blanche qu'elle porte scintille dans la lumière noire et les néons multicolores que le bowling a allumés au début de la soirée *bowling cosmique*, il y a une heure.

Cela fait-il vraiment si longtemps ? Nous en sommes à notre deuxième partie, alors… probablement. Hé ! C'est un record pour moi. Quinn serait fière de moi.

Et…

Merde !

Voilà mon problème, je ne devrais pas penser à Quinn alors que je suis avec une autre femme. Je dois recentrer mon attention sur mon rendez-vous, pas sur mon coach en relations amoureuses, ni sur la façon dont elle avait l'air si bien, à rire et à plaisanter avec nos autres colocataires.

Julia ramène ses deux bras vers l'avant, sa boule rose juste en dessous du niveau du visage, et s'immobilise quelques secondes. Ses épaules se soulèvent et s'abaissent au rythme de la même respiration mesurée que je l'ai vue prendre chaque fois qu'elle s'apprête à lancer sa boule. Enfin prête, elle fait deux pas en avant, lance son bras droit vers l'arrière et sa jambe droite en avant.

Les dix quilles au bout de la piste volent du premier coup, et c'est son troisième strike d'affilée.

Mais Julia n'en revient pas moins calmement : elle ne s'agite pas dans tous les sens, ne lève pas les bras en l'air et ne fait pas de danse ridicule pour célébrer l'exploit. Je ne me donne pas la peine de lever la main pour taper dans la sienne : la première fois que je l'ai fait, elle m'a regardé comme si j'avais perdu la tête, mais s'est heureusement abstenue d'ajouter un commentaire sur mon degré de ringardise.

Au lieu de cela, j'attends qu'elle glisse ses mains derrière ses cuisses et qu'elle lisse la jupe de sa robe pour s'asseoir avec dignité sur le siège à côté de moi.

— Tu savais que la raison pour laquelle on appelle la série de trois strikes un *Turkey*, c'est parce que dans la plupart des tournois de bowling du dix-neuvième siècle, les gagnants remportaient une dinde ?

C'est l'une de ces anecdotes dont Quinn m'a abreuvé pour me préparer pour ce soir, et elle m'échappe malgré moi.

Julia me regarde en clignant des yeux, et je me déteste de remarquer que leur teinte marron foncé n'est pas aussi profonde et riche que celle des yeux de Quinn.

Et voilà, je recommence.

— C'est… *intéressant* ?

J'ai l'impression de me dégonfler comme un ballon étant donné la façon dont Julia formule sa réponse comme une question alors que cela devrait être une *affirmation*. Le courant passait bien par texto, mais en pratique, c'est moins évident.

La boule de Julia revient dans le rail et le bruit interrompt ce moment gênant. J'en profite pour m'excuser et aller jouer à mon tour.

Debout au bout de la piste, j'aimerais que la seule chose qui pèse sur moi soit le poids de la boule numéro quatorze que je tiens entre mes mains. Toute cette soirée me semble… bizarre.

Et honnêtement, je ne sais pas trop pourquoi. Une partie de moi veut mettre ça sur le compte de la distraction et même si, oui, je peux admettre que c'est *une partie* du problème, ce n'est pas *le cœur* du problème. Non, c'est…

En fait, je n'en sais rien. Quand j'aurai trouvé, je vous le dirai, OK ?

Je lance ma boule et je réussis à faire tomber huit des dix quilles.

Mince.

Bien sûr, je me retrouve à ne plus avoir que les quilles opposées, rien de moins. C'est logique et cela correspond à la thématique de cette soirée : *compliquée*. C'est un coup difficile, l'un des plus difficiles à réaliser statistiquement, mais un exploit que je sais être capable d'accomplir.

Des cris d'excitation attirent mon attention sur les allées voisines de la nôtre alors que j'attends que la machine me renvoie ma boule. Le grand groupe qui joue à quelques mètres de nous se frappe la poitrine et les fesses dans de grands éclats de rire, et cela ne fait que m'évoquer mes colocataires.

Les semelles de mes chaussures de location glissent sur le sol en bois, tandis que cette impression familière que j'observe les autres vivre sans réellement vivre avec eux, comme si j'étais sur la touche de la vie, m'assaille. Je me demande si mes amis sont tristes que je ne sois pas là pour la réunion improvisée de notre groupe, ou si mon absence passe inaperçue ? Le fait est que

Quinn est là. C'est elle qui divertit tout le monde, et c'est aussi elle qui est la mieux intégrée dans notre groupe. Bien mieux que, moi, je pourrais jamais espérer l'être.

Je me remets en position, les deux quilles restantes me narguent rien que par leur existence. Même si fondamentalement je m'en moque, ces foutues quilles ne sont au final qu'un rappel visuel du déroulement de cette soirée.

Quinn.

Quinn, qui trouverait le moyen de se moquer de moi de manière colorée dans mon dos.

Quinn, qui ferait quelques tentatives douteuses pour me distraire.

Quinn, qui se moque éperdument que quelqu'un puisse la regarder de travers.

Quinn, qui jouait à bousculer Kev exactement de la même manière qu'elle le fait avec moi depuis des semaines, alors que je partais tout à l'heure.

Bordel !

Pourquoi cette dernière pensée me fait-elle fermer les yeux jusqu'à ce que les lumières qui clignotent derrière mes paupières puissent rivaliser avec celles qui se reflètent dans le bois brillant des pistes ?

J'expire en m'efforçant d'ignorer mon esprit qui bouillonne furieusement, et je me concentre sur mes quilles et ce délicat défi qui consiste à abattre deux quilles opposées d'un seul coup. C'est un défi que je *peux* relever. Calculer où viser et ajuster ma force sur la boule pour faire tomber ces deux quilles d'un coup me semble bien plus facile à comprendre que la façon d'agir pour ce rendez-vous en lui-même.

La boule heurte l'une des quilles par l'intérieur, et la vitesse à laquelle elle la frappe suffit pour que la quille soit projetée sur le mur extérieur et rebondisse avant de traverser toute la largeur de l'allée pour aller faire tomber la quille opposée.

Il y a un rugissement d'acclamations, de *Oh, bordel !* et de *Vous avez vu ça ?* qui résonnent par-dessus la musique tonitruante depuis l'allée de nos voisins.

Julia me fait un petit sourire, mais c'est tout.

Il n'y a pas de félicitations ni de cris ravis.

Elle ne me saute pas dans les bras avec un exubérant *Tu as vu ça ?*

Elle ne s'incline pas devant mon exploit et ne le fait pas suivre d'un *Regarde-moi, je peux faire mieux*.

Comment dois-je prendre le fait que des étrangers ont réagi avec beaucoup plus de chaleur à ma performance que la femme avec qui je sors ?

Plus important encore, pourquoi est-ce que je la compare à Quinn, *encore* ?

Le reste de la soirée se déroule de la même manière. Julia gagne les deux premières parties, montrant son talent, et moi, je gagne de justesse la troisième.

Aucun de nous deux ne dit grand-chose en attendant que l'on nous rende nos chaussures au comptoir de location, mais il y a comme une tension dans l'air entre nous, comme si... quelque chose était sur le point de se produire.

Je ne sais pas vraiment ce que je suis censé faire ensuite. Je pense que je me suis tellement préoccupé de ma façon de me comporter, à faire en sorte qu'elle ne me plante pas là, que j'ai négligé de penser à ce qui se passerait une fois la soirée terminée.

Dois-je lui proposer un deuxième rendez-vous dès maintenant ? Et... est-ce que j'ai envie d'un autre rendez-vous avec elle ?

Est-ce que je lui dis que je lui enverrai un texto ?

Est-ce que je lui dis que je l'appellerai ?

Est-ce que je l'embrasse ? Est-ce que je peux l'embrasser après un premier rendez-vous ou est-ce trop culotté ?

Plus nous nous rapprochons de la sortie, plus mon cœur se met à battre vite, et je finis par avoir l'impression que ma peau palpite elle aussi. Mes paumes sont moites alors que je frotte le bout de mes doigts l'un contre l'autre. Un petit filet de transpiration coule dans mon dos alors que nous nous faufilons entre les voitures garées dans le parking, même si cela n'a rien à voir avec la chaleur du début de l'été.

Julia pointe du doigt une Toyota Corolla grise.

— Voici ma voiture.

Elle tourne sur elle-même et se place dos à la portière du conducteur.

Comme si cette soirée n'était pas déjà assez gênante, je dois m'appuyer contre le SUV sombre qui se trouve sur la place voisine pour éviter de la bousculer. Le conducteur du véhicule n'a manifestement pas été très assidu sur le coloriage à la maternelle, vu qu'il n'a pas su rester à l'intérieur des lignes peintes en blanc qui matérialisent les places.

Julia tripote ses clés, les yeux fixés sur son porte-clés en forme de note de musique qu'elle fait tourner autour de son doigt.

Ne sachant que faire de mes propres mains, je les enfonce dans mes poches et frotte le bout de mes Adidas blanches sur le goudron du parking. Un mégot de cigarette usagé gît à quelques centimètres de ma chaussure, le filtre aplati comme s'il avait été écrasé par une roue, et pas par une semelle de chaussure.

Que dirait Quinn si elle savait que tu regardes des déchets au lieu de te concentrer sur ton rencard ?

Pour la première fois ce soir, penser à Quinn n'apporte pas ce sentiment de culpabilité. Mon subconscient a raison. Et ce n'est pas ce qu'elle *dirait*, mais ce qu'elle va *bel et bien dire*, parce que j'aurai de la chance si j'arrive à sortir de l'ascenseur avant qu'elle ne se jette sur moi et ne me demande un compte-rendu. Elle a assisté à trop de matches de football pour ne pas la jouer en version *débriefing du coach* à l'issue de ce premier rendez-vous *officiel* qu'elle a organisé pour moi.

À moins que…

Et si elle est trop occupée à s'amuser avec les autres à mon retour ? C'est facile de traîner avec moi, de me donner l'impression que je suis une priorité dans sa vie quand je suis la seule personne aux alentours.

Je sais, je sais que Quinn est mon amie, et ses amis sont aussi mes amis. Mais l'amitié n'a qu'une portée limitée. De plus… je suis presque sûr que, la principale raison pour laquelle elle a accepté notre arrangement, c'est parce qu'Emma et Kay le lui ont demandé.

Après avoir passé des mois à les écouter rabâcher à quel point Quinn m'appréciait, je devrais être soulagé qu'elles aient fait appel à elle pour m'aider à sortir avec quelqu'un.

Elles vont pouvoir passer à autre chose, et ce n'est pas trop tôt.

Jamais je n'avouerai que j'ai failli les croire, que leurs mots d'encouragement ont été presque suffisants pour que… peut-être… potentiellement, à un moment donné, je sois tenté de mettre de côté mes peurs et de tenter ma chance avec Quinn. Et puis, je suis rentré chez moi pour les vacances d'hiver, et j'ai repris pied dans la réalité, violemment.

Dans le café de notre petite ville, je me suis fait coincer par l'ancien quarterback de mon lycée et l'un de ses acolytes. Ils se sont beaucoup amusés à faire défiler l'Instagram de l'UofJ411 devant moi, puisque la qualification de notre équipe de football pour le championnat national faisait de Mason et des autres des célébrités nationales.

— *Ah,. mais qui voilà, notre petit major de promo. Qui aurait cru qu'être un naze permettait d'obtenir une bourse sociale en plus d'une bourse académique ?*

— *Waouh, comment on postule pour ça, Chrissy ?*

— *Dis-nous, Chrissy… est-ce qu'adopter des nazes fait partie des œuvres caritatives de ton université ?*

— *Oh, mais oui, ça doit être ça ! Il n'y a aucune chance que ces gens-là veuillent passer du temps avec un débile dans ton genre, et de leur plein gré.*

Bien sûr, j'aurais pu contredire mes harceleurs, mais je sais que la vraie vie, ce n'est pas comme dans les films. Dans la vraie vie, l'intello ne finit pas avec la pom-pom girl populaire.

Une main se pose sur mon ventre, et je sursaute violemment.

Julia me regarde avec une expression penaude sur son joli visage, alors que je reviens à la réalité. Elle fait tourner son trousseau de clés une fois de plus autour de ses doigts.

— Désolée, je ne voulais pas te faire peur. Comme tu n'as rien dit depuis trois minutes, je ne savais pas si tu essayais de trouver le courage de m'embrasser pour me souhaiter bonne nuit ou non, alors… Alors, je me suis dit, tant pis, autant prendre l'initiative, termine-t-elle en haussant les épaules, ses joues se colorant suffisamment pour que je puisse les distinguer dans la lumière chiche du parking.

Je suppose que cela répond à ma question précédente.

Un baiser pour lui souhaiter bonne nuit, c'est donc possible.

— Non, c'est moi qui devrais m'excuser, dis-je en essayant de m'éclaircir la gorge et je jette un coup d'œil vers le bowling, l'enseigne qui clignote me donnant une idée. Est-ce que tu veux bien me laisser une chance de… euh… d'essayer de faire un *spare* ?

Est-ce ringard ? Indéniablement.

Est-ce gênant ? Absolument.

Est-ce que ça marche ? Les lèvres de Julia frémissent, donc à moins qu'elle ne souffre soudainement de tremblements inexpliqués, je dirais… *peut-être* ?

— Tu as fait ça toute la soirée. Pourquoi arrêter maintenant ?

Oh mon Dieu.

Elle a dit « oui ».

Vous aussi, vous avez entendu un *oui*, hein ?

J'ai utilisé une image tirée du bowling pour demander à cette femme si je pouvais l'embrasser et elle a dit « oui ».

Parfait, alors.

Il n'y a rien de plus à dire.

Il suffit de faire.

CHAPITRE 15

QUINN

—**S**eigneur tout puissant ! lâché-je, tout en agitant un bras en l'air en signe de reddition, l'autre serré sur mon ventre. Stop ! Arrête ça, je n'en peux plus !

Je m'étouffe de rire, ce qui me coupe le souffle, et la parole avec.

Trav continue à pomper des bras et des hanches, absolument pas découragé.

— Ça t'excite, *mami* ?

Trav se déplace sur la terrasse jusqu'à venir se planter devant moi, et les extrémités de la jupe d'inspiration hawaïenne qu'il a fabriquée de bric et de broc me fouettent à chaque fois qu'il fait un nouveau mouvement de ses hanches vers l'avant.

Comme Kev et Alex l'avaient prédit, les autres sont arrivés peu après que CK nous a quittés pour aller à son rendez-vous. Une distraction inattendue pour laquelle je suis maintenant extrêmement reconnaissante.

Incapable de respirer, je secoue la tête en signe de dénégation et me serre le ventre des deux mains. Mes abdominaux me font mal à force de rire : il me faut une pause. Franchement, les entraînements de cheerleading n'ont rien à envier à des heures de rires ininterrompus lorsqu'il s'agit de faire travailler ses muscles profonds.

— J'aurais dû te noyer dans le Pacifique quand j'en avais l'occasion, se plaint Mason alors que Trav continue de danser sur la terrasse.

— Oh, je t'en *prie* ! rétorque Trav.

Il se déplace jusqu'à offrir une *lap dance* à Mason et, malheureusement pour elle, à Kay aussi, puisqu'elle est assise sur ses genoux.

— Tu t'ennuierais sans moi, mon pote.

— Tu as le droit d'y croire, vieux, rétorque Mason.

— Tu es conscient que c'est toi qui as décidé de faire de lui ton meilleur ami, hein ? s'esclaffe Livi tout en se contorsionnant pour voir son frère.

Elle ponctue son propos d'un crochet du pouce vers Trav, lequel a maintenant commencé à twerker. Elle a beau lever un sourcil interrogateur comme pour dire *Pourquoi tu essaies de jouer les durs ?*, elle n'en semble pas moins lutter pour ne pas éclater de rire à nouveau. Sans grand succès.

Et voilà à quoi a ressemblé toute ma soirée. Après que tout le monde s'est salué par des étreintes plus ou moins viriles des uns et des autres, nous avons discuté de tout et de rien, et surtout passé pas mal de temps à nous taquiner les uns les autres.

Les sandwiches apportés par Kev et Alex n'ont pas duré très longtemps. Ils ont été dévorés aussi vite que si les hommes étaient un banc de piranhas affamés, et non les capitaines d'une équipe de football américain. Ensuite, Trav a disparu à l'intérieur de l'appartement, et c'est là que les choses ont vraiment tourné au ridicule.

Heureusement que je ne me vexe pas facilement, sinon j'aurais déjà brisé le QB2 de QB1 – alias, le sexe de Trav, et oui, c'est lui qui l'appelle comme ça – pour m'avoir volé des vêtements dans la buanderie.

Pourquoi ?

Parce que lorsque messire Quarterback est réapparu pour montrer ses talents de danseur de hula et ce qu'il avait appris à

faire à Hawaï, j'ai découvert qu'il avait utilisé mes sous-vêtements pour fabriquer sa jupe d'inspiration hawaïenne, laquelle,
selon lui, l'aide à entrer dans le personnage.

Des sous-vêtements que j'avais accrochés dans la buanderie
dans l'espoir que CK les voit et se mette à penser à moi dedans.

Hélas, il semblerait que cela n'ait pas eu l'effet escompté, et
mes dessous de satin et de dentelle scintillent maintenant à
chaque mouvement de hanches de Trav. Je devrais probablement
saluer son esprit créatif : la façon dont il a enfilé son t-shirt dans
les bretelles de mon soutien-gorge et l'élastique de ma culotte
pour créer la ceinture de sa jupe est particulièrement ingénieuse.

Je vais être obligée de tout repasser à la machine, mais cela en
vaut la peine si cela signifie pouvoir profiter du spectacle :
regarder un homme d'un mètre quatre-vingt-dix gesticuler torse
nu comme il le fait donne l'impression d'assister à la danse d'une
girafe ivre. Sans compter que cela me permet de faire des vidéos
en or pour son TikTok et son Instagram.

— Sérieusement, je n'en peux plus. Il faut que j'aille faire pipi,
dis-je en me redressant pour me lever laborieusement de ma
chaise longue.

J'entre dans l'appartement et les bruits venant de l'extérieur
s'estompent instantanément. Je m'efforce de ne pas céder à la
tentation de regarder l'heure, et je me dirige vers la salle de bains
que je partage avec Emma. CK rentrera quand il rentrera. Inutile
de se faire des cheveux blancs pour rien.

L'ascenseur sonne à l'instant précis où je sors de la salle de
bains. CK est rentré. Je m'appuie sur le dossier du canapé pour
attendre qu'il apparaisse. Pour une fois, il semble que l'univers
soit de mon côté avec son timing, ce qui va me permettre de
mettre fin au chaos de questions qui résonne dans ma tête.

Sauf que…

Lorsque CK fait son apparition, le devant de son léger polo
turquoise est taché de sang.

Je sursaute et me précipite en avant.

Bon sang, qu'est-ce qui s'est passé ?

— Superman, ça va ?

Je tends instantanément la main vers son visage, mais il
s'écarte brutalement.

Voilà qui ne va pas être possible.

Un instinct protecteur m'envahit et j'attrape son visage des deux mains pour l'obliger à s'immobiliser. J'ai besoin de voir où il est blessé, à quel point c'est grave, et ensuite de savoir qui je dois tuer.

— Je vais bien, dit-il en essayant de se dégager de ma prise, sans que je cède un pouce de terrain.

— Tu as du sang pourtant, alors permets-moi d'en douter.

Je me mets sur la pointe des pieds pour essayer de me rapprocher.

— Ce n'est pas le mien, rétorque CK en soupirant et en détournant le regard.

— *Pinche mierda.* Tu crois que c'est mieux, que ça ne soit pas le tien ? dis-je tout en plaçant mes pouces sous son menton, et en appuyant dessus pour qu'il puisse voir le regard noir que je lui lance.

CK reste résolument silencieux. Ce qu'il peut être frustrant parfois ! Si je ne craignais pas autant qu'il soit blessé, je l'étranglerais moi-même.

Il lève la main pour remonter ses lunettes et son bras effleure le mien.

Des gestes qui, en temps normal, auraient libéré les papillons qui dorment dans mon estomac. Sauf que, cette fois, mes papillons semblent étrangement fatigués.

CK dirige son regard vers la paroi en verre qui nous sépare de la terrasse.

Le rouge lui monte aux joues, et je m'efforce de terminer mon inspection de sa personne aussi vite que possible, trop inquiète pour tergiverser. Je pose mes doigts dans sa nuque, et je fais pivoter sa tête dans tous les sens en prenant appui sur mes pouces posés sous sa mâchoire.

Il n'y a aucune blessure visible. Satisfaite qu'il ait dit la vérité, je repose mes pieds à plat sur le sol. Je jette un regard vers le balcon à mon tour, reconnaissante que l'éclairage me permette de voir à l'extérieur sans qu'ils puissent voir à l'intérieur.

Ne voulant pas risquer qu'ils nous trouvent là, si l'un d'eux venait voir pourquoi je mets autant de temps pour revenir, je lie ma main à celle de CK et l'entraîne en direction de la buanderie. Nous avons des choses à nous dire et nous n'avons en aucun cas besoin d'un public.

Je vais même jusqu'à fermer les portes coulissantes de la pièce derrière nous.

— Enlève ton t-shirt, dis-je en ouvrant l'armoire où se trouve le détachant.

Le vaporisateur à la main, je me retourne pour voir CK, toujours habillé, qui me regarde comme si j'avais perdu la tête.

— Qu'est-ce que tu attends ? demandé-je en faisant un mouvement avec ma main, comme pour dire *Allez, on y va.*

Les sourcils de CK remontent sur son front, mais son t-shirt, lui, ne bouge pas.

— *Ay dios mío*, Christopher.

Je dépose la bouteille de détachant sur le comptoir installé au-dessus du lave-linge et du sèche-linge, et je me dirige vers la tête de mule d'homme qui se trouve devant moi pour tirer sur le bord de son t-shirt.

— Pourquoi est-ce que tu veux que je me mette à poil ?

CK pince ses lèvres tout en posant ses yeux sur mes doigts.

Bon, c'était soit tordre le coton de son t-shirt, soit le cou de sa personne. J'ai choisi l'option la moins susceptible de me faire arrêter et enfermer en prison.

— Je ne t'ai pas demandé de tout enlever, rétorqué-je d'un ton moqueur tout en levant les yeux au ciel. Je t'ai demandé d'en-lever ton t-shirt, pour que je puisse le détacher avant que cela ne soit irrécupérable.

— Laisse tomber, Q, je vais juste le mettre à la poubelle, dit-il en attrapant mes poignets de ses mains.

— Non, ce serait dommage. La couleur fait ressortir tes yeux.

Je fais la moue : j'adore quand il porte ce t-shirt, parce que les teintes de vert et de turquoise font ressortir le bleu marine qui borde ses iris, et cela fait scintiller les nuances plus claires de ses yeux.

— Peut-être que si j'avais utilisé ce genre de compliment, mon rendez-vous de ce soir se serait mieux passé.

D'un côté, je suis triste pour lui que son rendez-vous se soit mal passé, mais d'un autre côté... j'ai l'impression d'être une garce à me réjouir que cela n'ait pas été fabuleux.

Sincèrement, pourquoi est-ce que je me fais du mal comme ça ? Je n'ai jamais été du genre maso, mais je commence malgré tout à me poser des questions. Comment expliquer autrement mon comportement ?

Si ces neuf derniers mois m'ont appris quelque chose, c'est que faire comprendre à CK que mes sentiments à son égard sont sincères est un combat de chaque instant. Le regarder aller à des rendez-vous, l'aider à y aller, c'est un exercice qui va finir par me rendre dingue.

— Tu veux m'en parler ? demandé-je en gardant volontairement une voix douce.

Sa bouche se fige en une fine ligne et ses narines se dilatent.

J'attends, et j'attends *encore* qu'il dise quelque chose… n'importe quoi. En fait, à ce stade, je veux bien jouer une partie de *Cluedo*, si cela peut me permettre de comprendre ce qui s'est passé avec… Julia ? C'était bien son nom ?

Oh, je t'en prie ! Comme si tu n'avais pas mémorisé l'intégralité du profil de cette fille.

Merde !

Évidemment que je l'ai fait.

Julia Simon. Vingt et un ans. Membre de l'équipe de débat de son lycée, laquelle a gagné le championnat national, major de sa promotion comme CK, et en dernière année de son cursus de graphisme à l'Université de Jersey.

Non seulement elle a énormément de choses en commun avec CK sur le papier, mais elle est aussi terriblement jolie.

Mamá insiste constamment sur l'importance d'être *toujours* à son avantage, mais à quoi ça sert d'être belle si c'est la seule chose que les gens voient lorsqu'ils vous regardent ?

Je suis fatiguée des relations superficielles que j'avais avant qu'Emma ne me fasse entrer dans son cercle intime. Les amitiés que j'ai nouées au cours de l'année écoulée sont plus significatives que presque toutes celles que j'ai eues auparavant, du moins en dehors d'*abuelita*.

Est-ce si mal de vouloir une connexion similaire avec la personne avec qui je partage mon cœur ?

Je triture le coton du t-shirt de CK, le tordant et l'entortillant dans mes doigts jusqu'à ce que je ne puisse plus supporter de ne pas savoir.

— C'était une mauvaise perdante ou quelque chose comme ça ?

Je me mords la lèvre, questionnant ma décision de leur proposer un rendez-vous au bowling.

Après avoir appris que CK avait joué dans une ligue avec son grand-père, j'ai honnêtement pensé que c'était une excellente idée. Aller au bowling pour un premier rendez-vous est généralement une bonne idée, parce que cela permet d'engager la conversation. C'est aussi une activité dans laquelle CK a déjà confiance en lui. Cela m'est donc apparu comme la meilleure option.

— Ou bien est-ce que tu as joué au gentleman ce soir et tu l'as laissé gagner ? plaisanté-je pour cacher ce que je ressens à cette idée.

— Tu veux dire, comme avec toi quand on a joué à *Dr Mario* ?

Ma mâchoire se décroche et je plisse les yeux, horrifiée.

— Tu n'es qu'un *menteur*, Christopher, rétorqué-je, choquée par la façon dont il vient de m'insulter, au point d'en laisser échapper une diatribe mi-anglais, mi-espagnol.

— Oh, oh, lâche CK.

Il cherche à s'éloigner de moi, mais n'y parvient pas : j'ai toujours son t-shirt étroitement serré entre mes doigts.

— *Oh, oh*, en effet, monsieur, grogné-je en mettant un pied entre les siens jusqu'à ce que nos poitrines se touchent. Continue à blasphémer sur mes compétences dans *Dr Mario*, et je te garantis un châtiment de mon cru.

D'autant plus que je connais déjà le châtiment parfait. Merci, mon Dieu, pour Amazon Prime.

— Il semblerait que ce soit ma fête, ce soir, compte tenu du fait que vous semblez toutes vouloir faire de mon prénom une insulte.

Je suis tentée de rire devant la réplique de CK, mais la tristesse qui s'en dégage me dit qu'on ne plaisante plus.

— Tu veux m'en parler ? demandé-je à nouveau.

Il hausse les épaules, et cela tire sur le coton du t-shirt que je tiens toujours solidement.

— Bon… commence par enlever ça.

Je lâche le tissu et glisse mes mains sous l'ourlet. Sa peau est chaude, et mes doigts se replient légèrement à son contact.

CK inspire brutalement, et ses abdominaux se dessinent avec plus de précision alors qu'il rentre le ventre d'instinct.

Nous nous figeons tous les deux, et son regard capture le mien à travers les verres de ses lunettes.

Finalement, sa pomme d'Adam remonte alors qu'il déglutit, et je me surprends à faire de même, même si c'est difficile parce que ma gorge s'est littéralement verrouillée sous l'effet de mon déferlement d'hormones.

Je ramène mes paumes sur les flancs de CK et je les fais glisser le long de son torse, entraînant le t-shirt avec. Je me mords la lèvre jusqu'à sentir la saveur cuivrée du sang sur ma langue, juste pour retenir le gémissement qui vibre dans ma gorge, à toucher et voir la peau de CK. Petit à petit, alors que je remonte lentement mes mains, son corps apparaît et je retiens mon souffle.

Je ne suis peut-être pas la plus petite des filles qui vivent ici et il n'est peut-être pas le plus grand des hommes, mais je dois quand même me mettre sur la pointe des pieds. Cette fois, lorsque ma poitrine frôle la sienne, c'est moi qui inspire brutalement, très consciente de la sensation que me procure le contact de mes tétons durcis contre sa peau.

Mon corps s'enflamme et la chair de poule vient recouvrir ma peau alors que je m'imagine faire exactement la même chose, déshabiller CK, dans une situation totalement différente... Une situation dans laquelle la porte derrière laquelle nous sommes appartient à ma chambre et dans laquelle il n'y a pas que quelques minutes qu'il est rentré d'un rendez-vous avec une autre femme.

CK finit par se pencher en avant, ce qui me permet de lui ôter plus facilement son t-shirt en le passant par-dessus sa tête. Une fois libérées, ses mains se posent sur mes hanches, et le frôlement de ses pouces sur la ceinture élastique de mon short fait exploser un feu d'artifice de fantasmes dans mon cerveau.

Je m'oblige à m'occuper, et je détourne mon regard de l'homme au corps bien trop tentant qui se trouve devant moi pour me concentrer sur son t-shirt. Je le remets à l'endroit, pour découvrir que le sang a déjà séché, formant une tache brun profond sur le tissu clair. Même avec le détachant, je ne suis pas sûre d'arriver à le sauver.

Ce qui ne m'empêche pas d'essayer, juste histoire de m'occuper les mains, le temps que je reprenne mes esprits et que je me remémore que je suis sa coach en relations amoureuses, pas sa petite amie.

Je recule jusqu'au comptoir pour mettre de la distance entre nous, et j'attrape la bouteille de détachant.

— Bon, assez gagné de temps. Raconte-moi ce qui s'est passé, demandé-je en le regardant par-dessus mon épaule.

Le corps de CK est tendu, ses mains sont enfoncées dans les

poches de son short en lin, ses épaules remontées près de ses oreilles.

— Pour quoi faire ?

Je soupire et lève les yeux devant son ton péremptoire.

— Parce que tout athlète digne de ce nom sait que le seul moyen d'améliorer ses performances est d'étudier les vidéos des matches.

— Je pense qu'il est plus qu'évident que je ne suis pas un athlète.

Je m'immobilise, et le manche en plastique de la brosse à dents que j'utilise pour décoller le sang des fibres de son t-shirt s'enfonce dans ma paume alors que je serre le poing autour.

Je pose précautionneusement le tout et me retourne lentement pour faire face à CK. Le comptoir se trouvant maintenant derrière moi, je m'y adosse et pose mes mains sur le rebord biseauté avant de l'agripper de mes doigts.

— Eh bien… je ne dirais pas ça, réponds-je.

Je me concentre sur lui et le détaille ostensiblement, de ses cheveux élégamment désordonnés jusqu'à ses lunettes sexy. Mon cœur se brise un peu plus encore devant la vulnérabilité qui habite les orbes bleus de ses yeux.

— Je t'ai vu t'entraîner avec les autres, continué-je.

C'est un euphémisme : disons plutôt que je l'ai maté sans vergogne.

Je continue à le détailler et descends le long de son corps en m'attardant sur ses muscles ultra-sexy, particulièrement dessinés, que ses séances avec les autres ont contribué à créer.

Physiquement, il est très sexy.

Bon sang !

J'aimerais qu'il puisse se voir à travers mes yeux.

Même si cela ne gâche rien, son physique n'est pas ce qui me plaît le plus chez lui. Voilà ce que j'apprécie le plus chez lui : sa loyauté inébranlable envers ceux qui lui sont chers, son intelligence, son charme, sa façon d'expliquer les choses. Il peut apprendre des choses aux autres sans qu'ils se sentent idiots, et ça, c'est inestimable.

C'est criminel de voir qu'une personne qui a autant à offrir que CK puisse ne pas avoir conscience de tout ce qui la rend spéciale. Résultat du travail de petits cons suffisamment peu sûrs d'eux pour déformer leurs propres défauts et les projeter sur ceux qu'ils jugent comme faibles et inintéressants.

— Mais je parlais plus métaphoriquement puisque je suis censée être ta coach, tout ça.

C'est devenu une mauvaise habitude que de lui rappeler le rôle que je suis censée jouer dans sa vie. De fait, je n'arrive pas à déterminer si c'était une idée brillante ou le truc le plus stupide au monde. Oui, je sais que la stratégie de Tessa a fonctionné pour l'amener à s'ouvrir à moi, mais… pourquoi ne puis-je pas me débarrasser du sentiment que tout cela va juste m'exploser à la figure ?

— Et maintenant, parle-moi de ton rendez-vous, exigé-je.

Il reste silencieux si longtemps que je commence à penser qu'il va continuer à se dérober.

— Je crois que je lui ai cassé le nez, finit-il par lâcher.

— *Quoi* ?!

Je ne m'attendais tellement peu à ce qu'il me dise un truc pareil que j'en couine d'incrédulité.

CK tressaille, et le hochement de tête qu'il m'adresse est si léger qu'il peut à peine être considéré comme une confirmation.

— Désolée, dis-je en serrant mes mains l'une contre l'autre, le temps de reprendre contenance.

Mentalement, je passe rapidement en revue les scénarios qui pourraient conduire à un nez cassé au cours d'une partie de bowling, mais je ne parviens pas à imaginer quelque chose de pertinent.

— Alors, ce que tu essaies de me dire, c'est… que tu n'as pas réalisé qu'elle se tenait trop près de toi, et quand tu as balancé ton bras en arrière pour lancer ta boule, tu l'as heurtée au visage ?

Je ne sais pas si c'est possible ou non, mais je ne vois pas comment cela aurait pu arriver autrement. Honnêtement, au bowling, cela me paraît plus logique de se retrouver avec une fracture des orteils ou même du pied. Après tout, se prendre une boule sur les pieds, c'est vite arrivé. Par contre, un nez ?

— Si seulement, répond-il d'un ton impassible.

Je retiens un rire.

— Explique.

Il soupire et fait basculer sa tête en arrière. Il garde le regard fixé sur le plafond et dit :

— Je crois que je lui ai cassé le nez quand j'ai essayé de l'embrasser pour lui souhaiter bonne nuit.

Je cligne des yeux, abasourdie, totalement sans voix.

Eh bien, euh…

Vu le sang sur son polo, cela fait sens, mais…

Comment cela a-t-il pu arriver ?

— D'accord… il va falloir que tu me fasses un dessin, Superman.

Finalement, c'est comme si ma demande avait achevé de briser ses réserves, et CK commence à me raconter les événements de sa soirée au même rythme que le flot qui s'écoule d'un barrage dont on vient d'ouvrir les vannes.

Il me raconte comment Julia l'a battu à deux reprises, comment, aussi impossible que cela puisse paraître, elle a semblé plus réservée que lui et comment, contrairement à lui, elle n'a pas semblé se dégeler lorsqu'il a essayé d'utiliser mes questions et mes anecdotes pour briser la glace.

Je dois serrer les dents pour ne pas laisser échapper un cri de joie lorsque je me rends compte qu'il apprécie ces petites anecdotes que je jette parfois au hasard.

Et une pierre me tombe dans l'estomac quand il me raconte que les inconnus qui jouaient dans la ligne qui jouxtait la sienne l'ont davantage félicité pour son beau spare sur des quilles opposées que Julia elle-même.

Je note mentalement de le dire aux autres quand nous les aurons rejoints dehors.

— J'étais totalement incapable de dire si elle passait un bon moment, alors quand nous avons décidé de repartir, j'étais…

Il se tait, et fait tourner sa main autour de sa tête, un geste qu'il fait systématiquement lorsqu'il s'excuse, trop absorbé dans ses pensées pour se rappeler même ma présence.

— J'ai même sursauté quand elle a essayé de m'embrasser tant j'étais perdu dans mes pensées.

— Tu as sursauté ? demandé-je, et il acquiesce. À quel point ?

Je suis incapable d'empêcher un sourire de se glisser dans ma voix.

— Est-ce réellement important ?

Oh, je connais bien ce ton exaspéré !

— Oui. J'en ai besoin pour évaluer la gravité de la situation. Tu as sursauté, genre comme quand tu entends un petit bruit dans un film d'horreur, ou bien tu as sursauté, genre au point d'en avoir les pieds qui décollent du sol ? Parce que je suis désolée de te le dire, mais ce n'est pas pareil.

— Et le genre qui vous fait éclabousser une personne avec de la sauce salsa, on en parle ?

Il retourne la taquinerie contre moi, et il semble soudain moins embarrassé alors qu'il se rapproche de moi, réduisant l'espace qui nous sépare.

— Tu ne vas jamais me laisser oublier ça, n'est-ce pas ?

Je me hisse sur le comptoir, les yeux toujours plongés dans son regard scintillant tandis que je croise mes jambes.

— Le ferais-tu, si la situation était inversée ?

Je fais semblant de réfléchir à la question, mais je secoue finalement la tête en riant. Non, sûrement pas. Finalement, je fais un mouvement de roulis avec mes mains.

— D'accord... Et si tu en venais au moment où tu penses avoir cassé le nez de Julia ? Tu ne lui as quand même pas collé une gifle quand elle t'a fait peur, hein ?

— J'aimerais bien, répond-il en faisant deux pas de plus vers moi.

Hum... mais encore ?

— CK, insisté-je.

Il se prend la nuque à deux mains.

— Bon... Alors, après avoir prouvé à quel point je suis un geek... commence-t-il, et je grogne à ce qualificatif mais il m'ignore, se racle la gorge et fait un nouveau pas de plus vers moi ; j'ai utilisé un jeu de mots ringard sur le thème du bowling pour confirmer que c'était bien ce qu'elle voulait... et... je... je me suis penché pour l'embrasser, mais j'ai dû mal calculer l'angle ou quelque chose comme ça, et au lieu de l'embrasser... je... lui ai... en quelque sorte... mis un coup de boule.

Il est maintenant suffisamment proche pour que je sente la chaleur de son corps irradier sur mes jambes nues, mais je m'efforce de ne pas m'appesantir sur la sensation.

— *Non !* soufflé-je avec incrédulité.

— Si, hélas.

Son ton dépassionné fait éclater le rire que j'essayais désespérément de retenir, et je lève mes mains pour couvrir ma bouche.

— Oh, CK.

— Oui... donc...

Mon esprit commence à tourner alors que je perds le fil de ce qu'il me dit. Je fais aller mes yeux de lui à moi : la hauteur du comptoir sur lequel je suis assise me rend plus grande que d'habitude et cela perturbe mes calculs.

— Pourquoi est-ce que j'ai l'impression que tu es en train de faire des calculs mentaux ?

Aïe.

Je fais comme si ce n'était pas une attaque, et je transforme la remarque en plaisanterie.

— Eh bien… C'est un peu le cas, en fait.

Il balaye la buanderie des yeux et hausse les épaules tout en les reportant sur moi.

— La chimie ne serait-elle pas plus appropriée à cette pièce que les équations et les limites ?

Je descends du comptoir d'un bond léger. Parce que je suis pieds nus et habituée à me réceptionner même de haut, j'atterris tout en souplesse devant lui. Puis, je rejette mes cheveux en arrière, avant de mettre un coup dans la poitrine de CK.

— Écoute, espèce de petit malin. Certains disent que les maths sont une invention du diable lui-même, mais sache que j'ai obtenu la note maximale en comptabilité.

Il lève les mains et s'éloigne de moi comme s'il s'attendait à ce que je le frappe.

— Je ne voulais pas t'offenser, Red.

Bien sûr, il *fallait* qu'il m'appelle Red, pas vrai ?

Bon sang.

— C'est ta faute si je suis là à me dire qu'il faut que je sorte mon rapporteur pour arriver à déterminer quel angle tu aurais pu prendre pour arriver à mettre un coup de boule dans le nez de cette pauvre fille.

J'étouffe un nouveau gloussement derrière ma main alors qu'un genre de film au ralenti défile dans ma tête.

— Ce n'est pas comme si on étudiait les angles de baisers en géométrie, rétorque-t-il en levant les bras au ciel.

Il se met sur la défensive, et cela me fait sourire. Pourquoi ? Pourquoi est-ce que je souris comme une imbécile alors que nous sommes là, à nous disputer ? Eh bien, justement *parce que* nous sommes en train de nous disputer. Parce qu'il y a un mois, CK n'aurait jamais eu la confiance en lui suffisante pour se disputer avec moi. Avec Em et Kay ? Bien sûr, mais pas avec moi.

— Évidemment, dis-je en lui mettant un petit coup sur le bras. Tu te rends compte que tu es en train de te moquer de moi parce que j'essaie de comprendre comment c'était seulement possible ?

Il sourit et ajuste ses lunettes. Il. Ajuste. Ses. Satanées. *Lunettes.*

Voilà, c'est officiel, je suis foutue. Mes cellules cérébrales sont officiellement en surcharge de désir.

J'enfonce mes orteils dans le maigre tapis placé au centre de la pièce, et je comble le fossé qui s'est creusé entre CK et moi.

— Montre-moi, proposé-je.

Les sourcils de CK remontent jusqu'au-dessus de ses lunettes.

— Te montrer quoi ?

— Montre-moi comment tu t'y es pris pour l'embrasser.

Il recule et son visage se ferme instantanément.

— *Quoi ?*

Ouille. Son ton incrédule n'est pas bon pour mon ego.

Je fais aller un doigt entre nous, et je répète :

— Montre-moi comment tu as fait quand tu t'es approché d'elle pour l'embrasser.

— Pourquoi ? demande-t-il en étirant chaque syllabe du mot pour le faire durer plus longtemps.

— Parce que j'ai encore du mal à imaginer comment il est physiquement possible de faire ce que tu penses avoir fait, dis-je en frappant mes mains l'une contre l'autre, et le son résonne contre les murs de la pièce. Maintenant, allons-y. Montre-moi.

Il secoue la tête, une mèche de cheveux tombe sur son front, mais il l'ignore alors qu'il continue à me regarder fixement.

— Je ne veux pas te faire mal.

— Cela n'arrivera pas, rétorqué-je, sûre de mon fait.

— Tu n'en sais rien. Je n'ai aucune envie que ton père ou quelqu'un d'autre vienne me rappeler qu'on ne déconne pas avec les Texans, si jamais je casse par inadvertance le nez de sa fille chérie.

Je grogne. Je ne peux pas m'en empêcher, l'image est trop drôle.

— D'une, dis-je en commençant à compter sur mes doigts, c'est d'*abuelita* que tu devrais avoir peur, pas de papa. Et de deux, *Mamá* t'enverrait probablement un cadeau pour avoir créé l'occasion de le rendre *parfaitement symétrique.*

CK arque un sourcil devant mon ton sarcastique, mais ne fait pas de commentaire. Dieu merci, car même moi, je sais que cela sonnait plus amer que je ne l'aurais voulu.

— Maintenant, arrête de gagner du temps. Tu me connais suffisamment bien désormais pour savoir que je ne te laisserai pas sortir de cette pièce tant que tu ne m'auras pas montré.

Il se retourne et regarde la porte fermée comme s'il envisageait de s'enfuir.

Je me raidis, toute prête à encaisser un rejet.

Mais finalement, CK se retourne pour me faire face. Ses mains tremblent, il ferme ses poings et inspire profondément.

Je me cale sur mes talons et j'attends. Il faut qu'il fasse le premier pas, car si c'est moi qui bouge, je vais juste me jeter à son cou comme une folle.

Finalement, il lève ses mains pour les poser sur mes épaules. Il ne serre pas, mais son touché est franc. C'est un peu comme si… elles étaient simplement là, à défaut d'être ailleurs.

Je lève le menton et incline mon visage vers CK, mais il descend rapidement vers moi. Je n'arrive pas à trouver d'autres façons de le décrire. Il ne fait preuve d'aucune finesse, ne cherche pas à faire monter la tension. C'est comme si j'étais Marsha Brady et que lui était le ballon de football qu'elle a reçu en plein dans le nez.

Bravo, Quinn, belle référence à la pop culture.

— Waouh, lâché-je en m'écartant de sa trajectoire.

— Désolé, répond CK, les joues rouges d'embarras.

— Ne t'excuse pas, dis-je en m'accrochant à son avant-bras lorsqu'il tente de s'éloigner. J'ai pu voir ce que je voulais voir.

— Sûr, je suis si peu doué pour embrasser une fille que cela se voit avant même que je n'ai eu le temps de toucher ses lèvres.

Je lui mets une claque sur l'épaule, le bruit de ma peau sur la sienne donnant l'impression que je l'ai frappé plus fort que je ne l'ai réellement fait.

— Arrête de dire des horreurs pareilles à propos de mon ami.

J'arque un sourcil, comme pour le mettre au défi de recommencer.

Et vous savez quoi ? Cet homme est une tête de mule, bien sûr, donc qu'il recommence. *Mierda.*

— Ne me mens pas.

— Je ne te mens pas, répliqué-je dans un souffle.

— Bien sûr que si, mais ce n'est pas grave. Tu peux me dire

que les seuls angles dans lesquels j'excelle sont le billard et le bowling, pas les belles filles.

— Les *belles filles* ? m'esclaffé-je. Bravo pour l'allitération.

— Ne me fais pas rire. C'est sérieux, Quinn.

— J'imagine que ça l'est, si tu recommences à m'appeler Quinn et à utiliser cette voix très grave, dis-je en baissant ma propre voix de plusieurs octaves pour imiter la sienne. Et maintenant, vas-tu te détendre, pour que je t'explique pourquoi cela n'a pas fonctionné ?

Si seulement Tessa pouvait me voir maintenant, si elle était ici au lieu d'être sur terrasse, elle serait en train d'applaudir lentement quant à ce que je m'apprête à faire, parce que c'est du grand art, rien de moins que ça.

— Bien, dis-je, davantage pour me motiver qu'autre chose après qu'il a hoché la tête.

Je *peux* le faire.

Je fais craquer mes jointures en serrant mes doigts les uns contre les autres, puis je secoue mes mains avant de les soulever pour les poser sur la courbe de ses épaules.

— Pour commencer, il faut y aller doucement. Elle sait ce qui va se passer, mais prendre son temps permet de faire durer le plaisir de l'anticipation.

Je fais glisser mes mains de ses épaules à son cou, puis déplie mes doigts pour toucher autant que possible de sa peau alors que je les déplace lentement de la courbe de sa gorge jusqu'à l'arête de sa mâchoire.

— Toucher, comme ça, c'est toujours une bonne idée.

Je pose ma main sur le côté de son visage. Sa peau est encore lisse, il s'est rasé juste avant son rendez-vous de ce soir.

— Cela permet de générer un sentiment d'appartenance, et aussi de montrer que l'on s'intéresse sincèrement. Des sensations souvent uniques et propres à cet instant particulier.

Je me rapproche de lui et je me mets en appui sur mes orteils, en équilibre, comme quand je me trouve les pieds dans les mains d'un partenaire lors des séances de stunt.

— Tant que nous n'avons pas une coiffure compliquée, qui tient avec une forêt d'épingles, passer les doigts dans les cheveux, voire tirer doucement, fonctionne également.

J'illustre mon propos en passant les doigts dans son épaisse crinière, les mèches ne sont pas très longues, mais suffisamment pour pouvoir y nouer ses doigts. Puis, je me rapproche encore de lui, jusqu'à ce que la distance qui nous sépare passe de quelques centimètres à quelques millimètres alors que je me rapproche de la bouche de CK.

Je me passe la langue sur les lèvres, et son souffle chaud en devient presque frais contre mes lèvres. Son pouls est irrégulier sous ma paume appuyée sur sa poitrine, le mien est erratique et bat au rythme de mes *Oh mon dieu, je vais le faire, je vais* vraiment *le faire.*

Je m'apprête à embrasser CK.

Je vais enfin savoir ce que c'est que d'avoir ses lèvres contre les miennes.

Peu importe que ce soit dans une buanderie ou après qu'il a eu un rendez-vous avec quelqu'un d'autre.

Non. J'ai rêvé de ce moment si souvent qu'il est hors de question que quoi que ce soit ne me le gâche.

Je cesse de donner des instructions : il n'a nul besoin de mots pour savoir ce qu'il faut faire.

Je frôle le bout de son nez du mien, et au moment où je commence à fermer les paupières, je croise son regard. Il a les yeux écarquillés et les narines frémissantes.

Oh, mon Dieu. Qu'est-ce que je suis en train de faire ?

Je me laisse retomber sur mes talons brutalement, et le choc se répercute dans tous mes os.

Peu importe.

Pinche mierda.

J'étais *à deux doigts* d'embrasser CK !

Tous mes rêves étaient sur le point de se réaliser.

Et puis, il a suffi que je voie son expression pour me rendre compte que lui n'avait aucune envie que je l'embrasse.

Ce qui est évident, si on y réfléchit. S'il avait voulu le faire, il l'aurait déjà fait : il a eu pléthore d'occasions ces dernières semaines.

— *Ay dios mío.*

Je porte mes mains à mon visage pour les plaquer sur ma bouche, et je fais deux pas en arrière jusqu'à heurter le plan de travail derrière moi.

— Je suis vraiment désolée, CK.

— De quoi ? demande-t-il en fronçant les sourcils suffisamment pour provoquer des rides profondes.

Oh, mon Dieu. Sur un côté de sa tête, là où j'avais noué mes doigts, ses cheveux sont complètement en bataille.

— Je me suis emportée, prise dans le feu de l'action, tout ça, dis-je rapidement avec un rire maladroit. Cela ne se reproduira plus. Promis.

#Chapitre 16

SackMasterSanders22 : *photo de Kev, Alex et Trav en train de mordre dans des sandwiches à la viande et au fromage* Désolé, @GreatestGrayson37, ils étaient trop bons pour qu'on en garde pour toi. #MiamMiamMonEstomac
@GreatestGrayson37 : Tu n'es qu'un crétin ! #JeNeTeParlePlus

QB1McQueen7 : *reel de Trav en train de danser le hula avec une jupe constituée de choses dont-on-ne-prononcera-pas-le-nom* J'ai appris de nouveaux trucs pendant les vacances. #SuperMouvement #BougerSesHanchesDitTout
@bookbird2020 : À qui sont donc ces sous-vêtements ? #IlNYAPasQueVictoriaQuiAUnSecret
@mylifethroughfiction : La plupart des gens rapportent un verre souvenir de leurs vacances. #NouvelleEncocheSurLeMontantDeLit

UofJ411 : reposté – TheGreatestGrayson37 : Traîtres. Tous autant que vous êtes. #IlMeFautDeNouveauxAmis – *photo de

Kev, Alex, Trav, JT et Quinn en train de rire à gorge déployée, collés les uns contre les autres*

Eh bien, si tu acceptes les candidatures… #OuEstCeQueJeSigne ?

@madameizzy : Oh mon Dieu ! Je veux bien être ta nouvelle meilleure amie, @GreatestGrayson37 #MoiMoiMoi

@Acolon1729 : Il n'y a que moi qui suis curieuse de savoir ce qui s'est passé ? #CEstPourUneAmie

@sweer_rhi86 : On s'en fiche. #JeSeraiTonAmieSiTuVeux

CHAPITRE 17

CK

—Salut, dis-je d'une voix encore rauque à cause du sommeil, avant de me racler la gorge.

— Mec, répond G de sa profonde voix grave dont la sonorité trop forte me fait éloigner le téléphone de mon oreille. Je n'arrive toujours pas à croire que tu ne m'aies pas gardé un sandwich à la viande.

Je laisse échapper un gémissement et m'enfonce un peu profondément dans mes oreillers. Cela fait quatre jours que Kev et Alex ont fait un détour imprévu à l'appartement avant d'aller rendre visite à la famille de Kev le lendemain. Ce qui signifie que cela fait quatre jours que j'écoute Grant se plaindre que tous les sandwiches ont disparu avant qu'il ne nous ait rejoints.

—Sérieux, est-ce que tu vas t'en remettre un jour ?

Je coince mon téléphone entre mon épaule et mon oreille pour pouvoir me frotter les yeux et me débarrasser des petites larmes qui ont séché dans les coins. Mes yeux me brûlent, conséquence probable du temps que j'ai passé devant mon écran d'ordinateur à coder jusqu'aux petites heures du matin.

Grant se met à haleter de manière théâtrale, et s'il était là, il ferait probablement mine de s'évanouir. Il a beau être être un basketteur de talent et mesurer plus de deux mètres, il a *aussi* indéniablement le sens du drame.

Le sens du drame ? Voilà qui ressemble à quelqu'un d'autre que tu connais.

Et voilà, comme tous les jours depuis que nous nous sommes *presque* embrassés, ma première pensée, ou presque, est pour Quinn.

— Ça fait mal que tu me demandes ça, vieux, se plaint G que j'imagine en train de mimer le fait de se faire poignarder en plein cœur. Je devrais révoquer ta carte d'ami en guise de revanche.

— Révoquer ma carte d'ami ? plaisanté-je. Dois-je te rappeler que c'est toi qui me l'as *imposée* ?

Même encore aujourd'hui, d'ailleurs, je n'arrive pas à comprendre le pourquoi du comment de cette amitié offerte.

— Tu as foutrement raison, réplique-t-il.

Derrière lui, j'entends quelqu'un crier, et je peux presque l'entendre grimacer.

— Désolé, maman, dit-il.

Je ne cherche pas à masquer mon amusement, et j'éclate de rire tout en sortant de mon lit.

— Est-ce qu'elle t'a menacé de te laver la bouche avec du savon ?

— *Bord* – commence-t-il avant de s'interrompre. Mince, va te faire voir, mec.

— Oh, roucoulé-je. Maman G peut toujours t'entendre, c'est ça ? Dis donc, est-ce qu'elle préfère le savon classique en pain, ou bien est-ce qu'elle est du genre sauvage à préférer le savon liquide ?

Il grogne dans mon téléphone.

— Tu peux me dire *pourquoi* je t'ai appelé ?

Je hausse les épaules malgré le fait qu'il ne puisse pas me voir.

— Franchement, je me pose la même question depuis cinq bonnes minutes.

Cela peut paraître brutal, mais ces échanges de taquineries m'aident à alléger le poids qui pèse sur mes épaules et dont je n'avais pas conscience qu'il était là, jusque là. Je sais que ce n'est pas logique ni rationnel, mais je crains toujours qu'être long-temps séparé des autres me mette en marge du groupe. *Loin des yeux, loin du cœur* , comme on dit.

La seule fois où j'ai essayé de parler de ça à Kay, elle m'a gratifié d'un mouvement d'yeux vers le ciel tellement épique que je n'ai plus jamais osé aborder le sujet.

Mais ce n'est pas parce que nous n'en parlons pas que j'ai cessé de m'inquiéter. Au contraire même : c'est une préoccupa-tion qui reste toujours latente quelque part dans mon cerveau. J'ai peut-être passé la majeure partie de ma vie en solitaire, mais maintenant que je sais ce que c'est que de faire partie d'un groupe, l'idée de revenir à une existence solitaire m'est insup-portable.

— Il me semblait que tu vivais dans la Mecque des pizzas et des hot-dogs ? demandé-je tout en enfilant un t-shirt et en m'ap-prêtant à aller me chercher un grand café.

— N'oublie pas les bagels, répond Grant, et pour un peu, je pourrais presque l'entendre baver.

— Exact, rétorqué-je en agitant la main comme pour appuyer mon propos, et une autre pensée me vient en tête. Dis donc, qu'est-ce que maman G pense du fait que tu rêves autant d'un sandwich à la viande alors qu'elle passe ses journées à te préparer des festins gastronomiques, jour après jour ?

— Oh là, mollo, mec.

Je souris malgré moi à la petite pointe de panique que je décèle dans la voix de Grant. Il s'amuse peut-être à faire passer pour un drame le fait qu'il n'y a pas eu de sandwich pour lui, mais nous savons tous qu'il a droit à des festins de roi jour après jour, comme le fils à maman gâté qu'il est.

— C'est le prix à payer pour m'avoir réveillé.

— Voilà que tu mets à parler comme le p'tit bout, aboie Grant dans mon oreille, ce qui me force à éloigner de nouveau mon téléphone de mon oreille. Contrairement à Kay qui réagit ainsi aux heures les plus matinales, il est plus de midi, tu n'as donc pas d'excuse.

— Je te revaudrai cette remarque la prochaine fois que je cher-cherai quelqu'un pour tester les modifications de mon jeu, rétor-qué-je.

G est la seule personne de notre groupe à avoir vu le jeu

vidéo que j'ai passé les dernières années de ma vie à développer, et il est aussi le seul à y avoir joué. Ce jeu est un peu mon bébé : laisser voir à quelqu'un ce sur quoi j'ai passé autant de temps à travailler, c'est un peu lui donner accès à mon âme.

L'appel ne dure pas très longtemps, et je repose mon téléphone sur ma commode avant de me diriger vers la porte de ma chambre. Je l'ouvre, et comme tous les jours depuis quelque temps, il n'y a rien de collé dessus, de l'autre côté du battant.

Non seulement cela fait quatre jours que Grant râle parce qu'il n'a pas eu de sandwich à la viande, mais cela fait aussi quatre jours que je n'ai plus aperçu un seul post-it coloré.

J'ai compris le premier jour : la plupart de nos autres colocataires et une poignée de nos amis étaient là.

Mais…

Lundi ?

Mardi ?

Aujourd'hui ?

Qu'est-ce qui se passe, bon sang ?

Au début, j'ai pensé que c'était dans ma tête, qu'après la fin abrupte de notre presque-baiser, c'étaient mes insécurités qui s'enflammaient et me faisaient penser que Quinn s'éloignait.

Sauf que, plus les jours passent sans qu'elle m'ait fait de note, et plus elle semble se replier sur elle-même.

Elle n'a accepté aucun des défis que je lui ai lancés sur *Dr Mario*.

Je ne l'ai pas vue cuisiner depuis des jours.

Elle passe plus de temps aux Barracks que jamais.

C'est bizarre, et j'ai la nette impression qu'elle m'évite.

CHAPITRE 18

QUINN

Le soleil tape sur mes épaules et la transpiration commence à perler sur ma peau avant que je ne finisse de dérouler mon tapis de yoga sur la terrasse, mais je m'en moque. J'ai besoin de cette chaleur intense pour chasser le froid qui s'est glissé dans mes os après avoir parlé avec ma mère.

Tu ne seras pas toujours jeune, Quinny linda.

J'ai dû prendre énormément sur moi pour ne pas répondre par le *Non, vraiment ?* que j'avais sur le bout de ma langue. Je suis agacée, et ma colère bouillonne dans mon sang alors que je rapproche une chaise de mon tapis de yoga et que je pose mon iPad dessus.

Comment des prétendants potentiels sont-ils censés savoir que tu es disponible si on te voit constamment en photo avec des hommes ?

Si seulement cela pouvait résoudre mon problème, je la bloquerais de mon Instagram. Sauf que, grâce à la mauvaise habitude qu'a UofJ411 de reposer tout ce qui a trait à notre petit groupe, et en particulier tout ce qui concerne leur couple favori ; cela ne changerait rien.

En haut de mon tapis, les pieds serrés l'un contre l'autre, j'inspire en même temps que les huit personnes qui s'affichent à l'écran. Je ne peux pas vraiment les voir à cause du soleil qui se reflète sur l'écran, mais je n'en ai pas besoin. J'ai pratiqué le yoga suffisamment longtemps pour pouvoir suivre sans voir l'image.

En fait, c'est *Mamá* qui m'a initiée à cette pratique, c'est donc un peu ironique que je sois là avec mon tapis de yoga alors que j'essaie d'oublier les derniers coups de fil auxquels j'ai eu droit.

En fait, ce n'est pas vraiment sa faute si je suis aussi agacée. Elle n'a rien dit que je n'aie déjà entendu. Et comme les cinquante millions de fois où elle a utilisé la même rhétorique, ce n'est jamais avec une mauvaise intention.

Ton physique est un don, mi niña. Il t'aidera à trouver un homme qui te traitera comme une reine.

Encore une fois, les choses seraient bien moins compliquées et mes sentiments bien plus faciles à démêler s'il y avait une raison intéressée derrière sa pensée.

Sauf qu'il n'y en a pas.

Au contraire, ma mère est une Mexicaine de première génération, la première personne de sa famille, hommes et femmes confondus, à aller à l'université ; et dans une grande université américaine qui plus est.

C'est là qu'elle a rencontré Eli Thompson, le cornerback des Texas Longhorn, dont elle est tombée amoureuse. Si le fait que mon père se soit blessé au tendon d'Achille a mis fin à ses rêves de carrière dans la NFL, cela ne l'a pas empêché d'être accueilli en héros lorsqu'il est rentré chez lui.

Tom Landry a dit un jour : *Le football est au Texas ce que la religion est à un prêtre.* Il est donc logique que, lorsque la star du football local Elijah Thompson, le même Eli qui a contribué à apporter deux titres étatiques à son équipe au lycée et qui a aussi remporté un titre national universitaire ; est revenu après avoir obtenu son diplôme, il a réussi à être un très gros poisson dans notre petit étang.

Cette même considération s'étendait à sa nouvelle épouse et à la petite fille qu'ils avaient en route. Une petite fille, alias votre dévouée.

Je n'ai pas grandi dans l'opulence mais nous étions plus qu'à l'aise. Il y avait toujours assez d'argent pour le cheerleading, et à titre d'information, pratiquer le cheerleading en club coûte un rein.

Voilà le genre de vie que *Mamá* veut pour moi. Elle ne veut pas que j'aie à me soucier d'avoir assez à manger, et pour elle, c'est un objectif facile à atteindre : il suffit de pêcher le bon poisson dans l'étang de l'université.

J'aimerais juste qu'elle arrive à comprendre que nous avons le même objectif. La seule différence ? Je veux être l'architecte de ma propre réussite. Je veux que mon futur mari soit mon partenaire, pas celui avec qui je reste parce qu'il m'entretient. Et quand elle me sort des trucs comme ça, elle met de l'acide sur des plaies déjà à vif. Des plaies faites de suppositions erronées.

De la part de mes amis : « Tu veux être déléguée de classe ? Mais tu vas être la reine du bal ! »

Pourquoi ne pourrais-je pas être les deux ?

Ma remarque préférée de toutes ces années, c'est probablement celle de mon conseiller d'orientation au lycée : « Tu veux vraiment te présenter au conseil des élèves ? Est-ce que le comité du bal de fin d'année n'est pas plus à ta portée ? »

Ce connard misogyne n'a eu son poste que grâce au népotisme, et avant la fin de mes années de lycée, j'avais appris à prendre au second degré ses conseils salés… et éventuellement un verre de tequila avec, les vendredis soir, lorsque l'équipe de football organisait des feux de joie après les matches.

Je m'efforce de me reconcentrer sur ma respiration plutôt que sur ces pensées déplaisantes, et j'appuie sur mes paumes tout en poussant sur mes pieds pour assouplir le chien tête en bas de ma première salutation au soleil. Je serre mes lèvres et j'inspire à fond par le nez tout en rentrant le ventre. Je lève mon coccyx aussi haut que possible et je maintiens ma respiration pendant une seconde supplémentaire avant d'expirer l'air de mes poumons et, avec lui, la négativité qui intoxique mon organisme.

Je viens juste de prendre la position du chien en bas à la fin de ma salutation au soleil A lorsqu'une paire de pieds nus entre dans mon champ de vision, au bord de mon tapis.

CK.

Alias, la raison pour laquelle les propos de *Mamá* me font plus mal que d'habitude.

— Tu es bien meilleure que Kay, observe-t-il alors que je

propulse mes pieds vers l'avant de mon tapis pour me plier en deux vers l'avant avant de me remettre droite.

— C'est parce que je fais une séance trois fois par semaine, alors que Kay se contente de le faire quand elle peut. Ou alors, c'est parce que je suis seule. Quand tu passes toute ta séance à plaisanter et à bavarder, fatalement, la qualité du travail en prend un coup.

Après la pose de la chaise, je continue sur la salutation au soleil B et reviens à plat sur mon tapis.

Est-ce que je pourrais mettre la vidéo sur pause ? Bien sûr. Sauf que je n'ai pas l'intention de le faire. Parce qu'aujourd'hui, je ne suis pas là, en plein soleil, à faire du yoga pour améliorer ma santé, même s'il est prouvé que cela fonctionne.

Non, aujourd'hui, j'essaie surtout de retrouver mon zen après avoir été celle qui l'a métaphoriquement frappé ; ou plutôt, dans mon cas, celle qui a essayé de le mettre K.O. par baiser.

Malheureusement, le poids du regard de CK sur moi pendant que j'enchaîne les positions, jusqu'à être debout sur mes pieds en pleine pose du croissant de lune et que je puisse à nouveau établir un contact visuel, ne m'aide en rien.

Pendant près d'un an, tout ce que je voulais, c'était avoir CK près de moi, qu'il ne s'enfuit pas chaque fois que nous étions seuls dans une pièce.

Et maintenant ?

Maintenant, pour le bien de mon cœur et de ma santé mentale, j'ai *besoin* qu'il s'en aille.

CHAPITRE 19

CK

Bon… qui est cette femme et qu'a-t-elle fait de la sémillante Quinn avec laquelle j'ai l'habitude de vivre ?

Je me protège les yeux de la main et je regarde vers le ciel, à la recherche d'ovnis. Je n'aurais jamais pensé qu'un jour je souhaiterais qu'un petit extraterrestre ridé et effrayant à la E.T. apparaisse dans ma vie, mais le comportement de Quinn ? Elle est tellement bizarre que je commence à craindre que nous ne soyons réellement dans la situation type de l'*Invasion des Profanateurs de Sépultures*. Je ne vois pas comment expliquer son soudain changement de personnalité autrement qu'en imaginant qu'une entité extraterrestre a pris possession d'elle pendant la nuit.

Je n'ai pas la moindre idée de ce qui lui arrive, mais il faut que ça cesse.

Je fais demi-tour et me dirige vers la porte coulissante qui mène à ma chambre.

J'ouvre le tiroir central de mon bureau d'un coup sec et il

manque me tomber sur les pieds. Je fouille dans le bazar qui s'y trouve, trombones, surligneurs, des dizaines de stylos, et enfin je trouve ce que je cherche lorsque j'aperçois du jaune fluo au milieu du désordre.

Mes post-its sont peut-être d'un jaune standard, et non de ces teintes éclatantes dont Quinn semble raffoler, mais ils feront l'affaire pour ce que j'ai en tête.

Ma nature introvertie fait que j'ai du mal à m'ouvrir aux autres. C'est une facette de ma personnalité qui contribue de manière exponentielle à mes difficultés dans l'utilisation de *Rencontres Geek*. Mais avec Quinn et ses notes parfois osées ? Y répondre commence à me sembler… naturel.

Maintenant, c'est à mon tour de poser la question.

Hum…

Bloc-notes et stylo en main, je commence à faire les cent pas. Qu'est-ce que je pourrais bien demander pour sortir Quinn de l'attitude bizarre qu'elle a adoptée depuis quelques jours ?

Je pose mon regard sur le mur qui sépare ma chambre du salon, comme si je pouvais voir à travers jusque dans la buanderie, de l'autre côté de l'appartement.

Ce putain de presque *baiser.*

Bordel. C'est à ce moment-là que tout a changé, et pas en bien.

Peu importe le nombre de fois que j'ai imaginé ce que ça ferait d'embrasser Quinn, j'ai toujours su que ce ne serait jamais qu'un fantasme. Si à un moment donné, j'ai eu un mince espoir que cela puisse devenir une réalité, mes illusions se sont évanouies l'autre soir quand elle s'est éloignée de moi si vite qu'elle s'est cognée dans le plan de travail.

Est-ce que tu accepterais de… m'apprendre ?

Qu'est-ce qui m'a pris de demander ça à Quinn ? Comme si lui demander de m'aider n'était pas déjà assez humiliant, je lui ai demandé en plus d'être mon coach en relations amoureuses.

C'est plus ou moins déjà ce que tu as fait, mais j'ai pensé qu'on pourrait peut-être intégrer une approche plus pratique… faire quelques simulations de rendez-vous, entre autres.

C'est comme si je m'étais offert sur un plateau d'argent pour que l'univers me fasse tourner en bourrique.

Oh, et puis zut. Oubliez l'univers. Si tout est parti de travers, c'est moi qui suis responsable.

Quel foutu gâchis.

Où sont donc les lingettes nettoyantes avec lesquelles Kay menace tout le temps Trav quand on en a besoin ?

Je ne dis pas que Quinn et moi devons revenir à nos rapports d'avant cet été, mais nous devons trouver un moyen de faire disparaître cette gêne qui persiste entre nous depuis l'autre soir. Sans quoi, j'ai peur que cela ne s'envenime, que cela finisse par endommager la dynamique de nos rapports entre colocataires jusqu'à ce que l'un de nous deux soit forcé de déménager. Et nous savons tous que, si nous devions en arriver là, ce ne serait pas à Quinn que l'on demanderait de faire ses valises.

Voilà qui est bien déprimant pour un mercredi après-midi.

Est-ce que je n'ai pas assez de problèmes comme ça pour m'appesantir sur d'autres qui n'existent pas encore ?

Bon, revenons à nos moutons – ou plutôt, à nos post-its.

Quoi que j'écrive sur ce papier, il faut que nous ayons l'occasion de nous défier l'un l'autre. Rien ne fait apparaître le côté fougueux de la personnalité de Quinn mieux que de lui dire qu'elle ne peut pas me battre à quelque chose.

Qu'est-ce que je peux utiliser comme idée ?

Dr Mario, déjà fait. Et pas question d'aller au bowling.

Hum…

Bon. J'ai besoin d'un café. Quand je suis tombé sur Quinn, superbe dans son legging et sa brassière de sport roses, j'en ai oublié de m'en prendre une tasse.

Accoudé au comptoir, alors que j'attends que la machine me délivre mon café, mon regard se pose sur la table de billard que Mason a fait installer peu après notre emménagement.

Ah ! Il y a une salle de billard où nous pouvons aller, pas loin du campus. Le fait est que, de toute façon, il vaut mieux être n'importe où plutôt qu'ici : autant mettre de la distance entre nous et la scène du crime.

Je jette un autre regard vers la buanderie, puis je gribouille rapidement : *Je paie la première tournée si tu me bats au billard.*

Une tasse de café fumant dans une main, le petit papier carré dans l'autre, je retourne à l'extérieur.

Quinn est toujours en train de faire son yoga, l'enchaînement l'amenant à prendre une position bizarre en flexion arrière, posée sur ses avant-bras et en appui sur ses orteils. Cette position devrait être moins tendancieuse que lorsqu'elle était les fesses en l'air dans une position dont je ne suis pas sûr du nom, un truc genre *chien fesses en haut* ? comme la première fois que j'ai interrompu sa séance d'entraînement, mais ce n'est pas le cas. Alors que la position précédente mettait en valeur ses fesses spectaculaires, celle-ci démontre l'extrême souplesse dont je l'ai vue faire preuve sur le bord des terrains de football ou de basket.

Seigneur tout puissant.

Les filles disent qu'elles ont la vie dure avec leurs règles et tout ça, mais au moins, quand elles sont attirées par quelqu'un, elles peuvent le cacher. Elles ne se rendent pas compte à quel point il peut être dur, et le jeu de mots est volontaire ; d'être un mec, avec le risque constant que cet appendice qui pend entre nos jambes ne nous trahisse, ou pire, qu'il n'en vienne à commander nos actes au point de nous faire agir en dépit du bon sens.

Sérieusement, mec, tu viens juste de passer quinze minutes à essayer de te débarrasser de tes fantasmes débiles sur Quinn. Il va falloir que tu imprimes à un moment donné : Quinn ne veut pas de nous. Pas. Comme. Ça.

Oh, super, voilà que maintenant je discute avec ma queue. Génial.

Je rajuste mon short pour me mettre plus à l'aise, puis j'avance sur la terrasse dont le sol brûle comme des charbons ardents.

Avant de changer d'avis, je plaque avec force le post-it sur la bande de peau dénudée du ventre musclé de Quinn, en appuyant sur la bande adhésive pour m'assurer qu'il colle vraiment.

— Mais !

Quinn sursaute, mais ne tombe pas. À la place, elle rapproche ses pieds de son corps, puis roule sur elle-même jusqu'à ce qu'elle puisse se mettre à quatre pattes sur le sol.

Oh, mon Dieu.

À quoi est-ce qu'elle joue ?

Est-ce qu'elle a la moindre idée de ce que ça me fait, de la voir dans cette position ? Peut-être qu'elle le sait et qu'elle essaie de mettre un terme à cette situation inconfortable en me tuant. Ce qui pourrait arriver s'il était possible de mourir d'une surcharge de désir aiguë provoquée par un afflux de fantasmes classés X.

La monitrice continue d'énoncer des noms de mouvements

sur l'iPad, mais contrairement à la fois précédente, Quinn ne s'en occupe plus et se contente de me regarder fixement.

Aucun de nous ne parle.

À cet instant précis, j'en suis de toute façon totalement incapable, mon esprit étant trop occupé à générer de nouvelles images fantasmagoriques pour être capable de formuler quelque chose d'aussi simple que des mots.

Quinn décolle le post-it et fait aller ses yeux de moi au papier et vice-versa. Elle fronce les sourcils, et une ride sur laquelle perle un filet de transpiration apparaît sur son front. Elle lit, et ses lèvres bougent en même temps ; j'avais déjà remarqué cette adorable manie qu'elle a alors que nous avions travaillé tous ensemble pour nos examens du premier semestre.

Ses yeux sont plus brûlants que le soleil estival lorsqu'elle les pose à nouveau sur moi, une fois qu'elle a terminé, le post-it serré entre ses doigts.

— Je crois que je vais réfléchir à nouveau à ton surnom, Christopher.

Et voilà, elle est de retour. Tu m'as manqué, mon amie.

Quinn est la seule ici à utiliser mon prénom entier de manière régulière. Je presse mes lèvres l'une contre l'autre. Maintenant qu'elle est enfin redevenue elle-même, je la connais assez pour savoir qu'elle va mal prendre le fait que je moque d'elle alors qu'elle essaie d'être sérieuse.

— Duquel parle-t-on ? demandé-je en croisant mes bras sur ma poitrine.

Ses yeux s'étrécissent, et elle souffle. Un grand souffle, inspiration profonde, narines frémissantes, les mains serrées en poings, épaules qui tombent. Elle est tellement facile à agacer que je me demande encore comment cela se fait que je ne m'en étais jamais rendu compte. Je trouve d'ailleurs très divertissant de la taquiner.

— Quoi ? lancé-je. Je n'ai peut-être pas autant de surnoms que Kay, mais tu en as tout de même plusieurs parmi lesquels choisir.

Devant son air dubitatif, je desserre mes bras et ouvre mes mains. Puis, j'énonce chaque surnom en comptant sur mes doigts.

— Évidemment, il y a CK, mais tu utilises aussi *Superman*, et ce qui semble être ton nouveau favori, *Christopher*, dis-je tout en m'appliquant à utiliser la même inflexion qu'elle quand elle m'appelle par mon prénom entier.

— Comment ton prénom peut-il être considéré comme un surnom ?

Quinn et sa fougue sont de retour, et ses seins se soulèvent lorsqu'elle redresse le menton en posant ses poings sur ses hanches dans une attitude combative.

Arrête de regarder ses seins, mec.

Bordel !

Je me passe une main dans les cheveux et je lève les yeux au ciel. À quel moment vais-je enfin intégrer que *cela* n'arrivera jamais ?

Je me racle la gorge.

— Ça l'est quand c'est brandi comme une réprimande et craché comme une insulte, dis-je en haussant les sourcils pour énoncer implicitement le *comme toi, tu le fais.*

— Bah, lâche-t-elle tout en tendant le bras pour coller le post-it sur moi. En général, si je fais ça, c'est qu'il y a une raison.

Je souris tout en baissant la tête pour contempler le carré jaune qui repose entre mes pectoraux.

— *Mmmh*, si tu le dis, *Red*, rétorqué-je tout en décollant le papier de mon t-shirt. Prépare ton argent pour la bière.

CHAPITRE 20

QUINN

—Tu prends bien trop plaisir à tout ça, dis-je avec un regard noir à CK tout en avalant une bonne gorgée de ma bière.

Et, oui, avant que vous ne posiez la question, c'est une bière que *j'ai* dû acheter à cause de môssieur-le-requin-du-billard, là-bas, qui est occupé à replacer les boules pour notre prochaine partie.

— Je ne vois pas de quoi tu parles, Red.

Gnu !

Pourquoi quelques mots anodins font-ils voler les papillons logés dans mon estomac ?

Appuyée contre le dossier de mon fauteuil, je croise mes jambes et observe CK faire. Je pourrais le regarder toute la nuit sans m'ennuyer.

Pinche mierda.

Pourquoi ai-je accepté de sortir avec lui ce soir ? J'aurais dû ignorer le défi caché dans sa note et continuer à l'éviter. J'aurais dû repousser le moment où il me rappellerait qu'*il ne m'aime pas* de la même manière que, moi, *je l'aime*, jusqu'à ce que mes sentiments soient moins vifs.

Peut-être qu'alors, cela ne serait pas si douloureux, que je sois la seule à trouver follement excitant le fait de regarder l'autre jouer.

Sauf que, là, je suis plutôt en train de saliver devant la confiance avec laquelle il joue à ce jeu d'adresse. Alors qu'il fait glisser ses longs doigts le long du triangle pour placer les boules au bon endroit, je ne parviens pas à m'empêcher d'imaginer les sensations que ces mêmes longs doigts pourraient m'offrir s'ils glissaient plutôt à l'intérieur de moi. Est-ce qu'il mettrait autant de sérieux à me rendre folle de plaisir qu'à soigneusement ajuster chaque coup de queue ?

Et c'est là que réside le cœur du problème.

J'ai envie que CK m'allonge sur le feutre de la table et joue avec moi, mais lui veut juste jouer à vider la table avec moi. La seule façon dont il imagine me botter les fesses consiste à rentrer un maximum de boules avant moi, pas à me claquer le cul avec ses grandes mains.

C'était une erreur de venir ici avec lui. Cela ressemble trop à un rendez-vous galant. J'ai du mal à me rappeler que CK est un ami, *juste* un ami.

— Tu veux casser ?

Une queue de billard entre dans mon champ de vision.

Je sursaute, et la bière déborde de mon verre. À quel moment CK s'est-il rapproché de moi ?

— Mais tu as gagné.

CK pince les lèvres, et il fait osciller la queue de billard entre ses doigts.

— Je me suis dit que je devais te donner une chance de me battre.

— Comme c'est gentil de ta part.

Mon ton est sec, mais il aboie un rire, lequel fait se dresser toutes mes parties intimes.

Bon sang, Quinn, vous n'êtes que des amis. Arrête d'être excitée *par ton* ami.

Je devrais écouter cette voix dans ma tête. Je devrais, mais j'en suis incapable.

Au lieu de cela, je garde les yeux plongés dans ceux de CK et j'enroule mes doigts autour de la queue de billard qu'il me tend. Je fais glisser mon pouce de haut en bas sur le bois lisse, satisfaite de voir CK déglutir lentement.

Parce que j'aime manifestement me faire du mal, j'en rajoute un peu dans le jeu de la séduction, en me laissant glisser lentement du tabouret de bar sur lequel je suis assise et frottant mon corps contre celui de CK alors que je me redresse.

Un éclat scintille dans ses yeux bleus, mais il s'efface presque aussitôt.

Je soupire tout en me dirigeant vers la table de billard, mais je ne parviens pas à m'empêcher de cambrer le dos alors que je me penche en avant.

Une vague d'espoir me submerge lorsque le regard de CK caresse rapidement mon corps, mais elle meurt très rapidement lorsqu'il se contente de corriger l'emplacement de ma main.

Vous avez bien entendu : il *corrige ma position*, comme si on était dans une fichue vidéo tuto sur YouTube.

Quelle autre preuve me faut-il pour comprendre que cet homme ne s'intéresse pas à moi de cette façon ? Sinon, il profiterait de la situation et de mes invitations éhontées. Il serait derrière moi, se pencherait pour aligner son corps sur le mien afin de me *montrer*, au lieu de me *dire* quoi faire à la place.

Argh !

Je casse, avec plus de force qu'il n'est probablement nécessaire au vu du bruit produit par la bille qui frappe le triangle de boules, lesquelles s'éparpillent sur toute la surface de la table.

Malgré les émotions contradictoires qui m'agitent, CK et moi finissons par retrouver notre fonctionnement précédant le malaise provoqué par notre presque-baiser.

Nous plaisantons. Nous rions même. Je lui pose des questions au hasard, et il fait mine que cela l'ennuie à mourir, mais je vois très bien les sourires qu'il esquisse et qu'il s'efforce de masquer alors qu'il répond.

Les tables autour de la nôtre continuent de se remplir à mesure que la soirée avance, et des cris de déception, des jurons et des applaudissements résonnent tout autour de nous.

Finalement, CK et moi finissons par attirer un petit public. En toute honnêteté, c'est davantage CK qui les attire que moi, mais à mon crédit, c'est la façon théâtrale dont j'ai salué son dernier coup qui a attiré l'attention des gens autour de nous.

— Très bien, Superman, dis-je tout en posant ma queue sur la table de billard, après qu'il a encore gagné la partie en rentrant la boule huit dans la poche du coin. Fini pour moi.

— Tu veux rentrer ? demande-t-il tout en parcourant des yeux la foule qui nous entoure.

Ses joues se colorent lorsque notre public grogne de déception.

— Non, rétorqué-je avec un rire tout en contournant les gens les plus proches de nous. Mais je pense que j'ai plus que gagné le droit de me détendre et de te regarder utiliser tes super-pouvoirs.

Je me réinstalle sur mon tabouret comme si c'était mon trône.

— Mes *super-pouvoirs* ? demande CK avec une expression adorable, bien trop sexy, une fois de plus, avec sa queue de billard nonchalamment posée dans le creux de son coude.

— Oui, répliqué-je en faisant un mouvement de la main évoquant celui d'une reine qui demande à son bouffon de continuer son spectacle. Arrête de te retenir et montre-moi ce que tu sais vraiment faire.

— Je ne me retenais pas.

Je lève les yeux au ciel. Je l'ai trop souvent vu jouer au billard avec les autres pour ne pas voir qu'il ne donne pas tout.

— Enfin, *pas totalement*, admet-il finalement tout en remontant ses lunettes sur son nez. Je ne voulais pas te blesser en te battant à plates coutures.

— Très drôle, *Christopher*.

Un des coins de sa bouche remonte, et il lève un sourcil comme pour dire *Tu vois ? Qu'est-ce que je disais ?* Bon sang, il a raison. J'ai vraiment transformé son prénom en surnom.

— Assez de bavardages, coupé-je en tapant dans mes mains. Il est temps que tu fasses quelque chose pour mériter toute cette bière que tu m'as obligée à acheter.

— Que je t'ai *obligée à acheter* ? réplique-t-il tout en regroupant les boules pour les remettre en place et en levant les yeux au ciel. Je suis presque sûr que j'avais dit que je paierais la première tournée si, toi, tu me battais.

— Et qu'en était-il des deuxième et troisième parties ?

Je fais un grand mouvement du bras et frappe l'homme qui se trouve le plus près de moi en plein dans l'estomac. Enfin, je suppose que c'est un homme au vu de la dureté des abdominaux dissimulés sous son t-shirt.

— Oh, pardon ! Désolée !

Deux yeux à la chaude teinte noisette me contemplent avec amusement, et… waouh, son visage est tout à fait raccord avec ses abdominaux. Il n'y a rien de *mou* chez cet homme-là.

— Ne t'inquiète pas pour ça, ma belle.

Oh, et charmant en plus.

— Et je pense que tu vas t'arrêter à trois bières, compte tenu du fait que tu en es à frapper les gens qui sont autour de nous, lâche CK tout en faisant glisser mon verre de bière loin de moi.

À quel moment est-il arrivé là ?

— Ne me gâche pas le plaisir, Superman.

Je fais la moue en rapprochant ma main de ma bière, désireuse de faire durer le joyeux bourdonnement qui réchauffe mon sang, avant de lui presser le nez du bout des doigts.

Un rire profond se fait entendre à ma droite, et le regard de CK se met à osciller entre monsieur Tablettes-de-chocolat-et-charmant-sourire et moi.

Hum…

— Comme je viens de le dire à ta copine, tout va bien, mec.

Monsieur Tablettes-de-chocolat-et-charmant-sourire fait un simple mouvement de la main devant son torse pour dire *Il n'y a pas de mal*, jusqu'à la passer devant ses abdominaux. Je suis juste assez pompette pour que ma curiosité soit piquée et que j'ai envie de voir à quoi il ressemble sans son t-shirt.

Heureusement, l'explosion de bonheur que je ressens en l'entendant parler de moi comme de la copine de CK suffit à distraire *Quinn-l'excitée*, assez pour qu'elle retienne sa langue.

Je rayonne comme si j'étais tout au sommet d'une pyramide de cheerleaders. Heureusement pour moi, le verre que je serre contre ma poitrine comme s'il s'agissait de l'ours en peluche avec lequel je dormais quand j'étais enfant contient de la bière, et pas de la tequila. Si j'étais avec mon ami José ce soir, j'en serais probablement à resserrer ma queue de cheval et à tenter les figures les plus improbables comme si j'étais en pleine compétition. Ce qui serait assez inapproprié, vu qu'il n'y a pas de juges dans les parages.

Monsieur Tablettes-de-chocolat-et-charmant-sourire a parlé de moi comme de la copine de CK. Il commence par dire que ce n'est pas grave que je l'aie littéralement agressé, et maintenant, il dit que je suis la copine de CK. Il va falloir que j'utilise ma fausse carte d'identité pour lui offrir un verre parce que ma soirée vient clairement de devenir encore meilleure, grâce à lui.

J'aime vraiment, *vraiment* la façon dont ça sonne…

— Nous ne sortons pas ensemble.

Le son du rire d'un CK manifestement mal à l'aise résonne comme le bruit provoqué par des ongles que l'on frotte sur un tableau noir.

Aurait-il pu mettre moins de temps à rétablir la vérité ?

— Vous ne sortez pas ensemble ? demande monsieur Tablettes-de-chocolat-et-charmant-sourire tout en faisant aller un doigt entre moi et CK, lequel fait non de la tête avec tant d'enthousiasme que j'ai presque peur que sa tête se détache de son corps comme celle d'une poupée Barbie cassée ; ou, dans ce cas précis, d'une poupée Ken.

Je reste figée sur mon tabouret alors que je lutte contre la brûlure apparue derrière mes yeux. Je refuse d'être cette fille qui pleure dans un bar, ou, comme ici, dans une salle de billard.

Il nous regarde à tour de rôle.

— Sûr ? Vous aviez pourtant l'air d'un couple.

La brûlure commence à s'estomper quand je réfléchis à la façon dont CK et moi interagissons. Et vous savez quoi ? Je me rends compte que nous nous chamaillons un peu comme Kay et Mase, en fait.

CK se met à rire, enfin, si on peut peux appeler ça un rire. Il glousse, voire pouffe, plus qu'il ne rit, et il rabat son bras libre sur son ventre comme si toute cette conversation était désopilante et qu'il n'en pouvait plus. Je crois qu'il n'y a pas que moi qui commence à accuser l'alcool. Heureusement, j'ai déjà appelé la cavalerie, alias Kaysonova et compagnie justement ; pour qu'ils viennent nous chercher, nous et la voiture. Aucun de nous deux n'est en état de conduire.

Mais bon…

Ouille, quand même.

Je sais qu'il ne m'aime *pas* comme ça, mais il trouve vraiment l'idée de sortir avec moi si *ridicule* ? Bon sang.

Il faut une bonne minute à CK pour se calmer suffisamment pour parler.

— Si tu connaissais notre groupe, tu comprendrais. Utiliser

des surnoms n'est qu'un moyen de prouver qu'on s'aime les uns les autres.

Monsieur Tablettes-de-chocolat-et-charmant-sourire jette un coup d'œil à la foule qui a commencé à se disperser avant de reporter son attention sur nous.

— Est-ce qu'on parle d'un groupe du genre *Sexy Dance* ou *Steppin'*, ou bien du genre, je devrais m'inquiéter que quelqu'un me poursuive avec une batte de base-ball ?

Je grogne. Son humour me rappelle un peu celui de Noah et atténue un peu la souffrance provoquée par la réaction consternée de CK à l'idée que quelqu'un nous considère comme un couple.

— On se qualifie de groupe entre nous, parce les filles – CK me désigne de la main – sont cheerleaders et font déjà partie d'une escouade.

— Tu es cheerleader ? demande monsieur tablettes-de-chocolat-et-charmant-sourire, apparemment ravi par cette révélation.

— C'est évident, non ? réplique CK, les yeux posés sur ma queue de cheval, et son ton est… agacé ? Voire peut-être… fâché ?

Je ne sais pas. C'est probablement la bière qui parle.

Il est temps de rediriger mon cerveau avant que je ne commence à me morfondre et à sur-analyser la moindre chose.

— Oh, on devrait essayer de faire une chorégraphie de danse, lancé-je en me tapotant le menton. Tu crois que vous arriveriez à apprendre la chorégraphie de *Bye Bye Bye* ?

— N'y pense même pas, Red, m'avertit CK, mais mon esprit bouillonne déjà de possibilités.

J'espère que Kay va avoir amené Tessa avec elle : la *chica* va adorer cette idée.

— Trop tard, rétorqué-je en lui faisant un clin d'œil et en agitant mes sourcils.

— Vous êtes *vraiment sûrs* que vous n'êtes pas ensemble ?

Monsieur Tablettes-de-chocolat-et-charmant-sourire fait un cercle dans les airs avec son doigt. Il est mignon avec son expression perplexe, mais ce serait agréable si, *peut-être*, il pouvait arrêter de retourner le couteau logé entre mes côtes.

— Oui, totalement sûr. Nous ne sommes absolument pas ensemble.

Encore une fois, CK aurait-il pu répondre plus vite ?

L'atmosphère se modifie, et c'est suffisamment sensible pour que même l'alcool ne parvienne pas à atténuer la sensation. Monsieur Tablettes-de-chocolat-et-charmant-sourire recule ses larges épaules et passe un bras musclé sur le dosseret de mon tabouret.

Il jette encore un coup d'œil à CK, qui observe l'échange avec raideur, avant de concentrer toute son attention sur moi. Une fossette se dessine sur sa joue droite.

— Puisque tu es disponible, est-ce que ça t'intéresserait de sortir avec moi ce week-end ?

Ay dios mío.

CK

Je peux m'acharner sur mon code tant que je veux, rien ne peut me distraire du souvenir de Quinn acceptant d'aller à un rendez-vous avec *Grady*. Comment diable pourrais-je oublier ça ? J'étais juste là quand il l'a invitée à sortir. Chaque mot qu'ils ont échangé s'est imprimé dans mon cerveau comme autant de *zéros* et de *uns*.

Pourquoi a-t-il fallu que ce Grady ne semble pas être l'un de ces athlètes détestablement imbus de leur personne ? Il était évident que c'était un sportif avant même qu'il ne nous dise qu'il jouait ailier dans l'équipe de hockey de BTU, l'autre grande université de l'État. Mais même si nous n'avons passé que quelques minutes à discuter avec lui, il est apparu assez clairement qu'il ressemble davantage à nos colocataires qu'aux abrutis avec qui j'ai grandi.

Néanmoins, cela ne change rien au fait que je déteste l'idée que Quinn sorte avec ce type. Ne me demandez pas pourquoi.

C'est irrationnel, je sais, mais les émotions n'ayant rien de rationnel par nature, il n'y a rien d'illogique là-dedans.

De toute façon, je ne vois pas comment expliquer autrement ce que j'ai fait.

Ne jamais boire et envoyer des textos aux gens. Vraiment. Ne faites jamais ça : rien de bon ne peut sortir d'un envoi de textos alors que vous êtes en état d'ébriété. Bon sang, j'ai déjà du mal à faire ça correctement quand je suis sobre, alors ivre ? Impossible de faire les bons choix.

Ma plus grave erreur de calcul dans cette affaire ? L'ordre dans lequel j'ai choisi mes destinataires.

Comme dans un roman d'Edgar Allan Poe, les textos que j'ai reçus me narguent depuis mon téléphone, et ce, même si je l'ai éteint.

Qu'ai-je fait ? Et surtout… pourquoi l'ai-je fait ?

Bordel de merde.

Vous voulez savoir ce qui me fait le plus mal au ventre ? Je peux parfaitement imaginer la façon dont Quinn agirait et me féliciterait si je lui disais ce que j'ai fait.

Elle pousserait des cris de joie et taperait des mains, peut-être même se jetterait-elle sur moi pour me serrer dans ses bras, tant elle serait fière de moi pour avoir pris l'initiative. Elle se serait exclamée : « Oh, Superman, regarde-toi, tu es si sûr de toi quand tu laisses apparaître ce côté plus agressif de ta personnalité. »

Elle ne peut pas savoir que la seule raison pour laquelle j'ai ouvert l'application *Rencontres Geek* hier soir et ai demandé à la première personne de mes messages sauvegardés de sortir avec moi, c'est parce qu'*elle* a accepté un rendez-vous de son côté.

Il faut être un fieffé salopard pour faire ce genre de trucs.

Et ce n'est pas comme si ma connerie s'arrêtait là.

Non, parce que depuis que Quinn est revenue des Barracks il y a trente minutes, mon cerveau n'a cessé de spiraler dans ma boîte crânienne. J'ai dû me contraindre à rester dans mon fauteuil de bureau. Si je me lève, je risque de traverser l'appartement en trombe et de frapper à la porte de sa chambre.

Pourquoi donc ferais-je un truc pareil ? Et que pourrais-je bien dire ?

Et si tu sortais avec moi, au lieu de sortir avec Grady ?

Mais bien sûr. Elle se froisserait probablement un muscle à force de rire à cette suggestion.

Et si elle ne riait pas ? Eh bien… J'ai maintenant mon propre rendez-vous demain soir. La différence, cependant, est que j'annulerais le mien sans même y réfléchir si je pensais avoir une chance avec Quinn.

Comme je l'ai déjà dit, alcool et textos ne font pas bon ménage.

Pourquoi les développeurs d'Apple n'ont-ils pas créé une application qui exige que vous passiez un alcootest avant de pouvoir utiliser votre iPhone ? Je devrais peut-être passer du développement de jeux à la conception d'applications. Je gagnerais probablement davantage d'argent si j'y parvenais.

Je tambourine des doigts sur la surface de mon bureau et reste les yeux fixés sur les lignes de code affichées sur mon écran, les chiffres se transformant lentement en une tache géante.

Bon sang, il me faut une pause.

J'enlève mes lunettes pour me frotter les yeux avant de les remettre en place.

Je n'ai aucune idée de ce que fait Quinn. J'espère qu'elle est dans sa chambre ou bien qu'elle est sortie, parce que j'ai besoin de boire quelque chose, et si je la vois, je ne sais pas si j'arriverai à retenir ma cavalerie de fantasmes.

Je sors de ma chambre, et il n'y a pas âme qui vive dans l'appartement. L'absence totale de bruit, en dehors du bourdonnement du frigo, rend l'atmosphère de l'appartement presque inquiétante ; et le silence se répercute étrangement sous les hauts plafonds de style loft des espaces ouverts alors que j'avance silencieusement sur le carrelage froid.

De la lumière filtre sous la porte de la chambre de Quinn, ce qui me confirme qu'elle n'est pas sortie. Elle n'est cependant nulle part en vue.

Je ne prends pas la peine d'allumer pendant que je traverse la cuisine. La lumière dispensée par la lune qui traverse la paroi vitrée menant au balcon suffit pour que je vois ce que je fais.

Debout, la main accrochée à la poignée verticale de la porte du réfrigérateur, je me remplis un premier verre d'eau que je descends immédiatement.

Un léger bourdonnement me parvient aux oreilles alors que je remplis mon verre pour la deuxième fois. Intrigué, je m'éloigne du distributeur d'eau intégré dans la porte et je m'immobilise pour essayer de mieux entendre.

Qu'est-ce que c'est que ça ? Qu'est-ce qui bourdonne comme ça ?

Je pose mon verre à moitié plein sur le comptoir pour suivre le bruit et essayer d'en déterminer l'origine.

Pour une raison que j'ignore, je reste concentré sur le sol alors que j'avance, et ce n'est que lorsque j'entre dans la zone éclairée qui s'étend vers la cuisine que je me rends compte que le son provient de la chambre de Quinn. Elle a bien évidemment choisi la chambre la plus proche de la cuisine : c'est son lieu préféré.

Soudain, je comprends.

Putain de merde.

Dites-moi qu'elle n'est pas…

Dites-moi que j'ai des hallucinations auditives et que mon imagination débordante est alimentée par ma frustration.

Le bourdonnement persiste et prend même en intensité. Les battements de mon cœur s'accélèrent.

Je me rapproche de la porte et finis par toucher le bois de la porte de mon oreille. C'est à ce moment précis qu'un gémissement résonne à l'intérieur.

Oh, putain.

Quinn est en train de se masturber.

Je me recule de la porte, les yeux fixés sur le panneau de bois derrière lequel Quinn est cachée. Une Quinn occupée *à se masturber*. Une Quinn occupée à se masturber *avec un vibromasseur*, alors même que je peux l'entendre faire.

Les poils de ma nuque se hérissent au fur et à mesure que je prends conscience des implications de ce que j'entends.

Il faut que je bouge. Bon sang, j'ai *besoin* de bouger. Mais j'en suis incapable.

Je ne devrais pas être là. C'est un moment privé, et je ne devrais pas jouer les voyeurs comme ça. Et pourtant… je n'arrive pas à me détacher de cette porte.

Un autre gémissement résonne, et je suis forcé de planter mes dents dans l'une de mes phalanges pour ne pas lui faire écho.

Ma queue et moi n'avons peut-être pas été en bons termes ces derniers temps, mais à cet instant précis, je ne peux pas lui reprocher de chercher à s'échapper de mon boxer.

Je venais juste de trouver la force de m'éloigner quand un nouveau gémissement me cloue sur place.

— CK…

Bordel !

Est-ce qu'elle vient de prononcer mon nom ?

Le son est ténu, mais je suis sûr de percevoir le bruit de ses draps qui se froissent. Des flashs de son corps nu se tortillant sur ses draps m'assaillent avec une intensité stupéfiante. Sa poitrine se soulève, ses seins sont tendus, elle s'agrippe d'une main aux draps tandis que, de l'autre, elle actionne le vibromasseur entre ses cuisses écartées, ses cuisses bronzées et musclées…

Bon Dieu, mais qu'est-ce que je fous là ?

CHAPITRE 22

CK

J'expire, empoche mon téléphone et ouvre l'une des lourdes portes en chêne de Chez Jonah, un bar-restaurant populaire situé non loin du campus de l'université. À l'instant où j'entre, je sens mon estomac brûler, mais je n'arrive pas à savoir si c'est à cause de l'anxiété, de mes sentiments contradictoires ou du délicieux arôme des hamburgers qui font la réputation de cet endroit.

Lorsque Kristy a suggéré que nous venions ici pour notre rendez-vous, j'ai hésité. La dernière fois que j'ai choisi une activité nécessitant de rester assis à une table, cela ne s'est pas bien terminé pour moi. Mais Chez Jonah n'est pas un restaurant ordinaire.

À l'entrée, il y a le restaurant principal, et puis, un peu à l'écart et isolé grâce à la manière dont les grands boxes en bois ont été placés, un bar et un espace jeux.

Il y a un couple qui s'affronte sur les tables de hockey pneumatiques, un groupe d'hommes d'affaires en costume près des jeux de fléchettes et un groupe installé autour de la seule table de billard.

Les télévisions à écran plat disposées sur les murs et au-dessus du bar sont allumées et diffusent les images des sports dont c'est actuellement la saison. Seule l'une d'entre elles dispose du son réglé à fond, en fonction du match que le gérant a décidé de mettre en avant ce soir. C'est d'ailleurs pour cette raison que nous venons rôder ici lorsque les Hawks de l'Université de Jersey jouent en extérieur,

Les lieux ne sont pas aussi bondés que durant l'année universitaire, mais il y a un peu de monde tout de même. Je balaye l'espace des yeux, un peu dans l'expectative : je n'ai pas encore réussi à déterminer si j'espère trouver Kristy qui m'attend ou si, au contraire, cela me fait peur.

J'ai quelques minutes d'avance, j'envisage donc de lui envoyer un texto après avoir fouillé la salle à manger des yeux, mais mon regard est attiré par une chevelure familière, rouge cerise-cola. Eh oui, c'est bien le nom de la couleur, je m'en souviens pour avoir entendu les filles en parler un nombre incalculable de fois alors qu'elles se plaignaient que le rouge perdait de son éclat trop vite.

Bordel de merde !

Quinn est là.

Quinn et Grady se sont donné rendez-vous *ici*.

C'est une blague, hein ?

Comment ai-je pu ne pas être au courant de ça ?

Oh, peut-être parce que, maintenant, c'est toi qui l'évites depuis que tu as détalé comme un chat échaudé après l'avoir entendue crier ton nom trois fois.

Argh !

Ce n'est pas le moment de penser à ce que j'ai entendu hier soir ni au fait que je suis resté derrière sa porte à écouter bien plus longtemps que je n'aurais dû. Je ne suis peut-être pas doué pour ces histoires de rendez-vous, mais j'en sais assez maintenant pour avoir deviné qu'un homme ne devrait pas fantasmer sur sa colocataire en train de se faire du bien alors qu'il est à un rendez-vous avec une femme. En particulier quand la femme en question n'est pas la colocataire susmentionnée.

Quinn me tourne le dos, mais Grady sourit comme s'il faisait de la publicité pour un dentifrice : ses dents parfaitement alignées scintillent presque dans la lumière. Les joueurs de hockey ne sont-ils pas censés avoir des sourires édentés version citrouille d'Halloween ?

Une main se pose dans mon dos et je sursaute avant de réaliser qu'il s'agit de Kristy.

— Chris ?

J'acquiesce et son regard se pose sur mon visage.

Je lève la main pour remonter mes lunettes sur mon nez et ne rencontre que le vide : j'ai oublié que je ne les porte pas. Oui, vous avez bien entendu, je n'ai pas mis mes lunettes. Et alors ? J'étais d'humeur rebelle ce soir, vu que la seule personne qui m'a jamais crié dessus parce que je ne les portais pas est maintenant de sortie avec un autre homme.

— Oh, euh… désolé. Bonjour, Kristy.

Je me penche vers elle comme pour la serrer dans mes bras, mais je renonce au dernier moment, sans savoir si ce n'est pas un peu trop personnel pour un premier rendez-vous. Puis, je tends la main comme pour serrer la sienne, mais ça me semble trop formel, alors je me contente d'un petit signe de la main un peu bizarre.

— Oh, super, dit-elle avec un petit air soulagé sur son joli visage, avant de froncer le nez. C'était difficile, de dos, de déterminer si c'était toi, et puis tu t'es retourné et tu n'avais pas de lunettes, alors j'ai eu un doute.

Elle lève la main à son tour pour ajuster ses propres lunettes : on dirait que je ne suis pas le seul à être nerveux ce soir, mais la façon dont elle bute sur les mots est bien plus adorable que mon propre bégaiement nerveux.

Heureusement, l'hôtesse arrive à cet instant précis et nous guide vers un petit box. Je fais montre des bonnes manières enseignées par mes parents et tends le bras pour laisser à Kristy le choix de la place. Malheureusement, mes bonnes manières se retournent contre moi quand elle prend la banquette face au bar, parce qu'une fois que je me suis glissé dans la place en face d'elle, j'ai juste envie de jurer.

Devinez qui a une vue optimale sur Quinn et sur son rendez-vous avec Monsieur Abdos-et-jolie-face ? Non, attendez, il me semblait que c'était plutôt Monsieur Tablettes-de-chocolat-et-charmant-sourire.

Hum...

Je me demande si Quinn lui a parlé du surnom qu'elle lui a donné. Dieu sait que je l'ai beaucoup entendu l'autre soir. Quinn est du genre bavarde dans ses bons jours. Quinn, une fois qu'elle a trop bu ? Alors là... Elle a moins le mérite d'être très divertissante dans ces moments-là, ce qui fait qu'en général, devoir subir son flot de paroles est plus amusant qu'ennuyeux.

— Chris ?

Kristy pose une main sur mon avant-bras, et ce n'est que lorsqu'elle passe son pouce le long de la veine qui saille sous ma peau que je réalise que, premièrement, j'étais encore perdu dans mes pensées, et deuxièmement, je suis tendu comme un diable enfermé dans sa boîte.

— Est-ce que tout va bien ? demande-t-elle tout en se décalant sur la banquette pour suivre mon regard. Tu les connais ou quelque chose comme ça ?

Je profite du fait qu'elle me pose la question pour étudier Quinn et Grady sans passer pour un type bizarre qui aime mater les gens.

Grady a posé son menton sur son poing retourné, et s'est penché en avant pour écouter Quinn parler. Je ne peux pas voir son expression puisqu'il me tourne le dos, mais j'imagine qu'il sourit parce que Quinn est probablement en train de le régaler de toutes ces anecdotes étranges dont elle a le secret. Je n'ai jamais autant souhaité savoir lire sur les lèvres comme Emma qu'à cet instant précis, parce que ce goût de Quinn pour les anecdotes les plus improbables est très vite devenu l'une des choses que je préfère chez elle.

Sauf que...

J'incline la tête malgré moi quand je remarque qu'elle n'agite pas ses bras dans tous les sens, et je ne parviens pas à m'empêcher de me demander pourquoi.

— Oh... eh bien, Quinn est de mes colocataires, réponds-je finalement quand Kristy se retourne vers moi.

— Comment as-tu pu te retrouver en colocation avec des athlètes ? Je croyais que l'université préférait regrouper les sportifs entre eux.

Comment sait-elle que Quinn est une athlète ? Et pourquoi rebondit-elle sur le fait que Quinn est sportive plutôt que sur le fait, bien plus évident, qu'elle est une femme ?

À moins qu'elle croie que… ?

— Oh non, Quinn, c'est celle qui a les cheveux rouges, expliqué-je. Mais elle fait partie de la Red Squad, donc effectivement, c'est bien l'une des athlètes de l'université, et tu as aussi raison concernant le fait que je n'en suis pas un.

Les yeux de Kristy deviennent aussi ronds que les petits pains qu'un serveur a dû déposer devant nous lorsque j'étais perdu dans mes pensées.

— Tu vis avec une fille ?

— Trois, dis-je en hochant la tête et en levant trois doigts.

La mâchoire de Kristy se décroche, et elle pose ses coudes sur la table, s'inclinant dans la même position que Grady avec Quinn.

— Comme dans la série *Vivre à trois*, enfin dans votre cas, ce serait plutôt *Vivre à quatre* ?

On dirait que Quinn n'est pas la seule personne à maîtriser les références à la pop culture.

Merde !

Et voilà, ça recommence. Arrête *de penser à Quinn quand tu as un rencard avec quelqu'un d'autre.*

Pourtant, cette fois, je suis tenté de dire que ce n'est pas ma faute. Après tout, elle est juste là… assise en face de moi, *putain*.

Je glousse alors que l'image d'un autre de mes colocataires me vient en tête, et avec elle la comparaison qu'il avait faite.

— Si on veut faire une référence à une émission télé, il serait plus juste de parler d'un remake de *The Real World*. Nous sommes neuf au total à partager notre appartement.

Nous sommes tous conscients que notre mode de vie est tout sauf conventionnel, et je n'en reviens toujours pas que Mason soit parvenu à trouver un endroit où nous loger tous.

— *Neuf ?* s'écrie-t-elle, sa voix montant dans les aigus.

Difficile de lui en vouloir d'être surprise, mais son timbre a attiré l'attention de tous nos voisins de table. Et plus précisément, de celle des deux convives que je prétendais ne pas avoir vus depuis que je suis entré dans le bâtiment.

— CK, mec, lance Grady avec un mouvement du menton, tandis que Quinn a l'air de celle à qui on a avoué ne pas aimer les tacos.

— CK ? demande Kristy alors que je fais un signe de la main à Grady.

Une partie de moi déteste vraiment le fait que ce type semble être quelqu'un de bien.

— J'ai une amie qui a l'habitude d'appeler ses proches par des surnoms constitués de lettres.

Je considère davantage Kay comme de la famille que comme une amie, mais l'explication est suffisante pour l'instant.

— Que signifie le K ?

Ah, les applications de rencontre et leur côté impersonnel.

— Kent.

— Tu viens du Kansas ? demande Kristy en fronçant les sourcils.

Je hoche la tête.

— Et ton nom de famille est Kent ?

Je hoche à nouveau la tête, sachant exactement où cela va nous mener.

— Eh bien, dit-elle en se laissant retomber contre le dossier de la banquette. Dommage que ton prénom ne soit pas Clark.

— J'ai déjà entendu ça, dis-je tout en jetant un coup d'œil par-dessus son épaule.

Un frisson me parcourt l'échine quand je découvre que Quinn regarde toujours dans notre direction.

— Je n'en doute pas, répond Kristy tout en faisant tourner l'un de ses doigts devant mon visage. Tu as vraiment un faux air de Superman quand tu portes tes lunettes.

Une fois de plus, mon regard dérive vers Quinn, me remémorant ce moment durant lequel elle m'a appelé Superman, devant Grady, ce qui lui a fait croire que nous étions ensemble.

C'est ridicule. Absurde même.

Pourtant… Cela n'ôte rien à la souffrance que je ressens depuis que j'ai reconnu que Quinn et moi n'étions que des amis.

Ce n'est que lorsque le serveur arrive avec leurs assiettes que Quinn détourne enfin son attention de mon rencard pour la reporter sur le sien.

C'est du moins ce que je pensais jusqu'à ce que mon téléphone et mon Apple Watch vibrent simultanément pour me signaler l'arrivée d'un texto.

> Red : Pourquoi ne m'as-tu pas dit que tu sortais avec une fille ce soir ?

À quel moment a-t-elle changé son nom dans mon téléphone ? Et, question plus pertinente, pourquoi suis-je surpris qu'elle l'ait fait ?

Red : Elle est jolie ! *émoji pouce en l'air*

Est-ce qu'elle vient vraiment de m'envoyer un pouce en l'air ? Comme pour dire *Bravo, bien joué !* ?

Heureusement, notre serveur passe prendre nos commandes avant que d'autres textos n'arrivent, et Kristy et moi reprenons notre conversation là où elle s'était arrêtée. Parler avec elle est plus facile qu'avec Julia, mais je ne parviens pas pour autant à rester concentré. Et c'est d'autant plus difficile parce que la raison pour laquelle je suis distrait se trouve à trois tables de moi et n'arrête pas de m'envoyer des textos. Pourquoi ne s'occupe-t-elle pas de son propre rencard ? Pourquoi éprouve-t-elle le besoin de faire autant de commentaires sur le mien ?

À chaque fois qu'il y a un blanc dans la conversation, ou que ce dont nous parlons a le moindre rapport avec Quinn, je regarde dans sa direction. Et c'est là que je me retrouve aussi obsédé par ce qu'elle fait qu'elle semble obsédée par ce que, moi, je fais.

Malgré ses regards occasionnels, voire constants, dans notre direction, elle est toujours pleinement engagée avec Grady.

Sauf que…

Chaque fois que je jette un coup d'œil, soit bien trop souvent par rapport à ce qui est acceptable ; elle ne fait rien de ces choses que les filles font d'ordinaire, comme elle me l'a dit, lorsqu'elles apprécient un garçon.

Elle ne touche pas l'avant-bras de Grady comme Kristy le fait avec le mien.

Elle ne joue pas avec ses cheveux comme Kristy le fait.

Elle ne se penche pas pour se rapprocher de Grady. Au contraire, elle est assise bien droite sur sa chaise, alors que Kristy laisse constamment son avant-bras posé sur le plateau de la table pour réduire la distance entre nous.

À quoi est-ce que Quinn joue ?

Pourquoi est-ce qu'elle m'envoie tous ces textos ? Être obligé de garder mon bras appuyé sur le bord de la table pour qu'il pende dans le vide commence à m'ennuyer.

Je ne comprends pas où elle veut en venir.

Est-ce qu'elle fait ça pour vérifier si je suis les conseils qu'elle m'a donnés tout au long de son coaching ?

Sauf qu'à part m'aider à rédiger quelques-uns de mes premiers textos et m'expliquer comment procéder pour ne pas mettre un coup de boule à mon rencard au moment de l'embrasser, à quel point ce qu'elle a fait peut-il être considéré comme du coaching en relations amoureuses ?

J'ai toujours été fier de mon intelligence. C'est parce que je l'ai travaillée, entretenue et nourrie qu'elle a pu me sauver d'un destin misérable dans ma petite ville. Sans elle, je n'aurais jamais obtenu ma bourse pour l'université de Jersey, je n'aurais jamais rencontré Kay et je n'aurais jamais eu la chance de faire partie d'une famille dont j'ignorais l'existence.

Ne pas parvenir à intellectualiser quelque chose est pour moi comme une écharde coincée sous la peau que l'on n'arrive pas à retirer. Plus le temps passe, et plus la situation s'envenime.

Quinn se lève de sa table, et je la regarde disparaître dans le long couloir qui mène aux toilettes.

L'indécision fait rage en moi, mais dès que je vois Grady sortir son téléphone, je me rappelle que son rencard a passé la majeure partie de la soirée sur son propre téléphone à m'envoyer des textos. Quelque chose en moi cède, et mes mots d'excuse sortent de ma bouche avant même que je n'aie eu le temps de réfléchir.

Les quelques personnes que je croise sur le chemin des toilettes me font un signe de tête en guise de salut, mais je n'y prête pas vraiment attention.

Les toilettes pour dames se trouvent tout au fond du couloir, et les bruits en provenance de la salle ne sont plus qu'une rumeur distante. Seuls le ronronnement occasionnel d'un sèche-mains et le bruit d'une chasse d'eau viennent rompre le demi-silence tandis que j'attends que Quinn finisse ce qu'elle a à faire.

La porte des toilettes s'ouvre avec un grincement sonore, et le rideau de cheveux rouges qui apparaît me permet de savoir que c'est Quinn, et personne d'autre. Elle sursaute, presque assez fort pour que ses deux pieds quittent le sol, lorsqu'elle m'aperçoit tapi dans l'ombre à l'attendre.

— CK ! lâche-t-elle en portant une main à sa poitrine comme pour la poser sur son cœur.

— À quoi est-ce que tu joues ? grondé-je.

— Bonjour à toi aussi, CK. C'est un plaisir de te voir ici. Le monde est petit, pas vrai ?

Son ton taquin ne fait que faire monter ma tension.

— Ne joue pas les mondaines. Réponds à ma question, Quinn.

Mon ton dur la fait tressaillir, et elle recule en se tortillant dans l'entrebâillement de la porte comme pour dire *Je vais aux toilettes ?*

— Rappelle-toi ce que tu as dit à propos des réponses littérales, Quinn.

— *Ay dios mío.* Je peux savoir ce que tu as dans le cul ? lâche-t-elle finalement en croisant ses bras sur sa poitrine, et ses yeux sombres s'écarquillent avant qu'elle ne les étrécisse devant mon attitude.

Comme j'ai déjà fait plus ou moins tout ce qu'il ne faut *pas* faire lors d'un rendez-vous avec une femme, je ne me donne même pas la peine de détourner les yeux de son décolleté remarquablement mis en valeur par le mouvement.

— *Mon* cul ? rétorqué-je en pointant du pouce vers ma poitrine. Peut-être que, si tu t'inquiétais un peu moins de mes fesses et que tu t'occupais des tiennes pour te concentrer sur ton *rendez-vous*, nous ne serions pas là en ce moment.

Elle agite la tête et je lève les bras au ciel.

— Bon sang, *quelqu'un* est de mauvais poil, ici.

— Oh, et je me demande bien pourquoi, chantonné-je juste avant d'être interrompu par deux femmes qui cherchent les toilettes.

Quelqu'un peut m'expliquer pourquoi les femmes vont toujours aux toilettes à plusieurs ?

Quinn sort enfin de l'embrasure de la porte et nous nous déplaçons jusqu'à ce que nous nous retrouvions dans le coin le plus reculé.

— Tu veux me dire quel est le problème ? À moins que tu ne préfères que je devine ? demande-t-elle.

— Voilà qui ne devrait pas être trop difficile pour toi puisque tu m'observes comme si tu étais l'une des sources de UofJ411.

Elle aspire une grande bouffée d'air, et son visage devient livide. Elle recule d'un pas, et la souffrance induite par l'accusation sans fondement que je viens de porter fait virer ses yeux sombres au noir profond.

— Alors là… Je ne vais même daigner répondre à ça.

— Bon sang. Excuse-moi, Red.

Je tends mon bras et je l'attrape par réflexe. Cette accusation est un vrai coup bas, compte tenu de tout ce qui s'est passé au cours de l'année écoulée.

Elle laisse échapper un son sourd, un genre de vibration incrédule, puis plante un doigt dans mon sternum. Oups, voilà qui ne sent pas bon. Pas bon du tout.

— Et si tu ne faisais pas comme si tu ne passais pas ton temps à nous observer, Grady et moi ?

— Ha ha !

Mon aboiement de rire m'échappe, et le son se répercute durement dans le long couloir.

— J'adore que tu oublies commodément de mentionner le fait que tu le sais uniquement parce que tu n'as cessé de nous observer, Kristy et moi.

Quinn commence à perdre patience et redresse ses épaules.

— J'essayais juste de voir comment ça se passait.

— Ouais, bien sûr, dis-je en plantant mes doigts dans ma nuque, laquelle est affreusement contractée.

— Qu'est-ce que c'est censé vouloir dire, ça ?

— Je –

Je suis tellement frustré par cette situation impossible que je ne parviens pas à finir ma phrase : je manque d'air.

Quinn se rapproche, apportant avec elle à la fois la chaleur de son corps et son doux parfum de noix de coco.

— CK.

Je déteste la douceur avec laquelle elle prononce mon surnom. Je ne parviens qu'à entendre la pitié qui suinte de son ton. Je repousse sa main lorsqu'elle tente de l'approcher de mon visage.

— Et c'était quoi, tous ces textos ?

— Je –

— Cela ne dérange pas Grady que tu envoies des textos à un autre mec alors que vous êtes ensemble ?

— Euh… il sait qu'on est amis.

— *Amis*, lâché-je d'un ton moqueur.

Je n'ai jamais autant détesté ce mot qu'en ce moment même.

Tout le corps de Quinn se dégonfle comme un ballon qui se vide lentement de son air.

— Est-ce que tu essaies de me dire que tu ne me considères pas comme une amie ?

— Honnêtement, Quinn, je ne sais pas comment qualifier notre relation, dis-je en croisant les bras sur ma poitrine pour l'empêcher de poser ses mains sur moi. À toi de me dire ce que tu en penses.

— Arrête de m'appeler Quinn.

— Pourquoi ? C'est ton nom.

Bon sang, si mon grand-père était là, il me mettrait une gifle derrière la tête pour m'apprendre à être moins sarcastique.

— Je sais, merci.

Elle pose ses mains sur ses hanches, dans cette attitude pleine de confiance qui ne manque jamais de déclencher des réactions enthousiastes de mon entrejambe. *Ce n'est pas le moment, mon pote.*

— Eh bien, moi, j'estime que nous sommes amis, et nous ne sommes pas le genre d'*amis* qui s'appellent habituellement par leurs prénoms usuels, *Chris-to-pher.*

Elle ponctue son propos de plusieurs claque dans mon estomac, et malgré tous mes efforts pour rester impassible, mes lèvres tressaillent avant que je ne puisse les en empêcher.

Quinn lève les yeux au ciel, comme si c'était moi qui étais ridicule, alors que c'est elle qui m'a exaspéré avec son flot de textos.

— Je ne ferais pas un très bon coach en relations amoureuses si je n'étais pas au bord du terrain, ou plutôt, dans notre cas, de l'autre côté de mon téléphone, à t'expliquer quoi faire et comment jouer.

Bordel de merde.

Nous voilà encore revenus à ces conneries de coaching en relations amoureuses.

Tu es le seul responsable de ça, vieux.

Ouais, ouais, je sais, pas besoin de me le répéter, merci.

— Et donc… quoi ? Tu penses que je suis incapable de m'en sortir tout seul ?

— Quoi ? Bien sûr que –

— Tu as raconté à Grady pourquoi tu m'envoyais des textos ?

— Mais non –

— Vous avez bien ri tous les deux ?

— Mais –

Quinn continue d'essayer de m'interrompre, mais je suis lancé et je continue de parler sans la laisser finir ses phrases.

— Tu lui as raconté que tu as passé l'été à aider ton ringard d'ami à sortir avec des filles ?

— Je –

Je me passe une main dans les cheveux et tire sur les mèches jusqu'à ce que mon cuir chevelu brûle. Ma poitrine se serre, et je me sens tout près d'exploser.

— Je n'en peux plus, Quinn, dis-je en agitant une main dans les airs. J'en ai assez que tu me traites comme une bonne action à ajouter à ta liste.

CHAPITRE 23

QUINN

— U ne *bonne action* à ajouter à *ma liste* ?

Même moi, je grimace quand j'entends mon cri se répercuter sur les murs de l'étroit couloir. Mais… je ne sais pas quoi dire. Moi qui suis capable de sortir des trucs incongrus comme *La plupart des chats sont en fait allergiques aux humains*, je ne sais absolument pas quoi répondre aux bêtises que cet homme vient de me jeter à la figure.

— *¿Que chingados te pasa?* crié-je en désespoir de cause, à un niveau de décibels qui n'est pas techniquement adapté à des oreilles humaines.

Les yeux de CK s'écarquillent, au point que je pourrais certainement les sortir de leurs orbites et m'en servir de balles sur le baby-foot de la salle de jeux.

— Grosso modo, ça veut dire : « Qu'est-ce qui ne va pas dans ta tête ? », expliqué-je devant son expression confuse, une expression bien trop adorable pour un homme qui vient de sortir des âneries plus grosses que lui.

— Comment peux-tu me demander ça ?

Il se frappe la poitrine de la paume de la main dans un grand bruit sourd.

— Tu es *vraiment* sérieux, là ? demandé-je, alors qu'il continue de me regarder en clignant de ses yeux bleu layette que rien ne vient masquer, puisqu'il ne porte pas ses lunettes.

Et *ça*, ça ne fait que m'énerver encore davantage.

— Ton brillant cerveau doit être dépendant de tes lunettes, parce que quand tu ne les as pas, tu raisonnes vraiment comme un crétin.

— Quoi ?!

Ah, cet homme ! J'ai tout autant envie de le gifler que de l'embrasser, et honnêtement, je ne saurais pas dire dans quel ordre je le ferais si l'occasion m'en était donnée.

J'ai l'impression d'être la dernière des imbéciles, et c'est sa faute. D'abord, parce que je n'ai pas agi pour aller chercher ce que je voulais, puis parce que quand je me suis décidée à faire quelque chose, cela a été de le précipiter dans les bras de femmes contre lesquelles je n'ai aucune chance.

Et il croit que je fais tout ça par *charité* ? Il ne se rend toujours pas compte que d'avoir accepté de devenir sa coach en relations amoureuse m'a arraché la moitié de mon cœur ?

¡Dios santo!

Il croit que j'ai décidé de l'aider parce que… j'ai eu pitié de lui ? Que dirait-il s'il savait que mes intentions étaient totalement égoïstes et n'avaient, de fait, absolument rien à voir avec de la pitié ?

Bon sang… sa demande était si sincère que j'en viens à me dire que les raisons pour lesquelles j'ai accepté sont criminelles, tant elles étaient intéressées.

— Quand vas-tu ouvrir tes beaux yeux bleus et voir ce que tu as juste sous ton nez ?

— Oh, ne t'inquiète pas, lâche-t-il en tendant un bras pour désigner le couloir et le restaurant ; j'ai *parfaitement* vu tout ce qu'il y avait à voir. C'était limpide comme de l'eau de roche.

— Et que crois-tu avoir vu, *exactement* ?

Il s'apprête à dire quelque chose, mais cette fois, c'est *moi* qui l'empêche de parler.

— Parce que je te *jure* que, quoi que tu croies avoir vu, je sais que tu te *trompes*.

La façon dont il crispe sa mâchoire *ne devrait pas* être sexy. Bon sang !

— Comment peux-tu être sûre de ça ?

Dios mío, aidez-moi, je vous en conjure.

Très bien. Il veut persister dans son obstination à ne pas voir ce qui est juste sous son nez ?

Eh bien, moi, j'en ai assez. Je ne joue plus. C'est fini, et c'est fini *maintenant*.

J'avance vers lui jusqu'à me retrouver quasiment le front collé contre le sien, et j'adresse une prière silencieuse de remerciement à Jessica Simpson pour avoir conçu les jolis escarpins que je porte et qui rajoutent dix centimètres à ma taille. Dix centimètres en plus que j'apprécie tout particulièrement à cet instant précis.

— Parce que, espèce de crétin débile…

— C'est un pléonasme, m'interrompt-il.

Je grogne comme une bête sauvage, et mime avec mes mains l'acte d'étrangler quelqu'un.

— ¡*Ay dios mío*!

Je secoue la tête et plaque les paumes de mes mains l'une contre l'autre comme si je priais, et mes doigts effleurent les boutons de sa chemise.

— Béni soit ton grand cœur d'idiot, Christopher Kent, dis-je en poussant sur mes doigts jusqu'à ce que mes articulations craquent. Mais je n'en peux plus de tout cela.

— J'ai déjà dit que je pensais qu'il fallait arrêter cette histoire de coaching en relations amoureuses.

— Ce n'est pas la question ! hurlé-je en le repoussant et en m'éloignant à grands pas ; enfin, jusqu'à ce que je heurte le mur, soit un pas et demi, et que je sois obligée de faire demi-tour.

CK lève les mains en l'air et baisse sa voix, probablement dans l'espoir d'apaiser la folle qui se trouve en face de lui : moi.

Il ne s'est donc pas habitué à ma folie depuis le temps ? Et puis, il ne comprend donc pas que c'est *lui* qui me rend dingue ?

— As-tu la *moindre* idée d'à quel point il est frustrant de voir que tu es si peu conscient de ta valeur et que cela t'empêche de voir ce que tu as juste sous ton nez ?

— Tu te répètes.

Je passe mes mains dans mes cheveux et tire sur mes mèches

comme si elles étaient directement responsables de ma santé mentale.

— C'est toi qui me fais radoter !

— Je ne comprends rien, Q, dit-il d'un ton calme, presque caressant.

— C'est parce que rien de tout cela n'a de sens !

Je fais un grand cercle du bras dans les airs, et le dos de ma main heurte le mur.

CK avance, attrape ma main de la sienne et la soulève pour inspecter mes articulations rougies. Il passe son pouce dessus, et c'est bien plus agréable quand c'est lui qui le fait que quand c'est moi.

— Je ne suis toujours pas sûr de comprendre ce que tu essaies de me dire.

— Toi et moi, dis-je en nous désignant à tour de rôle de ma main libre.

Il laisse échapper une lourde expiration et se décale jusqu'à s'appuyer contre le mur derrière lui. Il semble… presque résigné.

— Je sais.

Aïe. Ça, ça pique.

— Pourquoi ne vas-tu pas retrouver Grady ? demande CK en relâchant sa prise sur ma main. Je suis sûr qu'il commence à se demander ce qui te prend tant de temps.

— Grady ? demandé-je, surprise qu'il me parle de lui à cet instant précis. Tu n'as pas écouté un seul mot de ce que j'ai dit, hein ?

— Comment ça ?

— Bon sang ! lâché-je à nouveau tout en recommençant à tourner en rond, frustrée, mais n'ayant pas envie de prendre une nouvelle rebuffade. Je n'en peux plus de toi.

— De *moi* ? rétorque-t-il tout en s'éloignant du mur et en pointant un doigt agressif vers moi. Et si on parlait de *toi* ?

— Tu me donnes le tournis.

— C'est toi qui tournes en rond à te répéter, réplique-t-il, et il respire de plus en plus vite à mesure qu'il s'énerve.

— Ce n'est pas ce que je voulais dire !

Formidable. Quinn-la-hurlante est de retour.

— Cette conversation ne nous mène nulle part.

— C'est parce que tu refuses toujours d'entendre ce que j'ai à dire, dis-je, presque vaincue.

Certes, je peux admettre que cette histoire de coaching a quelque peu brouillé les limites de notre relation, mais il m'avait semblé que, au cours des huit mois qui avaient précédé, il était évident que je flirtais avec lui.

— Qu'est-ce que ça veut dire, ça ? se rebiffe-t-il, visiblement vexé. J'écoute toujours ce que tu as à dire.

— Bien sûr, dis-je tout en lâchant légèrement prise. Tu écoutes, mais tu n'*entends* pas, expliqué-je en plaçant ma main en cornet autour de mon oreille, pour appuyer mon propos.

— Tu recommences à dire des trucs sans queue ni tête, Red.

C'est la goutte d'eau qui fait déborder le vase.

Je fais les deux pas qui me séparent de lui, réduisant l'espace jusqu'à ce que nous soyons cuisses contre cuisses, ma poitrine haletante collée contre la sienne.

— Très bien. D'accord, dis-je en me dressant sur la pointe des pieds, pour me retrouver presque nez à nez avec lui. Tu veux la vérité brute ?

Il hoche la tête, vaguement hésitant, son instinct de conservation lui dictant probablement de ne pas faire de mouvements brusques.

— Je t'aime bien.

Il cligne des yeux lentement, et la façon dont ses cils montent et descendent sur ses joues me rend folle.

— Je sais. Les gens ne sont généralement pas amis avec les gens qu'ils n'aiment pas un minimum.

— Argh ! crié-je, exaspérée, cette fois.

J'espère que Kay et Emma ont effectivement de quoi payer la caution parce que cet homme est en train de me pousser à l'homicide.

— Non, tu n'as pas compris. Ce que je dis, c'est que je t'aime *vraiment* bien.

Je repose mes talons sur le sol, envahie par une soudaine vague de tristesse à l'idée qu'il ne me rendra jamais la pareille.

— Tu *m'aimes vraiment bien* ?

La façon dont il pose cette question me donne l'impression qu'il n'a jamais associé ces trois mots ensemble.

— Je sais que tu ne ressens pas la même chose pour moi, dis-je en ouvrant mes bras d'un air fataliste. J'ai compris. Mais c'est comme ça.

Il s'est figé, au point que j'ai l'impression qu'il ne respire même plus.

Il est temps pour moi de me retirer et de panser mes plaies, seule.

Je me retourne et fais un pas avant qu'une main ne m'attrape par la nuque et ne me tire en arrière.

Je n'ai même pas le temps de tendre la main pour essayer de me rattraper à quelque chose que mon exclamation de surprise est étouffée par les lèvres de CK qui s'écrasent sur les miennes.

Sacré guacamole !

J'ai beaucoup embrassé au cours de ma courte vie, mais jamais, pas une seule fois, je n'ai été embrassée comme ça.

CK et moi gémissons de concert alors que ses lèvres bougent sur les miennes. Il fait courir ses phalanges dans mon cou, et le bout de ses doigts appuie juste à l'endroit où mon sang pulse sur le côté de ma gorge. Il bouge pour se rapprocher encore, et l'odeur de propre que j'ai fini par associer à sa personne nous enveloppe.

Je n'ose presque pas bouger, tellement je crains de lui faire peur.

Il lèche le sillon entre mes lèvres et je les entrouvre instantanément, ce léger mouvement suffisant à me sortir de mon hébétude. Il m'embrasse comme si c'était *lui* qui avait passé près d'un an à se languir de *moi*, et pas l'inverse. C'est enivrant et cela m'étourdit encore davantage que la dispute qui a précédé.

Je caresse sa langue de la mienne, et le son qui roule au fond de sa gorge me liquéfie instantanément. Il intensifie son baiser et m'embrasse plus profondément, profitant de sa prise sur moi pour ajuster l'angle de nos visages.

Il mordille mes lèvres, et aspire ma lèvre inférieure dans sa bouche tandis que sa main libre court le long de ma hanche. Il plaque son bras dans mon dos pour m'attirer contre lui jusqu'à ce qu'il ne reste plus le moindre espace entre nous.

Mes mains sont coincées entre nos corps, mais je parviens à faire pivoter mes poignets suffisamment pour m'agripper au devant de sa chemise et pour m'accrocher à lui pendant qu'il m'entraîne dans la chevauchée de ma vie.

Jamais je n'aurais imaginé le timide CK capable de m'offrir un baiser aussi ardent.

Nous ne devrions pas faire ça. Pas ici. Pas maintenant.

Nous sommes tous les deux venus ici avec d'autres personnes. Ce qui ne nous empêche pas de nous embrasser avec passion. Juste devant la porte de ces fichues toilettes, qui plus est.

Mais je m'en moque. Rien ne m'a jamais semblé aussi bon, même si tout, dans cette situation, a un parfum d'erreur.

Mon corps vibre, et je ne suis plus que sensations exacerbées. Je me perds dans les battements erratiques de son cœur contre ma paume, dans la perception de son corps ferme qui se presse contre le mien et dans la possessivité pure et simple qui irradie de sa façon de me toucher.

Je suis à un coup de langue de plus, un mordillement, ou un autre gémissement guttural venu du fond de sa gorge de l'entraîner avec moi dans les toilettes et de nous enfermer dans une cabine, quand une voix chantonne derrière moi : « Et c'est comme ça qu'on finit enceinte. »

CK arrache sa bouche de la mienne lorsqu'il entend la voix résonner devant lui.

Ses lèvres sont gonflées et luisantes de notre baiser, tellement tentantes que je n'ai qu'une envie, ignorer totalement notre nouveau public.

Je me hisse sur la pointe des pieds pour l'embrasser à nouveau, mais son regard se porte, par-dessus mon épaule, sur les deux étudiantes qui se tiennent toujours là.

Agacée qu'elles aient interrompu le meilleur baiser de l'histoire des baisers – désolée, les fans de #kaysonova, mais c'est comme ça – je rejette mes cheveux derrière mon épaule et regarde fixement les deux empêcheuses d'embrasser en rond jusqu'à ce qu'elles finissent par entrer dans les toilettes.

Je me retourne, plus que prête à revenir à ces baisers enfiévrés avec cet homme pour qui j'ai le béguin depuis bien trop longtemps, quand, en quelques mots, il me fait revenir sur terre avec plus de force que si j'étais tombée du haut d'une pyramide après une transition ratée.

— Cela n'aurait jamais dû se produire.

#C

UofJ411 : *photo de CK et Quinn debout, tous proches, devant la porte des toilettes chez Jonah*
Les laissés pour compte en pleine sortie chez Jonah #CinquièmeRoueDuCarrosse #NeSontIlsPasMignons ?
@strawbshortab : Attendez, quoi ? Il y a un autre couple dans le cercle #Kaysonova ? #OnEstSûrsdeCa?
@hbietsch : Je n'y crois pas, regardez-le, à côté d'elle #TropBienPourLui
@amberebooksandmore : Ouais, j'y crois pas non plus. #ElleEstSexyPasToi
@JenniferMarie119 : Je ne suis pas d'accord, il est plutôt mignon. #AdorableGeek
@mrshanlon0128 : Ouais, mais ça ne change rien au fait qu'elle mérite un dix, et pas lui. #ApprenezACompter

UofJ411 : *photo de Quinn qui part de chez Jonah avec Grady*
Oh, mais non ! Son rendez-vous, c'était *lui*. #SexySexy
@TheQueenB : Est-ce que ce n'est pas le joueur de hockey de BTU qui vient d'être recruté par les pros ? #Hockey

@briannas_bookshelf : Ah, ça, par contre, on y croit. #AthleteSexy
@hmkerby : Carrément, à 100 % #LaCheerleaderEtLeSportif

UofJ411 : reposté – BTU_TitansHockey : Tellement fiers de notre @GradySlapShot45, recruté par la NHL – *photo de Grady dans sa tenue de Hockey de BTU*
Remercions notre @TheQueenB qui nous trouve toujours les bonnes infos #OnTAVu
@bsdmhutch : Pourquoi est-ce qu'on a pas de hockey à l'UofJ ? #JeSeraisFan

CHAPITRE 25

CK

Cela fait environ trente heures que je n'ai pas dormi, mais le temps qui passe ne me rapproche pas pour autant d'un sommeil bienfaisant.

La nuit dernière tourne en boucle dans mon cerveau. Impossible de l'arrêter malgré tous mes efforts. C'est un peu ironique, parce que je suis presque sûr que si ma vie telle que je la connaissais a littéralement explosé, c'est parce que j'ai cessé de réfléchir un court instant.

J'étais en train de me disputer avec Quinn, et je ne suis même pas sûr de savoir à quel propos ; et la seconde d'après, nous nous embrassions.

Enfin, non, ce n'est pas tout à fait ça.

La seconde d'après, *moi*, j'embrassais Quinn.

J'en rêvais depuis si longtemps que j'ai encore du mal à réaliser que je l'ai fait pour de bon.

Pendant un moment, frustré par le fait que je ne comprenais rien à ce qui se passait, et aussi par le fait que j'étais incapable d'analyser ce que je ressentais, je me suis laissé diriger par mes émotions. Voilà comment j'en suis arrivé à plaquer mes lèvres sur d'autres, des lèvres sur lesquelles je n'ai absolument aucun droit de poser les miennes.

Peu importe le nombre de fois que mon cerveau me rappelle que Quinn m'a embrassé en retour. Cela ne change rien au fait que cela n'aurait *jamais* dû se produire. Ou qu'elle est repartie avec un autre homme, *après*.

Les preuves sont *là*, dans des photos mal cadrées ou floues et dans des centaines de commentaires.

Mon téléphone vibre pour ce qui semble être la millionième fois, mais une fois de plus, je laisse la messagerie vocale prendre le relais. Ce n'est pas la première fois que Grant tente de me joindre ce matin, mais contrairement à ses appels précédents, il faire suivre son appel sans réponse d'un texto.

> G : Je jure devant Dieu que si tu ne décroches pas ton foutu téléphone, je saute dans un train et c'est toi qui vas devoir expliquer à ma mère pourquoi tu l'as privée d'une partie du temps qu'elle peut passer avec son fils chéri.

Je soupire tout en arrêtant de faire les cent pas dans le salon, avant de m'asseoir dans le canapé et d'attraper la télécommande pour ouvrir l'application de chat vidéo. Il ne faut pas plus de six secondes pour que le visage renfrogné de la dernière personne qui aurait pu devenir mon ami le plus proche s'affiche sur l'écran plat de la télévision.

— Tu as une sale tête, observe Grant après m'avoir soigneusement détaillé.

Grâce à la petite fenêtre située dans le coin de l'écran, je sais exactement ce à quoi je ressemble et ce qui justifie son commentaire. Je ferme les yeux : je n'ai aucune envie de me voir en ce moment.

Mes cheveux sont en bataille, totalement hirsutes. Mes vêtements, les mêmes que ceux que je portais hier soir, sont froissés, et les lunettes que j'ai fini par remettre après avoir retiré mes lentilles de contact sont de travers sur mon nez.

— C'est fou, tout ce que tu peux avoir à dire comme

gentillesses, soupiré-je en me laissant aller contre les coussins en peluche derrière moi.

— Peut-être que, si tu n'avais pas essayé de m'éviter alors que cela fait sept heures que j'essaie de te joindre, je serais un peu plus compatissant.

J'ouvre la bouche pour parler, mais un nouveau bâillement m'interrompt. L'épuisement pèse comme une chape de plomb sur moi, et j'ai l'impression que mes os pèsent une tonne.

— Merde, jure Grant.

Je reporte mon regard sur l'écran pour le voir plié en deux comme s'il cherchait quelque chose au sol.

— Je serai là dans deux heures, reprend-il alors qu'il enfile une de ses Jordan sur l'une des péniches qui lui servent de pieds.

— Euh… pourquoi ça ?

Il se fige, et seules ses paupières bougent encore dans un lent clignement incrédule.

— Tu es sérieux ?

J'enlève mes lunettes et me frotte l'arête du nez, avant de répondre :

— J'aimerais comprendre pourquoi tu passes en mode *maman ourse* pour quelques appels manqués.

Grant se penche vers l'avant en plaquant ses pieds au sol pour se rapprocher de la caméra, ses coudes posés sur ses genoux écartés et me fixant avec un regard que je lui ai rarement vu en dehors des terrain, avant de reprendre la parole, d'une voix devenue encore plus grave que d'habitude :

— Alors, d'abord… La *maman ourse* de notre groupe, c'est Em. Et moi, ajoute-t-il en agitant un doigt dans sa propre direction avant de le pointer vers moi ; je suis *papa ours*, et je te conseille de ne pas l'oublier.

Je lève les yeux au ciel devant l'absurdité de son propos.

Grant se racle la gorge.

— Alors, maintenant, dis-moi la vérité avant que je n'annule mon dîner avec ma mère. Comment tu tiens le coup ?

— G, soupiré-je, je n'ai pas envie de parler de tout ça.

Je *ne veux pas* parler de ce rendez-vous parfaitement agréable que j'ai gâché parce que je suis un crétin.

Ni des horreurs dont j'ai accusé Quinn alors qu'elle ne ferait jamais des trucs pareils.

Et pas davantage du fait que j'ai pété les plombs et embrassé

Quinn. Ni de la façon dont elle m'a regardé, les yeux à demi fermés, en effleurant ses lèvres gonflées de ses doigts hésitants. Et pas non plus de la façon dont ses cheveux rouges étaient en désordre dans son dos, alors que des mèches étaient encore enroulées entre mes doigts.

Je ne veux surtout pas penser au fait qu'elle est partie de Chez Jonah avec Grady après… tout *ça*.

— Ne me sers pas du *G*, bon sang.

Je cligne des yeux pour me reconcentrer sur le présent, et Grant me regarde à nouveau de son regard assassin, ses longs bras pendant entre ses genoux.

L'inquiétude vient se faufiler sous ma peau : Grant est peut-être le plus intimidant physiquement de notre groupe, mais c'est généralement aussi lui qui a le plus de sang-froid. S'il s'inquiète autant, c'est qu'il y a probablement lieu de s'inquiéter *réellement*.

— C'est la première fois que ces fouille-merdes s'intéressent à toi, et je veux m'assurer que ça ne réveille pas de vieux souvenirs douloureux.

— *Fouille-merdes* ? répété-je, un rictus aux lèvres.

— Une pépite que l'on doit à Dante, explique-t-il en parlant de son frère cadet. Maintenant, sérieusement… est-ce que ça va ?

Oh, c'est vrai. Voilà l'autre chose que je me suis efforcé de me sortir de la tête : UofJ411.

— Je vais bien, commencé-je avant de m'interrompre quand l'ascenseur sonne pour signaler que quelqu'un arrive.

— Tiens, tiens, tiens, chantonne G. Quand on parle du loup.

Je dois faire un effort surhumain pour ne pas sauter par-dessus le dossier du canapé à l'instant où Quinn apparaît pour me précipiter vers elle et exiger des explications alors que je n'en ai aucun droit.

CHAPITRE 26

QUINN

J e suis rincée.

Émotionnellement.

Physiquement.

Et même mentalement, je n'en peux plus.

Je n'ai pas réfléchi à l'endroit où pourrait bien être CK au moment où j'allais rentrer d'un double entraînement suivi d'un cours particulier aux Barracks, mais je ne m'attendais pas à le trouver dans le salon en train de discuter avec Grant.

Je ne sais pas quelle bonne action j'ai faite ces derniers temps – peut-être est-ce d'avoir payé spontanément le café et les smoothies pour cette mère et ses trois enfants l'autre jour à l'Espresso Patronum – mais je suis plus que reconnaissante pour le fait que dormir chez Kay la nuit dernière était déjà prévu. Non seulement j'ai pu faire rafraîchir mon rouge, mais cela m'a aussi permis d'éviter d'avoir à dormir sous le même toit que le type qui m'a embrassée à pleine bouche pour me rejeter immédiatement après.

Cependant, à cet instant précis, j'aurais voulu avoir plus que mon pyjama et mes vêtements de sport dans le sac que j'avais préparé. Combien de questions me poseraient-ils, à votre avis, chez Kay, si j'arrivais avec une pleine valise de mes affaires ? Probablement trop. Arriverais-je à supporter l'inquisition qui irait avec ? Probablement pas.

Il me faut faire un effort considérable pour détourner mon regard d'un CK à l'allure échevelée et le reporter sur le visage souriant de Grant.

— Salut, G.

Je lui fais un signe de la main, et me déplace pour me placer dans le champ de la caméra, tout en gardant le plus de distance possible avec CK. Même si son *Cela n'aurait jamais dû se produire.* résonne toujours dans mes oreilles plusieurs heures plus tard, je ne me fais toujours pas confiance.

— Quoi d'neuf, *Insta-Famous* ?

Je passe ma langue sur mes dents pour essayer de retenir mon rire, mais j'échoue lamentablement.

— Je te déteste.

— Mais non, tu ne me détestes pas, chantonne-t-il en remuant ses larges épaules.

— Mouais, répliqué-je d'un air blasé, ce qui ne fait que le fait rire davantage. En tout état de cause, deux photos ne font pas de toi une célébrité Insta.

UofJ411 et son fil de publications Instagram sont bien davantage des épines dans nos orteils qu'un compte que nous apprécions suivre. Aucun d'entre nous n'a envie d'apparaître dans ces publications, mais les gars savent que c'est inévitable, compte tenu du fait qu'ils font partie de l'élite des athlètes universitaires du pays. Par contre, je ne comprendrai probablement jamais pourquoi il a subitement décidé que ce que CK et moi pouvions faire était susceptible d'intéresser des gens.

Grant reporte son attention sur CK, et j'en profite pour tourner les talons et me diriger vers ma chambre.

Je referme ma porte d'un coup de talon, dépose mon sac et me dirige vers mon lit pour m'y laisser tomber, tête la première. Peu importe que ma peau soit recouverte d'une couche de transpiration séchée : la douche peut attendre.

Le bruit de la porte qui s'ouvre me fait rouler sur le côté. Je baisse mon oreiller juste assez pour pouvoir jeter un coup d'œil par-dessus et établir un contact visuel avec CK.

Ouf. Dire qu'il a l'air échevelé est un euphémisme.

Ses yeux sont affreusement gonflés. Les poches en dessous sont assez profondes pour contenir l'ensemble du maquillage que je porte les jours de matches, et ses cernes pourraient rivaliser avec le maquillage noir qu'utilisent les footballeurs. Ses cheveux sont tellement en bataille qu'on ne voit même plus que Bette, la belle-sœur de Kay, les lui a coupés il y a peu.

Et… il est toujours dans ses vêtements d'hier soir.

Pourquoi porte-t-il encore ses vêtements d'hier soir ?

Oh, bon sang ! Est-ce qu'il a passé la nuit chez Kristy ?

Mon estomac menace de se retourner rien qu'à cette pensée.

Je le détaille du regard en m'attardant sur chaque détail, mais sans vraiment voir quoi que ce soit. Ses manches sont encore roulées jusqu'aux coudes et sa chemise est toute froissée sur le devant. Mais… elle est parfaitement boutonnée.

¡Dios santo!

Je ne peux pas faire ça. C'était une chose que de l'aider à obtenir des rendez-vous, au sens abstrait du terme.

Mais…

Mais…

Argh !

Devoir constater par moi-même les résultats qu'il a obtenus avec mon aide, alors qu'il revient de l'un de ses rendez-vous, au matin qui suit la nuit même au cours de laquelle il a fait basculer toute mon existence avec un baiser d'anthologie…

Ça… Impossible. Je ne peux pas supporter ça. C'est trop dur.

Je jette mon oreiller sur le côté et me lève.

— Qu'est-ce que tu veux, CK ? demandé-je d'un ton peu amène.

Il cligne lentement des yeux derrière ses lunettes, et *qu'il soit maudit* de les avoir remises.

— Tu n'es pas rentrée à la maison hier soir.

Comment peut-il savoir ça ?

Agacée, je fais aller ma main de son visage à ses pieds dans les airs.

— C'est l'hôpital qui se fout de la charité.

Il recule d'un pas, et ses sourcils remontent jusqu'au-dessus de la monture de ses lunettes.

— Qu'est-ce que c'est censé vouloir dire, ça ?

Oh mon dieu, j'en ai vraiment marre de l'entendre me demander ce que je veux dire à tout bout de champ.

— Eh bien… ce n'est pas moi qui me tiens là, debout, dans mes vêtements de la veille au soir, dis-je en faisant un cadre avec mes doigts comme pour immortaliser son apparence après qu'il a découché. D'ailleurs, comment pourrais-tu savoir si je suis revenue ici ou pas, puisque tu n'y étais pas ?

Il baisse les yeux sur ses vêtements comme s'il venait de réaliser ce qu'il portait, avant de les reporter sur moi.

— Mais qu'est-ce que tu racontes ? J'ai passé ma nuit à t'attendre.

Je toussote d'un air moqueur.

— Bien *sûr*, dis-je, alors même que mon instinct combatif commence à m'abandonner. Je n'en peux plus de toi, CK.

Je le contourne, et inspire brutalement alors que mon bras effleure le sien quand j'attrape le sac que j'ai abandonné à côté de la porte.

— Qu'est-ce que tu veux dire par là ?

Je ferme les yeux et serre mes paupières assez fort pour voir des taches de couleur tout en m'agrippant à mon sac jusqu'à ce que les dents de la fermeture éclair viennent mordre dans la chair de mes paumes. Je m'immobilise, incapable d'ouvrir mon sac.

— Je jure devant Dieu que si je dois t'entendre me poser ce genre de questions encore une fois, je vais craquer.

Je serre les dents et je jette mes vêtements d'hier en direction de mon panier à linge sans prendre la peine de vérifier s'ils y entrent vraiment.

CK ne dit plus rien, et j'aurais presque pu croire qu'il était parti si ce n'est le poids de son regard sur moi, attentif à chacun de mes mouvements.

Je pénètre dans mon dressing – avantage non négligeable qui me manquera sûrement si je finis par déménager définitivement – et je commence à jeter des vêtements vers le lit. Je ne regarde même pas ce que j'attrape. Je suis presque sûre que la robe de cocktail que j'ai portée lors de la dernière cérémonie de remise de récompenses avec mon ancienne équipe de cheerleading se trouve dans la pile géante que je suis en train de faire.

— Qu'est-ce que tu fais ?

CK me regarde comme si j'étais folle. Je ne peux pas lui en

vouloir : j'ai la sensation d'être au bord d'un précipice et prête à péter les plombs.

— Je fais mes valises, dis-je succinctement.

— Pour aller où ? demande-t-il encore, confus, et son expression d'incompréhension me fait presque mal au cœur.

— Chez Kay, dis-je sans rien ajouter de plus, parce que je refuse de donner davantage d'explications.

— Mais tu en viens, non ? demande-t-il à nouveau en faisant un geste vers ma tenue : short noir, débardeur bleu camouflage des coaches de la NJA et nœud surdimensionné assorti.

— Je vais rester chez elle un moment, acquiescé-je néanmoins.

— Un moment ? demande CK en fronçant les sourcils, et je sais qu'il fait des calculs dans sa tête alors qu'il pose les yeux sur les livres que j'ai empilés sur mon bureau. Et tes cours ?

— Je ferai la navette, rétorqué-je en haussant les épaules.

Comme si transformer un trajet de cinq minutes en un trajet de près d'une heure n'était pas tout à la fois idiot *et* galère.

— *Quoi ?* Mais… Pourquoi ? C'est idiot.

Je sais, merci. Il n'empêche que c'est nécessaire.

— J'ai besoin d'espace.

— Parce que les près de huit cents mètres carrés de cet endroit sont soudainement trop petits pour nous deux ?

— Oui.

— C'était ironique, dit-il en reculant encore d'un pas.

— Moi, je suis sérieuse, répliqué-je en continuant à fourrer mes affaires dans mon sac sans même prêter attention à ce que j'y mets.

Seul le bruit de ses pieds m'indique qu'il a bougé : sans un mot, CK s'approche de moi et m'attrape par le coude pour me tourner vers lui.

— Qu'est-ce qui se passe, Quinn ?

Je déteste qu'il m'appelle Quinn. Et… c'est un problème. La façon dont il m'appelle ne devrait pas avoir d'importance ; pas quand me considérer comme *sienne* lui pose un problème.

— Je ne peux pas continuer de vivre avec toi. Du moins, pas maintenant.

Je vais pour me retourner, mais il resserre sa prise sur mon coude, m'obligeant à rester devant lui.

— Mais pourquoi ? demande-t-il, une pointe de panique dans la voix. C'est à cause de ce qui s'est passé hier soir ?

— Oui, dis-je sans plus tourner autour du pot.

Ce qui est fait est fait. Il n'y a pas de retour en arrière possible.

— Je t'ai déjà dit que j'étais désolé.

— Oui, et c'est bien ça, le problème.

J'ai envie de le secouer. Si c'était physiquement possible, je l'emmènerais dans le premier magasin de bricolage venu pour qu'ils le plongent dans un mélangeur de peinture, juste pour voir si cela parvient à lui mettre les idées en place.

— Je sais, dit-il en baissant la tête et en me lâchant. Je sais que ça n'aurait pas dû arriver.

Je me retourne brutalement vers lui.

— Non ! crié-je en lui mettant un coup dans la poitrine, juste au-dessus de l'un des plis de sa chemise. Tu vois ? C'est *ça*, le problème.

— Hein ?

— *Toi, tu* penses que cela n'aurait jamais dû arriver, et *moi, je* pense que cela aurait dû arriver il y a bien longtemps.

— *Quoi ?!*

— Alors… non, continué-je, sans tenir compte de l'interruption. Après *ça*, je ne peux pas rester là. Ça fait trop mal.

— Je ne comprends pas.

— Je ne peux rien y faire.

— Pourquoi pas ?

Je soupire et jette le t-shirt que j'ai roulé en boule entre mes mains derrière moi.

— Parce que, CK, tu peux mener un cheval à l'abreuvoir, mais tu ne peux pas l'obliger à boire.

— En quoi ce proverbe a-t-il un quelconque rapport avec notre situation ?

— Oh, c'est simple : peu importe combien je t'apprécie, je ne peux pas t'obliger à m'apprécier en retour de la même manière.

— Tu m'apprécies… en tant qu'ami ?

— Évidemment, dis-je en levant les yeux au ciel. Mais ce n'est pas de cela dont je parle.

— Tu es en train de me dire que tu m'apprécies davantage que comme un ami ?

— Oui.

— Mais hier soir, tu es sortie avec Grady.

Ce n'est probablement pas ce que j'ai fait de plus intelligent, indéniablement.

— Il m'a prise au dépourvu. Quand il m'a demandé de sortir avec lui, je me sentais particulièrement vulnérable.

— Parce que nous avions bu ?

— Non, dis-je en agitant la tête. Parce qu'il m'a demandé de sortir avec lui juste après que tu as démenti avec véhémence être *quoi que ce soit d'autre* qu'un ami pour moi.

Il est trop près de moi : son odeur envahit mes poumons et je peux sentir sa chaleur irradier.

C'est plus que je ne peux en supporter. Je cherche à m'éloigner à nouveau, mais il plaque ses longs doigts sur l'arrondi de ma hanche.

— Je pensais que nous avions déjà établi le fait que nous étions amis… n'est-ce pas ?

Le ton est si sincère que je me sens coupable d'être si frustrée par son attitude.

— Nous sommes amis, soupiré-je en laissant aller ma tête jusqu'à la poser au milieu de sa poitrine. Mais je ne peux plus faire comme si je ne voulais pas que nous soyons bien davantage.

Des larmes brûlantes me montent aux yeux, et l'épuisement me gagne. Un doigt se glisse sous mon menton et je dois cligner des yeux pour ne pas laisser échapper des larmes de frustration.

— C'était une chose quand j'avais le béguin pour toi, que tu n'étais qu'un type que je connaissais et avec qui je traînais parfois parce qu'il était l'ami de mes amis, soufflé-je avant de pencher ma tête en arrière pour contempler le plafond. J'avais ces petits aperçus de ta personnalité chaque fois que tu oubliais de te méfier de nous. La façon dont tu interagissais avec Kay, Em et G m'a montré tous les aspects de ta personnalité que tu gardes cachés sous ta façade d'intello timide et sexy.

Il lève une main pour remonter ses lunettes sur son nez.

— Tu trouves que je suis sexy ?

— Ouais, avoué-je, avant de pincer les lèvres et de croiser son regard. Sauf quand tu refuses de me croire quand je te dis ce que je ressens pour toi. En dehors de ces moments-là, ouais, je te trouve sexy.

Il n'y a pas plus de quelques centimètres entre nous, mais je me rapproche, comblant le minuscule fossé.

J'attrape le devant de sa chemise, je tords le tissu et je tire jusqu'à ce qu'il soit obligé de baisser la tête.

— Je. T'aime. *Vraiment*. Bien.

Refusant de lui donner le temps de me répondre par un autre commentaire stupide du genre *Oui, comme un ami,* je me hisse sur la pointe des pieds et utilise la prise de mes doigts sur sa chemise pour nous rapprocher jusqu'à ce que mes lèvres frôlent les siennes.

— *Yo te quiero,* murmuré-je, et je peux l'entendre déglutir. Je ne sais pas dans combien de langues différentes je dois le dire, mais ça se traduit par la même chose dans chacune d'entre elles.

— Que tu m'aimes bien ?

Je lève les yeux au ciel, mais réponds quand même par un hochement de tête.

Nous voilà revenus au même point qu'hier soir, et c'est sans issue. C'est pourquoi j'ai besoin d'espace. Je ne peux pas continuer à jouer cartes sur table alors qu'il s'entête à répondre comme un idiot à mes déclarations. Mon cœur n'en peut plus. J'ai atteint ma limite.

Je commence à m'éloigner pour mettre enfin cette distance dont j'ai besoin entre nous, mais les mots qu'il prononce alors me figent sur place.

— Moi aussi, je t'aime bien.

CHAPITRE 27

CK

Il est fort possible que je sois en pleine hallucination due au manque de sommeil. La fatigue mentale que je ressens rivalise avec celle de n'importe quelle semaine d'examens, sauf qu'au lieu de travailler sur les sujets de manière échelonnée, je les aurais tous potassés en une seule nuit.

Il y a le fait que je suis littéralement obsédé par ce baiser échangé avec Quinn.

Et aussi l'incrédulité choquée des étudiantes qui nous ont trouvés dans un coin près des toilettes.

Sans compter Grady, lequel est venu voir où était Quinn parce qu'elle était partie depuis longtemps.

Et enfin, ce qui m'a empêché de dormir et m'a incité à faire les cent pas sans m'arrêter dans tout l'appartement : imaginer tout ce que Quinn pourrait faire avec Grady et qui serait susceptible de la retenir toute la nuit.

Bien sûr, maintenant je réalise que Quinn est partie avec

Grady, mais qu'elle n'était pas avec lui. Elle a dormi chez Kay. Peut-être que, si je n'avais pas passé mon temps à l'éviter, j'aurais su ce qu'elle avait prévu pour hier soir.

Ou alors, ce n'était pas prévu, mais elle a éprouvé le besoin de prendre la fuite à cause de moi et de ce que j'ai fait.

Et pourquoi a-t-elle supposé que j'aie… quoi ? Passé la nuit avec Kristy ?

Passer la nuit avec Kristy est aussi improbable que Quinn me disant qu'elle m'aime bien. Pourtant, c'est exactement ce qui vient de se passer. Quinn, une fois de plus, debout face à moi, sa bouche effleurant la mienne à chaque mot qu'elle prononce, des mots extraordinaires, mais improbables.

Mais vous savez quoi ?

Je m'en fiche désormais.

— Moi aussi, je t'aime bien.

Bordel de merde. Est-ce que je viens d'admettre que *j'aime* Quinn ?

Je me crispe : elle va forcément me rire au nez. Que je lui retourne la déclaration ne peut que lui faire prendre conscience que ses mots ont dépassé sa pensée.

Sauf que… Elle ne rit pas. Et ne s'éloigne pas non plus.

Non, elle inspire profondément et écarquille les yeux.

Et puis… le bout de sa langue effleure mes lèvres quand elle lèche les siennes, et je suis perdu.

Fini de jouer.

Que tout cela soit une réalité ou non, je fais taire mon cerveau et laisse l'instinct prendre le relais.

Je plante mes dents dans la lèvre inférieure de Quinn, je la mords et l'aspire dans ma bouche en avalant son gémissement lorsque je scelle fermement nos bouches l'une à l'autre. Elle plante ses ongles dans ma poitrine quand elle raffermit sa prise sur ma chemise et m'étrangle à demi, mais je m'en fiche : je me rend à peine compte qu'elle me fait mal.

Je caresse ses lèvres des miennes, et passe un bras autour de sa taille jusqu'à ce que nos corps soient si serrés l'un contre l'autre que l'on ne sait plus où elle commence et où je finis. Quinn fait glisser ses mains le long de mon torse, elle passe ses bras autour de mon cou et ses doigts s'enfoncent dans mes cheveux.

À mon tour, je saisis sa longue queue de cheval et l'utilise pour déplacer sa tête alors que je me déplace le long de sa mâchoire, puis le long de la ligne de son cou. Son pouls palpite contre mes lèvres et sa peau a un léger goût de sel.

Je ramène ma bouche sur celle de Quinn et je lèche le sillon de ses lèvres. J'adore comme elle les écarte automatiquement, comme elle l'a fait la nuit dernière.

Elle resserre encore sa prise sur moi, jusqu'à m'en faire mal, comme si le fait de me lâcher ne pouvait que signifier que je vais la rejeter ensuite.

Mais cela n'arrivera pas.

Peut-être qu'elle et moi, cela n'a pas de sens, mais j'ai quand même l'intention d'en profiter, le plus longtemps possible.

Je réfléchirai à la façon de réparer les pots cassés ensuite, une fois que cette histoire aura inévitablement pris fin.

Je ne saurais pas vous dire combien de temps Quinn et moi nous sommes embrassés avant qu'elle ne se recule, prétextant qu'elle avait besoin de se doucher pour se débarrasser de toute la *crasse*, comme elle dit, accumulée lorsqu'elle était aux Barracks.

Un répit bienvenu : j'ai pu prendre une douche moi aussi. J'avais besoin de réfléchir au fait que j'avais admis qu'elle me plaisait et que j'avais osé m'exposer au risque de me faire rejeter. Oui, je sais bien que c'est elle qui m'a dit, et à plusieurs reprises, qu'elle m'aimait bien en premier, mais il y a toujours cette part de moi, bien enfouie, qui a du mal à accepter que c'est réellement vrai.

Je voulais aussi me débarrasser des miasmes de ma nuit blanche et *m'occuper de moi* avant de rejoindre Quinn sur le canapé comme convenu.

Et je suis bien content de l'avoir fait.

Parce que, dès que Quinn est apparue à la porte de sa chambre, vêtue d'un minuscule short de nuit à carreaux et d'un soutien-gorge de sport à bretelles croisées, mon entrejambe a commencé à se manifester. Si je n'avais pas libéré la cavalerie quelques minutes plus tôt, j'aurais été incapable de cacher l'effet qu'elle me fait.

J'avoue avoir paniqué, un court instant, lorsqu'elle a dit

qu'elle voulait que l'on fasse un câlin, mais elle a ensuite jeté son coussin en peluche surdimensionné dans le coin de la banquette et m'a fait signe de venir tout contre elle.

J'ai essayé d'argumenter, mais bien entendu, elle n'a rien voulu entendre. Elle s'est contentée d'appuyer sa main sur sa hanche et de grommeler, en espagnol, bien sûr, que je semblais tout près de m'écrouler. Certes, je n'ai pas compris ce qu'elle m'a dit avant qu'elle ne traduise, mais depuis un mois que nous vivons ici, rien que nous deux, elle a eu le temps de comprendre que son bilinguisme avait tendance à me faire passer pour un parfait idiot.

J'ai hésité un moment, pas tout à fait sûr de moi, mais elle a tapoté les coussins devant elle, m'invitant à me rapprocher, et mes pieds se sont mis à bouger comme mus par leur propre volonté.

Je me suis assis à côté d'elle plutôt que devant, et elle m'a adressé son habituel sourire tordu lorsque j'ai soulevé une de ses jambes pour la poser sur mes genoux. J'ai eu aussi droit à un de ses plissements d'yeux agacés et provocateurs, mais elle n'a rien ajouté, se contentant de faire défiler Hulu jusqu'à trouver *Bones* dans la liste des séries.

Quand je lui ai demandé pourquoi elle regardait quelque chose qu'elle avait manifestement déjà vu, étant donné que tous les épisodes affichaient une barre d'état verte, elle m'a simplement fait signe de me taire. Littéralement, en posant l'un de ses doigts contre ses lèvres encore légèrement gonflées.

Puis, elle m'a attiré vers elle jusqu'à ce que je me retrouve affalé contre le dossier du canapé et a commencé à passer ses doigts dans mes cheveux. Inutile de dire que je n'ai même pas eu le temps de voir le premier échange de plaisanteries salaces de Bones et Booth avant que mes yeux ne se ferment.

Je n'ai aucune idée du temps qui s'est écoulé, mais je soupçonne qu'il s'est bien passé quelques heures, étant donné que le message Hulu incitant à ne pas regarder plusieurs épisodes à la suite s'affiche maintenant de manière floue sur la télévision. Où sont passées mes lunettes ?

Et il y a une autre chose que j'ignore. Vous voulez savoir ce que c'est ? Comment j'ai fini par me retrouver avec le ventre, le ventre *nu* de Quinn ; en guise d'oreiller.

Je redresse le menton et jette un coup d'œil à Quinn, laquelle s'est elle aussi assoupie. Contrairement à la nuit dernière, elle ne porte aucun maquillage, et ses cheveux attachés en une queue de cheval désordonnée pendent sur le côté du coussin contre lequel elle est appuyée ; mais elle n'en reste pas moins belle à en crever.

Elle m'aime bien.

Je n'ai pas encore intellectualisé ce fait, mais il y a quelque chose dans le fait de la voir comme ça qui me laisse à penser que, peut-être, j'ai une vraie chance avec elle. Ses doigts sont noués dans mes cheveux comme si, même endormie, elle ne parvenait pas à lâcher mes mèches, et je dois admettre que j'aime ça.

— Hé, lâche Quinn d'une voix rauque et sexy quand je lève la tête à la recherche de mes lunettes.

Les mots que je m'apprête à prononcer en guise d'excuses pour m'être endormi sur elle meurent sur ma langue au moment où elle commence à gratter mon cuir chevelu avec ses ongles.

— Hé, dis-je à la place, en attrapant mes lunettes.

— Tu t'es littéralement effondré.

J'acquiesce, et je pourrais presque me mettre à ronronner tandis qu'elle continue à passer ses doigts dans mes cheveux, au point que j'en oublie complètement mes lunettes.

— Je n'ai pas dormi la nuit dernière, admets-je, même si c'était probablement évident.

— Pourquoi ?

Je la sens se tendre contre moi. Pense-t-elle vraiment que je suis rentré avec Kristy ?

— Pour commencer, parce que je ne suis pas arrivé à me défaire de l'image de toi en train de partir avec Grady, dis-je, alors qu'un flash de la façon dont elle m'a regardé par-dessus son épaule juste avant qu'ils ne disparaissent au bout du couloir s'imprime devant mes yeux ; avec cet air triste sur ton visage.

Je m'interromps pour essayer de me débarrasser de la boule qui s'est soudainement formée dans ma gorge, lorsque cette même expression apparaît à nouveau sur son visage. Je doute que ce que je vais ajouter lui facilite la tâche, mais…

Je pose ma main dans ma nuque et serre.

— Et puis, vers trois heures du matin, quand il est devenu évident que tu ne rentrerais pas à la maison… J'ai commencé à imaginer tout ce que tu pourrais être en train de faire, et…

— C'est bon, j'ai compris, m'interrompt-elle.

Elle fait courir ses mains le long du maillot de corps blanc que j'ai enfilé plus tôt, et elle appuie sur ma poitrine. Puis, grâce à sa jambe toujours passée autour de ma hanche, elle nous fait pivoter jusqu'à ce que je sois à nouveau assis sur le canapé. Et elle continue à pivoter, pour s'installer à califourchon sur mes genoux. Le plaid qui nous recouvrait est à présent bouchonné inconfortablement sous mes fesses, mais je l'oublie très vite lorsqu'elle pose son entrejambe contre la mienne. Même à travers le tissu de son short et de mon pantalon de survêtement, je peux *sentir* irradier sa chaleur.

Ses yeux plongés dans les miens, elle vient poser ses mains sur mes joues et dessine mes sourcils de ses doigts, puis le contour de mes yeux, lequel est dégagé, sans mes lunettes. Son toucher est doux, presque révérencieux, alors qu'elle explore mes traits jusqu'à ce qu'elle glisse à nouveau ses doigts dans mes cheveux et pose ses pouces sur mes tempes, toujours sans me quitter du regard.

— Je n'étais pas dans un bon état d'esprit quand je suis rentrée à la maison. Et… quand je t'ai vu dans les mêmes vêtements qu'hier soir… j'ai immédiatement commencé à imaginer plein de choses et… *ça*… ça fait mal, achève-t-elle en déglutissant.

— Pourquoi ? demandé-je lentement, je ne veux pas l'énerver, mais il faut que je sache.

— Tu as oublié que je t'ai dit que je t'aimais bien il y a quelques heures ?

Elle pointe du menton vers sa chambre, par-dessus mon épaule.

Elle oscille légèrement contre moi comme pour ponctuer son propos, et je pose mes mains sur ses hanches.

— Non, je m'en souviens bien, dis-je, pressant ses hanches en signe d'avertissement quand elle recommence à osciller contre moi. J'ai encore du mal à y croire, mais le fait est que je m'en souviens très bien tout de même.

Elle s'immobilise, comme figée entre mes mains, avant de se décaler jusqu'à ce que la courbe de ses fesses repose sur mes genoux. Elle appuie ses mains sur mes clavicules et ses doigts s'enfoncent dans mes trapèzes.

— Pourquoi as-tu du mal à y croire ?

Il y a une pointe d'inquiétude dans sa question.

Je n'ai jamais parlé de ce que j'ai vécu au lycée, avec

personne. Exception faite des membres du trio d'origine, ceux qui m'ont imposé leur amitié. Je soupçonne depuis longtemps Quinn d'avoir entendu certaines choses, mais il m'est beaucoup plus difficile de lui raconter l'histoire, à elle, qu'aux autres.

Mes années de lycée sont remplies de souvenirs que je préférerais oublier, mais il y en a un dont je peux lui parler et qui pourrait l'aider à comprendre.

— D'après mon expérience… commencé-je avant de m'interrompre pour m'éclaircir la gorge ; la seule raison pour laquelle une fille qui te ressemble me parlerait serait parce qu'elle essaierait de me distraire pendant que son petit ami, généralement l'un des athlètes du lycée, et ses potes seraient occupés à piéger mon casier ou à préparer une embuscade visant à me ridiculiser.

— Ces dégénérés avec qui tu es allé au lycée devraient adresser quelques prières à *La Virgen Maria*, demandant à ne jamais me croiser. Que tu sois incapable de voir ta valeur à cause d'eux me met très en colère, CK.

Le ton de Quinn est plus que sérieux, et je commence à jouer avec la bande élastique de son soutien-gorge, mes doigts glissant sur le tissu. Elle n'est pas la première à me dire quelque chose de ce genre, mais venant d'elle, cela a bien davantage de force.

Sauf que…

— Si tu penses que je suis quelqu'un d'aussi intéressant, et que tu m'apprécies autant… pourquoi as-tu accepté de m'aider à sortir avec d'autres filles ? Pourquoi ne pas me garder pour toi ?

CHAPITRE 28

QUINN

Ouf. Et voilà CK qui en vient directement aux questions qui fâchent.

Bon. Est-ce que je botte en touche ou est-ce que j'avoue la vérité ?

Le rouge me monte aux joues, et je détourne le regard, incapable de rester plus longtemps dans le feu de ses yeux bleus et pénétrants.

Mon cœur s'emballe lorsque CK me pince le menton entre ses doigts, et mon ventre se tend à cette façon inhabituelle qu'il a de demander mon attention.

— Dis-moi.

Argh. Quand il me parle de cette voix grave et profonde, j'ai envie de lâcher prise et de lui dire *absolument tout* ce qu'il peut vouloir savoir.

— J'étais désespérée.

— *Désespérée ?* demande-t-il, incrédule.

J'acquiesce, ma queue de cheval glissant sur mon épaule.

— Il y a longtemps que je craque pour toi, mais j'ai toujours eu l'impression que tu faisais exprès de garder une certaine distance avec moi alors que tu ne le faisais pas avec les autres.

Cette fois, c'est lui qui détourne le regard parce que nous savons tous les deux que c'est vrai. Chaque fois que nous avons partagé un moment susceptible de montrer qu'il pouvait y avoir quelque chose entre nous, il a redoublé d'efforts pour m'éviter.

Et pourtant…

Je suis incapable de passer à autre chose.

Même si à l'exception des deux fois où il m'a embrassée, notre relation a été exclusivement à sens unique.

Ce n'est peut-être que récemment que j'ai vraiment exprimé mes sentiments et que j'ai pris le risque, moi, de me faire rejeter, mais la vulnérabilité innée de CK a toujours eu le don de m'attirer comme un aimant.

— J'espérais que, si j'arrivais à te faire prendre confiance en toi avec d'autres femmes, tu finirais par être moins hésitant avec moi. Et… alors… peut-être… que tu tomberais amoureux de moi.

Vous le voyez, vous aussi, ce magnifique plateau d'argent sur lequel je suis en train de m'offrir ?

— *Quoi ?!*

— Ce n'est pas juste que je t'aime bien, Superman, dis-je en haussant les épaules avant de ramener mes mains sur ma poitrine et de faire un geste pour nous désigner tous les deux. Je veux être celle avec qui tu sors. Chaque fois que tu es sorti avec une autre, ça m'a *tuée*. C'est complètement irrationnel, parce que je sais qu'elles te conviennent probablement mieux que moi… mais… *¡Ay dios mío!*

Je me prends la tête à deux mains, enfonçant mes ongles dans mon cuir chevelu.

— La nuit où tu es sorti avec cette *puta* qui s'est débrouillée pour pouvoir te planter sur place, j'étais en train de péter les plombs aux Barracks. C'est une *lycéenne* qui m'a ramenée à la raison.

Il s'est peut-être écoulé des semaines depuis cette nuit-là, mais cette bulle de folie, acide comme une pile, est toujours en train d'infuser en moi.

— *Me estaba volviendo loca*, lâché-je finalement d'une voix forte quand ma gorge se serre.

Les paumes de CK glissent le long de mes bras, et il vient dénouer mes doigts de mes cheveux avec douceur. Mes mains dans les siennes, il abaisse lentement mes bras entre nous tout en caressant le dos de mes phalanges des pouces.

— Pourquoi étais-tu en train de devenir folle ?

Il n'y a rien à faire : cette façon qu'il a de poser des questions sans se soucier d'avoir l'air idiot m'a toujours fait quelque chose.

— Ah, regarde-toi, tu as compris ce que j'ai dit sans que j'aie besoin de traduire, dis-je d'un ton taquin pour alléger l'atmosphère. Je vais faire de toi un bilingue, Superman.

— Loin de moi l'envie de vouloir ruiner tes rêves linguistiques, Red, mais tu utilises souvent cette expression.

Bordel de merde.

Je passe ma langue sur mes dents, mais je n'arrive pas à retenir mon rire. Je secoue une de mes mains et pose un doigt sous son menton pour incliner son visage vers le mien.

— Même s'il m'est difficile de nier cet état de fait, j'aimerais souligner le fait que c'est parce que tu es resté obstinément aveugle à moi et à mes charmes que ma santé mentale s'est trouvée un peu plus menacée à chaque jour qui passait.

Mon téléphone vibre sur la table basse, et le bourdonnement prolongé m'indique qu'il s'agit d'un appel, et non d'une énième notification Instagram. Je jette un coup d'œil par-dessus mon épaule, et je gémis lorsque je vois le visage souriant de Tessa s'afficher sur l'écran.

— Je jure que cette nana a un sixième sens vaudou bizarre pour savoir quand on parle d'elle.

CK se redresse pour voir de qui je parle, tous ses muscles se contractent alors qu'il se presse contre moi.

— Tessa Taylor ? C'est elle qui t'a sortie du précipice de ta folie ?

Je comprends son incrédulité. Les gens disent souvent de moi que je suis du genre pétillante et solaire, mais Tessa ? Je ne crois pas qu'il existe sur la planète une fille plus *extra* qu'elle.

— J'étais *super* mal, OK ?

Il pose ses mains sur mes fesses pour m'immobiliser, et je perds mon souffle alors que mon cœur s'accélère. Il effleure ma joue de la sienne, et le parfum frais de son shampoing vient m'envahir, encore plus prononcé parce qu'il vient de prendre une douche. Je me blottis contre lui, enivrée.

— Moi aussi, je t'aime bien, chuchote-t-il tout contre mon oreille, son souffle chaud caressant ma peau.

Ce n'est pas la première fois qu'il se décide à l'admettre, mais les choses ont été tellement à sens unique entre nous qu'il va me falloir un peu de temps avant que je n'arrive à vraiment intellectualiser cette nouveauté.

— Vraiment ?

Est-ce que c'est vraiment moi qui viens de parler ? On aurait dit un sanglot étranglé.

Oh là, là ! Quelle mauviette je fais !

CK recule et laisse ses yeux errer sur mon visage. Son regard est brûlant, et ma respiration s'accélère. C'est la première fois qu'il me regarde avec une telle expression de désir brut. C'est enivrant, mais pas autant que les mots qu'il prononce.

— Bien sûr que je t'aime bien, Quinn, dit-il en faisant glisser le dos de ses doigts sur l'une de mes pommettes. Je crois que je n'ai jamais rencontré une fille aussi gentille et pétillante que toi.

Il pose sa main le long de ma gorge, et caresse ma trachée du pouce quand je déglutis.

— Mais en même temps, tu me terrifies.

— À cause de mon tempérament explosif ? plaisanté-je.

Ma blague tombe à plat : il reste hermétique à mon humour.

— C'est une part de ta personnalité que j'apprécie, Red, répond-il tout en faisant courir ses doigts dans ma nuque. Mais la principale raison pour laquelle tu me fais peur, c'est parce que je pourrais très vite devenir accro à toi.

Oh.

Mon.

Dieu.

Je ne suis pas sûre de savoir quoi répondre à ça.

Le silence s'installe entre nous, troublé uniquement par le bourdonnement ininterrompu de mon téléphone portable. C'est encore et toujours des notifications liées aux publications de ce fichu UofJ411. Je commence à comprendre le calvaire que Kay et Mason vivent parfois.

CK pose son regard sur ma bouche lorsque je me lèche les lèvres, et ses yeux s'écarquillent légèrement.

— Bon sang, tu es trop belle pour moi, lâche-t-il d'une voix rauque.

Je suis suffisamment consciente de mon apparence pour

savoir que, oui, selon les canons de beauté actuels de notre société, je suis plutôt bien faite de ma personne. J'ai de jolis traits réguliers et j'ai hérité de la somptueuse ossature des Bautista, ainsi que de leurs formes. Ce n'est pas parce que cela me dérange que mon apparence soit la seule chose que l'on remarque chez moi que je vais nier que je suis bien fichue.

Mais…

Que ce soit CK qui énonce cela avec sa franchise désarmante est un formidable *boost* d'ego.

Jusqu'à ce que j'intègre les derniers mots de sa phrase.

— N'importe quoi, rétorqué-je. *Personne*, tu m'entends, absolument personne, *putain*, n'est trop bien pour toi, Christopher.

Un rictus amusé retrousse la commissure de ses lèvres lorsque j'utilise son prénom entier, mais cette fois, je ne suis pas d'humeur à plaisanter. Je suis tout ce qu'il y a de plus sérieuse.

J'attrape son beau visage à deux mains pour l'immobiliser, avant de reprendre la parole :

— Tu es beau à l'intérieur comme à l'extérieur. Tu aurais pu devenir amer et froid après tout ce que tu as vécu, mais au lieu de ça, ton cœur est resté aussi gentil et loyal qu'il est possible de l'être, dis-je avec ferveur tout en appuyant sur ses joues jusqu'à lui faire plisser les lèvres. Pourquoi crois-tu que j'aie continué à avoir le béguin pour toi pendant aussi longtemps ? C'en est presque embarrassant.

Il me prend par les poignets pour poser mes mains sur les côtés de son cou.

— *Combien* de temps ? demande-t-il.

Je refuse de répondre à ça. Je secoue la tête, ma queue de cheval nous fouettant tous les deux au visage.

— Est-ce qu'ils ne sont pas plus clairs qu'hier ? demande CK tout en attrapant les pointes de mes cheveux pour les observer.

Je ne peux pas me voir, mais je suis sûre d'afficher un sourire idiot, ravie qu'il l'ait remarqué.

— Oui. Bette a refait ma couleur, ce qui a permis aux filles de passer la soirée à me harceler pour que je leur dise où nous en étions.

— Où nous en étions ? demande-t-il en continuant à jouer distraitement avec mes cheveux.

— Oui, toi et moi, dis-je du ton de l'évidence.

— Toi et moi ?

Je lève les yeux vers le haut plafond.

— Dis donc, on dirait qu'il y a de l'écho, ici.

— Espèce de petite maligne, lâche-t-il en tirant sur mes cheveux.

— Crétin, rétorqué-je en inclinant la tête.

Nous nous sourions comme des imbéciles, jusqu'à ce que l'atmosphère devenue joueuse se transforme à nouveau et devienne plus intense, comme frémissante.

CK effleure mes lèvres du dos de ses doigts.

— Tu m'aimes bien alors ?

Je réponds à sa question par une question en mode miroir.

— Et toi alors, tu m'aimes bien ?

— C'est complètement dingue.

— Peut-être, dis-je en haussant les épaules, mais la vie est trop courte pour ne pas être heureux.

Je me rapproche de nouveau de son torse, glissant le long de ses cuisses jusqu'à ce que je sois pressée contre la bosse qui déforme son pantalon de survêtement.

— J'ai envie de toi, CK, murmuré-je contre ses lèvres.

Il émet *ce* son, *le* son qui n'est qu'à lui et qui fait frémir toutes mes hormones d'anticipation, et cette fois, c'est moi qui l'embrasse.

Il passe ses bras puissants autour de moi, et m'emporte avec lui alors qu'il se laisse tomber contre les coussins, mes hanches oscillant contre son corps comme mues par leur volonté propre.

Son érection est dure comme du bois, et d'après le temps qu'il me faut pour me frotter sur toute sa longueur, CK ne cache pas qu'un torse sculpté sous ses vêtements informes.

Ma respiration se hache, et j'ai des papillons dans l'estomac. Tout mon corps ondule, et je trace son beau visage du bout des doigts, les yeux fermés, pour mieux le découvrir en le touchant. Je me noie dans un océan de sensations.

Il pose sa main contre mes côtes et appuie pour guider mes mouvements.

CK m'a peut-être laissée frustrée pendant des semaines, voire des mois, avec son incapacité à voir ce qu'il avait sous les yeux, mais quand il m'embrasse ? C'est fou, c'est comme s'il était fait pour ça.

Le modèle humain Christopher Kent, spécialisé dans les baisers avec Quinn Thompson.

Il appuie doucement, mais fermement, ses lèvres sur les miennes, presque avec autorité.

Je me cambre et presse ma poitrine contre son torse aux muscles tendus alors que son autre main descend le long de mon flanc pour aller caresser le haut de mes fesses en se glissant sous la ceinture de mon short.

— CK, gémis-je, suppliante, et il se fige. Je veux… plus.

Des feux d'artifice commencent à gronder et à envoyer des étincelles de feu dans mes veines alors que je frotte mon clitoris contre lui juste comme il faut.

— Quinn, souffle-t-il tout en poussant de son bassin contre moi.

— CK !

Je deviens frénétique. J'éprouve le besoin impérieux de le toucher, d'éliminer les barrières qui nous séparent. Mon sang bouillonne.

Il dépose des baisers le long de ma mâchoire et de mon cou, et caresse de la langue le point où mon sang pulse dans mon cou.

Il mordille ma clavicule et je tire sur son maillot pour le passer au-dessus de sa tête, les doigts agrippés au coton, avec assez de force pour envoyer valser ses lunettes s'il les avait portées. Pour la première fois néanmoins, je suis contente qu'il ne les ait pas sur le nez : si je les avais cassées, j'aurais probablement fondu en larmes.

Ses yeux se sont assombris et ont viré à la même couleur que le crépuscule qui tombe à l'extérieur ; et sa poitrine se soulève alors qu'il halète.

— *Dios*, tu es encore plus sexy que tu n'en as l'air.

Je passe mes mains sur son torse bronzé et j'effleure ses tétons de mes pouces. Il produit à nouveau ce son qui roule depuis le fond de sa gorge, et je me mords les lèvres.

— Qui ça, *moi* ? s'étouffe-t-il en enfonçant ses doigts, légèrement calleux, dans le creux de ma taille. Est-ce que *tu* t'es regardée ?

Je tente de me frotter à nouveau contre lui, mais il m'oblige à rester immobile, ses yeux me transperçant avec une intensité que je ne comprends pas.

— Si tout cela n'est qu'un autre de mes rêves, surtout, ne me réveille pas.

Une sensation de bonheur intense explose dans mon cœur.

— Tu rêves de moi ? demandé-je, faussement intimidée, en inclinant ma tête sur mon épaule.

CK passe un doigt sous ma mâchoire, attendant pour parler que je me retrouve de nouveau prise au piège de son regard brûlant.

— Chaque. *Putain.* De. Nuit.

Ma bouche s'ouvre en un *O* stupéfait. Toute retenue que j'aurais encore pu avoir s'évapore sur le champ, et je me jette sur lui avec ferveur.

Je perds plus ou moins le contrôle de mes mouvements alors que je m'efforce de toucher et de caresser toutes les parties de son corps que j'arrive à atteindre. Il n'y a plus aucune grâce dans mes gestes lorsque je croise mes bras pour enlever mon propre haut : je carbure au désir pur et à la frustration sexuelle refoulée.

Je suis tellement excitée que je sursaute lorsque CK m'arrête en couvrant mes mains avec les siennes.

— Quoi ? Qu'est-ce qu'il y a ? demandé-je quand ses pouces se glissent sous mes paumes pour ôter mes doigts de sous l'élastique de mon soutien-gorge.

CK a les joues toutes roses, mais le mouvement mesuré de sa pomme d'Adam me laisse à penser que ce n'est pas d'excitation que ses joues brûlent, contrairement à moi.

Il abaisse nos mains entre nous, et l'inquiétude m'envahit. Ce n'est que lorsqu'il noue ses doigts aux miens en nous liant l'un à l'autre que mon anxiété s'atténue.

— Qu'est-ce qui se passe ? Pourquoi arrêter maintenant ?

Une fois de plus, il déglutit bruyamment.

— CK ?

Je lève nos mains jointes pour caresser sa mâchoire crispée.

— Il faut que je te dise quelque chose.

Une vilaine pensée surgit dans mon cerveau, probablement irrationnelle. Mais je suis incapable de m'en défaire, et incapable d'arrêter la question qui l'accompagne.

— Tu n'as pas envie de moi ?

Il sursaute, et resserre sa prise sur mes mains.

— Quoi ?! Bien sûr que si, j'ai envie de toi, s'empresse-t-il de dire.

C'était peut-être irrationnel, mais le soulagement qui déferle dans mes veines quand il confirme que je me trompe me fait m'effondrer légèrement sur lui.

— J'ai *vraiment* très envie de toi, Quinn.

— Mais ? lancé-je, parce que j'entends parfaitement le petit mot qu'il n'a pas prononcé.

— Mais j'ai peur de ne pas être à la hauteur.

Je me mords la lèvre et libère l'une de mes mains pour aller la poser sur la bosse de son pantalon.

— À mon avis, tu es tout à fait à la hauteur, Superman, dis-je tout en pressant doucement son membre et en savourant le gémissement qui lui échappe. C'est encore plus dur que du béton armé, tu t'en rends compte ?

Il laisse échapper un gloussement douloureux, mais je peux aussi sentir combien ses muscles se sont sensiblement détendus.

— J'adore le petit côté complètement dingue de ta personnalité, dit-il tout en me prenant dans ses bras pour me serrer contre lui.

— Continue à me dire des trucs mignons comme ça, et tu vas me faire pleurer.

Ma voix est moins ferme que d'habitude, parce que rien n'est plus vrai que ce que je viens de dire : mes larmes menacent de déborder et j'étouffe un sanglot.

— Si, ça, ce n'était pas censé te faire pleurer, ce que je vais te dire maintenant risque de te donner envie de pleurer pour de bon.

Je me redresse et m'assieds, mais refuse de descendre de ses genoux. Si tout doit s'écrouler autour de moi, je veux profiter de chaque seconde avant que cela n'arrive.

— Je suis puceau.

Je le fixe en attendant la suite, la bombe qu'il semblait retenir.

— Eh bien, euh…

J'avoue, je ne sais pas trop quoi dire. Je ne me vois pas lui répondre d'office *oui, je m'en doutais bien*, mais en même temps, plus j'attends pour dire quelque chose et plus cela devient gênant.

— Pourquoi dis-tu ça comme si c'était mal ? demandé-je finalement.

CK me regarde en clignant des yeux, et des plis se forment au coin de ses yeux.

— Et ce n'est pas le cas, d'après toi ? La plupart des gens trouveraient bizarre le fait que quelqu'un de notre âge n'ait jamais eu de relations sexuelles auparavant, dit-il en agitant la tête.

— On s'en fout de ce que pensent les autres, bordel !

Je passe mes doigts dans ses cheveux, parce que j'éprouve le besoin de l'apaiser.

— Et ça ne te dérange pas ?

Cette vulnérabilité qu'il affiche finira un jour par avoir raison de mon cœur à force de le fendiller dans tous les sens.

— Non. En fait, je trouve ça plutôt sexy, dis-je, en toute honnêteté.

— Quoi ?!

Ah ! J'adore arriver à le déstabiliser.

— Oh, chantonné-je, tout en regardant de droite et de gauche comme si je cherchais quelque chose.

Un quelque chose que je sais parfaitement ne plus être là, mais que je fais mine de chercher tout de même.

CK me stabilise sur ses genoux avant que je ne tombe tête la première par terre, à force de me démonter le cou.

— Pourquoi ton *Oh* me fait-il plus peur que d'admettre que je suis puceau ?

Je pince le bout de ma langue entre mes dents avec un sourire.

— Parce que, *monsieur*, vous avez eu beau démentir avec véhémence, vous savez que vous me connaissez fort bien, rétorqué-je avec emphase, en lui faisant un clin d'œil par la même occasion.

— Oserais-je te demander ce que tu cherches ?

Il soupire, comme s'il était résigné à son sort. Cela ne me dérange pas le moins du monde. Je suis juste contente qu'il ne se focalise pas sur les choses qu'il n'aurait jamais dû considérer comme des défauts.

— Oh… tu sais… mon *sifflet*, dis-je en agitant mes sourcils de manière suggestive.

— Quoi ? aboie-t-il avec un rire dont la sonorité est pure musique à mes oreilles. Pourquoi ?

— Parce qu'être ton coach en relations amoureuses vient de devenir *beaucoup* plus amusant pour moi.

CHAPITRE 29

CK

À la seconde où je sors de l'ascenseur, je suis accueilli par un coup de sifflet strident. *Le* sifflet, parce que, bien sûr, Quinn est parvenue à le retrouver.

Je ne peux pas la voir d'où je suis, mais je sais qu'à la seconde où je vais la trouver, elle aura ce sourire taquin, provocateur et tentateur sur son joli visage.

Comment est-ce que je sais ça ? Rien de plus facile : c'est le même que celui qu'elle a affiché ces six derniers jours.

Cela fait six jours, même pas une semaine complète, que j'ai basculé dans cet univers alternatif dans lequel je m'endors tous les soirs avec Quinn blottie dans mes bras et dans lequel elle me réveille sans vergogne, tous les jours de bon matin, avec sa personnalité énergique.

Cela ne fait que six jours, mais le fait qu'elle ait abandonné sa chambre au profit de la mienne et le fait qu'elle soit à côté de moi, tous les matins, pour me réveiller, sont devenus aussi normaux que si cela avait toujours été ainsi.

Je pose mon sac sur l'îlot de la cuisine, et j'inspecte rapidement l'appartement à la recherche de ma fougueuse amie aux cheveux rouges.

— Hum… soufflé-je en gonflant les joues. Tu sais qu'il fait largement plus de trente degrés, aujourd'hui, n'est-ce pas ?

Elle est assise, perchée sur le billard, ses longues jambes dans le vide, un sifflet argenté pincé entre des lèvres peintes en rouge. Et elle porte suffisamment de couches de vêtements pour rivaliser avec Joey dans l'épisode de *Friends* dans lequel il porte tous les vêtements de Chandler.

Le sifflet tombe de sa bouche et *le* sourire apparaît. Un frisson d'anticipation descend le long de ma colonne vertébrale et va se loger directement sous ma ceinture.

Quinn croise une jambe recouverte d'un long pantalon, lequel n'est pas sans m'évoquer le survêtement à pression que Grant porte pour ses phases d'échauffement ; par-dessus l'autre, puis ses bras, et enfin pose l'un de ses coudes sur son genou. Elle appuie son menton sur sa main et me regarde en me faisant un clin d'œil.

— J'imagine donc que c'est une bonne chose que nous ayons la climatisation, *mmmh* ?

Oh là, là. Ce *mmmh* est presque aussi inquiétant que son sourire.

Elle mijote définitivement quelque chose de probablement dingue, mais cela ne va m'empêcher de la suivre. Parce que j'adore son côté déjanté.

— Pourquoi ai-je toujours l'impression de devoir m'accrocher à mon slip avec toi ? demandé-je tout en réduisant la distance qui nous sépare.

— Oh, mais j'ai bien l'intention de *faire quelque chose* avec ton slip, Christopher, ronronne-t-elle.

Elle décroise ses jambes pour les enrouler autour de ma taille quand je l'atteins, alors que le contenu du-dit slip prend instantanément en vigueur.

Quinn Thompson, en tant que coach en relations amoureuse, est une expérience en soi.

Quinn Thompson en tant que coach en relations amoureuses

et qui profite des résultats obtenus grâce à ce *coaching* ? Comment dire… Nous sommes passés de la théorie à la pratique très, *très* vite, une fois que Quinn a eu *les choses en main*, si vous me pardonnez le mauvais jeu de mots.

Et il m'est devenu naturel d'embrasser Quinn quand je la retrouve, et c'est pourquoi je dépose un baiser rapide sur ses lèvres pointées vers moi en guise de bonjour.

Bien sûr, je ne suis pas naïf au point de croire que cette bulle de bonheur que nous avons créée durera une fois que nous commencerons à dire aux gens que nous… *sortons ensemble* ? Il n'empêche que vivre dans cette petite bulle de bonheur illusoire me convient dans l'immédiat, et j'ai l'intention d'en profiter le plus longtemps possible.

En toute honnêteté, demander à Quinn si nous pouvions garder notre relation secrète, ne serait-ce que le temps que nous arrivions à déterminer ce qui se passe réellement entre nous, a été bien plus stressant pour moi que de lui dire que j'avais toujours une carte de membre actif au club des puceaux. Je suis toujours aussi abasourdi par le flegme avec lequel elle a pris tout ça.

Conserver notre relation pour nous a constitué, comment dire ? un véritable art de créer des diversions originales. Et ce, surtout pour elle.

Chose étonnante, ce ne sont pas nos trop nombreux colocataires qui se sont mêlés de nos affaires. Peut-être est-ce dû au fait qu'ils sont toujours occupés à vivre leur vie et ne sont pas encore revenus à l'appartement ? Notre problème principal serait plutôt le fait que UofJ411 nous a pris pour cible.

Et maintenant… Tessa Taylor ? C'est une autre paire de manches. À force de passer son temps à dévorer des romans d'amour, et encore plus en ce moment, vu qu'elle est en vacances ; elle est devenue littéralement obsédée par ce qu'elle qualifie d'*occasion en or* : notre *proximité forcée*.

Évidemment, je me passerais volontiers de ses ingérences, mais je peux tout de même admettre que je ne suis pas mécontent de pouvoir profiter, oui, *profiter*, y compris dans ce sens-*là* ; des multiples idées qu'elle a données à Quinn pour que je la *remarque* enfin.

— Oserais-je demander en quoi consiste ce quelque chose qui nécessite que tu portes la moitié de ton dressing ? demandé-je tout en tirant sur les cordons du sweat à capuche zippé qu'elle porte.

Quinn étire ses bras au-dessus de sa tête, et arque son dos de cette manière particulière qui me laisse subjugué chaque fois qu'elle fait du yoga à la maison. C'est vraiment dommage qu'elle porte autant de couches de vêtements, car je sais exactement à quoi ressemble sa poitrine quand elle fait ça. Sa poitrine que je suis maintenant pleinement autorisé à reluquer, voire encouragé à admirer sans me cacher.

Elle passe ses bras autour de mon cou, m'attire contre elle et dépose un baiser sur ma bouche.

— Toi et moi, on va se faire un petit *remake*, lâche-t-elle.

Elle appuie ses paumes sur ma poitrine pour m'éloigner d'elle et descend de la table d'un bond.

— Un *remake* ?

Elle contourne la table tout en laissant traîner sa main sur le feutre, ses ongles rouge sang griffant légèrement le tissu. Mon ventre se contracte alors que je me remémore la sensation de ses ongles sur la peau de mon ventre, encore plus en sachant que c'est quelque chose qu'elle semble elle aussi adorer.

— Ouais.

Elle me tourne le dos tout en étudiant les queues de billard accrochées au mur. Elle jette un coup d'œil par-dessus son épaule, ses longs cheveux rouges tombent comme un rideau autour de son visage, en cachant une partie. Ce qui ne m'empêche pas de remarquer l'éclat provocateur qui scintille dans l'unique œil que je croise alors qu'elle fait glisser ses doigts lascivement autour de l'une des queues.

— *Mmmh*, chantonne-t-elle en faisant courir ses doigts le long du bois. Voilà qui n'est pas aussi épais que ce que j'ai l'habitude de manipuler.

Un flash de la nuit passée vient s'imprimer devant mes yeux, mon sexe se réveille, et toutes les sensations de cet instant, quand elle a pris mon érection dans sa main sans hésiter un instant, me reviennent avec force.

— En quoi le fait de caresser une queue de billard est-il un *remake* de la nuit dernière ?

— Ce n'en est pas un, dit-elle en haussant ses sourcils, me confirmant qu'elle a pensé à la même chose que moi. La nuit dernière mérite d'être *répétée*, pas *réécrite*.

La confiance totale en elle-même qu'elle affiche en toute circonstance me permet d'oublier mon manque d'expérience avec le sexe opposé et de vivre le moment présent avec elle.

Quinn pose la queue de billard sur le sol et s'appuie dessus.

— Non, Superman, nous allons nous faire un petit *remake* de notre sortie au billard.

J'avance pour me mettre en face d'elle, et seule la table de billard nous sépare.

— Tu ne t'es toujours pas remise de ta défaite face à moi, Red ? demandé-je tout en faisant glisser mes doigts sur le bord de la table et en m'inclinant vers elle, le sourire aux lèvres.

— Continue à me sortir des trucs comme ça, et un matin, tu vas te retrouver avec un E.T. en peluche dans ton lit au lieu de moi, lance-t-elle en jetant un coup d'œil vers ma chambre.

Je passe ma langue sur mes dents dans l'espoir qu'elle ne remarque pas ma réaction face à cette menace, alors qu'un frisson parcourt tous mes muscles. Maintenant que j'ai déjà trouvé, une fois, l'une de ces figurines Funko Pop cachée dans mes écouteurs, je sais qu'elle est capable d'avoir caché quelque part tout un arsenal d'E.T. juste pour me torturer.

— J'ai perdu, mais *uniquement* parce que…

Elle hausse un de ses sourcils sombres tout en parlant, et je sais que sa fierté n'est pas très loin de se manifester. Cela ne devrait probablement pas m'exciter, pourtant…

—… parce que, toi, espèce d'idiot, tu as été trop aveugle pour voir toutes mes tentatives pour t'inciter à me montrer comment procéder *correctement*.

— Contrairement à ce que tu crois, j'avais parfaitement compris ce à quoi tu jouais, Red.

J'ai juste eu du mal à croire qu'il s'agissait d'autre chose que de son flirt habituel. Je mourais d'envie de lui montrer comment procéder de la bonne façon, tel qu'elle le sous-entend, sauf que les limites entre nous avaient déjà commencé à se brouiller. Et il me semblait que cela aurait un peu trop fait *petit couple*.

— Et pourtant, tu n'as rien fait, dit-elle platement.

Je commence à me sentir à l'étroit dans ma peau, et je me serre la nuque machinalement.

— Tu imagines la vitesse à laquelle des photos nous montrant, ensemble, *comme ça*, se seraient propagées via UofJ411 ? demandé-je.

Quand je repense à ces photos de nous, prises à notre insu, alors que nous étions chez Jonah, et sur lesquelles nous étions simplement debout face à face, et au buzz que cela a fait... Imaginez si cela avait été des photos de moi, derrière elle, lui montrant comment aligner correctement la queue avec les boules ? Celles-là seraient apparues sur Insta en moins de temps qu'il n'en faut pour le dire.

Je peux lire dans les yeux sombres de Quinn qu'elle comprend ce que j'essaie de lui dire. Quelque part, je déteste qu'elle soit aussi compréhensive devant mon désir de garder notre relation secrète, alors que ce n'est que le reflet de mes insécurités et de mon envie de faire durer notre relation le plus longtemps possible, avant qu'elle ne doive inévitablement se terminer.

— Je ne sais pas comment font Kay et Mase pour supporter ces bêtises à longueur de temps, soupire Quinn tout en venant de mon côté de la table. La personne qui gère ce compte a vraiment besoin de se trouver une activité plus enrichissante.

— C'est sûr, acquiescé-je tout en passant mes bras autour de sa taille pour aller poser mes mains sur le haut de ses fesses, enfin, tout au moins là où j'imagine que sont ses fesses, parce que c'est difficile à déterminer avec tous les vêtements qu'elle porte.

Kay et Mason font généralement l'objet d'une publication environ par jour sur le fil d'actualité de UoJ411, un compte dédié à colporter des ragots sur les étudiants ; mais si cela les inquiète aussi parfois, tout comme moi, nos raisons ne sont pas les mêmes.

Mon problème n'est pas que l'on raconte des histoires sur mon compte, mais que l'attention que l'on nous porte ne fasse que raccourcir le temps dont je dispose avec Quinn. Tout simplement parce que je ne sais pas combien de publications il lui faudra pour réaliser ce que je sais déjà : elle est trop bien pour moi.

— Nous allons trouver des solutions, dit Quinn tout en embrassant le dessous de ma mâchoire. Pour l'instant, je vais exploiter le fait que nous volons sous les radars à mon avantage.

Elle sourit quand elle se dégage de mon emprise, mais il y a un petit quelque chose dans son attitude qui m'incite à lui poser la question qui me chagrine.

— Tu es sûre que tu es toujours d'accord pour qu'on garde *ça* secret ? demandé-je en faisant aller un doigt entre nous.

Son sourire s'élargit, mais… il n'atteint toujours pas ses yeux.

— Ouais.

Pourquoi ne suis-je pas tout à fait convaincu ?

Quinn recule vers moi, et j'écarte mes pieds pour qu'elle puisse se glisser entre mes cuisses.

— En plus, c'est plutôt amusant de torturer Tessa avec des réponses qui n'engagent à rien.

— *Mmmh.* Voilà enfin la vraie raison pour laquelle tes cheveux sont rouges, dis-je en replaçant une mèche égarée derrière son oreille.

— Ah oui ? Pourquoi ça ?

Ses yeux brillent comme chaque fois qu'elle sait que je vais la taquiner.

— C'est parce que tu es une vraie diablesse. Pourtant, pas de cornes, ajouté-je en passant mes pouces sur son crâne.

Quinn éclate de son rire à la sonorité musicale, et j'en oublie tout ce qui m'inquiétait.

— Désolé de te décevoir, Superman, mais je tiens la couleur de mes cheveux d'une boîte de teinture, pas du grand patron des enfers. Mais… s'il était enclin à me donner quelque chose, je ne refuserais pas des tacos, ajoute-t-elle en se tapotant le menton.

Je ris à mon tour, et embrasse le bout de son nez.

— Tu es complémentent cinglée. Maintenant… vas-tu m'expliquer comment tu comptes utiliser à ton avantage le fait que nous volons sous les radars ? Et quel rapport cela a-t-il avec le fait que je transpire rien qu'en te regardant porter tous ces vêtements ?

— Bien sûr, dit-elle en reculant et en faisant tourner ses bras dans les airs, avant de poser ses mains sur ses hanches comme pour mettre en avant le côté volumineux de son corps. Toi et moi, on va jouer au billard.

Elle tapote sur la table comme si cette partie du plan n'était pas déjà évidente.

— Et on ne pouvait pas faire ça à la salle de billard parce que… ?

Je ne termine pas ma phrase, juste pour la provoquer, parce que je trouve ça terriblement amusant.

— Parce que, *Christopher*… pour chaque boule que l'un de nous rentrera, l'autre devra enlever un vêtement.

— Ha ! lancé-je en faisant glisser une main dans les airs pour désigner son corps déformé par les épaisseurs. Et tu crois que faire de ça l'enjeu, alors que tu mets clairement toutes les chances de ton côté pour éviter de te retrouver en tenue d'Eve va m'inciter à t'aider à améliorer ton jeu ?

Quinn secoue la tête de gauche à droite.

— Non. C'est le sujet du *coaching* du jour : la *gratification différée*, lance-t-elle, et je jurerais qu'elle en a ronronné les derniers mots. Ce qui va t'inciter à m'aider, *moi*, à améliorer mon jeu, c'est que pour chaque boule que tu m'auras *aidée* à rentrer tu gagneras un baiser à l'endroit de ton choix.

— Fais bien attention à ce que tu promets et à ne pas faire de promesses que tu ne voudrais pas tenir, préviens-je, d'autant que j'ai déjà imaginé sa bouche sur à peu près chaque centimètre carré de ma peau.

— Sérieusement, CK, rétorque-t-elle en levant les yeux au ciel. Il ne se passe pas une journée sans j'ai envie de t'embrasser à pleine bouche. Tu crois vraiment que t'embrasser ailleurs va me poser un problème ?

Et *voilà*… jouer au billard avec une érection va être intéressant.

Quinn insiste pour casser, et se met à rayonner lorsqu'elle fait rentrer l'une des boules et que je me retrouve forcé d'enlever mon t-shirt *Je ne suis pas un intello, je suis juste plus intelligent que vous*. Eh oui, avant que vous ne posiez la question, c'était un cadeau de Kay.

— C'est franchement injuste. Je vais me retrouver à poil dans… quatre coups, dis-je en faisant un rapide calcul mental.

— Les chaussettes et les chaussures comptent pour deux, rétorque Quinn avec désinvolture en préparant son coup suivant, qu'elle rate, heureusement pour moi.

Impossible de savoir combien de couches elle a enfilées avant de lancer ce défi rien qu'en la regardant.

— Tu veux dire que tu pourrais potentiellement me mettre à poil en une partie, mais que je dois prendre le risque de me retrouver à jouer en tenue d'Adam pour avoir *une chance* de te mettre, toi, à poil ?

— *Gratification différée*, Superman.

— Tu vas voir ce que j'en fais de ta gratification différée, grogné-je avant de rentrer l'une de mes boules dans une poche latérale, puis de faire un geste dans sa direction. Allez, Red.

Elle m'adresse un sourire digne du chat du Cheshire tout en tirant lentement sur la fermeture éclair qui ferme sa veste molletonnée aux couleurs de l'équipe de cheerleading de l'université. Puis, elle s'en débarrasse d'un mouvement d'épaules et la laisse tomber au sol avant de l'éloigner d'un coup de pied.

Je grommelle un juron : elle a encore une chemise en flanelle déboutonnée et un t-shirt en dessous, ce qui fait au moins trois couches, si on compte son soutien-gorge, avant que je puisse ne serait-ce que voir ses seins.

— Bon, je vois le genre, lâché-je en serrant les dents et en regardant son accoutrement d'un œil torve comme s'il m'avait personnellement offensé.

Je fais craquer mon cou pour le décontracter, j'ignore la tentatrice qui me nargue et je rentre mes six boules suivantes sans même m'arrêter pour qu'elle se déshabille, jusqu'à ce que j'en sois à évaluer quelle est la meilleure poche pour rentrer la boule numéro huit.

Sans rien dire, Quinn enlève ses chaussures, ses chaussettes – parce que, bien sûr, elle ne pouvait pas mettre ses tongs comme d'habitude – sa chemise en flanelle et son t-shirt.

— C'est bien ce que je dis, tu n'es qu'une diablesse, soufflé-je en plissant les yeux devant le débardeur blanc qu'elle porte sous le t-shirt.

J'expire avant de me placer pour viser, annonce la poche et enfin envoie rouler la boule directement dedans, tout en douceur.

— Enlève-moi ça, aboyé-je avec un claquement de doigts vers le débardeur.

Quinn étant Quinn, elle se contente de sourire et d'attraper le devant du survêtement de Grant pour l'arracher. Malheureusement, le pantalon ne s'envole pas comme quand notre ami tire dessus avant les matches, parce qu'elle a dû le rouler une demi-douzaine de fois pour ne pas trébucher dessus.

— Je ne veux rien entendre, prévient-elle en agitant un doigt.

— Je sais que tu as dit que les maths faisaient partie des œuvres de ton meilleur ami…

— Mon *meilleur ami* ? lâche-t-elle, et sa mâchoire lui en tombe. Si tu persistes avec cette fichue analogie *diable-esque*, messire, il ne va pas falloir t'étonner qu'un jour je t'appelle Lucifer.

Je hausse les épaules.

— Je dis juste que, *ça*, lancé-je en pointant du doigt le survêtement dans lequel elle est emmêlée ; c'est ce qui arrive quand on est une cheerleader d'un mètre soixante et qu'on emprunte des vêtements à une star du basket-ball qui mesure plus de deux mètres.

— En voilà une bonne blague, lâche-t-elle tout en grognant, parce que rien à faire, le survêtement refuse de céder.

Quinn finit par taper sur ses cuisses de frustration, et se décide finalement à faire glisser le pantalon le long de ses jambes.

— Mon Dieu, j'imaginais que ce serait *bien plus* sexy que ça.

— Tu *es* sexy, Red, répliqué-je simplement, tout en caressant ses longues jambes musclées des yeux maintenant que je peux les contempler : elle ne porte plus qu'un short à carreaux.

Elle rougit légèrement et me regarde sous ses longs cils sombres.

— J'aime que maintenant tu me dises ce que tu penses, souffle-t-elle, parce qu'elle n'hésite jamais à me dire ce qu'elle ressent.

Elle m'observe, puis penche la tête pour me regarder d'un air amusé.

— Quoi ? lâche-t-elle.

— Pourquoi, quoi ? rétorqué-je tout en me frottant la mâchoire des doigts.

— Tu as fait… *cette* tête.

Elle a cette capacité incroyable à me lire, une compétence dont j'ignorais qu'elle la possédait avant que nous ne commencions à passer autant de temps ensemble.

— J'étais en train de me dire que j'admire ta capacité à te mettre en position de vulnérabilité quand tu me dis ce que tu ressens., dis-je.

Elle passe sa langue sur ses lèvres, et baisse la tête pour se cacher derrière le rideau de ses cheveux. Il est aussi rare de voir une Quinn Thompson intimidée qu'une licorne, et c'est tout aussi magique.

Elle reprend contenance rapidement, détaillant sans vergogne chacun de mes mouvements tandis que je rassemble les boules et les replace pour notre deuxième partie.

Je casse et rentre une boule, mais la boule blanche ricoche et termine sa course dans une autre poche, dans un coin.

Quinn institue une nouvelle règle sous forme de pénalité, laquelle m'oblige à enlever mes deux Converses en une fois. Mais je m'en fiche : elle a perdu son haut dans la bagarre et se tient désormais devant moi dans un soutien-gorge atrocement sexy tout en dentelle noire.

Ma bouche s'assèche alors même que je salive abondamment devant le spectacle qui s'offre à moi. Le tissu délicat enveloppe la poitrine de Quinn tout en faisant saillir ses seins généreux, et je n'ai qu'une envie : enfouir mon visage entre eux.

La teinte chaude de sa peau bronzée me donne irrésistiblement envie de la toucher, sa taille fine est remarquablement mise en valeur par ses sous-vêtements, de même que ses muscles acquis à force de travail. Une musculature parfaite, en parfaite contradiction avec ses courbes féminines, ses larges hanches évasées et ses épaules gracieusement athlétiques.

Il me faut une bonne minute pour arriver jusqu'aux ongles de ses orteils vernis couleur rouge sang, puis remonter jusqu'à ses yeux bruns posés sur moi, pleins de convoitise.

Je suis littéralement statufié, les doigts trop serrés autour de ma queue de billard, incapable de bouger, alors que je regarde Quinn glisser un doigt sous la bretelle de son soutien-gorge, sur son épaule. Avec un petit air provocateur, elle la fait glisser le long de son bras, puis la remet à sa place.

Bon sang. J'ai *besoin* de la toucher, et j'en ai besoin *maintenant*. Peu importe comment.

— Voyons si je peux t'aider à parfaire tes coups, proposé-je en me dirigeant vers elle.

— J'ai cru que tu ne me le proposerais jamais, Superman, répond Quinn en cambrant son dos de façon à faire ressortir ses fesses et saillir ses seins.

Je rajuste mon short.

L'été dernier, avant que je ne reparte dans le Kansas, JT a eu la brillante idée de fêter mon départ avec style, et par avec style, j'entends aller dans une salle de billard louche sur la côte pour escroquer des gens que nous n'avions aucun droit d'escroquer. Nous ne nous en sommes sortis sans dommage que d'un cheveu, et malgré cela, aujourd'hui, j'ai l'impression que c'est *cette partie-*

là, celle que je suis en train de jouer, qui restera la plus dangereuse de toutes celles que je ne jouerai jamais.

Je me place derrière Quinn, je campe solidement sur mes pieds et appuie mon torse contre son dos.

— Mets du bleu sur ta queue, Red.

Elle m'obéit, et ses doigts tremblent lorsqu'elle prend le petit cube de craie bleue enveloppé de papier et le frotte sur l'extrémité de sa queue. Je la regarde faire par-dessus son épaule, et mon érection devient dure comme du béton quand elle entrouvre ses lèvres rouges pour souffler sur le bout de sa queue et en enlever la poussière résiduelle.

— Bon sang, Quinn, j'ai envie de toi, grogné-je tout en appuyant contre ses fesses.

— Chaque chose en son temps, Christopher, réplique-t-elle tout en se penchant en avant, en appuyant un peu plus fort contre mon érection et en roulant des hanches.

Avec un grognement sauvage, je me plie en deux pour m'appuyer contre son dos, presse mes cuisses contre les siennes et niche ses fesses contre mon bas-ventre. Quinn se frotte contre moi, et je l'immobilise d'une main sur sa hanche. Je fais glisser ma paume le long de son flanc, et caresse les creux et les bosses de sa cage thoracique, avant que sa peau lisse ne cède la place à la dentelle de son soutien-gorge.

Elle inspire une longue bouffée d'air, et sa poitrine se soulève sous la mienne. Je fais glisser le bout de mes doigts le long des contours de son soutien-gorge avant de plonger à l'intérieur et de pincer son téton.

— *CK*, gémit-elle, le souffle rauque entre ses lèvres entrouvertes.

Son excitation manifeste est un puissant aphrodisiaque, et cela m'encourage à continuer, à aller encore plus loin.

Je la touche à peine alors que je fais descendre mes doigts le long de son bras, jusqu'à la saillie de son coude, puis le long de son avant-bras avant de les poser par-dessus les siens.

Quinn rejette ses cheveux en arrière pour dégager son visage et me regarde du coin de l'œil.

— Tu es prête pour ta leçon, Q ? demandé-je, la joue pressée contre la sienne.

— *Mmmmh...*

La vibration de son ronronnement résonne jusqu'au plus

profond de moi, et je mords doucement dans son épaule avant de me presser plus fort contre elle.

— L'une des plus grosses erreurs que je t'ai vue commettre, c'est d'essayer de frapper ta boule avec trop de puissance, expliqué-je en faisant glisser mon bras gauche pour le placer sous elle, et en faisant jouer son bras droit d'avant en arrière dans le même mouvement que celui qu'elle ferait pour frapper la boule de la queue. Trop de puissance fait partir la boule trop vite.

— Ah, ça… *personne* n'aime les boules qui partent trop vite, plaisante-t-elle, sa poitrine vibrant alors qu'elle rit de sa propre blague.

— Concentre-toi, petite comique, répliqué-je tout en mordillant le côté de son cou et suçotant le petit point où son sang pulse dans sa gorge, alors qu'elle incline sa tête pour me donner un meilleur accès. La poche est en fait plus grande lorsque la boule se déplace plus lentement.

— Je croyais que les hommes aimaient plutôt les *poches* petites et *serrées* ?

— Quinn !

Elle rit, savourant le fait que je suis à deux doigts de craquer. Cela ne se passe pas du tout comme je l'avais prévu. C'est *moi* qui suis censé la faire se languir, et pourtant, c'est *moi* qui suis à deux doigts de tout envoyer promener pour passer aux choses sérieuses.

Je fléchis mes doigts autour de sa main, j'expire profondément et je frappe la boule deux de la boule blanche. Elle roule directement dans la poche latérale, la boule blanche se dirige vers le centre de la table comme je l'avais prévu.

Quinn pousse un cri de joie et se retourne vers moi, toujours dans mes bras. Elle touche l'une de ses incisives du bout de sa langue, et ses yeux irradient de malice pure.

— Où veux-tu que je pose mes lèvres ?

Autour de ma queue est la première chose à laquelle je pense, mais j'écarte cette pensée… pour l'instant.

— Et si tu choisissais ? proposé-je, pas tout à fait sûr de parvenir à me retenir de formuler ma pensée précédente.

Je refuse qu'elle pose ses lèvres sur mon sexe pour la première fois parce que j'ai gagné à un jeu.

Son parfum enivrant de noix de coco revient m'envelopper tandis qu'elle se rapproche de moi. Quinn promène ses doigts le long de mes abdominaux, et les coins de sa bouche remontent, juste avant que son visage ne disparaisse de mon champ de vision. Son souffle chaud effleure la peau de ma gorge juste avant qu'elle ne pose des lèvres douces comme de la soie sur ma peau. C'est léger, mais tellement érotique que c'est un miracle que je n'aie pas lâché la cavalerie dans mon short comme le puceau que je suis.

Je m'éloigne dès qu'elle décolle ses lèvres de ma peau : il me faut un peu d'espace.

— C'est encore à toi. Débrouille-toi cette fois.

Elle sourit : elle a entendu, tout comme moi, la convoitise qui suintait de ma voix. Elle suit mes conseils et exploite le boulevard que je lui ai créé, gagnant ainsi mes chaussettes.

Je fais craquer les jointures de mes doigts en appuyant mes mains l'une contre l'autre alors que j'observe la table. Je me place, puis lève mon regard vers Quinn, et marque une pause avant de tirer.

— Prépare-toi à chanter joyeux anniversaire, Red.

Elle répond avec un temps de retard, fascinée par la boule verte qui roule en douceur sur le tapis.

— Quoi ?

— Tu vas bientôt te retrouver nue comme un bébé, *bébé*.

Je lui fais signe d'ôter son short.

Bordel ! Son slip est assorti à son soutien-gorge.

J'en ai assez. Fini de jouer. Je dégage mes cinq dernières boules, puis la huit. Mais je ne m'arrête pas là pour autant : je rentre aussi toutes les boules de Quinn avant de jeter la queue sur la table.

Quinn écarquille ses yeux tout en fronçant légèrement les sourcils tandis qu'elle essaie de comprendre pourquoi je ne me suis pas arrêté alors qu'elle aurait dû être en tenue d'Eve depuis huit coups.

— Mais, pourq–

Je me glisse entre ses genoux en les écartant de mes cuisses et la fais taire en écrasant mes lèvres sur les siennes.

Ce baiser-là est tout sauf doux. Il n'est que besoin et désir contenu, toutes les agaceries des dernières minutes s'enflammant comme de l'amadou.

Je mordille, lèche et suce ses lèvres. Sa mâchoire. Sa gorge.

Je passe mes bras autour de son corps, et son parfum sucré de coco emplit mes poumons tandis que j'inspire contre sa peau tout en ouvrant le fermoir de son soutien-gorge.

— Magnifique, murmuré-je en jetant son soutien-gorge sur le sol.

Je prends ses seins à pleines mains avant d'y porter ma bouche.

Quinn halète lorsque je suce l'un de ses tétons et que je le taquine de ma langue. Elle se laisse aller contre ma bouche, et seul le bras que j'ai passé dans son dos la retient encore alors que je passe d'un sein à l'autre.

Elle commence à se tortiller dans mes bras, ses ongles éraflent mon cuir chevelu et elle tire sur mes cheveux.

Mais je veux *plus* d'elle. Je sème des baisers le long de son ventre, traçant des motifs de la langue entre ses grains de beauté. Puis, je la relâche et abaisse son corps jusqu'à ce que ses omoplates touchent le feutre. Elle se laisse aller, alanguie sur la table comme si elle était un festin qui attend d'être dévoré.

Je passe mes doigts sous la ceinture de son slip et je fais rouler la dentelle sur ses hanches, le long de ses jambes et jusqu'à ses chevilles avec lenteur. Quinn remue les bras à la recherche de quelque chose auquel se retenir, mais ses mains finissent par s'écraser sur le feutre, incapable de m'atteindre alors que je fais descendre son slip le long de ses jambes.

— CK…

Elle soupire lorsque je dépose un baiser à l'arrière de son genou et le long des muscles frémissants de ses cuisses alors que je remonte toujours plus haut.

— Tu es tellement belle, putain, murmuré-je contre sa peau tout en embrassant le renflement de l'os de sa hanche. Tu es tellement, *foutrement* parfaite.

— *Ay dios mío*, crie-t-elle alors que je lèche le sillon entre ses grandes lèvres.

Ce n'est pas la première fois que je la goûte : c'est déjà arrivé l'autre soir quand j'ai sucé mes doigts après qu'elle a joui dessus. Mais c'est la première fois que je peux *boire à la source*. Son parfum est enivrant ici aussi, en un peu plus musqué.

Elle roule des hanches vers moi, et je les agrippe pour l'immobiliser pendant que je joue dans son intimité avec ma langue. Elle chantonne toute une litanie de jurons mêlés de mon prénom alors que je la dévore comme aucun homme n'a jamais dévoré une femme auparavant.

— CK, gémit-elle encore.

J'ai de la buée sur mes lunettes, mais je peux tout de même la voir rejeter sa tête en arrière alors qu'elle se tord de plaisir, la longue colonne de sa gorge arquée vers le plafond, ses mamelons aux tétons durcis dansant à chacune de ses inspirations frémissantes.

Je veux que ce soit bon pour elle.

J'ai *besoin* que ce soit bon pour elle.

Je…

Bordel.

De toute ma vie, jamais je n'ai eu une érection pareille, mais tout ce qui m'importe à cet instant précis, c'est qu'elle jouisse sur ma langue.

— De quoi as-tu besoin pour venir ?

Ma voix est étouffée, ma bouche est enfouie entre ses cuisses.

— Juste, *oh !* gémit-elle encore. *Más.*

Encore ? Elle veut que je continue ? Ça, je peux faire.

Je pose ses jambes sur mes épaules, et elle les laisse pendre contre mon dos. Je me redresse pour la soulever et profiter d'un meilleur angle tandis que je recommence à la lécher sur toute la longueur de sa fente.

C'est peut-être la première fois que je fais ça pour une femme, mais j'ai regardé beaucoup de pornos dans ma vie. Les réactions de Quinn ont toujours confirmé que j'avais bien appris mes leçons.

Je pose une main sur le renflement de son ventre et lève l'autre pour jouer avec ses tétons, pressant et pétrissant ses seins, tandis qu'elle laisse échapper un véritable chœur de gémissements.

Les mains de Quinn sont partout sur moi. Dans mes cheveux, sur mes épaules, sur mes biceps, s'accrochant avec frénésie.

— CK… oui… *encore.*

Je lui donne tout ce que j'ai, la transpiration coule dans mon dos, et mes poumons réclament de l'air alors que j'enfouis mon visage contre elle.

Tous les sons qu'elle produit se fichent dans mon ventre, ses halètements, ses gémissements. Les miaulements plaintifs qui précédent ses marmonnements inintelligibles en espagnol, et puis… elle vient.

Elle crie mon nom, le psalmodie encore, et encore, et je continue, jusqu'au bout.

Je suis plus que conscient du fait que Quinn est trop bien pour moi. Mais ici ? Entre ces murs, alors que je suis enfoui entre ses cuisses ? C'est le seul endroit où je ne m'inquiète pas de ne pas être assez bien pour elle, et s'il faut que nous restions cachés ici pour que cela continue, alors je suis prêt à rester là aussi longtemps que ce sera humainement possible.

CHAPITRE 30

QUINN

J e me retourne avec un grognement tandis que le rythme bien connu à base de *duunn-dunn duuunnnn-duun duunnnn-dun-dun-dun* pénètre dans mes rêves.

— Et c'est moi que tu traitais de diabolique, marmonné-je en enfouissant mon visage dans le flanc de CK.

Il a de la chance que je sois trop occupée à me fondre contre lui pour lui en vouloir d'avoir mis le thème des *Dents de la mer* comme sonnerie pour mon réveil.

Il resserre ses bras autour de moi, et une de ses mains descend le long de mon dos, se glisse sous l'ourlet du t-shirt dans lequel j'ai dormi et vient se poser sur mes fesses nues.

— C'est toi qui as changé la sonnerie de mes textos par *E.T. Téléphone Maison*, dit-il tout en m'attirant plus près de lui et en déposant un doux baiser sur le sommet de mon crâne. La vengeance est un plat qui se mange froid, Red.

— Mmmh, soufflé-je tout en déposant des baisers le long de sa poitrine nue. J'ai créé un monstre.

Entendre CK rire m'a toujours fait fondre, mais l'entendre rire de manière aussi insouciante me fait vraiment quelque chose *en plus*. C'est comme si cela changeait tout sur le plan le plus élémentaire des choses.

— Que pourrais-je bien objecter à cela ? demande-t-il en déplaçant sa main pour la faire glisser plus bas.

Ses doigts glissent entre mes grandes lèvres lisses, et je cambre mon dos alors qu'il pose sa main à plat entre mes cuisses, profitant du fait que je ne porte pas de sous-vêtements.

— Ta chatte est bien plus tentante que la simple pomme que ton mentor a choisie, ajoute-t-il.

Le rire que je laisse échapper se transforme en gémissement étranglé quand il commence à glisser ses doigts en moi. Cette confiance qu'il manifeste quand il me touche fait que j'ai toujours autant de mal à croire que je suis la première à découvrir ce côté de lui, mais j'en suis tout de même honorée.

— Je n'ai pas envie de me lever, dis-je tout en me serrant plus fort contre lui.

Je soulève l'une de mes jambes pour la passer par-dessus sa hanche, lui offrant ainsi un meilleur accès et la possibilité de faire ce qu'il veut de mon corps.

Il glisse deux doigts en moi tout en marmonnant un « Bon sang ! », puis commence à pomper paresseusement.

— C'est un sacré compliment venant de toi.

Je comprends sans peine ce qu'il veut dire par là, parce qu'il n'a pas tort. En temps normal, je serais debout avec le soleil et je bondirais hors de mon lit, prête à commencer ma journée, avant même que mon alarme – à l'époque où ce n'était pas les *Dents de la mer* – n'ait eu le temps de se déclencher. Et si la semaine passée j'ai dormi avec CK dans son lit, ce n'est pas pour autant que les choses avaient changé.

Sauf qu'il semblerait que cette facette de ma personnalité appartient à une époque révolue. J'imagine que mon cerveau est resté collé sur le billard après ce qu'il m'a fait, et que c'est pour cela que je suis à l'état de limace dans son lit. Mais je ne vais pas m'en plaindre, loin de là !

— À quelle heure dois-tu partir pour aller aux Barracks ?

Je gémis en entendant cette question, laquelle me ramène un peu trop à la réalité à mon goût.

— Trop tôt, dis-je simplement, et mes yeux se ferment alors que le désir vibre en moi.

Je suis fière du travail que je fais aux Barracks. Même s'il s'agit d'un lieu d'entraînement *pour* les cheerleaders, cela reste une occasion inattendue, mais bienvenue, de faire mes preuves *en dehors* du monde du cheerleading, de par la nature de ce que j'y fais. Alors, pourquoi ce matin j'en viens presque à maudire mon travail ? Pourquoi ai-je envie de tout envoyer balader et de passer la journée au lit ? Est-ce la luxure ? Un besoin primaire d'assouvir mes désirs sexuels ? Ou bien… est-ce parce qu'ici, dans ce lit, cette chambre, cet appartement, c'est le seul endroit où je n'ai pas à cacher mes sentiments pour CK ?

Seigneur ! Je suis peut-être du genre matinale, mais même pour moi, c'est un sujet un peu trop sensible de si bon matin.

— Dans ce cas, nous ferions mieux de profiter au maximum du temps qui nous est imparti, lâche CK en faisant pivoter son poignet, les doigts toujours en moi alors qu'il utilise sa prise sur moi pour me déplacer. Viens sur moi, Red. Chevauche-moi.

Comme mû par sa propre volonté, mon corps fait ce qu'on lui demande.

— Mmmh, CK.

Son membre épais est en pleine érection et se niche dans mon intimité lorsque je m'installe à califourchon sur ses hanches.

— Bordel, tu es vraiment magnifique comme ça, lâche-t-il, et ses yeux bleus sont presque noirs alors qu'il me regarde, les paupières lourdes.

— Toi aussi, soupiré-je.

J'oscille d'avant en arrière sur lui, frottant mon clitoris gonflé sur toute sa longueur.

Ses cheveux noirs sont encore ébouriffés par le sommeil et par mes mains qui s'y sont agrippées quand il m'a offert de multiples orgasmes avec sa bouche. Il a la marque de mes ongles sur ses épaules, sur ses biceps et sur son torse, et je ne peux pas m'empêcher d'espérer qu'il les affiche avec fierté.

Ses abdominaux se contractent au gré de sa respiration devenue laborieuse, et son gland luisant dépasse de l'élastique du boxer qu'il a enfilé pour dormir.

Je gémis quand il retire ses doigts pour les faire glisser le long de mes hanches jusqu'à mes fesses en laissant un sillon de mouille sur ma peau. Sa poigne est ferme, presque dure, lorsqu'il commence à guider mes mouvements. Je suis sûre d'avoir des bleus à cause de la force qu'il y met.

— Quinn.

Les tendons et les ligaments de son cou sont contractés, et ses joues se creusent à cause des contractions de sa mâchoire tandis que je continue à me frotter contre lui sans relâche.

Il déplace ses paumes le long de mes cuisses, laissant des traces blanches sur ma peau tant il la serre entre ses doigts.

— Fais-moi l'amour, Quinn.

Cette fois, c'est un ordre.

Je secoue la tête malgré tout, et mes cheveux s'agitent en une masse désordonnée autour de mes épaules.

— Désolée, mais pas question de la jouer *Je tire mon coup, merci, au revoir*, pour ta première fois.

Il appuie une paume sur le matelas, et tous ses muscles sexy se contractent tandis qu'il pousse dessus pour se redresser. Nous sommes nez à nez, et il attrape ma nuque de sa main.

— Je n'ai pas besoin de bougies et de pétales de roses.

Son pouce caresse la ligne de ma gorge, et je déglutis tout en agitant la tête.

— Ce n'est pas ce que j'ai dit. Mais première fois ou pas, tu mérites mieux que de me voir partir précipitamment alors que tu es encore en train de faire un nœud au préservatif.

Il grogne, mécontent, et la vague de désir qui me traverse me fait rejeter la tête en arrière.

— Très bien, grogne-t-il en se laissant aller en arrière et en soufflant d'un air dramatique.

Il est tellement mignon ! J'adore cette facette de sa personnalité. J'adore le fait qu'il puisse être désinhibé et joueur, d'autant que je n'aurais jamais imaginé qu'il puisse agir ainsi avec moi.

Il passe ses mains sous mes cuisses et me soulève jusqu'à ce que mes fesses perdent le contact avec son corps. La gravité fait glisser mon t-shirt lorsqu'il me fait basculer vers l'avant, le coton souple s'enroule dans le bas de mon dos. L'air frais effleure ma peau, et je frissonne alors qu'elle se couvre de chair de poule.

— Viens contre ma bouche alors, ma jolie.

Mon corps fond et mon cœur s'accélère au souvenir de ce qu'il m'a fait la nuit dernière. Dois-je ajouter à cela le fait que j'ai été particulièrement surprise de découvrir un étonnant et délicieux alpha en CK ?

— Non, refusé-je en me dégageant de la prise de ses doigts pour descendre le long de son corps. Aujourd'hui, c'est à mon tour de te prendre dans ma bouche.

Il émet de nouveau ce son venu du fond de sa gorge et que j'adore, avant de nicher ses deux mains dans mes cheveux. Mon cuir chevelu me brûle, et l'aiguillon de la douleur envoie un éclair de pur plaisir de mes seins à mon clitoris.

Je passe mes doigts sous l'élastique de son boxer et je fais glisser le tissu pour révéler son érection à mon regard avide, centimètre par centimètre. D'une pression sur ses hanches, comme il l'a fait avec moi, je demande à CK de soulever ses fesses pour faire glisser le boxer en dessous.

J'ai déjà fait connaissance avec le membre de CK, et ai eu l'occasion de jouer avec à plusieurs reprises au cours de la semaine passée, mais c'est la première fois que j'ai l'occasion d'être face à face avec sa bête à un œil. Je soupire bruyamment alors que j'admire son érection, le gland luisant de liquide séminal tendu vers son nombril.

En équilibre sur mes coudes, je m'installe entre les jambes écartées de CK. Lorsque je relève la tête, je découvre que ses yeux sont déjà fixés sur moi.

Un éclair d'appréhension me frappe en pleine poitrine et me fait déglutir bruyamment.

— Qu'est-ce qu'il y a ? demande CK tout en passant son pouce sur ma lèvre inférieure.

Je sais qu'il voit mon appréhension dans mon regard, et son beau visage reflète son inquiétude.

— Je veux que ce soit bon pour toi, admets-je.

— Il me semblait que c'était ma réplique, ça, sourit-il.

— Je suis sérieuse. Je ne veux pas que tu sois déçu.

Il tend son bras vers moi pour caresser ma joue.

— Premièrement, je suis à deux doigts de jouir rien que parce que tu *respires* au-dessus de moi. Et deuxièmement, je ne pourrais jamais être déçu de quoi que ce soit, quoi que nous fassions, parce que je l'aurais fait avec toi.

Ma mâchoire m'en tomberait presque, et je m'empresse de chasser les larmes qui me montent aux yeux en battant des paupières. Je sais que la réplique, dans le film, c'est *On ne pleure pas au base-ball*, mais... *on ne pleure pas non plus quand on fait une pipe.* Enfin, sauf si on part sur une gorge *vraiment* très profonde, mais...

Oups. Je crois que je m'égare.

Je suis nez à nez avec le membre de CK, et c'est à ce genre de bêtises que je pense ? Merde, pour un peu, c'est moi qu'on prendrait pour la vierge, de nous deux.

Concentre-toi, Quinn.

J'ouvre la bouche, mets mon réflexe de déglutition dans un placard mental et j'avale chaque glorieux centimètre de l'érection de CK, me délectant de chaque juron, gémissement et autres inspirations profondes qui s'échappent de sa bouche.

Voilà exactement ce que l'on pourrait qualifier de *matin glorieux*.

Si je vous dis cheerleader, ou pom-pom girl, qu'est-ce qui vous vient naturellement en tête ? De jolies filles avec de courtes jupettes et de longs cheveux attachés en queue de cheval, caracolant, pom-poms en mains, lors des mi-temps sur les matches de football ou de basket-ball ? Des figurantes destinées à assurer le divertissement, à agrémenter le match du *vrai sport* auquel vous assistez ?

Alors, bien sûr... ce n'est pas *totalement* faux.

J'attache bel et bien mes longs cheveux en queue de cheval, et cette dernière est agrémentée d'un nœud bleu camouflage à paillettes, assorti au soutien-gorge de sport que je porte. Et mon uniforme de pom-pom girl de la Red Squad de l'Université de Jersey se compose effectivement d'une jupe et de pom-poms.

Cela dit, vous n'imaginez probablement pas tout le travail qui est fait en amont des moments de spectacle pour obtenir la condition physique indispensable à l'exécution de ces chorégraphies.

Rien ne m'exaspère davantage que lorsque j'entends dire que le cheerleading n'est pas un sport. Personnellement, je pratique le cheerleading depuis plus de dix-sept ans, je suis bien placée pour savoir à quel point cela peut être physique. De plus, le cheerleading est aujourd'hui reconnu en tant que sport olympique. Attention les yeux !

Car lorsqu'on aborde l'aspect compétition du cheerleading, c'est une sacrée paire de manches.

Passez quelques heures dans un gymnase à entraîner des All Stars, et vous comprendrez tout ce que cela implique, de s'entraîner pour des compétitions de cheerleading. Mieux encore, allez donc aux Barracks, le gymnase qui accueille les équipes des New Jersey All-Star et vous verrez ce qu'est un centre d'entraînement qui fait rêver les cheerleaders de tous horizons. Cet endroit est une Mecque de l'excellence de près de dix mille mètres carrés de surface ; et même si j'en suis une employée officielle depuis deux mois, j'ai parfois encore du mal à croire à ma chance.

Tout autour de moi, des cheerleaders âgées de douze à dix-huit ans sont réparties sur les tapis bleus et travaillent leurs compétences. Pendant plus de cinq heures, je les ai aidées à travailler leurs passes de tumbling, leurs sauts, leurs pyramides, leurs mouvements de danse et leurs figures acrobatiques, et ce, aux côtés de certains des meilleurs coaches de ce sport. Sérieusement, j'ai vraiment des difficultés à intégrer le fait que je fais partie des encadrants d'une équipe aussi prestigieuse.

— C'est super, Livi, commente Kay alors que le frère jumeau de Livi, Olly, la pose sur le sol après lui avoir fait faire une figure dans les airs.

— Fais attention à ta ligne de lancer quand tu montes, Olly, ajoute automatiquement JT, parfaitement en symbiose avec Kay, comme d'habitude.

— On recommence, annonce Kay en faisant un mouvement de la main puis en commençant un décompte.

Mes deux amis travaillent ensemble comme s'ils ne faisaient qu'un, alors qu'ils entraînent le duo formé par Livi et Olly en vue de leur faire décrocher la couronne mondiale qu'ils ont eux-mêmes portée pendant des années. La réalisation de la figure ne prend que quelques secondes.

La tentative suivante d'Olly et de Livi de réaliser une figure que bien peu de cheerleaders plus âgés qu'eux savent exécuter est parfaite.

J'applaudis lentement et fais la révérence devant mes amis.

— Quand vas-tu arrêter ces bêtises ? demande Kay en levant les yeux au ciel devant mes pitreries.

— Fiche-lui la paix, PF, réplique JT en passant un bras légèrement humide de transpiration autour de mes épaules et en étirant volontairement le « *f* » du surnom de Kay pour le transformer en P*ffff*. Tu sais que Q est ma fangirl préférée.

Mes joues me brûlent parce que je ne peux pas renier ce titre. C'est étrange de dire que j'ai grandi en idolâtrant Kay et JT puisque nous avons le même âge, mais… c'est la vérité. Durant toutes les années que j'ai passées à m'entraîner comme cheerleader, je n'ai jamais vu un duo de stunt aussi solide et accompli qu'eux.

Et maintenant, je travaille avec eux. *Iiiih !*

Lorsque j'ai réalisé que le mec aux cheveux roux, un vrai roux, pas un rouge comme le mien issu d'une boîte de teinture ; avec qui ma nouvelle colocataire discutait en vidéo, était *le* JT Taylor, j'ai *quelque peu* perdu contenance. Et c'est un euphémisme.

Et quand j'ai ensuite réalisé que cette nouvelle colocataire était sa partenaire de stunt, PF Dennings, j'ai dû avoir l'air d'une Meredith Blake confrontée à deux Hallies dans *À Nous Quatre*.

Sérieusement, comment aurais-je pu réagir autrement alors que je venais d'apprendre par hasard que je vivais avec la *crème de la crème* des cheerleaders ? Il me semble que porter sa main à sa bouche et faire aller et venir son regard entre les deux personnes en question était une réaction tout à fait acceptable.

Je ne vais pas mentir : cela me fait encore un peu mal au cœur que nous ne soyons pas coéquipiers au sein de la Red Squad. Cependant, le fait d'avoir pu coacher à leurs côtés cet été a grandement contribué à atténuer cette déception.

Le seul adjectif qui me vient à l'esprit pour décrire cette expérience, c'est *épique*.

— Tu as pu faire toutes les prises que tu voulais ? me demande JT en désignant les GoPros que j'ai installées autour du terrain d'entraînement.

— Oui, je m'occuperai d'éditer tout ça plus tard, confirmé-je en pensant à la partie de mon travail que je préfère, l'officieuse, celle qui consiste à dynamiser les comptes de réseaux sociaux de la NJA.

— Super, lance JT en m'adressant un clin d'œil tandis que la plupart des athlètes seniors de la NJA se dirigent vers les vestiaires à l'arrière du gymnase. On peut s'amuser un peu maintenant.

— C'est-à-dire ? dis-je d'une voix étouffée alors que je porte ma bouteille de Gatorade à ma bouche.

— Je m'apprête à réaliser tous tes rêves, Q, répond-il avec son air de dragueur des grands jours.

Kay lève les yeux au ciel.

— Pourquoi te demander ce que tu veux dire par là me fait-il aussi peur ? répliqué-je.

J'avance prudemment dans la direction de JT en faisant un signe de la main à Mason, Trav et Savvy, alors qu'ils viennent nous rejoindre sur le tapis maintenant que l'entraînement est terminé.

— Aucune idée, lâche-t-il en haussant les épaules. À moins que tu aies soudainement peur d'être projetée dans les airs ?

— ¡AY DIOS MIO! Je vais pouvoir stunter avec toi ? hurlé-je.

Le volume de ma voix est bien trop élevé, mais je m'en fiche.

JT acquiesce, et je me laisse tomber sur le tapis pour commencer mes étirements avec frénésie. Mason passe un bras autour de Kay dès qu'il est assez près d'elle, avant de déposer un baiser si brûlant sur ses lèvres que même mes orteils se recroquevillent à l'intérieur de mes chaussures.

Toutes les filles présentes soupirent à l'unisson. Moi incluse.

Même si j'admets que garder ma relation avec CK secrète a présenté un côté amusant, je ne peux m'empêcher d'être en colère contre tout un tas de gens que je n'ai jamais rencontrés pour tous les dommages qu'ils ont infligés à l'homme dont je suis amoureuse. C'est irrationnel, je sais. Mais c'est comme ça.

Je termine l'étirement de mes abducteurs, et reporte mon regard sur nos Kaysonova occupés à se bécoter.

Je dois admettre que j'attends avec impatience le jour où CK et moi pourrons agir de cette façon, où que nous soyons. Et c'est pour bientôt, parce que la plupart de nos colocataires seront de retour à l'appartement une fois que les camps d'entraînement de football auront commencé.

CHAPITRE 31

CK

— Ah, *traître* ! lance une voix féminine.

Je mets soigneusement de côté la tablette que j'utilise pour peaufiner les graphismes de mon jeu vidéo alors que Quinn se précipite dans le salon. Franchement, je m'attendais à ce qu'elle réagisse exactement comme ça quand j'ai mis *Bones* pendant qu'elle n'était pas là. On peut dire que j'ai tendu le bâton pour me faire battre, pour ainsi dire.

— Ne fais pas comme si tu n'avais pas déjà vu cet épisode, Red, dis-je tout en la regardant venir vers moi.

Elle boite très légèrement.

— Hors sujet, *Christopher*.

Ah, ça, c'est ma nana !

Quoi ? Merde !

Penser ce genre de trucs est dangereux. Je sais que ça fait une semaine qu'on est plus ou moins ensemble, et on a aussi fait quelques *trucs de couple*, comme dirait Quinn. Mais je ne me fais pas d'illusions pour autant : nous sommes dans une situation typique d'*amitié-et-plus-si-affinités*. Quinn n'est pas davantage *ma petite amie* qu'elle n'est celle de JT ou de Grady, même si les spéculations sont allées bon train sur Insta.

Cependant, impossible pour moi de nier le fait que je suis d'accord avec certains commentaires. Un *très sexy cheerleader mâle*, dixit les commentaires, ou un futur joueur de hockey de la NHL semble constituer un bien meilleur parti pour Quinn qu'un timide féru d'informatique comme moi.

C'est l'une des principales raisons pour lesquelles j'ai estimé nécessaire de garder notre relation secrète. Ainsi, personne n'aura à prendre parti pour l'un ou pour l'autre lorsque notre histoire prendra fin, puisque personne ne sera au courant. Si j'ai peur de me faire jeter hors de l'appartement, c'est de me faire excommunier du groupe qui me terrifie littéralement.

Quinn s'effondre sur le canapé, enlève ses tongs et remonte ses jambes pour les poser sur mes genoux avec un gémissement.

— Mal ? demandé-je en soulevant l'un de ses pieds pour masser sa voûte plantaire.

— Oh, mon *Dieu*.

Elle rejette la tête en arrière, comme elle l'a fait hier soir alors qu'elle était installée sur la table de billard. Mon sexe, qui avait déjà frémi à la vue de Quinn dans son petit short noir de cheerleader et dans son soutien-gorge de sport aux couleurs de la NJA, passe de piquet de terrain à poteau de but lorsqu'elle gémit de plaisir.

— Ça fait du bien ? demandé-je encore en enfonçant tous mes doigts dans la plante de son pied.

— *Mmmh*, si tu continues à faire des choses comme ça, je vois beaucoup d'autres pipes dans ton avenir.

— Vraiment ? lancé-je, tout en lui massant le mollet sur toute sa longueur, le muscle dur sous sa peau douce et chaude.

— *Mmmh*, soupire-t-elle, les yeux fermés, ses cils noirs ombrant ses joues encore toutes roses.

— Et que te disent tes dons de voyance si je te dis que j'ai augmenté la température du jacuzzi après avoir vu tes vidéos de stunt ?

Quinn bouge lentement sa tête sur le dossier du canapé et ouvre légèrement ses yeux sombres.

— Tu n'as pas vraiment fait ça ?

— Si, souris-je.

Son regard se porte sur le mur de verre qui mène à la grande terrasse.

— Eh bien, je dirais… commence-t-elle en se levant pour se pencher en avant et tendre un bras vers moi. Que dirais-tu de te joindre à moi pour faire trempette ?

J'inspire une longue bouffée d'air lorsqu'elle fait remonter ses doigts le long de ma cuisse et les glisse sous l'ourlet de mon t-shirt.

— Je dirais… commencé-je de la même manière, en faisant un geste vers le short de bain que je porte, pourquoi penses-tu que je porte ça ?

— Oh, Superman, glousse Quinn en se mordant la lèvre. Tu me fais rire. Tu crois vraiment que tu vas avoir besoin d'un short de bain ?

Bien entendu, quinze minutes plus tard, Quinn regarde mon short imprimé Superman comme s'il s'agissait de l'ennemi public numéro un.

— Tu es consciente que c'est toi qui me l'as offert pour Noël, n'est-ce pas ? dis-je en m'écartant afin qu'elle puisse poser le plateau de charcuterie qu'elle a rapidement préparé sur l'une des chaises longues entourant le jacuzzi.

— Oui, oui, d'accord, réplique-t-elle en faisant un signe dédaigneux de la main. Je sais faire de super cadeaux. Maintenant, tu peux l'enlever.

Je pose ostensiblement les yeux sur la tenue de sport qu'elle porte encore.

— D'accord, soupire-t-elle.

Elle lève les bras en l'air avant de se tortiller pour enlever son haut. Et puis, comme si voir ses jolis seins ronds et leurs tétons durcis ne m'avait pas déjà assez coupé le souffle, elle glisse ses pouces dans l'élastique de son short et le fait descendre le long de ses jambes.

Elle éjecte le morceau de tissu de côté, se redresse et prend sa pose préférée de super-héroïne, les mains sur les hanches. Peu lui importe que nous soyons dehors, l'air chaud du soir soufflant doucement autour de nous, la lumière déclinante du soleil de ce début de soirée jetant un éclat sur sa peau bronzée. Ce n'est pas comme si quelqu'un pouvait nous voir. Aucun des bâtiments environnants n'est aussi haut que le nôtre.

J'aimerais bien pouvoir m'approprier un peu de sa confiance en elle. Si j'en avais ne serait-ce qu'un tout petit peu, notre histoire aurait peut-être une chance.

— Bon sang, Quinn, soufflé-je en la dévorant des yeux.

Cela devrait être illégal d'être aussi belle. Elle est absolument parfaite, de ses cheveux rouge cerise jusqu'à ses petits orteils rouge sang.

— Tu aimes le paysage ? demande-t-elle.

Il y a une pointe d'humour dans sa question, mais tout ce que je remarque, c'est la façon dont elle sourit et le frémissement de ses seins quand elle se déplace.

— Tu es la plus belle femme que j'ai jamais vue de ma vie.

Elle déglutit péniblement alors que mes mots la pénètrent. Elle commence à s'agiter, à se tripoter les doigts et à se mordre la lèvre encore plus fort qu'avant.

Quinn rejette sa queue de cheval par-dessus son épaule, puis se glisse dans le jacuzzi et se laisse tomber sur l'un des sièges encastrés. La façon dont elle hausse les sourcils m'incite enfin à bouger, alors que l'eau bouillonne autour d'elle en cachant son corps nu.

Quinn garde son regard rivé sur moi durant le temps que je mets à enlever mon t-shirt, et ses lèvres frémissent lorsqu'elle caresse mon torse des yeux.

Je sais que je ne suis plus l'intello maigrelet que j'étais au lycée grâce à Grant, qui m'a traîné avec lui à la salle de sport, mais Quinn a une façon de me regarder, comme si j'étais vraiment le *foutu cygne* qu'Em et Kay essaient de me faire croire que je suis. Et le terme n'est pas de moi.

Je porte mes mains sur le lien de mon short, et Quinn sort sa langue pour lécher la pulpe de sa lèvre inférieure alors qu'elle me regarde défaire le nœud. Je n'aurais pas cru cela possible, mais mon érection prend encore en force, jusqu'à appuyer contre la matière et effleurer les articulations de mes doigts à travers, devant son expression gourmande.

— Attends ! lance Quinn tout en levant la main pour m'immobiliser alors que je viens de laisser tomber mon short.

Son mouvement brutal projette des gouttes d'eau qui retombent sur la terrasse et arrosent mes pieds.

Je déplace instantanément mes mains pour couvrir mon entrejambe alors qu'une sensation d'insécurité se met à vibrer sous ma peau et me donne l'impression qu'elle est trop petite pour moi.

— Oh, mais non ! crie Quinn tout en tapant sur l'eau. C'est à mon tour d'admirer la marchandise, enlève tes mains.

Il me faut une bonne seconde avant que je ne trouve le courage de lui obéir.

— Ah, beaucoup mieux, rayonne Quinn. Tu nous fais une petite pirouette ?

Je lève les yeux au ciel, et *sans* faire de pirouette, je descends dans le jacuzzi pour prendre place à côté d'une Quinn à la moue devenue boudeuse.

— Tu n'es pas marrant, se plaint-elle.

— Tu vas survivre, rétorqué-je, habitué à son côté théâtral.

La vapeur qui se dégage de l'eau embue mes lunettes. J'aurais dû mettre mes lentilles de contact quand j'ai monté la température, mais à moins que nous soyons au lit, Quinn a tendance à me crier dessus si je ne porte pas mes lunettes.

Pour essayer de réchauffer mes verres, je les ôte de mon nez et les plonge dans l'eau, avant de les secouer pour les sécher du mieux que je peux.

Quinn ne me quitte pas des yeux durant tout ce temps, et un léger sourire vient danser sur ses lèvres lorsque je les fais glisser sur l'arête de mon nez.

— C'est peut-être la meilleure idée que tu aies jamais eue, soupire Quinn en se laissant aller contre le bord du jacuzzi.

— Dure journée au gymnase ?

— Ouais, grogne-t-elle avant de se déplacer pour qu'un jet vienne taper dans son dos. *Oooh*, c'est juste là ! Les journées de camp d'entraînement sont toujours plus intenses que les autres.

Je replie une jambe sous moi et je me tourne pour lui faire face, essayant vaillamment d'oublier le fait que je suis assis là, à poil, pendant qu'elle me parle du camp d'entraînement des cheerleaders.

Quinn m'explique qu'ils ont davantage axé les choses sur la pratique aujourd'hui avec leurs athlètes pour leur apprendre de nouvelles figures tout en en perfectionnant d'autres. Je sais déjà que la capacité de Kay à comprendre pourquoi une figure ne fonctionne pas ou à démontrer elle-même comment faire fait d'elle une coach à part ; je ne suis donc pas surpris que Quinn applique les mêmes principes à ses techniques de coaching.

Je me perds un peu dans le jargon technique quand Quinn me parle des figures que je l'ai vue faire avec JT sur Instagram un peu plus tôt, mais son côté fangirl est absolument impossible à rater.

— Tu as de la chance qu'on n'ait pas apporté d'alcool avec nous. Sinon, tu serais ivre à l'heure qu'il est, plaisanté-je tout en ravalant une jalousie particulièrement mal placée à l'égard de JT.

— Je n'arrive toujours pas à croire que vous avez fait un jeu à boire avec ça, dit-elle en enfouissant son visage dans ses mains.

— Ma foi, ton nœud de fangirl est suffisamment volumineux pour ne pas pouvoir être caché sous ta casquette de coach.

Quinn m'adresse un rictus amusé en réponse à ma plaisanterie.

— Cela dit, tu ne vas probablement pas me croire, mais avoir la chance de faire du stunt avec un Dieu du cheerleading n'a même pas été le meilleur moment de ma journée.

— Bien sûr que non, dis-je en tirant sur sa queue de cheval. C'était ce matin. Enfin, pour moi tout du moins.

Je hausse les épaules en souriant comme un imbécile quand je repense à cette pipe d'anthologie qu'elle m'a offerte dès le matin.

Sous la surface de l'eau qui bouillonne, Quinn pose sa main sur ma cuisse, et mon corps semble soudain prendre plusieurs degrés, au point d'en être plus chaud que l'eau.

— Même si j'ai eu beaucoup de plaisir à lécher ta sucette…

— Bon sang ! éclaté-je de rire.

— Le meilleur moment de ma journée, c'est quand Coach Kris m'a proposé un travail.

Coach Kris est la propriétaire et la principale coach de la NJA.

— Ce n'est pas déjà ce qu'elle a fait quand elle t'a engagée comme coach cet été ?

— Si, mais ce travail-là est encore meilleur, lâche Quinn en montant dans les aigus.

Elle vibre pratiquement d'excitation tandis qu'elle me raconte que Coach Kris lui a demandé si elle voulait devenir la gestionnaire officielle de communauté de la NJA sur les réseaux sociaux. Ce serait donc à elle de choisir et de créer tout le contenu pour le gymnase lui-même et pour chaque équipe de la NJA.

Le sujet des réseaux sociaux est quelque peu brûlant pour la plupart d'entre nous, chacun de nous ayant ses propres raisons de les détester. Néanmoins, je sais que Quinn a joué un rôle plus important qu'elle ne veut bien le dire quand Kay a décidé de replonger un orteil dans ces eaux infestées de piranhas.

— Non seulement Coach Kris a proposé de me payer, mais nous allons aussi voir si je peux utiliser mon travail aux Barracks comme équivalence pour mes cours.

— C'est génial, Q.

D'autant que si elle est restée à Jersey pendant les vacances, c'était pour pouvoir suivre autant de cours d'été que possible afin d'alléger sa charge académique pour la saison de cheerleading. Voilà qui lui permet donc de faire d'une pierre deux coups.

Mais cela me rappelle aussi que le temps que nous avons à passer ensemble est de plus en plus court. C'est comme si une horloge invisible décomptait le temps de manière inéluctable dans un *tic-tac* silencieux. Nous avons beau faire semblant de croire que nous pourrons rester indéfiniment dans notre bulle, je ne suis pas assez naïf pour ne pas savoir que rien ne sera plus pareil une fois nos colocataires revenus.

Cette fin imminente fait vibrer tous mes muscles, et j'éprouve le besoin d'avoir Quinn aussi près de moi que possible jusqu'à ce que ce moment arrive. Je prends sa main dans la mienne, entremêle mes doigts aux siens et la tire vers moi. Elle ne résiste pas et se laisse entraîner jusque sur mes genoux, sur lesquels elle s'installe à califourchon avec un sourire joyeux.

Elle me prend par la nuque, et reste les yeux posés sur moi alors qu'elle fait glisser son corps contre le mien avec une lenteur si désespérante que je dois replier mes doigts autour de ses hanches pour ne pas la tirer vers le bas brutalement.

Ses mamelons jouent à cache-cache avec la surface de l'eau, et ses tétons tendus me font des clins d'œil à chacun de ses mouvements. Je n'ai qu'une envie, les prendre dans ma bouche pour les caresser de ma langue : j'en salive littéralement.

J'ai pensé à Quinn, rêvé d'elle et fantasmé sur elle bien plus de fois qu'il ne serait possible de les compter, mais ces rêves et fantasmes font bien pâle figure en comparaison de tout ce que nous avons expérimenté ensemble cette semaine.

— J'adore comme tes mains sont douces sur ma peau, soupire Quinn alors que je fais glisser mes doigts le long de ses côtes pour venir les poser sur ses seins.

Je les caresse et les soupèse : ils sont parfaits, comme toute sa personne.

— Et j'adore avoir ta peau sous mes doigts, soufflé-je.

Je les presse, puis me penche en avant et prends l'un de ses tétons dans ma bouche avant de jouer de la langue autour du mamelon.

— *Dios*, lâche Quinn en arquant son dos pour mieux se presser contre ma bouche. Pourquoi es-tu donc aussi doué à ça ?

Je souris contre sa peau, heureux de lui faire plaisir.

— C'est toujours facile avec toi, admets-je.

Avec Quinn, mon manque d'expérience n'a jamais été un problème. Il est facile de comprendre ce qu'elle exprime avec son corps, encore plus parce qu'elle n'hésite pas à dire ce qu'elle veut.

— Ta façon de passer d'une langue à l'autre est de loin mon meilleur moyen de savoir si tu aimes quelque chose ou non, ajouté-je.

Elle gémit, puis utilise ses pouces pour appuyer sous ma mâchoire et relever mon visage vers elle. Elle m'embrasse d'un lent baiser paresseux, mais ardent.

Les jets pulsent contre mon dos, mais c'est la pression de ses genoux contre mes flancs que je préfère. Nous nous embrassons, et nous embrassons encore pendant que mes mains explorent ses formes.

Quinn se rapproche, et sa raie entre en contact avec mon gland. Je laisse échapper un feulement entre mes dents quand je sens sa chaleur, une chaleur qui semble bien au-delà des trente-neuf degrés du jacuzzi.

— Bordel, Quinn. Tu es trempée.

Je bouge mes hanches pour m'accorder à son rythme, et mon érection glisse dans son humidité et va buter contre son clitoris.

— *Mmmh…* ronronne Quinn en plantant ses ongles dans mes épaules, les yeux fermés, la tête rejetée en arrière et ses cheveux ondulant à la surface de l'eau. C'est toi qui me fais cet effet-là.

Vous vouliez savoir comment gonfler sérieusement l'ego d'un homme ? Voilà.

J'attrape ses fesses dans mes mains, et serre, suffisamment fort pour craindre de lui faire des bleus, mais le « *Más* » qu'elle souffle me fait oublier mes inquiétudes avant même que je n'aie eu le temps de les verbaliser.

Nous haletons tous les deux tandis que nos corps jouent l'un avec l'autre.

Je la tire vers moi tout en poussant vers elle.

Je la soulève, avant de tirer vers le bas.

J'incline son corps pour mieux bouger contre elle.

Encore, et encore.

Ses ongles mordent dans ma peau, et ses mamelons frôlent ma poitrine à chaque mouvement de son corps.

— CK.

— Oui… ?

— Tu vas me faire jouir, murmure-t-elle en s'appuyant plus fort contre moi pour augmenter la friction de nos corps.

— Il me semblait que c'était le but ? gloussé-je en écartant les doigts pour la serrer plus fort contre moi.

Elle acquiesce sans mot dire. Elle bouge d'avant en arrière, et à chacun de ses mouvements, son clitoris frotte contre l'anneau à la base de mon gland. Ses orteils se recroquevillent contre mes jambes et elle change subtilement d'angle, juste assez pour que mon gland se glisse en elle.

Nous laissons tous deux échapper des gémissements, lesquels résonnent dans l'air de la nuit alors que Quinn pose son front sur le mien. Nous sommes les yeux dans les yeux, immobiles, l'un contre l'autre.

— CK ? souffle-t-elle en enfonçant ses doigts dans ma peau et en inspirant lentement. On peut arrêter si tu préfères.

Je secoue la tête avant qu'elle ne puisse continuer.

— J'ai envie de toi.

— J'avais cru *sentir* ça, oui, plaisante-t-elle.

Je ne mords pas à l'hameçon : je refuse de transformer cet instant en plaisanterie. Je l'attrape par la nuque et me redresse de toute ma taille pour bien lui faire comprendre que je ne plaisante pas.

— Je suis sérieux. Je *te veux*. *Toi*. Et personne d'autre.

CHAPITRE 32

QUINN

Oh là, mon cœur, du calme.

Je sais, je *sais* que ce n'est que la suite logique des choses, mais entendre CK dire qu'il me veut, *moi, et personne d'autre* ; m'a mis un coup au cœur.

— Tu es sûr ? demandé-je pour m'assurer qu'il est sérieux.

J'ai peut-être passé des mois à me languir de lui, mais je ne veux pas qu'il puisse regretter la vitesse avec laquelle notre relation a progressé sur le plan physique.

Pas pour lui.

Pas pour sa première fois.

— Je n'ai jamais été aussi sûr de quelque chose, de *quelqu'un* de toute ma vie.

Ouf. Si je n'étais pas déjà à moitié amoureuse de lui, depuis le temps que je craque pour lui, je le serais maintenant après avoir entendu ça.

— Pas ici, dis-je en parlant du jacuzzi. Être dans l'eau n'est pas idéal pour faire crac-crac.

— Tu as décidément l'art de la formulation, Red, dit-il, un rire grondant dans sa gorge alors qu'il acquiesce. Cela dit, tu as raison : les préservatifs sont dans ma chambre.

— Hum… soufflé-je en me mordant la lèvre et en espérant qu'il ne me juge pas. Il y en a quelques-uns mélangés à la charcuterie.

Mon cœur se serre lorsqu'il secoue la tête tout en rapprochant son menton de sa poitrine.

Mierda.

Est-ce que j'ai été trop présomptueuse et que cela le dérange ?

— C'est vraiment tout à fait ton genre, Red.

C'est un compliment, ou bien… ?

Mais il me tend la main, et toutes mes inquiétudes s'évanouissent lorsque nos doigts s'entremêlent. Il m'aide à sortir du jacuzzi puis enroule rapidement une des serviettes que nous avons apportées autour de sa taille avant de m'envelopper dans une autre.

Je passe mes bras autour du cou de CK et me mets sur la pointe des pieds pour l'embrasser. Il répond immédiatement à mon baiser, ce qui ravive la flamme que nous avons allumée dans le jacuzzi.

Je suis debout sur la terrasse, les pieds posés sur le bois granuleux, mais un instant plus tard, je me retrouve les pieds dans le vide alors que CK me soulève dans ses bras. J'enroule mes jambes autour de lui, crochète mes chevilles dans son dos et je l'embrasse encore plus passionnément. Ma queue de cheval cède finalement au poids de l'eau qui en imbibe les mèches et au traitement brutal que CK lui fait subir en passant sa main dedans.

— Ici et maintenant, murmuré-je contre la bouche de CK quand je le sens reculer.

Il grogne tout en avançant cette fois, et me pose doucement sur l'une des chaises longues tout en m'accompagnant, ses lèvres toujours sur les miennes.

D'une main, il suit la ligne de ma jambe, longe mon mollet, plonge dans le pli de mon genou, puis remonte et contourne ma cuisse. Il enfonce son pouce entre mes grandes lèvres, et je me cambre contre lui lorsqu'il retire sa main pour s'agenouiller entre mes jambes écartées. Ses lunettes sont de travers sur son nez et ses yeux brûlent d'un désir qui me met littéralement en feu.

— Tu es sûre ?

Je me redresse sur mes coudes et acquiesce.

— Uniquement si toi aussi tu l'es.

Il grogne comme si j'étais folle, puis tend la main vers la chaise longue à côté de nous et fouille dans le plateau jusqu'à ce qu'il trouve un petit sachet argenté. Je n'ai peut-être pas été scout, mais cela ne m'empêche pas d'être toujours prête.

Je frissonne lorsque ses mains se faufilent sous la serviette mal accrochée, et je retiens mon souffle lorsqu'il la soulève lentement. Il l'ouvre pour exposer mon corps nu à l'air de la nuit et, plus important encore, à son regard.

— Bon sang, Quinn, murmure-t-il en posant une main sur sa bouche.

— On n'est pas obligés de faire ça maintenant si tu veux attendre, dis-je simplement, si indécise que je tiens à lui proposer toutes les portes de sorties possibles.

— Non, ce n'est pas ça, dit-il simplement en secouant la tête.

Il déchire le paquet avec ses dents et déroule le préservatif sur son membre avant de toucher timidement mes genoux. Du bout des doigts, avec douceur et délicatesse, il caresse mes jambes et remonte jusqu'à l'os saillant de mes hanches.

Sa pomme d'Adam s'agite, et il mouille ses lèvres de la pointe de sa langue tandis qu'il regarde ses mains glisser sur mon corps. Ses pouces se rejoignent sur mon pubis avant de descendre la ligne de ma fente en écartant mes lèvres.

Il a les yeux fixés sur mon entrejambe exposée, et il grogne. Son attitude est si chargée d'érotisme que je pourrais presque jouir sans même qu'il me touche. Il caresse mon clitoris, et je plante mes ongles dans ses avant-bras sans vraiment savoir si je cherche à l'arrêter ou si je cherche au contraire à ce qu'il n'arrête jamais.

— Tu es vraiment sûre ?

Sa question contient un soupçon d'hésitation, mais ses gestes ne sont que pure confiance alors qu'il fait glisser ses doigts jusqu'à mon entrée et les plonge à l'intérieur de moi.

J'ai déjà du mal à respirer tandis que le plaisir s'empare de moi, alors parler ! Je hoche la tête et m'agrippe à lui pour le rapprocher de moi.

Le grand corps de CK plane au-dessus de moi, il pose ses coudes de chaque côté de ma tête et se penche pour me donner le plus doux des baisers.

— *Tómame*, murmuré-je pour l'inciter à me prendre enfin, tout en nouant mes jambes autour de ses hanches.

— Putain, jure-t-il.

C'est étrangement primitif. Il fléchit ses biceps pour parvenir à passer une main entre nous, et resserre ses doigts sur sa longueur alors que ses jointures effleurent l'intérieur de ma cuisse.

Je l'attrape par la nuque et fais levier pour que mon corps se rapproche du sien.

— *Hazme tuya*, supplié-je quand je sens son érection glisser entre mes grandes lèvres.

— Putain, Quinn.

Il ne sait peut-être pas ce que j'ai dit, mais il fait quand même ce que je lui ai demandé en se glissant en moi.

Je déglutis, et laisse échapper un feulement étouffé quand il m'emplit de toute sa longueur dans une délicieuse brûlure. Mes muscles internes se contractent, et mon corps semble vouloir l'aspirer, comme désespéré de l'avoir tout entier en lui.

— Bon Dieu ! lâche-t-il brutalement.

Il semble particulièrement inapproprié d'en appeler à Dieu à cet instant précis, mais je pourrais faire pareil. Il enfonce ses doigts dans la peau de mes hanches alors qu'il se maintient immobile, seulement à demi enfoui en moi.

— Putain, Quinn.

Comment arrive-t-il à autant se contrôler alors que moi, j'en suis presque à sauter hors de ma peau tellement j'ai envie qu'il me prenne tout entière ?

— Je veux que ce soit bon pour toi, murmure CK tout en s'enfonçant encore de quelques centimètres, son front posé sur mon épaule, la peau glissante de transpiration.

— Je te jure que ça l'est, promets-je.

Tout ce que nous avons fait ensemble a été incomparable. Si CK n'était pas… CK, je ne le croirais pas quand il dit qu'il est puceau. Comment quelqu'un qui n'a jamais fait ça peut-il être aussi confiant, aussi à l'aise ? Comment cela peut-il être aussi bon ?

— Je ne sais pas combien de temps je vais pouvoir tenir, parce que c'est vraiment trop bon, souffle-t-il.

— C'est pareil pour moi, réponds-je tout en passant mes mains le long de sa colonne vertébrale, mes doigts dansant sur chacune de ses vertèbres.

CK grogne en me mordant le côté de la gorge, et je crie de plaisir.

— Touche mon clito, gémis-je en me tortillant sous lui.

Il m'obéit, et je me mets à parler espagnol tandis qu'il murmure à quel point je suis mouillée. Le monde autour de nous semble comme s'évanouir alors que le désir devient plus impérieux.

Finalement, il s'enfouit en moi jusqu'à la garde, sa main bloquée entre nos corps, sensation unique s'il en est. Je me frotte contre lui, ma poitrine écrasée contre son torse musculeux. Je dépose des baisers sur chaque recoin de sa peau que je peux atteindre : ses lèvres, sa mâchoire, son cou…

— CK, supplié-je parce que j'ai besoin de bien *plus*.

— Je suis là, souffle-t-il.

Il commence à aller et venir, se retire, puis s'enfonce à nouveau, tout en maintenant mes hanches avec ses mains. Je crochète mes chevilles autour de ses jambes pour m'ancrer contre lui et rends coup pour coup. J'ai subitement l'impression que ma peau devient vivante : je frissonne sous l'action conjuguée de la brise de la nuit sur ma peau et de la chaleur résiduelle du jacuzzi, et tout mon corps se recouvre de chair de poule.

— Plus fort, gémis-je en mordant dans son épaule.

La chaise longue gémit : elle est trop lourde pour bouger, mais les pieds en fer forgé raclent le bois de la terrasse alors que nous bougeons de plus en plus vite.

Je sens son cœur battre à se rompre contre ma poitrine, et lorsqu'il relève la tête et accroche ses doigts à l'arrière de mon crâne, l'expression de son visage me foudroie. Le plaisir nous ravage tous les deux, et ses traits se durcissent. Aucun de nous deux ne sera plus le même après ça : c'est viscéral, *élémentaire*. Je le *sais*.

— *Dios*, m'écrié-je en le serrant de plus en plus fort, tandis que l'euphorie s'empare de moi.

CK resserre sa prise sur moi lui aussi, le bout de ses doigts enfoncé dans ma peau tandis que nous haletons tous les deux de plaisir.

L'orgasme me submerge, brutal, et je sens mes parois se resserrer autour de son érection pour l'amener lui aussi au bord du précipice.

— Bordel, Quinn ! Bon sang… c'est tellement bon !

Je ne parviens qu'à émettre des sons inintelligibles alors qu'il fait claquer ses hanches une dernière fois contre moi, avant de s'immobiliser au-dessus de moi.

Ses lunettes sont de travers, il fronce les sourcils et sa mâchoire se contracte, comme s'il était aux prises avec une intense souffrance. Sauf que, s'il ne ressent qu'un petit rien de ce que, moi, j'ai ressenti, je sais qu'il éprouve un plaisir si intense qu'il est à la limite d'une douleur qui confine au sublime.

C'est probablement ce qu'il y a de meilleur.

Il commence à se détacher de moi, mais je m'accroche à lui comme un koala, pour le garder encore un peu en moi tandis que j'essaie vainement de reprendre contenance.

Pinche mierda.

De nous deux, c'est peut-être CK qui vient de perdre sa virginité, mais je crois que j'ai perdu quelque chose de plus vital, quelque chose dont je me demande s'il en veut réellement : mon cœur.

Quinze minutes plus tard, vêtue de mon short de nuit à carreaux préféré, d'un débardeur sans soutien-gorge, et d'un gilet en coton, je m'étale sur le canapé comme si je ne faisais qu'un avec les coussins. C'est incroyable ce qu'une trempette dans un jacuzzi et une fantastique séance de sexe peuvent faire sur des muscles endoloris.

Un léger bruit me fait incliner la tête sur le coussin, et ma joue se pose sur la tache humide que mes cheveux mouillés enroulés en un chignon désordonné ont dessiné sur le tissu.

— Le moins que l'on puisse dire, c'est tu sembles… bien installée, lâche CK tout en parcourant mon corps du regard et en s'attardant sur la peau visible de mon ventre une fraction de seconde.

— Je trouve ton absence de nudité troublante, Christopher,

soupiré-je devant sa tenue composée d'un maillot de corps blanc et d'un pantalon de survêtement gris.

Il aboie un rire et secoue la tête en me regardant.

— Je te montrerai la mienne si tu me montres la tienne, répond-il, mutin, en soulevant mes jambes pour les poser en travers de ses genoux.

— Hum… si je n'étais pas dans un état de félicité post-coïtale épique, j'accepterais ton offre. Parce que, même si je t'apprécie pour ta personnalité, cette *jolie machine* est *vraiment* un bonus appréciable, lâché-je en pointant deux doigts vers son entrejambe.

— Pourquoi ai-je l'impression que je vais bientôt lire ça sur un post-it ? réplique-t-il en mordant dans sa lèvre inférieure.

Je *sais* qu'il s'efforce de ne pas sourire.

— C'est fou comme tu me connais bien, maintenant, dis-je en écartant joyeusement les bras.

Si j'avais de l'énergie, je me lèverais et je tournoierais, mais je suis trop fatiguée pour ça.

CK rougit et je fonds, j'adore que le fait d'énoncer des vérités puisse encore arriver à le gêner.

— Je suis surpris de ne pas t'avoir trouvée devant *Bones* en arrivant ici, dit-il en montrant de la main la télévision éteinte, créant la diversion parfaite.

Je pointe de la main vers la table basse.

— J'ai oublié de prendre la télécommande avant de m'asseoir. Maintenant, c'est trop tard. J'ai fusionné avec les coussins.

— Cette transformation en élément de décoration du mobilier implique-t-il que tu ne te sens plus capable de rien ? demande-t-il tout en sortant une clé USB de la poche de son sweat.

Ma léthargie s'évapore comme neige au soleil quand je pose les yeux sur le petit objet en plastique orange. Je sais ce que c'est. C'est le *précieux* de CK.

Je manque de peu de lui donner un coup de pied dans les bijoux de famille lorsque je me redresse brutalement.

— Oh mon Dieu ! Est-ce que c'est bien ce que je crois que c'est ?

Je frappe de mes deux mains devant ma poitrine et m'oblige à ne pas me jeter sur lui pour essayer de lui arracher la clé USB des mains.

CK me jette un regard de biais, comme s'il regrettait soudain d'avoir ouvert la boîte dans laquelle ma folie est enfermée.

— Tout à fait, confirme-t-il finalement.

— Mais G est *le seul* à qui tu l'as montré, dis-je tout en fixant le petit rectangle de plastique comme s'il allait disparaître si je le quitte des yeux.

— Est-ce ta manière de me dire que tu ne veux pas jouer ?

— *Ay dios mío*. Tu es devenu *fou* ? lancé-je en appuyant sur son épaule. Mets-le, mets-le !

Je bouge mes mains dans tous les sens et il rit tout en écartant mes jambes pour se lever.

Il branche la clé sur le côté de la télévision avant de récupérer un ensemble de manettes de jeu universelles dans le meuble de rangement.

— Ah ! C'est le plus beau jour de ma vie ! lancé-je en applaudissant à nouveau, parce que, voilà, c'est moi.

CK sourit en revenant vers moi. J'adore quand il a cette expression insouciante, et encore plus quand c'est moi qui la fais apparaître sur son visage.

Il s'installe dans le coin du canapé et me tend l'une des manettes en étendant ses jambes le long des coussins. Je l'accepte et m'installe entre ses jambes écartées pour appuyer mon dos contre son torse.

Je me tends, un court instant, de crainte qu'il ne me demande de bouger, mais lorsqu'il m'entoure de ses bras en tenant sa propre manette juste au-dessus de ma poitrine, je sais qu'il ne va pas le faire.

Il appuie sur les boutons pour naviguer dans le jeu avec la même confiance qu'il a affichée lorsqu'il jouait avec mon corps sur la terrasse.

Est-ce que la climatisation vient de s'arrêter ? Non ? Étrange, comme il fait chaud ici tout d'un coup.

Je détache enfin mon regard de ses mains, et j'essaie d'écarter de mes pensées les réminiscences de tous les orgasmes magiques qu'elles peuvent m'offrir comme on offre des bonbons à Halloween. J'inspire profondément alors que sur l'écran de télévision s'affiche ce qui ressemble à l'écran de menu du jeu. Les graphismes sont époustouflants.

— On dirait la voiture de Mason, dis-je.

La rutilante Ford Shelby GT 500 de 1967 argentée tourne au ralenti derrière les options du menu.

— C'est elle.

— Waouh, lâché-je en appuyant ma tête dans le creux de l'épaule de CK, subjuguée par la qualité du rendu.

— Merci, répond CK en ajustant ses lunettes. J'ai eu un peu d'aide pour les graphismes et le développement du jeu, mais le résultat est encore meilleur que ce que j'avais espéré.

— Est-ce que Mase est au courant ? demandé-je en pointant du doigt la version en trois dimensions de sa voiture.

— Non.

— Tu t'es inspiré de sa voiture, mais tu ne lui as même pas montré le jeu ?

— Seul G l'a vu.

— Et maintenant, moi ? dis-je en posant une main hésitante sur ma poitrine.

— Et maintenant, toi, Red.

Je lâche un nouveau « Wahou ! » tout en essayant de comprendre ce que tout cela signifie. Ce jeu est le bébé de CK. Il le protège comme le pays protège les codes de lancement nucléaire.

Le fait qu'il le partage avec moi… ça veut dire… eh bien… *Wahou*, quoi.

Je m'oblige à ne pas me laisser déborder par la sensation qui envahit mes muscles : c'est trop tôt après cette révélation que j'ai eue sur la terrasse. Je recentre mon attention sur le jeu.

— OK, apprends-moi à jouer à ce truc pour que je puisse te botter le cul, Superman.

Son torse vibre contre mon dos alors qu'il rit doucement.

— Tu es tellement adorable quand tu délires comme ça.

J'émets un son qui ne m'engage à rien, mais je l'écoute attentivement pendant qu'il m'explique le principe du jeu, mémorisant tous les détails. Il s'agit d'un jeu de course dans lequel les joueurs doivent gagner les courses pour débloquer les suivantes. Il y a aussi des mini-défis qui permettent de débloquer des modifications pour le véhicule de son choix. Cela me fait penser à un genre d'hybride entre *Mario Kart* et le jeu d'arcade *Cruis'n USA*, avec un soupçon de *Fast & Furious*.

— Pour un peu, ce jeu pourrait porter le nom de Sa Majesté, dis-je.

CK se fige quand j'évoque Carter King et sa sœur, Savvy, ainsi que toute leur cour. Je penche la tête en arrière pour le regarder, mais il évite tout contact visuel avec moi.

— CK ?

Il porte ses doigts à sa nuque, et le bruit de son t-shirt qui frotte sur son biceps me distrait, un court instant.

— Carter a été… un genre de consultant.

— Oh là là, j'ai hâte de lui en parler, la prochaine fois que nous irons à l'une de ses fêtes.

— Tu vas être incapable de garder le secret, hein ? sourit CK.

— Je ne vais pas vendre la mèche à King concernant le jeu, mais je vais certainement me vanter d'avoir goûté à tes *produits*, répliqué-je en agitant mes sourcils pour souligner le sous-entendu.

CK glousse, amusé, et c'est de la pure musique à mes oreilles.

Une pensée me traverse soudain l'esprit.

— Oh, Kay va être furieuse si elle découvre que tu as laissé quelqu'un d'extérieur à notre petite famille voir ton bébé avant nous, chantonné-je tout en imaginant sa réaction. Tiens, tu sais quelle histoire je n'ai jamais entendue ?

Je choisis une Camaro noire et violette comme voiture tout en parlant.

— Laquelle ? demande CK tout en sélectionnant la Shelby.

— Comment Kay et les autres ont réussi à *t'imposer leur amitié*, au départ.

Peut-être que, si je sais comment ils ont réussi à percer ses défenses, je pourrai trouver comment faire la même chose, à mon bénéfice, de façon permanente. Parce que maintenant qu'il m'a permis de quitter le banc de touche virtuel sur lequel il me maintenait, je ne veux plus jamais avoir à y retourner.

CHAPITRE 33

CK

La seule chose qui me surprend dans la question de Quinn, c'est qu'elle n'ait pas déjà entendu cette histoire. Je pensais que Kay et Em la lui avaient racontée depuis longtemps.

— Tu veux jouer pendant que je te raconte, ou tu vas prétendre que je te distrais et que cela t'empêche de gagner ? demandé-je, et je lui jette un regard en coin pour la mettre au défi de me dire qu'elle n'oserait pas faire ça.

— Oh non, je veux jouer.

Elle se tortille pour se blottir plus près de moi. Elle est tellement excitée par le jeu que le fait que j'ai envie de vomir rien qu'à l'idée d'y jouer avec elle en vaut totalement la peine.

— D'accord. C'est parti, Red.

J'appuie sur le bouton pour lancer la partie et le compte à rebours précédant le lancement de la course démarre. Sur l'écran, le feu passe au vert. Nos voitures s'élancent, de la fumée blanche et grise s'échappe tandis que nos pneus patinent pendant quelques dixièmes de secondes.

— Donc… je suis tombé dans ce trou de lapin, expliqué-je en levant les coudes pour désigner l'appartement ; parce que j'avais un labo de chimie avec Kay lors de notre premier semestre de première année.

Même aujourd'hui, j'ai encore du mal à croire que c'était il y a presque deux ans.

— Vous avez été assignés comme partenaires de labo ?

Quinn bouge mécaniquement vers la gauche alors que sa voiture prend un virage serré à droite.

— Pas assignés, grogné-je alors qu'elle reprend sa position initiale.

Peut-être que la laisser s'installer contre moi pour jouer était une erreur.

— Mais Kay a décidé pour moi que ce serait mon rôle, que cela me plaise ou non, continué-je.

Je me souviens encore de la façon dont j'arrangeais mes lamelles pour le test ce jour-là quand Kay m'a demandé si la place à côté de moi était libre.

— J'ai été très con avec elle au début, admets-je en coupant la route à la Camaro de Quinn avant le virage suivant.

— J'ai *vraiment* du mal à y croire, lâche Quinn tout en grognant alors qu'elle se tend pour essayer de me rattraper.

— Oh, crois-moi sur parole, c'est la vérité. Quand nous nous sommes rencontrés, j'étais tout à fait ce genre de crétin qui juge les gens sans les connaître.

J'ai tout de suite vu comme Kay était jolie, et je n'ai vu d'elle que l'image qu'elle renvoyait, celle de la parfaite pom-pom girl, populaire, du genre de celles qui m'ont pourri la vie au lycée.

— Je l'ai jugée sur son physique et j'ai supposé qu'elle était comme toutes les autres avec qui j'étais au lycée.

— Je comprends ça, acquiesce Quinn. La *chica* dégage un truc de pom-pom girl, même si elle essaie de le maquiller.

J'étouffe mon rire sur le sommet de sa tête. Pourquoi ? Pourquoi cela ne me surprend-il pas qu'elle ait saisi ce que je voulais dire sans même que je l'aie exprimé ?

— Je m'attendais à ce que Kay veuille quelque chose de moi,

mais chaque semaine, nous allions en cours, elle faisait son travail et moi, le mien.

— Tu pensais qu'elle essaierait de t'amadouer pour que tu fasses son travail à sa place en papillonnant des paupières et en jouant avec ses boucles blondes ?

— C'est presque effrayant de voir à quel point tu peux lire dans mes pensées, dis-je alors que ma voiture franchit la ligne d'arrivée de la course.

— Oh, zut ! lâche Quinn tout en levant les bras en l'air.

Contrairement à ce que j'aurais cru, elle ne lance pas automatiquement la course suivante. À la place, elle se repositionne de manière à pouvoir me voir pendant que nous parlons.

— Mais, oui… c'est bel et bien ce que j'ai cru, continué-je. Au lycée, on m'a obligé à rédiger plus d'un devoir qui n'était pas le mien.

Une lueur meurtrière apparaît dans les yeux sombres de Quinn.

— Et donc, qu'est-ce qui t'a fait changer d'avis ?

J'expire en repensant à Kay, à la façon dont elle m'a harcelé à la bibliothèque et à la manière d'expliquer ça à Quinn. Kay avait les yeux fous et les cheveux en bataille.

— Elle m'a demandé si j'étais vraiment doué pour les sciences, et n'a pas tenu un instant compte de ma réponse.

— Et malgré toutes tes réserves, tu as accepté de l'aider.

— J'ai commencé par refuser catégoriquement, acquiescé-je. Mais ensuite, elle a commencé à complètement péter les plombs et à parler si vite que je ne comprenais plus rien. Puis, quelque part dans ce fatras de mots, je l'ai entendue proposer de me rendre la pareille dans n'importe quelle autre classe et dire que, si je ne l'aidais pas, elle risquait de perdre sa bourse d'études.

— Tu sais qu'elle s'est servie de ça pour t'amener à lui faire confiance, hein ? s'esclaffe Quinn. Elle aurait pu aller au centre de tutorat.

Je hoche la tête. C'est vrai. Je n'y ai pas pensé à l'époque, mais depuis, Kay m'a dit la même chose.

— Elle m'a dit que c'était parce qu'elle sentait que nous étions des âmes sœurs, ce qui est un miracle parce que j'ai passé tout le premier mois après l'avoir rencontrée à supposer qu'elle n'était qu'une autre fille insipide sur la base de son apparence, dis-je en me passant une main coupable dans les cheveux. On m'a jugé sur mon apparence et sur mes goûts et j'en ai souffert, et pourtant, j'étais en train de faire la même chose avec elle. Manifestement, je n'avais pas appris ma leçon.

— Parfois, ce sont les vieilles blessures qui font le plus mal, dit doucement Quinn en entremêlant ses doigts aux miens.

— Pourquoi ai-je l'impression que tu parles d'expérience ? demandé-je en serrant ses doigts entre les miens.

Quinn fait non de la tête et fait claquer sa langue.

— Pas ce soir. Aujourd'hui, c'est toi qui racontes, pas moi, réplique-t-elle.

C'est sans doute mieux ainsi. J'admets que j'ai jugé nos amis un peu trop hâtivement, mais je n'ai aucune envie de lui dire que j'en étais encore là un an plus tard, quand je l'ai rencontrée, elle.

— Et pour Em et G ? me demande-t-elle, ce qui me ramène à l'instant présent.

— Au moment des partiels, Kay était assez à l'aise pour me dire qu'elle avait invité sa colocataire et un ami à venir nous rejoindre après leurs entraînements respectifs.

— Laisse-moi deviner, tu as paniqué ?

— Ça commence à devenir très embarrassant, lancé-je en la regardant avec un regard noir, parce qu'elle a encore deviné juste.

Elle se contente de me faire signe de continuer.

— C'est quand j'ai essayé de partir que Kay m'a raconté sa propre histoire. C'était comme si, après avoir su ce qu'elle avait vécu… je ne sais pas… c'était un peu comme si elle s'était portée garante d'Em et de G. J'ai failli me chier dessus quand j'ai réalisé que ce type qu'elle n'arrêtait pas d'appeler G, c'était Grant Grayson.

J'ai peut-être évité les athlètes de l'université de manière générale, mais n'importe quel étudiant sur le campus saurait le reconnaître au premier regard. Il y a des bannières de trois mètres de haut à son effigie et à celle d'autres membres de l'équipe de basket-ball accrochées un peu partout sur le campus.

— C'est d'ailleurs G qui a reproché à Kay de ne pas m'avoir donné un surnom sous forme de lettre, continué-je.

C'est aussi Grant qui m'a fait comprendre à quel point il était rare que Kay offre son amitié aux autres. Il m'a dit que, même si Kay disait avoir besoin d'aide pour ses cours, elle ne m'aurait jamais demandé de l'aider si elle n'avait pas vu quelque chose de spécial en moi.

Et maintenant, me voici, presque deux ans plus tard, à espérer que peut-être, une autre pom-pom girl va finir, elle aussi, par me trouver assez spécial pour elle.

#Chapitre 34

UofJ411 : *Photo de Quinn en train de prendre un café au Nest*
Il n'y a que moi qui entends la chanson *Lonely Girl* de Justin Bieber ? #IlNEnRestePlusQuUne #EstCeQuIlsEnvoientDesCartes-Postales
@reiersonreads4u : Elle n'est pas toute seule, il y a aussi ce gars. #ChezJonah #FlashBack
@jess_giles_ : Oh, oui, le geek avec les lunettes, c'est ça ? #RingardDeService

UofJ411 : reposté – BTU_TitansHockey : Comment rester au top même après la saison – *réel de Grady et de certains de ses coéquipiers en train de s'entraîner sur des feintes*
Je crois que je vais devenir fan de hockey. #RegardeMoiCesCuisses #Fan
@bama2182 : Pareil pour moi ! #NeSurtoutPasFermerLesYeux
@serenity_nikki : Ce qui est cool, c'est que BTU est à deux pas. #IlFautQuOnAcheteDesBillets

CHAPITRE 35

CK

—**F**ais-nous savoir si tu as besoin d'argent pour la caution, parce que j'ai ça s'il faut.

Je ne m'attendais pas le moins du monde à être accueilli par ce genre de commentaire à mon retour à l'appartement un jeudi soir, et je n'aurais jamais imaginé que fouiller dans le téléphone de Quinn pour trouver le numéro d'*abuela* Lupe était un délit passible d'arrestation.

C'est au moment où je m'apprête à faire cette remarque à voix haute que j'entends la voix d'Emma qui répond à Quinn :

— Tu me blesses, mon chou. Tu crois vraiment que je serais assez stupide pour laisser suffisamment de preuves derrière moi au point qu'il me faille une libération sous caution ?

Vous savez quoi ? Je ne veux même pas savoir de quoi il est question.

Je fais semblant de ne rien entendre alors que je dépose mes sacs de courses sur le comptoir et que je commence à les vider.

— Salut, CK, lance Emma, la première à me repérer.

Un paquet de tortillas à la main, je lève les yeux vers la télévision pour voir Emma me faire un signe de la main. Est-ce qu'elle est... ?

— Où es-tu ? demandé-je, incapable de voir au-delà d'un papier peint à fleurs particulièrement hideux.

— Elle se *planque*, répond Quinn à la place d'Emma, les yeux pétillants d'hilarité.

Pour que Quinn s'amuse autant, c'est qu'il y a une histoire derrière tout ça. Je lève les mains en signe de reddition avant de reculer prudemment.

— Je ne veux rien savoir.

— Mais où est donc passé ton sens de l'aventure, CK ? plaisante Emma.

— Il a pris la tangente quand il a entendu « argent pour la caution », dis-je, pince-sans-rire.

Emma soupire de manière très théâtrale avant de s'appuyer contre l'affreux papier peint.

— Et moi qui croyais que passer tout ton été avec Quinn t'aurait un peu décoincé, dit-elle tout se penchant vers l'avant pour me regarder, les yeux étrécis. Tu nous fais tous passer pour des délinquants ou un truc du genre, en fait.

Du coin de l'œil, je vois Quinn qui m'observe, et je me redresse, méfiant devant l'intérêt soudain qu'elle me porte.

— Il a cassé le nez de cette fille, il y a trois semaines, dit-elle.

— À quoi tu joues, Q ? m'exclamé-je, sidéré qu'elle ait osé parler de ça.

— *Ça*, c'est une histoire que j'ai hâte d'entendre, chantonne Emma.

Quinn porte un coussin à son visage pour cacher son hilarité alors qu'elle se plie littéralement en deux de rire.

Je contourne l'îlot de la cuisine tandis que Quinn s'amuse à mes dépens et attrape la télécommande de la télévision.

— Oh, Em, écoute... dis-je en mettant ma main en cornet autour de mon oreille. Quelqu'un t'appelle, il me semble ? Non ?

Emma sursaute, et je ne peux retenir une pointe de culpabilité quand elle abaisse son téléphone dans son estomac, si je dois en croire l'écran de la télévision devenu tout noir.

Quand Emma réapparaît, c'est comme si elle tenait son téléphone sur ses genoux et elle a baissé la voix jusqu'à chuchoter.

— Je compte les heures jusqu'à ce week-end, quand je pourrai enfin revenir à l'appartement avec vous.

— Bon sang ! Je n'arrive pas à croire que je dois partir le lendemain du jour où tu reviens, se plaint Quinn.

Une sensation inconnue m'envahit à ses mots, quand je prends conscience qu'elle va bientôt partir pour six jours.

— On doit être un peu masos, quand même, pour réorganiser tous nos emplois du temps sur la base des discours culpabilisants de nos parents, lâche Emma d'un ton si sarcastique qu'il dégouline de frustration.

Difficile de lui en vouloir, compte tenu du fait qu'elle a passé tout son été à jouer les faire-valoir pour différents événements destinés à servir la carrière politique de son père.

Emma relève les yeux pour regarder quelque part au loin, avant de revenir sur moi.

— Si tu crois que je ne vais pas venir poser mes fesses au milieu de ton lit à la seconde où je rentre à la maison pour que tu me racontes cette histoire, c'est que tu as oublié comment nous sommes devenues amies au départ.

Puis, sans cérémonie ni même un « au revoir », elle met fin à l'appel.

Quinn a retrouvé un vague semblant de sérieux alors qu'elle me regarde, un coussin étroitement serré dans ses bras. Son regard irradie d'une telle joie brute que cela m'en fait mal au ventre. J'adore quand elle me regarde comme ça, et plus le temps passe, plus j'ai du mal à m'en passer. C'est déjà un problème au quotidien, alors quand je pense qu'elle va être absente *six jours*…

Je m'ébroue pour chasser ces pensées. J'ai des projets pour ce soir, et pas question qu'Emma, ni mes propres réflexions, ne viennent les perturber.

Quinn bondit du canapé et sautille jusqu'à moi pour déposer un baiser sur ma bouche avant de passer ses bras sous les miens.

— Où étais-tu passé ?

— J'ai été chercher de quoi faire à dîner, dis-je en passant mes bras autour de sa taille.

— Je croyais qu'on allait manger des tacos ? demande Quinn tout en m'abandonnant pour aller fouiller dans mon épicerie.

— Tu croyais vraiment que je pourrais encore manger des tacos après le post-it que tu as laissé collé à mon écran d'ordinateur ce matin ?

Quinn se mord la langue, et la pointe ressort quand elle ne parvient finalement pas à retenir un sourire très amusé.

— Franchement, je pense que c'était un véritable coup de génie.

Je secoue la tête en levant les yeux au ciel. Il n'y a qu'elle pour croire qu'écrire sur un post-it « Tu es la seule viande que je veux dans mes tacos. » est un coup de génie. Elle a même ajouté un petit autocollant représentant un taco pour faire bonne figure.

— Tu sais combien j'aime ton côté un peu dingue, hein ? dis-je tout en réduisant lentement l'espace qui nous sépare.

— Vraiment ? demande-t-elle avec un air ingénu, tout en faisant un long pas glissé vers moi.

Je la fais reculer contre le comptoir pour l'emprisonner entre mes bras et caresse la courbe gracile de son cou. Je soupire.

— Beaucoup. Mais je ne mangerai tout de même pas de tacos ce soir.

— Et pourquoi pas ? me demande-t-elle tout en inclinant sa tête sur un côté, ce qui me donne plus d'espace pour jouer des lèvres sur sa peau.

— Parce que je n'ai absolument aucune envie de passer tout mon dîner avec une érection, répliqué-je tout en mordillant sa peau, les lèvres appuyées dessus.

— Bah, ce n'est pas parce que ça te fait ça, à *toi*, que *moi*, je dois me priver de –

Je la mords, et elle s'interrompt brutalement sans finir sa phrase alors que je suce le petit point où son sang pulse, à la base de son cou.

— Tout ça, c'est ta faute, Red, dis-je en faisant glisser mes dents sur sa peau. Parce que, maintenant, chaque fois que je vais manger des tacos, je vais penser à remplir ta chatte de ma queue.

— L'addition, s'il vous plaît, lance Quinn en levant un bras en l'air.

Elle est cinglée, mais c'est ce que je préfère chez elle.

Je me force à ne pas la soulever pour la poser sur le comptoir et donner suite à l'invitation sous-entendue. Finalement, je réussis à m'éloigner d'elle suffisamment pour revenir à mon plan initial.

Quinn se rapproche de moi, observant la courbe de mes biceps pendant que je sors tous les ingrédients de la recette des enchiladas de son *abuelita*.

— Des enchiladas ? s'exclame-t-elle.

— Oui.

Elle a passé l'un de ses bras dans mon dos, et elle tend l'autre pour montrer les couvercles et prendre le pot de poudre de chili.

— C'est la marque préférée d'*abuelita*.

— C'est sa recette, confirmé-je.

Je me retourne pour lui faire face : elle semble particulièrement intriguée.

— Comment… ? commence-t-elle avant de s'interrompre.

— Je lui ai envoyé un texto pour lui demander.

— *Quoi ?!* demande-t-elle, les yeux écarquillés.

— Je dois dire qu'elle est beaucoup plus moderne que mon grand-père pour les textos. Elle maîtrise drôlement bien les GIFs !

Quinn lève les yeux au ciel comme pour dire *Et à ton avis, qui lui a appris à les utiliser ?*

— Passons sur le fait que tu as dû fouiller dans mon téléphone pour obtenir son numéro, et venons-en à la question la plus importante.

Elle essaie d'être sérieuse, mais la lueur dans ses yeux la trahit. Je croise mes bras sur ma poitrine, l'air faussement sérieux.

— Qui est ?

— Pourquoi risquer une inquisition en deux langues ? dit-elle en arquant l'un de ses sourcils et en levant une main pour m'empêcher de l'interrompre. Avant que tu n'essaies de mentir en me disant que cette femme ne t'a pas posé un million de questions avant de cracher sa recette, rappelle-toi bien que je lui parle tous les jours. Je sais que c'est *impossible* qu'elle t'ait donné cette recette sans exiger des réponses à ses questions.

Je sors mon téléphone de ma poche, le déverrouille et remonte le fil de textos que j'ai échangés avec son *abuelita*. Bien sûr, au-dessus de la recette, il y a une litanie de questions. Mais ce que Quinn ne peut pas voir et dont je ne lui parlerai pas pour l'instant, c'est de la conversation téléphonique de vingt minutes, en plus de cet échange de textos. Ce sera notre petit secret, à sa grand-mère et à moi, pour l'instant.

Je range mon téléphone et passe un bras autour de Quinn pour venir la placer devant moi, son dos collé contre mon torse.

— Tu te souviens quand je t'ai montré comment améliorer ton jeu au billard ?

Elle laisse échapper un ronronnement de contentement, et se

frotte lentement contre moi. Ma demi-érection est ravie de la tournure que prend la situation, mais mon estomac manifeste clairement son désaccord.

— J'ai pensé que tu aimerais peut-être me montrer comment faire quelque chose que tu maîtrises à la perfection.

Elle se frotte un peu plus fort contre mon torse, et j'embrasse le sommet de sa tête tout en la serrant plus fort contre moi.

— J'adore cette idée, dit-elle en se retournant entre mes bras pour passer les siens autour de mon cou. Et je sais *exactement* ce dont tu as besoin pour conquérir la cuisine.

Une petite voix me murmure de me méfier des idées de Quinn.

— Pourquoi ai-je presque peur de te demander ce à quoi tu penses ?

Quinn me fait un clin d'œil, puis se précipite vers notre petit cellier dont elle ouvre la porte avec cérémonie. Elle me déshabille de son regard sombre, et mon sang se met à bouillonner comme s'il était passé dans le four que je n'ai même pas encore mis à préchauffer.

— Déshabille-toi, Superman, ordonne-t-elle en montrant son tablier qu'elle a accroché au bout de son doigt.

— Je n'ai pas parlé de *strip-cuisine*, Red, dis-je en la regardant avec circonspection. Ce n'est pas hygiénique.

— *Mmmh*. Peut-être, mais quel régal pour les yeux… murmure-t-elle en fermant les yeux et en frissonnant.

Pas question que je me déshabille complètement, mais je fais un compromis : j'enlève mon t-shirt avant d'enfiler le tablier. Bien sûr, je sais que je ne suis pas obligé de le faire, mais cela fait sourire Quinn, et j'aime quand elle sourit. L'ayant regardée cuisiner plus souvent qu'elle ne le pense, il m'est facile de suivre ses ordres pendant qu'elle se déplace dans la cuisine avec professionnalisme.

Je suis même tellement subjugué par la confiance dont elle irradie, ainsi plongée dans son élément, que je manque de me couper le bout du doigt en coupant des oignons. Heureusement, je n'ai fait qu'entailler la peau.

Évidemment, que Quinn soulève ma main pour inspecter la blessure, puis qu'elle prenne mon doigt dans sa bouche pour le sucer n'améliore pas mes capacités de concentration.

Chaque frôlement de son bras le long du mien alors que nous travaillons côte à côte…

Chaque doux baiser d'approbation sur mon omoplate nue lorsque je suis correctement ses indications…

Chaque coup de hanche enjoué…

Ce sont autant de choses qui nourrissent le désir qui frémit dans mon système jusqu'à ce qu'il commence à bouillonner. Au moment où Quinn se penche pour mettre le plat à cuire dans le four, je suis sur le point de craquer.

Quand je presse ses hanches contre les miennes, elle glapit et je me frotte à elle en grognant :

— Combien de temps ?

— Quinze minutes, souffle-t-elle, déjà haletante.

Je la fais tourner vers moi et passe une main sous son genou pour la soulever dans mes bras, quand son téléphone sonne avec un appel FaceTime.

— *Mierda*, lâche Quinn en laissant tomber son front sur ma poitrine. C'est comme si cette femme *savait* qu'on allait ruiner ses précieuses enchiladas.

Je ne sais pas si nous les aurions ruinées, mais il y a de fortes chances qu'elles aient été brûlées au point d'être méconnaissables avant que je n'aie fini de faire tout ce que j'avais l'intention de faire à sa petite-fille.

Quinn s'éloigne de moi avec un gémissement et se dirige vers le salon pour prendre l'appel sur la télévision. Hum. Je ne crois pas l'avoir jamais vue prendre un appel de sa famille au salon.

— Ah, *hola, mija*, ronronne *abuela* Lupe alors qu'elle apparaît sur l'écran et qu'un sourire s'épanouit sur son visage dès qu'elle voit sa petite-fille. *¿Como estás?*

Je suis complètement perdu dès que Quinn se met à parler dans un espagnol au débit rapide, mais cela m'excite. Et à chaque *r* qui roule sur la langue particulièrement talentueuse de Quinn, je suis un peu plus excité. Excité de manière *inappropriée* et très *inconfortable*.

Quinn me jette un coup d'œil par-dessus son épaule, son chignon désordonné retombant légèrement sur le côté de sa tête. Et elle me fait un clin d'œil.

Elle. Me fait. Un. *Fichu*. Clin d'œil. À *moi*.

La garce.

Elle *sait*.

Si j'avais douté qu'elle sache que je suis là avec une trique qui pourrait rivaliser avec le poteau d'un but de stade de football pendant qu'elle parle avec sa grand-mère, eh bien… je sais maintenant qu'elle sait, compte tenu de la façon dont elle regarde le comptoir qui cache le bas de mon corps comme si elle pouvait voir à travers.

— CK ! lance *abuela* Lupe en souriant encore plus largement de ses lèvres roses quand elle me voit. *Ven aquí, ven aquí.*

Elle fait un mouvement de sa main pour me demander de me rapprocher, et j'obéis. On dirait que je suis incapable de dire non aux femelles qui partagent l'ADN de Quinn.

Ses yeux sont du même brun foncé que ceux de sa petite-fille, et ils brillent d'un éclat trop familier lorsqu'elle remarque que je suis torse nu sous le tablier.

— Oh, *mija*… glousse *abuela* Lupe tout en me détaillant d'un regard espiègle avant de reporter ses yeux sur sa petite-fille. Voilà exactement ce que tu devrais donner en pâture aux *mitoteros* d'un certain compte Insta pour qu'ils le repostent.

Le regard de Quinn caresse mon corps, mutin et plein de promesses lascives. Bon sang ! Elle me mate ouvertement devant sa grand-mère.

Et…

Me voilà forcé de réciter des lignes de code dans ma tête pour obliger l'érection que je viens tout juste de réussir à contrôler à ne pas reprendre de la vigueur.

La façon dont Quinn touche ses dents avec sa langue est éloquente : elle le fait exprès.

Quinn se raidit brutalement lorsqu'une voix féminine différente résonne hors champ. J'aimerais savoir ce qui se dit, et je maudis mentalement mon absence de compétence en espagnol parce que cela m'empêche de comprendre la réaction de Quinn.

Ma sensation que quelque chose ne tourne pas rond ne fait que s'accentuer lorsque la mère de Quinn se joint à notre conversation.

— Quinny, *linda*. Bonjour, mon bébé.

— Bonjour, *Mamá*, répond Quinn, mais elle n'en reste pas moins raide comme un morceau de bois.

Pourquoi a-t-elle l'air… d'appréhender le fait de parler à sa mère ?

— Toi et *abuelita*, vous ne parlez pas de ce jeune homme, ce Grady, n'est-ce pas ?

Mme Thompson s'illumine visiblement à l'idée que le joueur de hockey puisse être le sujet de la discussion. Mais moi, je sens mes épaules se tendre rien qu'à l'évocation de ce mec.

— Tu ne sors pas encore avec lui, n'est-ce pas, *mi niña* ?

Quinn jette un regard dans ma direction et, pour une raison que je ne m'explique pas, de la bile me remonte au fond de ma gorge. Je sais qu'elle n'est pas ressortie avec Grady. Tout le temps que nous n'avons pas passé à suivre nos cours d'été ou à travailler, nous l'avons passé ensemble.

Mais…

Peut-être qu'ils échangent encore ? Est-ce pour cela qu'elle n'a pas protesté quand je lui ai demandé si nous pouvions garder notre relation secrète pour l'instant ? Était-ce sa façon de se couvrir ? Pour voir si le béguin qu'elle prétendait avoir pour moi se concrétisait, tout en gardant Grady sous la main si cela ne fonctionnait pas ?

Pourquoi est-ce que ce genre d'idée me traverse l'esprit ?

Quinn n'est pas comme ça… pas vrai ?

Non.

Non, elle n'est pas comme ça.

Cette fois encore, j'aimerais pouvoir penser que Grady est un crétin. Ce serait tellement plus facile de pouvoir mépriser ce futur joueur de la NHL et de mettre fin à ces pensées absurdes s'il était un connard. Le fait est qu'il est au contraire plutôt sympa, et c'est ce qui fait que je suis d'autant plus surpris que Quinn ait choisi quelqu'un comme moi par rapport à lui. Et si je dois en croire cette conversation, il semble que sa mère pense comme moi.

Peut-être que si sa mère savait qu'elle sortait avec toi, elle agirait différemment ?

— Non, maman, je ne sors pas avec Grady. Je–

— Oh, parfait ! dit Mme Thompson avant que Quinn n'ait le temps de finir sa phrase. Parce que Lindsey Davis et moi sommes tombées d'accord pour la foire de Hoedown, hier soir.

— *Mamá*, commence Quinn comme si elle savait déjà ce que sa mère allait dire.

— Ne me sers pas du *Mamá, linda*, rétorque Mme Thompson

avant de serrer les lèvres. Tu sais très bien que, l'an passé, le stand de baisers a rapporté énormément d'argent.

Un stand de baisers ? Quinn rentre chez elle pour *animer un stand de baiser* sur une foire ? D'autres mecs vont pouvoir poser leurs lèvres sur celles qui m'appartiennent ? Pourquoi ne me l'a-t-elle pas dit ?

Quinn ferme les yeux, et elle inspire si profondément que je peux presque sentir l'oxygène qu'elle respire pénétrer mes propres poumons.

— Maman, soupire-t-elle tout en se frottant le front de la main. Je t'ai dit que je n'animerai pas le stand cette année.

— C'est absurde. Il n'y a pas de meilleur moyen d'augmenter les recettes que d'avoir la *belle* pom-pom girl *et* le beau joueur de football ensemble pour s'en occuper.

Les lèvres de Quinn bougent avec ce que je suppose être un juron, mais elle parle trop bas pour que je puisse distinguer ce qu'elle dit. Sa frustration, par contre ? Elle est tellement sensible qu'il faudrait vraiment être aveugle pour ne pas la voir.

La minuterie du four sonne et Quinn profite de l'interruption pour lâcher un « au revoir » hâtif avant de se précipiter dans la cuisine.

Je reste en retrait et l'observe pendant une minute. Il n'est pas nécessaire de bien la connaître pour voir combien elle est énervée : elle ouvre le four avec fracas et se serait brûlée à prendre le plat à mains nues si je n'avais pas crié. Elle jette un regard distrait autour d'elle, localise les maniques – là où elles ont toujours été, dans le tiroir à côté du four – sort le plat et éteint le four.

Je ne sais pas ce qui se passe, mais il se passe quelque chose. Je connais suffisamment Quinn pour savoir que son comportement est tout sauf normal. Où est passée la femme qui a su me laisser le temps d'apprendre à la connaître parce qu'elle savait que mon histoire était compliquée ? La femme qui n'a pas hésité à me crier dessus juste pour me dire qu'elle m'aimait bien, celle qui m'a séduit avec sa charmante folie et ses bizarreries ?

Celui de nous deux qui se renferme derrière sa carapace à la moindre contrariété, c'est moi. Je ne comprends pas pourquoi, d'un seul coup, Quinn semble avoir perdu la part volcanique de son tempérament.

Finalement, j'avance vers elle à grands pas pour éliminer la distance qui nous sépare. Le besoin de retrouver ma petite amie telle qu'elle est pulse dans mes veines.

Elle sursaute lorsque je glisse mes doigts autour des siens pour prendre ses mains dans les miennes. Preuve s'il en est qu'elle est complètement hors d'elle.

— Qu'est-ce qui ne va pas, bébé ?

Elle cille, et elle serre les lèvres jusqu'à en faire une ligne fine.

J'ajuste ma prise sur ses mains pour les prendre dans une seule des miennes, et pose ma main libre sur le côté de son cou. Je caresse le dessous de sa mâchoire et incline son visage vers le mien.

— Où est passé mon fougueux feu-follet ?

— Je suis désolée, murmure-t-elle.

— Mais de quoi, bon sang ? demandé-je en redressant mes épaules.

Quinn lève les yeux vers moi et une petite ride se dessine entre ses sourcils.

— Pour ma mère.

Le son qui m'échappe, venu du fond de ma gorge, ne fait que creuser cette petite ride.

— Ta mère est une personne à part entière, et une adulte de surcroît. Tu n'es pas responsable de ce qu'elle fait ou dit.

— Je sais, souffle Quinn alors que ses épaules s'affaissent et que son regard se fait fuyant. Il faut tout le temps qu'elle dise des trucs comme ça. Je devrais y être habituée depuis le temps.

Je caresse sa mâchoire jusqu'à ce qu'elle reporte ses yeux sur moi.

Quelque chose en moi, le poids de mes insécurités probablement, ne peut s'empêcher de me souffler que cela prouve bien que Quinn n'est pas faite pour moi et qu'il vaudrait mieux tout arrêter avant que je ne sois encore plus accro à elle que je le suis déjà.

Sauf que...

J'enregistre finalement la seconde partie de sa phrase : *je devrais y être habituée depuis le temps*. Ce qui veut donc dire que cela ne date pas de ces deux dernières semaines. La façon d'agir de sa mère n'est pas nouvelle et n'est pas liée au fait que nous sommes... *ensemble* ?

Je la prends par la main et l'entraîne au salon. Il ne me semble pas approprié d'avoir cette conversation dans la cuisine.

— Et notre dîner ? demande Quinn en jetant un coup d'œil par-dessus son épaule.

— Plus tard, réponds-je en m'asseyant dans le canapé avec elle pour poser ses jambes sur les miennes, comme nous en avons pris l'habitude.

Quinn ne dit rien, comme dans l'expectative. Finalement, je reprends la parole :

— Tu veux qu'on en parle ?

Quinn s'affaisse sur le côté et pose sa tête sur le dossier du canapé. Elle me regarde avec une telle vulnérabilité dans ses yeux sombres que j'ai l'impression que mon cœur se fissure de toutes parts.

— Je veux que tu me promettes que cela ne changera rien à ce que tu penses de moi, dit-elle avant de se dépêcher d'ajouter : et de ne pas me mettre dans le même panier que des gens comme Bailey.

Bailey, alias son ancienne colocataire et un genre de… serpent malfaisant.

— Qu'ai-je donc fait pour que tu penses que je pourrais faire ça ? demandé-je tout en dessinant des ronds sur son genou, du bout du doigt.

— Je suis sérieuse, CK, lâche-t-elle d'un ton qui me fait me redresser.

Le fait qu'elle m'appelle CK, en plus, ne fait que m'inciter à me demander si je ne devrais pas mettre fin à notre aventure plutôt que de m'acharner à essayer de faire fonctionner une relation qui semble vouée à l'échec.

— Bon alors, commencé-je pour qu'elle reporte ses yeux sur moi. Pour commencer, la seule chose que tu as en commun avec Bailey, c'est que vous êtes toutes les deux des pom-pom girls. S'il y avait eu autre chose, jamais Mason ne t'aurait invitée à venir vivre avec nous ; il est bien trop protecteur envers Kay.

Elle ne me répond pas, alors je passe mes doigts sur sa joue et continue :

— Ensuite, pour ce qui est de ce que je pense de toi, impossible. Tu peux parfois être un peu fofolle, ou laisser ton caractère s'emporter, mais tu n'en restes pas moins l'une des personnes parmi les plus compatissantes et les plus gentilles que j'ai eu la chance de rencontrer.

— Ne me fais pas pleurer, Christopher. Cela ne me va pas au teint, renifle-t-elle en cillant à toute vitesse.

Ah, voilà ce tempérament de feu qui réapparaît. Je lui souris et entremêle mes doigts aux siens.

— Dis-moi ce qui te tracasse, exigé-je.

— Tout d'abord, je veux que tu saches que j'aime ma mère et que je n'ai jamais douté du fait qu'elle m'aime aussi.

D'accord. Je ne m'attendais pas à ça, mais j'acquiesce quand même.

— Je sais qu'elle ne veut que le meilleur pour moi mais… s'interrompt-elle tout en tripotant la couture du coussin le plus proche, manifestement peu à l'aise. Son idée de ce que cela implique diffère de la mienne.

— Explique-moi.

— Elle n'en est même pas réellement responsable. Les gens me regardaient, moi, une réplique miniature de ma mère et pensaient que je serais exactement comme elle. Toute ma vie, j'ai été une jolie fille, et les gens ne voyaient que ça de moi.

Mon ventre se noue quand je pense à toutes les fois où je lui ai dit qu'elle était belle : m'a-t-elle mis dans le même panier que tous les gens dont elle parle ?

— Les gens ne s'intéressaient qu'à *ça*, poursuit-elle. Personne n'a jamais semblé croire que j'étais capable de faire autre chose que des choses superficielles. Et ma mère, continue-t-elle tout en prenant une profonde inspiration ; a toujours pensé la même chose, manifestement, compte tenu du nombre de fois qu'elle m'a dit de trouver *l'homme*, le *bon*, celui qui prendra soin de moi.

Le sarcasme suinte de sa voix alors qu'elle dessine des guillemets dans les airs en même temps qu'elle prononce ces mots qui semblent lui brûler la langue.

— Son raisonnement est probablement dû à la façon d'agir de papa, qui a toujours tout fait pour être sûr qu'elle ne manque jamais de rien. Qu'il soit maudit pour l'avoir traitée comme une reine ! lâche-t-elle brutalement, même si je peux discerner une pointe d'humour dans son propos. Ce travail que Coach Kris m'a offert…

Elle attend que je réagisse, comme pour confirmer que je sais de quoi elle parle. Comme si je pouvais oublier combien elle était excitée et ravie lorsqu'elle m'en a parlé ! Et ces heures qu'elle a passées, blottie contre ma poitrine, à détailler tous ses plans pour réorganiser les comptes des réseaux sociaux de la NJA ? Comment aurais-je pu oublier ça ?

— C'est la première fois que quelqu'un me donne une chance d'être autre chose qu'une potiche, qu'un faire-valoir.

Bon sang ! Comment peut-elle autant se déprécier ?

Je l'attire contre moi, et passe une main dans ses cheveux.

— Quinn, tu es tout *sauf* une potiche.

Elle appuie sa tête contre ma paume et écarte ses lèvres, comme anticipant un baiser. Impossible de refuser cette invitation : je dépose un lent et long baiser sur sa bouche, avant de me séparer d'elle à contrecœur. Mais je garde son visage entre mes mains.

— La seule chose qui m'intéresse, dans cette conversation, c'est de savoir si tu as réellement l'intention d'embrasser un tas de mecs pour une organisation caritative quand tu seras chez tes parents.

— Non, répond-elle sans la moindre hésitation, et toutes mes inquiétudes à ce sujet s'évanouissent.

— Très bien, dis-je en faisant glisser mon pouce sur sa lèvre inférieure jusqu'à ce qu'elle se sépare de la supérieure. Parce que ces lèvres sont *à moi*.

Un fait que je prouve immédiatement en reposant ma bouche sur la sienne, léchant le sillon entre ses lèvres du bout de la langue jusqu'à ce qu'elle les écarte. Nos langues s'entremêlent, et elle gémit doucement, la vibration de sa plainte irradiant jusque dans mon entrejambe.

Elle se déplace pour pouvoir glisser ses propres doigts dans mes cheveux, avec une pointe de désespoir qui me pousse à la faire basculer sur moi. Ma bête intérieure est de retour, rugissant et griffant pour réclamer de la posséder autant et aussi longtemps que possible.

Je place ses jambes autour de ma taille, puis je passe mes mains sous ses cuisses pour me lever en l'emportant avec moi. La poitrine de Quinn est au même niveau que la mienne, ses coudes s'enfoncent dans le haut de mon dos alors qu'elle s'accroche à moi.

Je l'emmène dans ma chambre et l'allonge sur mon lit.

Ses cheveux se sont détachés quelque part entre le salon et ici, et ses mèches rouge foncé s'étalent en éventail sur mes oreillers. Il m'est facile de me glisser entre ses jambes, puisqu'elles sont encore étroitement enroulées autour de ma taille, mais je me tiens quand même sur un coude en gardant la plus grande partie de mon poids sur elle.

J'étudie son visage des yeux tandis que je reste là, au-dessus d'elle, comme si je pouvais comprendre tout ce que j'ignore en la regardant. Mais toutes ces choses n'ont pas réellement d'importance au final. Pas quand elle me regarde comme si j'étais son chevalier en armure.

— Je ne peux pas nier que je te trouve très belle, dis-je en caressant sa joue, avant de faire glisser ma main le long de son corps jusqu'à ce que ma paume se pose sur son cœur. Mais c'est de là que vient ta vraie beauté.

Elle étouffe un sanglot et se mord la lèvre au point que je crains qu'elle se fasse saigner.

Je tends la main et libère sa lèvre de ses dents avec mon pouce, puis passe la pulpe de mon doigt sur la chair. Je passe une paume sur sa nuque, incline son visage vers le mien et l'embrasse longuement.

— CK, murmure-t-elle contre ma bouche. J'ai envie de toi.

Je déglutis bruyamment avant d'acquiescer de la tête. Moi aussi, j'ai désespérément envie d'elle.

Je passe une main dans mon dos pour détacher le tablier, et jure quand je tire dans la mauvaise direction, créant un nœud impossible à défaire.

Quinn rit à mon grognement de frustration, et la sonorité de son rire réchauffe tous mes os.

Ses mains descendent le long de ma colonne vertébrale dénudée, et défont habilement le nœud que j'ai fait avant de me débarrasser du tablier. Je lui rends la pareille en faisant passer son débardeur par-dessus sa tête puis, miracle des miracles, je dégrafe son soutien-gorge sans difficulté aucune et le jette sur le côté du lit.

Nous recommençons à nous embrasser dès que nous sommes tous les deux à demi nus, comme s'il était impossible pour nos lèvres de se rassasier.

Je rentre mon ventre tandis que nos mains tâtonnent entre nous, pressés que nous sommes d'être le premier à défaire le short de l'autre.

Quinn plante ses talons dans le haut de mes fesses et pousse sur mon short pour le faire glisser de mes hanches. Ce n'est que parce que j'ai les bras plus longs qu'elle que je parviens à la sous-traire de son bas en premier. À la différence près que, si elle a fait coup double en me débarrassant de mon short et de mon boxer en une seule fois, elle a toujours son adorable slip vert, lequel cache son intimité à mes regards.

Vaguement frustré, je tire brutalement dessus, et le tissu fragile se déchire dans un bruit qui se révèle pure symphonie à mes oreilles.

Quinn halète et se cambre sur le matelas.

— Je savais que tu avais un côté pervers.

— Quoi ? rétorqué-je en la regardant fixement, sûr d'avoir mal entendu, avant de secouer la tête. Oh, et puis laisse tomber. Tu m'expliqueras ça plus tard.

Je trace une ligne entre ses seins du majeur tout en étirant mon petit doigt et mon pouce pour taquiner ses tétons avant de continuer à descendre pour aller jouer avec son clitoris.

Elle est trempée. Elle est toujours trempée quand je la touche, et cela fait partie de ce que j'aime chez elle.

— Je vais dévorer chaque centimètre de toi, Quinn, dis-je tout en commençant à descendre le long de son corps.

Mais elle m'en empêche et me retient en me tirant par l'oreille.

— Non.

— Il me semble que tu disais aimer quand je mangeais ta chatte ? dis-je en arquant un sourcil.

— Oh, mon dieu, s'exclame-t-elle en rejetant la tête en arrière et en passant un bras autour de mon cou pour me rapprocher d'elle. Oui, oui, j'aime ça, mais là, tout de suite, j'ai *besoin* de toi en moi.

C'est pareil pour moi. Je dépose un baiser sur ses lèvres et cherche un préservatif sur la table de nuit.

Quinn me prend le petit sachet argenté des mains alors que je m'agenouille entre ses cuisses écartées. Elle glisse une main sous mon érection et déchire l'emballage avec ses dents, puis elle déroule le préservatif sur ma longueur. Ses talons s'enfoncent à nouveau dans mes fesses, et elle appuie pour placer mon sexe contre le sien.

Petit à petit, je m'enfonce lentement en elle, savourant la sensation à sa juste valeur.

Je me suis longtemps jugé moi-même parce que j'étais

puceau, comme si le fait de n'avoir jamais été avec une femme donnait raison à toutes les brutes de mon passé.

Et puis Quinn est entrée dans ma vie.

Je n'ai pas besoin d'une quelconque expérience pour savoir que ce que je vis avec elle est au-delà de toute comparaison.

J'embrasse chaque centimètre carré de sa peau nue en m'enivrant de son parfum de coco, tout en la possédant à petits coups. Lorsque je sens que je commence à m'approcher de mon précipice, je fais glisser ma main le long de son avant-bras pour aller chercher celle qu'elle a placée dans ma nuque, et la plaque sur l'oreiller au-dessus de sa tête pour nous immobiliser tous les deux.

Elle se tortille sous moi, et crie mon nom entre des mots inintelligibles, mais ô combien sexy, murmurés en espagnol. Poussée après poussée, j'arrive au bord du gouffre tout en me reculant dès que je m'en approche un peu trop.

J'appuie plus fermement sa main sur les oreillers et entremêle mes doigts aux siens alors qu'un orgasme la traverse, admirant l'expression d'extase qui envahit ses traits.

Je passe un bras autour de son cou et roule sur le dos, l'entraînant avec moi jusqu'à ce qu'elle soit à califourchon sur moi. Le regard hanté de tout à l'heure a disparu, remplacé par un regard ivre de désir.

— Voilà ce que je qualifierais de *jolie vue*, dis-je tout en saisissant sa nuque pour l'attirer vers moi jusqu'à ce que son nez touche le mien. Te voir prendre ton pied est de loin mon spectacle préféré.

Quinn me regarde avec une telle admiration dans le regard que je ne parviens plus à me retenir, et je m'enfonce en elle de plus en plus fort jusqu'à ce que je jouisse, les murs de son vagin frémissant autour de moi tandis qu'elle est submergée par un second orgasme. Nos bouches sont comme soudées, et mes lunettes sont de travers, mais qui s'en soucie ?

Rien d'autre ne compte que cet instant précis.

L'euphorie du moment commence à s'estomper alors que l'épuisement commence à se faire sentir. Je me débarrasse du préservatif, le noue et le laisse tomber sur le sol. Peu importe que cela ne soit pas très hygiénique, je m'en occuperai plus tard.

Je préfère rapprocher Quinn de moi et rabattre les couvertures sur nous. Son souffle chaud effleure la peau de mon cou, les intervalles entre ses respirations sont de plus en plus longs tandis qu'elle s'endort lentement.

Je grave dans ma mémoire le fait qu'elle semble se trouver bien contre moi, et le fait qu'être avec elle est naturel. Cela va me manquer, quand elle sera partie.

Puis, je me souviens que nos amis reviennent à partir de demain. Même si j'ai hâte qu'ils soient là, j'espère que cela ne va pas gâcher ce que nous avons.

CHAPITRE 36

QUINN

Je plie soigneusement ma jolie robe bain de soleil et la place dans mon petit sac à roulettes posé sur mon lit, mais Emma la retire et la jette derrière elle.

— Em ! crié-je en la regardant d'un air exaspéré, ce dont elle semble se moquer comme de ses premières chaussettes.

— Quoi ? demande-t-elle en haussant les épaules.

Ce n'est pas comme si elle enlevait de ma valise tout ce que j'essaie d'y mettre depuis cinq bonnes minutes.

— Comment suis-je censée avoir tout ce dont je vais avoir besoin si tu passes ton temps à enlever de mon sac ce que j'y mets ?

— Mais s'il te manque des choses, alors tu ne pourras pas partir, réplique-t-elle tout en faisant un mouvement de ses mains, l'air de dire *C'est pourtant facile à comprendre, non ?*

— Non. Tout ce qui va se passer, c'est que je vais arriver dans ma famille et devoir me passer de sous-vêtements, ou un truc du genre, parce qu'une de mes meilleures amies aura joué avec le contenu de ma valise.

— Qui parle de se passer de sous-vêtements ? demande Kay alors qu'elle entre dans la pièce et lance un sac de petits pois surgelés à Emma avant de s'asseoir à côté d'elle.

— Q n'apprécie pas mes efforts pour faire en sorte qu'elle reste ici avec nous, rétorque Em tout en faisant un nouveau geste, accusateur cette fois, dans ma direction.

— Ah ah, lâche Kay tandis qu'elle se caresse le menton tout en hochant la tête.

Il est inutile qu'elle en dise davantage ; je sais déjà que je n'ai aucune chance de me sortir facilement de ça : je suis en minorité. Et à ce rythme-là, je ne vais jamais arriver à finir mes valises.

— Tu n'as pas un sac à faire, toi aussi ? demandé-je à Em, pour essayer de détourner son attention.

Ce soir, nous passons tous la nuit chez Kay, à Blackwell, parce qu'il sera plus facile de se rendre en Uber chez Carter King plus tard dans la soirée.

— C'est bon, on ne fait qu'y passer une nuit, pas une semaine. C'est déjà prêt.

Je soupire, agacée de n'avoir aucun moyen de la distraire, alors que, *moi*, je dois justement faire mes valises pour une semaine puisque je dois partir stupidement tôt pour l'aéroport demain matin.

— Est-ce que tu ne pourrais pas coller ça sur ton visage, déjà ? dis-je tout en montrant le sachet de petits pois.

Le but était pourtant d'essayer d'éviter qu'Em ne se retrouve avec un œil au beurre noir après que je lui ai accidentellement donné un coup de coude ce matin.

— Et tu agis comme si je n'avais pas passé pratiquement tout mon temps libre avec toi depuis que vous êtes revenues hier, ajouté-je.

Parce que je suis la *meilleure amie du monde*, j'ai passé ma première nuit en deux semaines *ailleurs* que dans le lit de CK, pour faire la fiesta avec ces deux-là hier soir. J'ai à peine eu le temps de regagner ma chambre hier matin pour me changer qu'Emma m'avait déjà plaquée sur mon lit pour me serrer dans ses bras.

Depuis, elle ne nous a plus lâchées, Kay et moi. Enfin, surtout moi, parce que Mason n'a pas hésité à réclamer qu'on lui rende sa petite amie une paire de fois. Je n'ai pas eu l'occasion, de fait, de discuter avec CK du moment auquel nous allions parler de nous à tout le monde, et encore moins de lui permettre de me voler à mes amies.

Emma fait la moue, mais fait ce que je lui demande. Elle me fixe de son œil valide qui émerge sur le côté du sachet en plastique blanc, ce qui la fait ressembler à un croisement entre un pirate avec son bandeau sur l'œil et le *Fantôme de l'Opéra*.

— Tu sais quoi ? Ce n'est vraiment pas *sympa* de ta part de t'en aller maintenant que tu m'as blessée.

Et c'est *moi* qui suis censée être la plus dramatique du groupe ? A mon avis, l'oscar du meilleur rôle pour une comédie dramatique devrait plutôt revenir à Emma.

— Tu as un œil au beurre noir, pas une jambe cassée, dis-je tout en plaçant une autre robe dans ma valise.

Je regarde Emma, les yeux plissés, comme pour la mettre au défi de l'enlever.

Et vous savez quoi ? Cette salope l'éjecte *manu militari* de ma valise.

Ay dios mío.

Un changement de tactique s'impose.

— Tu as ton téléphone avec toi ? lui demandé-je avec gentillesse tout en me redressant.

— Pourquoi ? demande-t-elle à son tour, si suspicieuse que cela me fait sourire.

— Parce que tu devrais peut-être rappeler Matthew pour qu'il vienne ici, je réponds en battant des cils, l'innocence incarnée.

Emma sursaute aussi violemment que ce matin, quand je lui ai mis mon coude en pleine figure alors que nous faisions une pyramide aux Barracks.

— Pourquoi donc devrais-je appeler le Capitaine Buzzkill de mon plein gré ?

— Parce que, si tu n'arrêtes pas d'essayer de m'empêcher de faire mes valises, je vais te tuer.

— OK, OK, très bien, lâche-t-elle en s'effondrant sur le matelas. En parlant du Capitaine Buzzkill, d'ailleurs, rappelle-moi aussi de laisser mon téléphone chez Kay tout à l'heure pour qu'il ne puisse pas me tracer jusqu'à la soirée.

Kay met un petit coup dans les côtes d'Em, ce qui détourne

son attention suffisamment longtemps pour que j'aie le temps de mettre trois objets *entiers* dans ma valise.

— Tu veux dire que tu ne veux pas risquer qu'il t'empêche de fricoter à nouveau avec King ?

— *Quoi ?!* hurlé-je en jetant le short que j'ai dans la main dans les airs.

Je saute sur le lit, mes valises oubliées.

— Merci, Kay, gémit Emma entre ses doigts, sa main libre posée sur le côté intact de son visage.

— Je *savais* qu'il y avait quelque chose que tu ne disais pas, dis-je avant de faire aller un doigt de Kay à moi. Enfin, que tu ne disais pas à *moi*, puisque Kay semble être au courant.

Emma me regarde entre ses doigts, et soupire, résignée. Elle tend son auriculaire vers moi, sachant qu'il n'y a aucune chance pour que je quitte cette pièce sans savoir de quoi il retourne, maintenant que la boîte de Pandore est ouverte.

Je lie nos auriculaires aussi vite qu'il est humainement possible de le faire, et je fais la plus sacrée de toutes les promesses de fille.

Je n'ai certes découvert les détails les plus croustillants concernant ce qui s'est passé entre Emma et Carter King, alias l'homme considéré comme le roi au sein de sa cour – une expérience sociale fascinante, très *Blackwell-ienne*, à mes yeux – que depuis quelques heures, mais cela n'enlève rien au fait que j'attends avec impatience la fête de ce soir depuis que nous avons reçu le message d'invitation hier.

J'imagine qu'il n'est pas étonnant, compte tenu de la situation, que lorsque nous nous sommes répartis dans nos Uber pour nous rendre chez Carter, Emma ait fait en sorte de ne pas se retrouver dans la même voiture que Kay et moi.

Et cela ne devrait pas non plus vous choquer que Mason ait été à deux doigts de piquer une crise. Mais Trav a alors passé son bras musclé autour de son cou pour l'entraîner avec lui vers l'autre voiture avec un « *Miniature t'aime parce que tu es un Néandertal, pas un bébé capricieux.* ».

Cela n'a pas empêché Mason d'envoyer des textos à Kay

pendant les dix minutes de trajet. Au moment où les voitures s'arrêtent sur le parking d'un hectare qui appartient à Carter King, je suis sûre qu'ils ont échangé plus d'une dizaine de messages.

Plusieurs dizaines de véhicules sont garés au hasard sur le terrain, mais contrairement à la dernière fois que je suis venue ici, cela ressemble plus à une fête improvisée qu'à un plateau de tournage de *Fast & Furious*.

Nous nous dirigeons tous ensemble vers l'entrepôt de trois étages au revêtement sombre qui sert de résidence à Carter, avant de bifurquer vers le feu de camp installé non loin de là. Les filles et moi lions nos bras à la manière des personnages du *Magicien d'Oz*, et nous nous frayons un chemin à travers le dédale créé par les véhicules garés pour rejoindre les hommes installés près du feu ronflant.

Nous passons devant quelques tables de bière-pong et de flip-cup. D'autres activités sont en cours, dont la préférée de notre groupe : le *Drunk Jenga* géant.

Nous trouvons JT, Carter et, me dit-on, les quatre autres membres composant la cour de Sa Majesté, installés dans des chaises de camping noires autour du feu de camp. La dernière fois que je suis venue ici, je ne savais pas réellement de quoi il retournait et je n'ai pas pu apprécier à sa juste valeur l'univers de Carter King. Mais maintenant ? Bon sang, l'homme en lui-même est vraiment canon. Tatoué, musclé, souriant, avec un côté *bad boy* vaguement impressionnant.

J'ai côtoyé Carter et son numéro deux, Wes, une paire de fois. Les autres, je ne les connais que par les histoires que racontent Tessa et Savvy. Ce n'est pas si surprenant, puisque Kay considère Carter plus comme l'ami de JT que comme le sien. Cela dit, il me semble qu'il faut maintenant rajouter CK comme membre de leur petit groupe.

Aucune de nos deux lycéennes favorites n'est en vue, mais je sais qu'elles sont probablement à bonne distance du feu pour éviter que Savvy ne fasse une crise d'asthme. Et effectivement, de l'autre côté du terrain, je peux les voir tenir leur propre cour avec les frères et sœurs de Mason et quelques autres lycéens.

J'aperçois un autre visage familier dans le groupe que nous approchons, mais avant que je ne puisse intellectualiser la raison pour laquelle, Grady, entre tous, est ici ; JT se lève de son siège et nous vole Kay.

Mason s'assombrit une fois encore, agacé qu'on lui enlève de nouveau sa petite amie, mais il faut plus qu'un footballeur de deux mètres pour intimider JT.

— Garde ta massue et tes grognements de Néandertal pour toi, vieux, lui lance JT.

— Ça veut dire quoi, ça, môssieur cheerleader ? lance Mason avec un air sévère, même si tout le monde peut entendre l'amusement dans sa voix.

— Ça veut dire qu'il faut que tu te détendes, messire *tight-end*, lâche JT. Tu l'auras à nouveau pour toi tout seul après-demain.

— Attention, mec, lance Trav tout en tendant son poing à JT pour qu'il le choque. Mase a ses règles parce qu'Em a réquisitionné les filles jusqu'à plus de onze heures hier soir.

— C'est vrai, dis-je en agitant mon coude, toujours lié à celui d'Emma, comme si c'était une vieille aile de poulet. L'ombre de Peter Pan n'a rien à envier à Emma Logan après un passage chez son sénateur de père.

JT me fait un clin d'œil, approuvant ma référence à l'histoire préférée de sa défunte mère.

— Qu'est-ce qui t'est arrivé, bordel ? aboie soudain Carter en s'approchant d'Emma comme une tornade s'approcherait d'une ville – et dégageant la même sensation de danger imminent.

— Pardon ? rétorque Em en plantant son regard assassin dans celui de Carter, et en le soutenant sans ciller.

Je dégage mon bras de celui d'Emma et recule lentement, histoire de ne pas aggraver les tensions entre ces deux bêtes fauves toutes prêtes à s'écharper. Même si je doute qu'ils soient conscients de quoi que ce soit d'autre en dehors de leur échange de regards musclés.

Carter saisit le menton d'Emma entre ses doigts, inclinant son visage dans un sens et dans l'autre pour inspecter les ecchymoses que le maquillage n'a pas complètement recouvertes.

— Dis-moi *qui* t'a fait ça, que je sache qui je dois tuer.

Je hausse les épaules alors qu'Em laisse errer son regard dans ma direction. Est-ce mal d'être déçue que ce soit moi qui lui aie fait un œil au beurre noir ? Si oui, tant pis, parce que j'avoue que j'aurais été assez curieuse de voir jusqu'où aurait pu aller le côté violent et impulsif de la personnalité de Carter.

— Je ne vois pas en quoi ça te regarde, lâche Emma froidement plutôt que de me dénoncer.

Je doute fort que ce soit parce qu'elle s'inquiète de ce que King pourrait me faire. Non, elle le fait juste pour l'énerver, ce qui prouve encore plus pourquoi nous avons si vite été bonnes amies. Nous avons le même esprit provocateur, et Em semble prendre particulièrement plaisir à agacer Sa Majesté.

— Tout ce qui te touche me concerne, Emma.

Même en ayant reculé de quelques pas, je sais qu'elle lève les yeux au ciel.

— Je vais te dire la même chose qu'à Matthew…

— Ne prononce pas le nom de ce type devant moi, lâche Carter d'un ton glacial.

— Oh, *je t'en prie* ! rétorque-t-elle en le frappant dans la poitrine d'un revers de la main. Je n'ai pas de règle sur moi, alors inutile de commencer un concours de mesurage de queue. Et puis, au moins, le Capitaine Buzzkill est payé pour s'inquiéter pour moi, alors que, dans ton cas, c'est juste déplacé.

Une présence familière s'avance derrière moi, et je frissonne. Je me recule pour m'appuyer contre CK, comme je l'ai déjà fait un million de fois, avant d'incliner ma tête en arrière pour murmurer à son oreille :

— Quand penses-tu que ce sera le bon moment pour lui dire que c'était moi ?

Le rire rauque de CK résonne dans mes oreilles alors qu'il observe lui aussi la scène qui se déroule devant nous.

— Qu'elle ait choisi de ne pas le lui dire quand il lui a posé la question m'oblige à vous soupçonner de posséder *toutes les deux* des cornes de diablesses bien cachées sous vos nœuds de cheerleaders.

J'étouffe un gloussement, et les papillons dans mon estomac se mettent à voler dans tous sens devant le scintillement amusé de ses yeux derrière ses verres.

— Il me semblait que tu avais pu vérifier par toi-même que je n'avais pas de cornes.

— Vrai. Mais je devrais peut-être vérifier à nouveau… lâche CK tout en regardant par-dessus ma tête, vers les appartements de King. Carter a une table de billard.

Mon corps tout entier s'échauffe à cette suggestion. Si je dois en croire la façon dont le regard de CK se dirige vers ma bouche, je suis sûre qu'il repense à toutes les parties que nous avons jouées ensemble depuis notre premier strip-billard.

— Veux-tu –

CK est interrompu par l'arrivée de Grady.

— Hé ! Le monde est petit, hein ?

CK se redresse, et je suis presque sûre d'avoir fait la moue quand mon corps a perdu le contact avec le sien.

Qu'allait-il dire ?

Veux-tu trouver un coin sombre et faire de moi ce que tu veux ?

Veux-tu parler de nous à nos amis ?

Les possibilités me semblent infinies.

Mais, à la place de cela, je me trouve à me tourner vers Grady.

— Qu'est-ce que tu fais ici ?

— C'est un coéquipier de Lance, explique Savvy tout en faisant un signe de tête vers l'un des membres de la cour de Carter, avant de reporter son attention sur son frère. S'il ne se la tape pas et ne nous sort pas tous de leur misère alimentée par la tension sexuelle, je te jure que je vais devoir demander à Wes d'ouvrir les paris pour déterminer quand ça va arriver.

Curieuses de la scène qui se joue entre Emma et Carter à quelques mètres de là, Tessa et Savvy se sont rapprochées pour mieux voir ce qui se passe.

— C'est soit ça, soit une combustion spontanée, ajoute Tessa. Cinquante-cinquante en termes de probabilités, à mon avis.

— Amen, répond Savvy tout en liant son auriculaire à celui de Tessa.

— Et pendant qu'on parle de combustion spontanée et de tension sexuelle… reprend Tessa tout en reportant son regard bleu nuit sur CK et moi.

— *Argh !* lâche Emma sur un ton exaspéré alors qu'elle déboule dans notre petit groupe, avant que Tessa ne puisse commencer une dix millième inquisition concernant ma relation avec CK.

Je ne sais pas ce que je dois penser de cette interruption, et je n'ai pas le temps d'y réfléchir : Emma est passée de *j'ai besoin de ma meilleure amie* à *s'il vous plaît, distrayez-moi avant que je ne commette un meurtre.*

C'était il y a plusieurs heures.

J'ai dû me contenter de botter les fesses de CK à un jeu bon

enfant au lieu de profiter de tout ce qu'une table de billard aurait
pu avoir à offrir d'options ludiques.

Mais depuis, j'ai l'impression qu'il m'évite, qu'il s'est donné
pour mission de garder le plus d'espace possible entre nous sans
en avoir l'air. Ça me rend dingue.

Mon seul salut ? Emma, qui cherche à tout prix à ignorer tout
ce qui touche à Carter King. C'est aussi ce qui me rend joyeusement grise, à cause de toutes les parties de bière-pong et de flip-
cup que nous avons jouées. Sans cet état vaguement second, le
fait que CK se tienne de l'autre côté de la table, encore une fois,
au lieu d'être à côté à de moi, achèverait probablement de me
rendre folle. Cela n'a pas été dit, mais je suis presque sûre qu'il a
refusé de faire partie de mon équipe.

Nous avons arrêté de jouer, il y a quelques minutes, pour
enregistrer des danses à poster sur TikTok.

— Non, non, non ! s'écrie Grady en agitant les bras pour
interrompre Trav, lequel tente, sans grand succès, de copier ma
façon de remuer mes hanches. Bon sang, je croyais que des
joueurs de football auraient de meilleures compétences en danse.

J'éclate de rire : cela fait dix minutes que Trav essaie d'imiter
la *danse du touchdown* que j'ai créée pour lui dans le cadre du défi
TikTok #SaveIt4TheEndZone. Je dis *essayer*, parce que c'est un
échec retentissant. Cet homme peut transformer un ballon de
football en roquette, mais il ne saurait pas danser même si sa vie
en dépendait.

— Il faut que tu utilises tes hanches, mec, explique Grady en
joignant le geste à la parole avec une oscillation étonnamment
fluide de ses propres hanches.

— Oh *yeah* ! lancé-je en levant les bras en l'air et en copiant ses
mouvements tout en me rapprochant de lui.

— Il va falloir que tu travailles le sujet, QB1, ajoute Emma en
se joignant à moi pour prendre Grady en sandwich de l'autre
côté.

Trav fait la moue, puis se détourne de nous pour se précipiter
vers Livi, de l'autre côté du terrain, en lui criant qu'il faut qu'elle
lui montre des mouvements parce que nous sommes des crétins.

Notre soirée dansante improvisée prend fin lorsque nous
nous rassemblons pour prendre des selfies, mais lorsque je me
retourne pour demander à CK de se joindre à nous, un grand
poids me tombe sur la poitrine : il n'est plus là.

Où est-il passé ?

— Faut-il que j'aille chercher de la bière ? demande Alex en brandissant les pichets vides.

Je profite de la distraction et attrape le pichet vide pour aller le remplir.

Je suis au tonneau, en train de remplir un des pichets pour notre prochaine partie de flip-cup, quand Grady me rejoint avec l'autre pichet dans les mains.

— Content de voir que les choses se sont arrangées entre vous deux, dit Grady en faisant un signe du menton.

Ce qui me permet de repérer enfin CK, assis avec Carter autour du feu. Autour du feu, *de l'autre côté du terrain.* J'imagine que c'est parce que l'autre côté de la table n'était pas assez loin pour lui ? C'est sûrement idiot d'être contrariée par si peu, mais je suis incapable de m'en empêcher.

Je m'ébroue, et incline la tête pour regarder Grady.

— Me suis-je seulement excusée pour cette soirée abominable que je t'ai fait subir ?

— Si je ne t'avais pas invitée à sortir en premier lieu, cela ne serait pas arrivé, dit-il en balayant mes excuses d'un geste de la main. C'était évident qu'il y avait plus entre vous deux qu'il ne voulait bien l'admettre.

Son commentaire devrait me rassurer, pourtant c'est tout l'inverse. Cela ne fait que me rappeler à quel point CK s'est empressé de nier tout lien avec moi.

Ces deux dernières semaines ont été formidables, mais maintenant que nos amis sont de retour, j'ai l'impression que nous sommes revenus au point de départ. Je sais que nous n'avons pas eu le temps de parler de la façon dont nous allions leur annoncer ce qui se passe entre nous, mais au fond, je ne vois pas où est le problème. Ce n'est pas comme s'ils ne savaient pas ce que je pense de CK. Il n'y avait guère que lui qui n'avait pas compris ce que je ressentais pour lui. Le fait que nous soyons en couple ne sera pas une grande surprise.

Je devrais aller là-bas, me laisser tomber sur les genoux de CK et l'embrasser.

Et… Qu'est-ce qui m'en empêche au fond ?

Le fait est que… je n'arrive pas à faire taire cette petite voix dans ma tête qui me dit que, si je fais ça, je vais essuyer un cuisant rejet. Ce serait sûrement plus facile de l'ignorer, cette voix, si je n'avais pas l'impression que CK s'efforçait à rester le plus loin possible de moi. Parce qu'à part quand nous sommes arrivés, c'est *exactement* ce qu'il a fait.

Mais il me regarde, voire ne me quitte pas des yeux. Même maintenant, alors que Grady et moi retournons à la table où se trouvent nos gobelets, que nous nous replongeons dans les discussions sur le jeu et que nous nous déhanchons lorsque notre équipe gagne, je peux sentir le poids des yeux de CK sur moi.

J'arrive à faire trois tours de plus avant que ma vessie ne menace de déborder : j'ai bu beaucoup trop de bière. Je m'excuse, laisse la place à quelqu'un d'autre et me dirige vers les toilettes du garage, au fond du terrain.

Une silhouette qui fait les cent pas me fait sursauter lorsque je ressors du bâtiment, et je pose ma main sur ma poitrine pour calmer mon cœur qui s'est emballé. Une longue inspiration plus tard, mon cœur s'emballe à nouveau, mais pour une tout autre raison.

— Superman, soufflé-je en tendant automatiquement la main vers lui, avant de me figer devant son regard glacial et son mouvement de recul. Qu'est-ce que… ?

— J'imagine que ta mère va adorer les photos de toi et de Grady ensemble, dit-il en m'interrompant froidement, ce qui me laisse totalement interloquée.

— Tu m'en veux d'avoir pris un selfie avec lui ? J'ai pris des photos avec beaucoup de gens ce soir. C'est une fête, tout le monde prend des photos, c'est normal, non ? Je voulais aussi faire des photos avec toi, mais tu avais disparu.

La mâchoire de CK bouge, comme s'il grinçait des dents, mais il ne répond rien. Sous l'influence de l'alcool, je sens la colère monter et prendre en force un peu plus à chaque seconde de silence qui passe.

— Est-ce que c'est seulement avec Grady que tu as un problème, ou est-ce que tu as soudainement un problème avec Trav et Alex aussi ? demandé-je finalement.

Encore une fois… rien. Pas un seul mot.

— C'est toi qui nous as évités toute la nuit, ajouté-je pour faire bonne mesure.

— Ne verse pas dans le mélodrame, Quinn.

— Pardon ? rétorqué-je en inspirant brutalement entre mes dents, outrée.

Un muscle tressaute sur le côté de sa mâchoire, et j'ai une envie irrésistible de le gifler.

— Tu agis comme si nous n'avions pas été tous ensemble toute la nuit. Et maintenant, tu joues les outragées parce que j'ai manqué une séance de selfies ?

Cette fois, c'est moi qui n'ai plus les mots, et qui me mords littéralement la langue pour ne pas laisser la part de moi toute prête à foncer dans le tas prendre le dessus. Bon sang ! Il n'y a que lui pour parvenir à la faire ressortir de cette manière.

— Tu aurais pu te joindre à nous, tu sais.

J'aurais aimé qu'il le fasse, parce que j'ai beau savoir qu'il était là, il me manque quand il n'est pas tout contre moi.

— Non, impossible, réplique-t-il.

Il jette un coup d'œil par-dessus son épaule, mais la fête, laquelle a triplé de volume depuis notre arrivée, est trop loin pour que quiconque s'intéresse à nous.

— Pourquoi ça ? demandé-je d'un ton franchement agacé de nouveau.

— Parce que... commence-t-il avant de s'interrompre, et de serrer sa nuque entre ses doigts.

Le gonflement de ses biceps me distrait, un instant, de ce qui se joue entre nous.

— Parce que *quoi* ? insisté-je en me rapprochant de lui, mais il recule à nouveau. Ce que tu me dis n'a aucun sens, CK.

Il expire en gonflant les joues, et il me déshabille des yeux.

— Parce que chaque fois que je suis près de toi, j'ai envie de te toucher.

— Et où est le problème ?

S'il n'en tenait qu'à moi, nous nous toucherions autant qu'il est socialement acceptable de le faire. Je m'inspirerais de Mason et je repousserais les limites.

— Parce que...

Ay dios mío. Je commence à en avoir plus qu'assez d'entendre ces deux petits mots sortir de sa bouche.

— Si je fais ça, alors tout le saura que nous sommes... tu sais, termine-t-il en faisant tourner sa main dans les airs comme pour nous englober tous les deux.

Il n'est pas sérieux, là, hein ?

— Et encore une fois, dis-je en serrant les dents, contrariée ; pourquoi serait-ce un problème ?

— Parce que.

— Merde ! crié-je en enfouissant des doigts dans mes cheveux pour tirer dessus. On tourne en rond, CK !

— Désolé, lâche-t-il en laissant son menton tomber sur sa poitrine.

Super. Maintenant, j'ai l'impression d'être une harpie.

— Inutile de t'excuser, dis-je en m'efforçant d'adoucir mon ton. Mais j'ai besoin de savoir pourquoi cela n'est pas possible de leur parler de nous, tout simplement. Une fois fait… tu pourras me toucher autant que tu veux.

— Et qu'est-ce qu'on pourrait bien leur dire à propos de nous ?

Je recule d'un pas tant je suis surprise par cette question.

— Eh bien… qu'on *sort ensemble*, tout simplement ? dis-je sur le ton de l'évidence.

— Ils ne nous croiront jamais.

C'est l'alcool qui parle, ou bien il vient de me regarder comme si j'étais repoussante ?

— Bon sang ! Tu te moques de moi, hein ?

Il recule d'un pas quand je me déplace pour voir derrière lui, et je grogne parce que je sais qu'il a cru que je voulais le toucher et qu'il semble vouloir m'éviter.

— Tout le monde sait combien je t'aime bien, ajouté-je.

— Il y a un monde entre savoir que tu m'aimes bien et croire que nous sortons ensemble.

Je croise mes bras sur ma poitrine, et serre mes mains dans le pli de mes coudes pour couper court à cette tentation qui menace de me submerger : l'étrangler.

— Je suis choquée que quelqu'un d'aussi intelligent que toi puisse tenir des propos aussi stupides.

— Tu dis ça, mais seul un idiot pourrait croire que je pourrais sortir avec toi alors que nous ne jouons clairement pas dans la même catégorie.

Je suis un foutu crétin.

Toute cette nuit, voire les trente-six dernières heures, n'a été qu'un test de patience grandeur nature, lequel m'a poussé à commettre une erreur après l'autre.

Quinn réquisitionnée par Emma et Kay jusqu'à ce qu'elle n'ait plus une seule seconde pour moi, c'était une chose. Quand j'ai commencé à mettre volontairement de la distance entre nous, poussé par mes propres insécurités ? On est passé au niveau au-dessus.

Qu'est-ce qui ne va pas chez moi ? Pourquoi est-ce que le fait que Grady soit là me pousse à me comporter comme le plus parfait des imbéciles ?

Et, comme si le karma ne s'était pas assez acharné en poussant Quinn à prendre sur elle au lieu de l'obliger à me demander des comptes comme elle le ferait en temps normal, il continue à s'en prendre à moi à cause de toutes les inepties que j'ai jetées au visage de Quinn en faisant en sorte que ce soit Grady qui me trouve caché à proximité du *Drunk Jenga*.

— Hum. Tu sais que ta petite amie est furieuse après toi, n'est-ce pas ? me demande Grady en me poussant légèrement du coude.

Je ne sais pas ce que je préférerais des deux faits énoncés calmement par Grady. Que Quinn soit *effectivement* ma petite amie ? Ou qu'elle soit *effectivement* en colère contre moi ?

La désagréable impression qu'on m'enfonce un fer chauffé entre les côtes est de retour, parce que le fait est que Quinn n'a pas crié, ne m'a pas insulté, n'a pas fait montre de son tempérament emporté en me remettant à ma place. Non, elle est juste… partie.

Et ça, ça fait mal.

C'est aussi comme ça que je sais que j'ai *vraiment* merdé.

— Je te l'ai déjà dit, Quinn n'est pas ma petite amie.

Enfin, je ne crois pas. Elle ne l'est pas, pas vrai ?

— OK… si tu le dis, sourit Grady avant de porter son gobelet à sa bouche.

— Elle n'est *pas* ma petite amie, répété-je en lui jetant un regard torve.

— Et pourquoi pas ? me défie-t-il.

— Parce que, répliqué-je sans le regarder, les yeux fixés sur le *Jenga* devant moi.

— Wahou ! C'est tellement plus clair maintenant !

Le sarcasme de Grady me fait lever les yeux au ciel : c'est de l'amateurisme comparé au niveau de sarcasme que mes colocataires sont capables d'atteindre.

Oh, putain !

Finalement, le fait que ce soit Grady qui m'ait trouvé le premier est une chance. Parce que si c'était, justement, l'un, voire, pire, l'*une* de mes colocataires qui m'avait trouvé, je n'aurais eu aucune chance de m'en sortir aussi facilement. En particulier maintenant que je réalise à quel point Quinn a mal interprété mon propos.

Parce que le fait est que je viens de me rendre compte que, si Quinn s'est éloignée de moi, c'est parce qu'elle a cru que je disais qu'elle n'était pas assez bien pour moi. Alors que… je disais l'exact opposé : c'est *moi* qui ne suis pas assez bien pour elle.

Quel con !

— Donc, c'est parce qu'elle n'est *pas* ta « *petite amie* », que tu es tout seul, *ici*, alors qu'elle est *là-bas* ? dit-il en pointant du pouce derrière lui, dans la direction dans laquelle se trouve certainement Quinn, tout en dessinant des guillemets virtuels dans les airs de l'autre main.

Je hausse les épaules, mais Grady attend patiemment, sans rien dire, que je me décide à sortir de mon mutisme.

— Je ne peux pas être avec elle, admets-je finalement.

— Et pourquoi pas ?

Merde, à la fin ! Qu'est-ce qu'ils ont tous à me poser un million de questions ce soir ?

— Tu veux dire, en dehors du fait qu'elle a probablement envie de m'enfoncer un de ses pom-poms dans la gorge pour m'étouffer ? dis-je en passant une main dans mes cheveux et en me redressant pour le regarder alors qu'il acquiesce. Si je me rapproche de Quinn ce soir, je risque de la coincer dans un coin et de l'embrasser.

— Mec, il n'y a pas de problème là-dedans, répond Grady en posant une main sur mon épaule.

Et voilà où est, justement, le cœur du problème : c'est qu'il n'y a *effectivement pas* de problème. Trop occupé à jouer les poules mouillées, j'ai choisi la stratégie de l'évitement.

— Nos amis, dis-je en désignant la fête d'un geste vague du bras, ne savent pas que nous sommes ensemble.

— Conneries, rétorque Grady.

— Pardon ?

— Vos colocataires sont rentrés *hier*, c'est ça ? demande-t-il lentement, en décomposant le mot « hier » comme s'il faisait plusieurs syllabes.

— Oui, et alors ?

— Et alors, ils savent, dit-il en haussant les épaules comme si c'était évident.

— Non, réponds-je.

— Bien sûr que si. Au billard, j'avais passé toute ma soirée à croire que vous sortiez ensemble.

Et pourtant, il a demandé à Quinn de sortir avec lui.

Je repose mes yeux sur le *Jenga*.

— Je ne vois pas très bien ce qui aurait pu te faire croire ça.

— Peut-être pas, mais c'est une réalité pourtant, rigole-t-il.

— Impossible. Tu n'as pas pu croire que je *sortais* avec Quinn.

— Je répète, c'est *bel et bien* ce que j'ai cru, insiste-t-il.

Je m'immobilise, ma main toute prête à saisir un bloc dans la tour, avant de me retourner vers lui lentement.

— Et tu n'as pas pensé… commencé-je avant de m'interrompre, l'estomac retourné par la question que je m'apprête à lui poser, parfait écho de ce que j'ai jeté à Quinn plus tôt.

Mon Dieu, comment ai-je pu lui dire un truc pareil alors que je sais parfaitement que trop de gens ont sous-estimé sa valeur pour la réduire à son apparence ? Comment ai-je pu assez mal formuler mon propos pour l'inciter à croire que je parlais d'elle alors que je parlais de moi ?

Je me racle la gorge avant de reprendre la parole.

— Tu n'as pas pensé que nous ne jouions pas dans la même catégorie ?

— Mais qu'est-ce que tu veux dire par là, bordel ? réplique Grady sans hésiter, un léger rire dans la voix.

— Eh bien… tu l'as bien regardée ?

— J'ai des yeux pour voir, oui, acquiesce-t-il.

La frustration et une autre sensation que je ne saurais pas nommer me serrent la poitrine.

— Le problème n'est pas seulement que Quinn est, à mes yeux, la plus belle femme de la planète, à l'extérieur. C'est que je ne serai jamais capable d'égaler ce qu'elle est aussi à l'intérieur.

J'étais furieux quand j'ai découvert que des gens lui avaient donné l'impression qu'elle était moins qu'extraordinaire. Et maintenant, comble de l'ironie, j'ai réussi à lui faire croire que c'était aussi ce que, *moi*, je pensais.

Comment suis-je censé arranger ça ?

Et surtout, comment je suis censé arranger ça alors qu'elle s'envole demain pour le Texas, pour une semaine ?

— Est-ce que c'est elle qui t'a dit ça ? demande Grady en observant la façon dont j'écrase mon gobelet dans ma main, le plastique craquant entre mes doigts.

— Non, grogné-je. Elle me collerait même probablement une gifle monumentale pour avoir ne serait-ce qu'osé penser un truc pareil.

Je ne sais pas si Quinn en viendrait effectivement aux mains, mais je trouverais certainement une nouvelle figurine d'E.T. cachée quelque part. Oh… et le sifflet. Elle sortirait certainement ce satané sifflet.

— Tu l'aimes ? demande Grady, me prenant de court.

— Quoi ?

— La question est simple. Réponds par oui ou par non, dit-il en haussant un sourcil tout en soutenant mon regard. Est-ce que tu l'aimes ?

Est-ce que je l'aime ?

Est-ce que je l'aime ?

Bordel. De. *Merde.*

Bien sûr que j'aime Quinn Thompson.

CHAPITRE 38

CK

Sur le canapé vide du salon de Kay, une pile de couvertures surmontée d'un drap bleu et d'un oreiller me nargue.

Où diable est Quinn ? Est-elle déjà partie à l'aéroport ?

Non. Il est trop tôt, n'est-ce pas ?

J'ai déjà ressenti l'urgence pulser dans mes veines pendant la nuit, mais j'ai été trop têtu pour suivre mon instinct. Je me retourne, et je glisse sur le carrelage alors que je me précipite, en chaussettes, vers la porte d'entrée pour l'ouvrir brutalement. La voiture d'Emma est toujours garée dans l'allée.

Je m'appuie lourdement contre le chambranle de la porte. Quinn est forcément toujours là puisque c'est Emma qui doit l'emmener.

Je claque la porte, et m'immobilise brutalement alors que je découvre que Grant est dans la cuisine. Comment ai-je pu ne pas le voir ?

— Mec, tu vas réveiller les monstres à faire tout ce bruit, lâche-t-il en regardant le plafond, dans la direction des chambres de l'étage.

— Mais non. Mase ne va pas laisser Kay s'échapper comme ça.

— C'est d'Em que tu devrais te méfier, mon pote, lance Trav en descendant les escaliers, lui aussi habillé, manifestement prêt à aller courir. Elle va avoir une sacrée gueule de bois quand elle va se traîner hors de la chambre d'amis.

Sa remarque me fait froncer les sourcils.

— Elle n'est pas déjà debout ? demandé-je en regardant l'heure à ma montre. Quinn est censée partir bientôt.

— Q est partie, dit Grant en traversant la cuisine. Elle a commandé un Uber pendant que je préparais mon shake protéiné.

— Merde, lâché-je en écartant mes lunettes et en me pinçant l'arête du nez.

Ma bêtise a atteint des profondeurs abyssales, et maintenant… Quinn est partie.

Pour commencer, je me suis chamaillé sans raison avec elle et je ne me suis pas excusé comme j'aurais dû le faire.

Ensuite, j'ai réalisé que je l'aimais, et au lieu d'aller la trouver pour le lui dire, j'ai redoublé d'efforts pour l'éviter, choisissant d'attendre que je puisse l'avoir pour moi tout seul.

Et maintenant ? Mes chances de lui parler sont réduites à néant.

Pourquoi ai-je agi aussi bêtement ?

De quoi avais-je donc si peur ?

— Vous ne vous êtes pas réconciliés ni embrassés avant qu'elle ne parte ? demande Trav en mettant une dosette dans la machine à café.

Je me fige, et seul mon cœur qui bat comme un fou indique encore que je vis.

— C'est parti, mon vieux, lance Grant à Trav lui tendant une main de la taille d'une assiette.

— Je t'aurai plus tard, rétorque Trav en frappant sa main.

— Hein ? lâché-je en faisant aller mon regard de l'un à l'autre, interloqué.

De quoi est-ce qu'ils parlent ?

Ni l'un ni l'autre ne me prête attention : ils frappent du poing contre leurs paumes dans une partie improvisée de pierre, papier, ciseaux jusqu'à ce que la pierre de Trav perde face au papier de Grant.

Trav s'écarte du comptoir en soupirant avant de se diriger vers les escaliers.

— Soyez sympas et pensez à dire des trucs gentils sur moi à mon enterrement.

— Où vas-tu ? demandé-je, totalement dépassé par cette situation à laquelle je ne comprends rien.

— Risquer ma vie et mon intégrité physique en réveillant Miniature et Mam'zelle M, réplique-t-il en posant sa main sur son cœur.

D'accord. Sauf que je ne comprends toujours rien.

— On vous a laissé assez de temps, explique finalement Grant en tirant l'un des tabourets de bar pour s'installer au comptoir. Maintenant, il va falloir tout nous dire sur Q et toi.

Je dois avoir l'air totalement déconcerté au vu du lent sourire qui se dessine sur le visage de Grant.

— Tu croyais vraiment que l'on ne savait pas ? Tu es vraiment mignon, des fois, rigole-t-il.

— Tu te moques de moi, dis-je en me passant la main dans les cheveux.

— Non, glousse-t-il en secouant la tête. On est tous contents que vous vous soyez enfin décidés, compte tenu du fait que tu as passé un an à refuser de nous croire quand on te disait qu'elle t'aimait bien.

Seigneur Jésus. Je suis encore plus idiot que je ne le pensais.

J'étais là, tellement inquiet de ce que les autres penseraient, que j'ai demandé à Quinn de garder notre relation secrète. Et oui, avant que vous ne vous posiez la question, je suis enfin prêt à admettre que c'est exactement ce que nous avions, une *relation*.

Mais finalement, je n'ai réussi qu'à provoquer une dispute pour une raison obscure. Alors même que tout le monde attendait qu'on se mette ensemble.

Bien sûr, à l'origine, ne pas sortir en public était davantage un moyen de limiter le risque d'apparaître sur le fil d'actualité de UofJ411 et de devoir subir les commentaires des trolls qu'autre chose.

Mais…

Le cacher à nos *amis* ? Ceux-là mêmes qui aiment plaisanter sur le fait qu'ils m'ont trouvé si génial qu'ils ont décidé de m'imposer leur amitié ? Bien sûr qu'ils ne penseraient ni ne diraient jamais que je ne suis pas assez bien pour Quinn.

Je ne sais pas vraiment ce qui est le pire : ne pas avoir fait confiance à nos amis en ne disant rien nous concernant, Quinn et moi ; ou ne pas avoir fait confiance à Quinn à chaque fois qu'elle m'a avoué avoir des sentiments pour moi.

J'ai peut-être grandi et vieilli, mais je continue malgré tout à permettre aux connards qui ont peuplé mon passé d'influencer mon jugement sur les gens qui m'entourent et qui comptent pour moi. Est-ce que ce n'est pas pathétique ?

Pourquoi n'ai-je pas compris tout cela plus tôt ? Pourquoi a-t-il fallu qu'un presque inconnu comme Grady m'ouvre les yeux pour que je prenne conscience de la profondeur de mes sentiments ? Peut-être que, si je n'avais pas été si aveugle et si je n'avais pas eu si peur, j'aurais cessé d'avoir cette impression d'être sur la touche, coincé à regarder les autres vivre leur vie pendant que, moi, j'attendais que quelque chose se passe.

Et maintenant, Quinn est partie pour six jours, et elle va passer son temps avec des gens qui ne l'apprécient pas pour tout ce qui la rend spectaculaire. Et pire encore, ce sont ces mêmes personnes qui sont responsables du fait qu'elle a toujours eu l'impression de ne pas être à la hauteur.

Tout cela me fait regretter de ne pas avoir vécu notre relation au grand jour. Si je n'avais pas eu cette idée saugrenue de nous cacher, nous ne nous serions jamais disputés et, mieux encore, j'aurais pu aller avec elle dans le Texas.

L'adrénaline pulse dans mes veines alors que je fais les cent pas.

Pourquoi est-elle partie plus tôt que prévu pour l'aéroport ? Elle ne m'a même pas dit au revoir.

Maintenant, non seulement elle est partie, mais en plus elle est partie en croyant qu'elle ne compte pas pour moi, que je ne ressens rien pour elle, alors même qu'en fait, je suis amoureux d'elle.

Mais quel con !

Bon.

Tout d'abord, il faut que je commence par parler de Quinn et moi à nos amis, notre *famille*, celle que nous nous sommes choisie. Ensuite, il va falloir que je leur demande de m'aider à réparer mes bêtises, histoire que je ne leur parle pas de nous en pure perte, parce que le « nous » ne serait plus d'actualité.

CHAPITRE 39

QUINN

Aller à une fête et se saouler avec mes amis la veille du jour où je dois me lever à cinq heures du matin pour prendre un vol pour le Texas à huit heures n'a peut-être pas été la meilleure décision que j'aie prise dans ma vie.

Pourquoi ?

Eh bien…

Merde.

Où sont mes post-its quand j'en ai besoin ? Je pourrais vous faire toute une liste de raisons.

Tout d'abord, prendre un avion alors que l'on subit encore les effets de l'alcool et la gueule de bois est le plus sûr moyen de passer les quatre heures de vol à dormir, bercée par le ronronnement des moteurs. Ce qui signifie se réveiller avec un filet de bave séché sur le menton et un torticolis. Et ça, ce n'est pas joli à voir, croyez-moi sur parole.

Mais qu'est-ce que je raconte ?

Est-ce que je suis encore bourrée ?

Probablement pas. Mais honnêtement... je crois que j'aimerais mieux.

Parce que l'alcool a réussi à anesthésier la douleur que j'ai ressentie quand CK m'a rejetée.

Merde.

Il faut que j'évite de me mettre à penser à ça maintenant, sinon je vais me mettre à pleurer.

Et puis, si j'étais encore ivre, cette journée serait sûrement plus supportable.

Mais le fait est que je suis sobre. Et que je suis coincée à une réunion d'organisation de la foire du comté. Et j'en suis vraiment à me demander ce que je fais là. Chaque fois que j'ai essayé de faire une suggestion ou de présenter une idée, quelque chose que j'ai appris en cours de marketing, on m'a envoyée promener. J'ai reçu plus de sourires compatissants et de petites tapes condescendantes sur la main qu'il n'est possible d'en compter.

La façon dont on me traite ici est tellement différente de la façon dont Coach Kris me traite aux Barracks que cela en serait presque risible si ce n'était pas aussi exaspérant. Coach Kris a écouté tout ce que je lui ai dit, et a mis en œuvre plus de mes idées en une seule semaine que toutes les autres personnes réunies en une vie entière.

Je savais que je n'aurais pas dû céder aux discours culpabilisants de *Mamá*. Rentrer à la maison pour cet événement n'est qu'une énorme perte de temps. Cela ne sert qu'à me jeter à nouveau au visage qu'ici, je ne suis qu'une jolie fille et rien d'autre.

Bordel de merde.

Pas étonnant que CK ne veuille pas de moi davantage qu'une *amitié améliorée*. Si les gens que j'ai connus toute ma vie ne me voient que comme une potiche, comment pourrais-je m'attendre à ce qu'il croie un jour que nous pouvons jouer dans la même catégorie ?

Mon deuxième jour dans le Texas est à peu de choses près identique au premier, jusqu'à cette affreuse gueule de bois que je traîne à cette nouvelle réunion inutile.

Maudite *abuelita*. Cette femme est diabolique. Elle a manié le pouvoir de la tequila glacée jusqu'à ce que je partage ses margaritas pimentées avec elle et que je finisse par lui raconter tout ce qui s'est passé avec CK.

— Oh, c'est merveilleux. Cela ira parfaitement avec la robe bain de soleil blanche que j'ai achetée pour Quinny.

Le commentaire de ma mère me ramène brutalement à la réunion du comité, et je tends l'oreille pour la première fois depuis plus d'une heure.

— Pardon ? demandé-je, avec la vague impression que j'aurais dû écouter.

— Non, non, ce n'est rien, *linda*, répond *Mamá* d'un ton qui sous-entend que c'est sans importance. Je disais juste que toi et le petit Davis alliez être parfaits, avec vos vêtements assortis, à travailler pour le stand de baisers.

Dios.

Je croyais qu'on avait déjà réglé ça.

— *Mamá*, je t'ai déjà dit que je ne tiendrais pas le stand de baisers cette année.

À la base, si j'ai dit non, c'est à cause de CK. Mais contrairement à *abuelita*, *Mamá* ne sait même pas que je suis sortie avec CK, et encore moins que nous avons rompu. Il n'y a donc aucune raison valable pour que j'aie changé d'avis à ses yeux.

— C'est absurde, *linda*. Pense à tout ce que ton joli minois peut apporter à l'association.

Je ne sais pas ce qui fait que je craque, mais je craque.

Je n'ai pas tempêté contre CK comme il le méritait, mais c'est parce que j'étais en état de choc après avoir découvert qu'il ne me considérait, lui aussi, que comme une jolie potiche malgré tout ce qu'il avait pu dire.

Mais c'est fini, tout ça.

Terminé de me laisser maltraiter, de laisser des gens traiter mes opinions et mes idées comme si elles étaient quantité négligeable.

Je suis bien plus qu'un *joli minois*.

— Et peut-être que si tu m'*écoutais* vraiment, pour une fois, tu comprendrais que mes idées peuvent vous permettre de doubler les montants des dons versés à l'association.

— Oh, Quinny, répond ma mère d'un ton condescendant en agitant la tête d'un air navré. Tes petits Tickytocky et Bookface ne vont pas nous aider à récolter de l'argent pour nos bonnes œuvres.

Je serre les dents. Comment cette femme peut-elle être capable de traquer ma vie à la minute près sur Instagram et ignorer tout ce qui touche aux autres réseaux sociaux à ce point ? C'est ahurissant.

— Cette forme hybride de marketing qui associe publicité et bouche-à-oreille est un outil puissant lorsqu'il est utilisé correctement.

— Mais pense un peu à l'intérêt que tu susciterais si ce bouche-à-oreille se faisait de la bouche d'une aussi belle ambassadrice que toi, depuis le stand de baisers, rétorque ma mère.

— Seigneur ! lâché-je en levant les bras au ciel, exaspérée par cette conversation et cette vision du monde étriquée. Je ne sais pas combien de fois il va falloir que je le dise pour que tu l'acceptes, mais je ne tiendrai *pas* ce stand.

Je me lève de ma chaise avec suffisamment de force pour que les pieds produisent sur le carrelage le même son que des ongles sur un tableau noir. Une dizaine d'yeux écarquillés se rivent sur moi, et me regardent sortir comme si j'étais une furie hystérique issue d'une *télénovela*.

J'en ai vraiment assez que toutes ces bêtises m'affectent autant. Peu importe ce qu'ils pensent, tous : finalement, cela n'a aucune espèce d'importance.

CHAPITRE 40

QUINN

Lorsque je rentre chez mes parents, je suis tellement épuisée par tout ce qui s'est passé ces derniers jours que j'ai la sensation que mes os sont devenus atrocement lourds. Je ne sais pas comment je vais pouvoir survivre quatre jours de plus ici, compte tenu du degré de frustration que je viens d'atteindre avec ma mère.

D'un autre côté, changer mon vol pour rentrer plus tôt signifie aussi que je devrais affronter CK et… tout le reste. Je ne sais pas comment je vais gérer sa présence, surtout alors que je m'efforce de ne *pas* demander à Kay et Em s'il a dit quelque chose à notre sujet.

Cela dit, vous savez quoi ? C'est un problème pour la future Quinn. La Quinn actuelle va faire une sieste parce qu'elle a besoin de mettre un terme à cette journée.

Je me dirige vers ma chambre, les pieds lourds, et pousse la porte.

Oh là là !

Est-ce qu'une usine 3M a explosé ?

Des post-its de toutes les couleurs de l'arc-en-ciel sont disséminés sur tout le mur derrière ma commode et sur une partie du miroir rectangulaire suspendu au-dessus. On dirait qu'un auteur de romans policiers s'est introduit dans la pièce et a décidé d'utiliser le mur de ma chambre pour faire le plan de son nouveau livre.

Certes, hier, je me suis posé la question de savoir où étaient mes post-its, mais je n'attendais pas une réponse sous cette forme.

Sauf que…

Après m'être frotté les yeux pour m'assurer que ce n'est pas ma gueule de bois qui se manifeste de manière inédite, je me rends compte que les mots rédigés à l'encre pailletée ne sont pas de ma main. Pourtant, je connais très bien cette écriture.

CK.

Mais enfin ?

Comment ?

Pourquoi ?

Prudemment, je m'approche de la commode, mais je me dégonfle dès que je suis devant, et je ferme les yeux.

— Je faisais la même chose quand tu as commencé à coller ces trucs un peu partout.

Le son de la voix de CK me fait sursauter, et je laisse échapper un juron tout en plaquant une main sur mon cœur qui s'emballe.

Seigneur.

J'ouvre instantanément les yeux pour découvrir le reflet de CK dans le miroir.

Je ne me retourne pas pour lui faire face, de peur de découvrir qu'il s'agit d'un mirage, ou de péter les plombs et de lui sauter à la gorge.

Je me contente de le fixer par miroir interposé. Mes hormones soupirent parce qu'il a beau m'exaspérer et me rendre dingue, il est vraiment le plus parfait des intellos sexy. Ses cheveux noirs sont en désordre et sa mâchoire est tendue alors qu'il m'étudie de ses yeux bleus, derrière ses montures noires, circonspect. Mais ce qui le rend le plus attirant, ce n'est pas sa belle apparence. Non, c'est son intelligence hors norme.

— C'est vraiment toi ?

Je ne peux pas m'empêcher de poser la question. Oui, je sais que j'ai reconnu son écriture et qu'il est là, debout derrière moi, mais… j'ai tout de même du mal à croire que c'est réel.

— C'est vraiment moi, acquiesce-t-il.

— Qu'est-ce que tu fais là ? demandé-je en croisant les bras sur ma poitrine.

— Lis les notes, Red, dit-il en pointant du menton vers le mur décoré de post-its.

— Pourquoi devrais-je faire ça ?

Ses lèvres se tordent en un rictus amusé devant mon ton incisif.

— Disons que j'espère qu'une fois que tu les auras lues, tu auras moins envie de me tuer.

Je grogne parce qu'il a réussi à me faire sourire, et je ne veux *pas* sourire alors que je suis en colère contre lui. Satané CK, qui parvient toujours à me faire rire !

Je ravale la boule d'émotion qui obstrue ma gorge, desserre mes bras pour m'appuyer sur ma commode, puis lève les yeux vers le carré de papier blanc le plus proche de moi.

Je suis désolé.

Mon cœur se serre devant cette simple déclaration, et je dois essuyer les larmes qui me montent aux yeux avant de passer au carré vert situé juste au-dessus de ses excuses.

Si elle ne vous a pas montré sa folie, c'est que vous ne l'intéressez pas.

Haletante, je m'apprête à faire un tour sur moi-même, mais il s'est rapproché de moi, et je peux déjà sentir la chaleur qu'il dégage contre mon dos alors que mes poumons se remplissent d'un air saturé de son odeur.

— Tu n'es qu'un crétin, dis-je en croisant à nouveau son regard dans le miroir.

Il glousse, et la vibration que le son produit se répand dans mon dos jusque dans tout mon être, en *en particulier* dans mes parties féminines.

— C'est vrai, j'ai été un crétin pour plein de choses ces derniers temps. Mais en ce qui concerne *ça,* ajoute-t-il en pointant les post-its du menton ; je sais parfaitement que tu ne trouves pas ça crétin.

Je plisse les yeux. Bon sang !

— Continue, dit-il, son souffle chaud caressant ma joue alors qu'il me pousse à lire la note bleue qui suit la verte.

Si elle ne te fait pas un peu peur, ce n'est pas la bonne.

— Je te fais peur ? m'exclamé-je d'une toute petite voix.

— Tu me terrifies. Je crois que je suis même *Quinnaphobe*, murmure-t-il en déposant le plus doux des baisers sur ma joue. Mais c'est grâce à ça que je sais à quel point tu es spéciale pour moi.

Mes yeux me brûlent, et je m'efforce de me débarrasser de cette sensation désagréable en clignant des yeux, tout en cherchant la note suivante sans qu'on me le dise.

Je veux juste que tu saches que, lorsque je m'imagine heureux, c'est avec toi.

— Même avant que tu ne sois à moi, c'est toujours toi que j'imaginais à mes côtés.

Il passe ses bras autour de ma taille pour me serrer plus fort contre lui, comme pour illustrer son propos.

Oh, mon Dieu.

Je presse mes lèvres l'une contre l'autre alors que je lis la note rose vif qui suit.

Parfois, je me demande comment tu fais pour me supporter. Puis, je me souviens que, moi aussi, je dois te supporter. Alors, on est quittes.

— On est quittes, ça reste à voir, môssieur-je-me-dispute-sans-raison-avec…

Je m'interromps et laisse ma phrase en suspens : je ne sais pas quel qualificatif m'appliquer, je ne sais quelle est ma place dans sa vie.

— Petite amie. Le mot que tu cherches est *petite amie*, Red.

J'ai l'impression d'avoir la gorge obstruée par l'un de mes pom-poms, et il me faut quelques instants pour parvenir à parler à nouveau.

— Si je suis ta petite amie, comme tu le prétends, qu'est-ce que tu sous-entends quand tu dis que tu dois *me supporter* ?

Il enfouit son visage dans mon cou, et glousse contre ma peau quand je sursaute.

— Dois-je te rappeler les deux différentes figurines E.T. que je possède maintenant ? À moins que tu ne veuilles que l'on parle de ton sifflet ?

— Dois-je te rappeler que j'ai quasiment dû faire rentrer de force le fait que je t'aime bien dans ton crâne ? répliqué-je. Non pas que ce soit encore important.

— Oh, mais c'*est* important. Et c'est l'une des raisons pour lesquelles la note dit que nous sommes quittes, souffle-t-il en me pinçant la peau.

Je cède et m'appuie contre lui, tout en scrutant à nouveau le mur.

Les relations les plus solides se construisent sur une amitié.

— Alors… je pense que nos Kaysonova ne seront pas d'accord sur ce point, dis-je en montrant la note violette.

Au début de leur relation, Kay refusait pratiquement de parler à Mason, et cette époque n'est pas si lointaine.

Je sens le haussement d'épaules de CK plus que je ne le vois, trop occupée à chercher une autre note.

Je suis timide au début, mais je suis capable de faire des folies une fois que je suis à l'aise avec quelqu'un.

Il appuie son menton sur mon épaule pour lire en même temps que moi.

— Les jours ont beau se suivre, ils ne se ressemblent pas, et j'adore ça.

Oh là, là ! Regardez-moi CK qui commence à dire des trucs super mignons comme ça.

— Mon Dieu, tu as osé ! dis-je avec un rire, tout en lisant la note jaune.

Tu me fais penser à mon petit orteil, parce que je sais que je vais finir par te plaquer brutalement contre tous les meubles de l'appartement pour te faire l'amour.

— Je me suis dit que, tant qu'à essayer d'écrire des notes un peu plus coquines, dans le genre de celles que tu m'as laissées ces derniers temps, il valait mieux choisir la partie du corps que tu valorises le plus.

Je tourne la tête et dépose un baiser sur son menton.

— Et qu'est-ce qui te fait penser que mon petit orteil est la partie de mon corps qui compte le plus pour moi ? demandé-je, intriguée.

— Tu étais prête à supprimer tous les coins de lits pour lui.

Son *Tu m'as permis de comprendre que je n'étais pas obligé de rester là d'où je viens* me donne envie de faire les huit heures de route jusque dans le Kansas d'une traite, juste pour mettre la main sur les harceleurs de son adolescence. CK doit sentir l'accès de violence qui me traverse, car il passe ses mains sur mes avant-bras jusqu'à atteindre les miennes et entremêler ses doigts aux miens.

Puis, le post-it orange qui se trouve à côté me fait à nouveau fondre d'émotion.

Une vraie relation, ce sont deux personnes imparfaites qui refusent de se laisser décourager.

— J'espère que c'est aussi vrai aujourd'hui que lorsque tu as refusé d'abandonner alors que je ne voulais pas admettre que je t'aimais bien, me souffle-t-il à l'oreille. Et je te promets que je ne t'abandonnerai jamais.

Bon sang. D'où sort cet homme avec sa confiance en lui ? Et, plus important encore… Pourquoi ne l'a-t-il pas laissée s'exprimer plus tôt ?

Ensemble, nous nous déplaçons vers la droite pour que je puisse lire les notes de l'autre côté.

Mon cœur s'emballe lorsque je lis *Tu es celle qui m'a forcée à entrer dans la cour des grands*, et je me retourne instantanément dans les bras de CK, interloquée.

— Quand tu as dit que nous ne jouions pas dans la même catégorie, tu voulais dire que tu estimais que, *toi*, tu n'étais pas à *mon* niveau ? C'était *ça*, ton propos ?

Je baisse la tête et appuie mon front sur son cœur qui bat de façon erratique.

La plupart du temps, je suis convaincue que mon ange gardien boit, mais il semblerait au final que c'est moi qui étais ivre l'autre soir, et pas lui. Heureusement qu'il a su m'obliger à me contrôler quand CK a dit ça. J'aurais pu m'emporter et sombrer littéralement du côté obscur de la folie, mais grâce à lui, j'ai eu la présence d'esprit de tourner les talons et de m'éloigner. Me saouler à m'en rendre ivre morte pour ne plus penser à tout ça a finalement été un moindre mal.

Il glisse ses mains dans mes cheveux, avant de les poser sur mon visage pour l'incliner vers le haut jusqu'à ce que je me noie dans le bleu de ses yeux.

— Je suis désolé que ma formulation t'ait fait croire que je parlais de toi.

J'acquiesce et essaie de détourner le regard, mais il ne me laisse pas faire.

— Putain, bébé, souffle-t-il en resserrant sa prise et en tirant légèrement sur mes cheveux. Je parlais de *moi*. Pas de *toi*.

Il fait glisser ses mains le long de mon cou pour me prendre par les épaules et pour me tourner face aux post-its situés sur l'autre mur. Je frissonne.

Il pointe du doigt vers un post-it bleu. *Je me suis rendu compte que j'avais deux options : un, vivre avec des regrets, ou deux, me battre pour ce que je veux.*

— Je suis ici parce que j'ai choisi l'option numéro deux.

Sauf qu'il n'a pas besoin de se battre : je lui suis déjà tout acquise.

— Et voilà la promesse que je te fais.

Il pointe la note suivante, et la façon dont son avant-bras effleure mon visage me distrait un court instant.

Je ne peux pas revenir en arrière et réécrire le début de notre histoire, mais je peux recommencer là où nous en sommes et changer notre fin.

— Et si nous avons de la chance, la fin en question ne sera pas là avant quelques décennies.

— CK… soufflé-je, émue.

Il dépose un baiser sur ma tempe.

— Je me suis inspiré de toi pour celui-ci, dit-il en pointant un post-it orange où il est écrit : *J'aime ce que tu es à l'intérieur. Ta « sexitude » extérieure n'est rien d'autre qu'un petit plus.*

— Tu m'*aimes* ? murmuré-je, pleine d'espoir.

Il ne répond pas, et prend ma main dans la sienne pour la poser sur un dernier post-it. *J'aime tout de toi, sauf le fait que tu n'es pas à moi.*

Il me laisse me retourner vers lui cette fois, et je lui saute dessus pour mettre mes bras autour de son cou et mes jambes autour de sa taille. Je l'embrasse, et mon nez heurte ses lunettes, mais je fais comme si de rien n'était.

— J'ai toujours été à toi, Superman, soufflé-je tout contre ses lèvres.

Il recommence à m'embrasser, et se déplace jusqu'à ce que mon dos heurte l'un des murs de ma chambre. Il me plaque contre, et nous continuons à nous embrasser, encore et encore. Je ne sais pas combien de temps s'écoule, mais ses lunettes sont embuées et ses lèvres gonflées quand nous nous séparons. Il écarte ses pieds pour assurer sa prise, et vient caresser ma joue de sa main.

— J'ai passé ma vie à regarder les choses depuis le banc de touche, à laisser passer mes chances parce qu'essayer me terrifiait. Et puis… je t'ai rencontrée, ajoute-t-il en passant son pouce sur ma joue, ses yeux bleus fichés dans les miens.

Si mon cœur était une pom-pom girl un jour de match, il brandirait une pancarte sur laquelle serait imprimé le mot « fondue », parce que le fait est que… il me fait vraiment fondre.

— Tu es arrivée avec ton grand sourire et ta personnalité encore plus grande, et tu m'as poussé à sortir de ma zone de confort.

Je ne peux m'empêcher de sourire. Probablement un peu trop fièrement, pour être honnête.

— Tu m'as non seulement montré ce que c'est que d'être amoureux, mais aussi comment le montrer en retour. Et maintenant, j'en ai assez d'avoir peur. J'en ai assez d'être là, assis sur le banc de touche de la vie, à regarder d'autres personnes s'approprier ce que, moi, je veux. Parce que je te veux, Quinn. Je t'*aime*, Quinn. Il est temps pour moi de me lever de ce banc et d'entrer sur le terrain pour conquérir ton cœur. Il est temps que je prenne toutes les leçons d'amour que tu m'as données et que je les applique enfin à ma propre vie, pour obtenir la seule chose qui compte… toi.

J'expire et ma tête heurte le mur. Le coaching en relations amoureuses ? Indéniablement, cet homme n'en a plus besoin. S'il continue avec ses grandes déclarations, je n'y survivrai pas : je vais me liquéfier définitivement en une petite flaque répandue sur le sol.

— Moi aussi, je t'aime, CK, dis-je tout en prenant appui sur mes cuisses pour me rapprocher de lui. *Tellement.*

Son sourire est d'une intensité aveuglante, mais il perd de sa superbe quand je lui pose cette question qui me trotte dans la tête :

— Mais… il y a une chose que j'ai besoin de savoir pour déterminer si, toi et moi, cela peut être *vraiment* sérieux.

Il déglutit avec difficulté. Sa pomme d'Adam bouge, et je pourrais l'observer monter et descendre toute la journée tant je trouve cela fascinant.

— Et qu'est-ce que c'est, Red ?

— A quoi ressemble ta collection de règles ?

Il s'apprête à répondre avant de s'interrompre et de froncer ses sourcils. Oh, j'adore quand j'arrive à le déstabiliser.

— Peux-tu m'expliquer ce que mon matériel de bureau a à voir avec notre histoire ? demande-t-il en jetant un coup d'œil aux post-its collés au mur. Est-ce que ce n'est pas toi, la spécialiste de ce genre de choses, de nous deux ?

Les papillons logés dans mon estomac s'envolent quand il utilise l'expression *nous deux*.

— Eh bien, en fait… commencé-je en enroulant les mèches plus longues de l'arrière de son crâne autour de mon doigt. J'ai ce fantasme récurrent dans lequel je suis une vilaine pom-pom girl et tu es le professeur un brin pervers chargé de ma… retenue.

Il éclate de rire, et une joie pure irradie dans tout mon corps.

— Tu es cinglée, mais bon sang, tu peux compter sur moi pour te suivre dans tes délires.

QUINN

— Nous n'allons jamais être seuls, tu le sais, n'est-ce pas ? lâche CK sans cesser de m'embrasser, alors que l'ascenseur nous emmène jusqu'au penthouse.

— Kay et Mase semblent très bien s'en sortir, réponds-je en passant une jambe autour de son mollet et en me rapprochant de lui.

Il glousse, et le son fait vibrer mes lèvres.

— Mase est autrement plus effrayant que moi, dit-il en me regardant avec intensité, une main posée sur ma joue. Mais j'ai une arme secrète.

— Ah oui ? Et qu'est-ce que c'est ? demandé-je en plissant les yeux, méfiante.

CK embrasse le bout de mon nez, et un sourire mutin laisse apparaître ses dents.

— Je partage mon lit avec toi.

C'est vrai. Notre colocation vient de gagner une deuxième chambre d'amis.

Je me hisse sur la pointe des pieds pour embrasser le dessous de sa mâchoire, descends jusqu'à son oreille et murmure :

— C'est à cause de ma folie ?

— J'adore ta folie, acquiesce-t-il.

Il se rapproche, me vole un autre baiser et me pousse jusqu'à ce que je sois appuyée contre le mur de l'ascenseur.

J'adore ses baisers.

Il lèche mes lèvres, les mordille et les suce jusqu'à ce que je me retrouve totalement déconnectée de tout ce qui se passe autour de nous.

Et… c'est dans cette position précaire que nous nous faisons surprendre par quatre de nos sept colocataires, les lèvres encore scellées, ma jambe accrochée à la hanche de CK et sa main sous mon t-shirt.

Je sens CK sourire contre ma bouche quand je gémis, parce qu'il met une dernière pichenette à mon téton avant d'essayer de retirer discrètement sa main. Au vu du sourire version chat du Cheshire qu'arborent Trav, Kev, Alex et Emma, je pense qu'on peut affirmer sans risque que CK n'a trompé personne.

Leur groupe se scinde en deux, Trav et Emma d'un côté, Kev et Alex de l'autre, et ils nous font une haie d'honneur à notre sortie de l'ascenseur. Leurs huées et leurs cris nous précèdent, et attirent l'attention de nos trois amis restants.

Grant, le plus subtil de tous ces idiots, nous adresse un mouvement du menton en guise de salut.

— Bon retour à la maison, lance Kay depuis son perchoir, alias les genoux de Mason. Le voyage s'est bien passé ?

— Ça a été bien mieux après que CK est arrivé et que j'ai cessé de lui en vouloir d'être un crétin stupide, je réponds.

CK me fait un clin d'œil amusé.

Les autres pénètrent dans le salon et viennent s'installer sur le canapé, tandis que CK et moi faisons de même, mon *petit ami – liiiih !* Peut-on prendre un instant pour s'attarder sur le fait que je peux enfin utiliser officiellement ce terme ? – passant son bras autour de moi jusqu'à ce que je sois blottie contre lui.

— Oh bon sang, regardez comme ils sont mignons !

Emma cherche à donner l'impression qu'elle chuchote tout en se penchant sur Grant, mais on l'entend distinctement malgré tout, d'autant plus qu'elle ne fait pas preuve de la moindre subtilité dans la façon dont elle nous montre, CK et moi, blottis l'un contre l'autre.

— Attendez, lance Kay en levant sa main, et en penchant la tête de façon à pouvoir regarder Emma et nous en même temps. On va reparler de tout ça, mais d'abord, comment ça s'est passé avec ta mère ?

J'entremêle mes doigts à ceux de CK avant de m'installer confortablement pour tout raconter dans le détail, depuis le moment où j'ai explosé à la réunion d'organisation de la foire jusqu'à celui où je me suis réconciliée avec *Mamá*.

C'était très dur, mais la présence de CK m'a facilité la tâche. Ce n'est pas tant qu'il ait traversé le pays pour me déclarer son amour, même si, évidemment, cela a aidé ; mais plutôt le fait qu'il a avoué que, ce qu'il l'a fait tomber amoureux de moi, c'étaient ma confiance en moi et ma détermination.

Forte de cette déclaration, je me suis obligée à faire face à ma mère pour en terminer avec ces conversations récurrentes dont elle n'écoute rien. Et si me battre avec elle a failli me rendre malade, pour la première fois depuis aussi longtemps que je me souvienne, j'ai eu enfin l'impression d'être entendue quand je lui ai parlé de mes projets d'avenir.

— Je suis tellement fier de toi, murmure CK très bas en pressant ses lèvres sur le sommet de mon crâne.

— Pendant qu'on parle de tout ça, commence Kay avant de jeter un coup d'œil à Mason qui acquiesce tout en embrassant sa tempe, que dirais-tu de m'aider, moi aussi ?

— De quoi est-ce qu'on parle ? demandé-je en fronçant les sourcils.

Est-ce qu'elle veut me demander si je veux continuer à coacher aux Barracks avec elle ? Cela me semble assez improbable. Kay sait très bien que je ne pourrai pas être suffisamment disponible une fois que la saison de cheerleading aura commencé.

Elle souffle en gonflant ses joues.

— Comme tu m'as aidée, officieusement, à gérer ce que je montre sur les réseaux sociaux via la NJA et les comptes des uns et des autres…

Elle s'interrompt pour s'assurer que je sais de quoi elle parle, et j'acquiesce. À chaque fois qu'elle me demande mon avis, j'ai des petits papillons qui volent dans mon estomac et cela fait courir des petits frissons sous ma peau.

— Eh bien… je me disais… vu que ta prestation comme coach en relation amoureuse a si bien fonctionné…

Kay s'interrompt à nouveau et nous fait un clin d'œil. CK murmure quelque chose dans mon oreille à propos de mon sifflet, mais je le fais taire et me reconcentre sur Kay.

— Je me suis dit que tu accepterais peut-être d'être ma coach en communication sur les réseaux sociaux.

Je cligne des yeux, incapable de trouver les mots tant je suis stupéfaite.

Je fais le tour du salon du regard, et tout le monde m'adresse des sourires et des hochements de tête d'encouragement.

— Et Jordan ? demandé-je, en référence à la chargée de relation publique que le frère de Kay paie pour s'occuper de son image publique.

— C'est E qui la paie, pas moi, réplique Kay en haussant les épaules. Je ne veux pas l'embêter avec ça.

— Tu pourrais demander à Mase de déduire ça de ta part de loyer, suggère Trav en aboyant de rire.

Nous levons tous les yeux au ciel à cette suggestion : aucun de nous ne paie de loyer. Mason a utilisé les fonds dont il disposait en réserve pour l'acheter purement et simplement, dans un grand geste chevaleresque. A moins que ce ne soit très préhistorique, version *Moi, traîner femme dans ma caverne.*

— Tu es sûre de vouloir faire ça ? C'est beaucoup d'un coup.

Le simple fait d'apparaître sur nos comptes, en particulier sur celui de Mason, a déjà été un grand pas pour elle. Là, on est dans le registre du bond de géant.

— Pas le moins du monde, répond Kay en secouant la tête. Mais… si je veux avoir une chance de gérer tous les changements qui vont se produire cette année, je me dis… que peut-être… ce serait plus opportun de prendre le taureau par les cornes, si je veux survivre. Après tout, on dit souvent que, la meilleure défense, c'est l'attaque, alors…

— Tu es vraiment sûre ? demandé-je à nouveau, parce que, encore une fois… c'est énorme.

— Non. Mais nous allons le faire quand même.

Très bien. En route pour cette troisième année alors.

Vous êtes de ces gens qui aiment parler des livres qu'ils ont lus ? Vous pouvez dire si vous avez aimé *Sur La Touche* sur Goodreads, BookBub, et Amazon.

Vous avez envie de disserter sur l'univers des étudiants de l'#UofJ sans risquer de dévoiler des faits à ceux qui n'ont pas lu ce livre ? Rejoignez le groupe spoiler #UofJ ICI.

Vous voulez en savoir davantage sur la Cour de Sa Majesté ? Bonne nouvelle. L'histoire de Savvy King est là ! Ce roman se déroulant en marge de l'univers #UofJ, *Reine & Indomptable* est disponible sur Kindle Unlimited.

À PROPOS DE L'AUTEUR

Alley Ciz est une auteure américaine indépendante. Plusieurs de ses romances sont devenues des best-sellers. Ses romans mettent en scène des héroïnes impertinentes et pleines d'humour capable de mettre à genoux devant elles des hommes au charme pourtant éprouvé. Alley est une accro aux romances, l'amour des livres l'ayant conduite à avoir envie de donner vie par la plume aux fous qui vivent dans sa tête... même s'ils sont incapables de s'en tenir aux plans prévus pour eux.

On peut typiquement trouver cette fan d'Harry Potter vêtue d'un t-shirt humoristique, reliée à une perfusion de café, se gavant de pizzas et de tacos, courant après ses trois miniatures, le tout sous le regard amusé de son labrador jaune de 40 kilos. Probablement le personnage le mieux élevé de la maison.

facebook.com/AlleyCizAuthor
instagram.com/alley.ciz
pinterest.com/alleyciz
goodreads.com/alleyciz
bookbub.com/profile/alley-ciz
amazon.com/author/alleyciz